HEYNE <

Das Buch

»Also, ich komme um fünfzehn Uhr fünfzehn an!«, lese ich ab.

»In Wanne?«

»Wanne-Eickel-Hauptbahnhof«, füge ich so geduldig wie möglich hinzu.

»Gut, dann stehe ich um fünfzehn Uhr zwanzig draußen vor dem Gebäude. Das ist nur für Kurzzeitparker. Also beeil dich bitte, wenn du rauskommst.«

»Sehr wohl.«

»Ach, nur eins noch, Tinchen: Falls du Verspätung hast, sag mir bitte rechtzeitig Bescheid!«

»Sobald ich weiß, dass ich zu spät komme, melde ich mich bei dir! Falls ich überhaupt zu spät komme.«

»Okay, aber bitte nicht auf den letzten Drücker!«

»Mama, wenn der Zug erst eine Station vor Wanne Verspätung bekommt, kann ich mich nicht lange vorher melden! Sieh bitte öfter auf dein Handy!« Ich stehe kurz vor einer Hyperventilation.

»Dann kannst du doch anrufen, dass ich dich zum Beispiel dort abhole?«

»Wo?«

»Na, da, wo der Zug steht. In Essen-Kettwig zum Beispiel.«

»Falls er im Bahnhof steht, ja.«

Die Autorin

Annette Lies wurde 1979 in Herne geboren. Ihr Kinderzimmer hatte Zechenblick, und »nache Omma« ging sie immer gern. Nach Stationen als Werbekauffrau und -texterin tauschte sie die Büro- gegen Kabinenluft und wurde Stewardess. Schließlich folgte ein Drehbuchstudium an der Hochschule für Fernsehen und Film München. Heute guckt sie auf einen wirklich schönen, großen Schrebergarten: den Englischen. Nach *Saftschubse* und *Saftschubse – Neue Turbulenzen* ist *Pottprinzessin* ihr dritter Roman.

Lieferbare Titel

Saftschubse

Saftschubse – Neue Turbulenzen

ANNETTE LIES

Pottprinzessin

Roman

WILHELM HEYNE VERLAG
MÜNCHEN

Verlagsgruppe Random House FSC® N001967
Das für dieses Buch verwendete FSC®-zertifizierte
Papier *Holmen Book Cream* liefert
Holmen Paper, Hallstavik, Schweden.

Originalausgabe 08/2013

Printed in Germany 2013
Umschlaggestaltung: Eisele Grafik Design, München
Umschlagabbildung: © Duncan Smith/Photodisc/GettyImages
Satz: KompetenzCenter, Mönchengladbach
Druck und Bindung: GGP Media GmbH, Pößneck
ISBN 978-3-453-40975-0

www.heyne.de

Für meine Eltern. Danke, Mama, für viele Kilo Nudelsalat. Für viele Liter Heißwasser, Papa, die du zum Planschbecken schlepptest, und das Zwergkaninchen, das ich anschaffen durfte. (Ich konnte unmöglich ahnen, dass es sich als Deutscher Riesenschecke entpuppt, der die Veranda untertunnelt!)

Dreiundzwanzig Jahre
bevor ich mich in der miesesten Lage
meines Lebens wiederfinde.

1.

Boreng!

Ein unheilvolles Geräusch dröhnt durch meinen Kopf. Mein Gesicht prallt von etwas Hartem ab wie ein Flummi. Es scheppert und hallt so laut, als befänden wir uns auf einem mittelalterlichen Ritterturnier. Corinnas Turnbeutel fliegt durch die Luft und gleich darauf mein Tornister. In einem Affenzahn rast er auf mich zu, die Katzenaugen funkeln, und mein Manöver – Schritt zur Seite, Drehung, Wegducken – kommt zu spät: Das rosa Nylon meines Amigo schürft mit lautem *Schrapp!* über meine Wange, und die Stelle brennt wie Feuer. Zu allem Überfluss spüre ich ein feuchtes Rinnsal bis hinab zum Kinn. Das hier wird unschön enden.

»Bettina, hierher! Hiiiier!«

Corinnas hitzige Stimme ertönt, und ich versuche, mich nach ihr umzudrehen. Der letzte, kräftige Stoß kam unerwartet von hinten, das Harte, gegen das mein Kopf gestoßen ist, war die Heizung, aber mein Angreifer hat sich schon verkrümelt, oder zumindest kann ich ihn nicht orten. Vorsichtig fasse ich mir an die Nase. Seit dem Scheppern eben ist sie wie taub. Ich blute. Egal.

Wieder dringt Corinnas Stimme an mein Ohr und erzeugt ein Rauschen. Irgendwie ist alles leicht diesig. Sie schreit aus voller Kehle wie beim Brennball, meinem absoluten Hasssport, und signalisiert Fangbereitschaft. Zu gerne würde ich meine Beute – einen stinkigen Jungsschuh – an sie abgeben, aber irgendein Fiesling zieht ebenfalls daran. Ich umklammere ihn fester. Das Innere müffelt nach Limburger, so viel kann ich eindeutig noch riechen, trotz der Kruste in meiner Nase.

Wieder fühle ich eine schwitzige Hand in meinem Nacken, die meinen Kopf in Richtung PVC-Boden drückt, und ein paar Knie spreizen meine von innen auseinander. Zu dumm, dass so viele Jungs in unserer Klasse neuerdings Kampfsport machen. Ich komme mir vor wie in einer dieser amerikanischen Gladiatorensendungen. Könnte mich glatt *Betty Bad* nennen oder so. Und Corinna wäre *Cory King Kong*. Zusammen würden wir uns gegen den Rest der Welt verteidigen – oder zumindest der 4b. Endlich entdecke ich sie ein paar Meter von mir entfernt am Lehrerpult und werfe. Sie befindet sich im Schwitzkasten, ihre Gesichtszüge sind verkrampft und ihre Wangen vor Anstrengung puterrot, aber trotzdem fängt sie den Schuh. Klassenchaot Mario Beyer persönlich hat seinen Arm um sie gelegt (igitt!) und drückt sie mit dem Schopf gegen seine speckigen Rippen. Entschieden mache ich mich los und eile ihr zu Hilfe.

»Lass sie los, Pommesbacke!«

Es ist kein Geheimnis, dass Mario-Haribo nach der Schule und noch vor dem Mittagessen regelmäßig auf ein paar schöne *Pommes Schranke* am Zechen-Grill haltmacht. Zusätzlich machen sich ein paar Kilo Fruchtgummi und einige Literflaschen Cola unter seinem Skater-Pulli breit. Ich dagegen bin sportlich, und heute, wo es um alles oder nichts geht, in Höchstform. Wie ein Puma stürze ich mich auf ihn, und alle drei gehen wir in einem Bündel aus Armen, Beinen, Tritten und Schreien zu Boden. Der Schuh fliegt aus dem Fenster.

»Aua! Die ist ja irre!«

Mario zieht ruckartig seine Hand von Corinnas Mund weg und hält den Daumen hoch. Entsetzt betrachtet er einen kleinen, blutigen Riss kurz unterhalb des Nagelbetts.

»Pfui, die Kotzfeld beißt ja!«

»Vielleicht hat sie Tollwut?«, pflichtet Assistenzfiesling Stefan Sauer ihm bei.

Es ist aber auch echt ungünstig, dass Corinna jetzt Kreuzfeld heißt statt Hintsche. Dabei sind ihre Eltern nicht einmal geschieden. Ihre Mutter ist Künstlerin und sagt, das sei wegen der Emanzipation, und Corinna müsse da mitmachen. Ihr Protest, dass sie statt eines neuen Nachnamens dann lieber kurze Haare (und ein neues Paar Hosen) will, hat leider nicht geholfen.

»Ja, bestimmt von ihren Gäulen!«

»Bäh, die macht doch selber Pferdeäpfel, wenn sie aufs Klo geht!«

Stefan und seine bessere Hälfte lassen ein Inferno aus Beleidigungen gegen uns los, während Mario, den Daumen senkrecht in der Luft, hektisch nach einem Pflaster kramt. Unbeeindruckt und voller Genugtuung beobachte ich, wie viel Schiss der große Splatter-Fan Mario vor ein bisschen echtem Blut hat.

»Na, warte!«

Wie ein menschlicher Rammbock renne ich auf ihn zu, mit ausgestreckten Armen, die Hände frontal auf seine Brust gerichtet.

Boreng!

Mit einem heftigen Knall donnert diesmal er gegen die bollernde Heizung. Also wirklich, auf unsere Liebe zu Pferden lassen wir nichts kommen! Stefan flüchtet feige unter einen der bekritzelten Tische.

»Rückzug!«, brüllt er laut.

Doch Mario und ich rollen schon wieder ineinander verkeilt über den grünen PVC-Fußboden, und ich finde, dass seine Haare gar nicht mal so schlecht riechen. Für einen ekligen, stinkigen Fiesling natürlich. Nicht annähernd so gut wie das Fell von Winnetou, Corinnas zweifarbigem Pflegepferd, aber immerhin ganz angenehm – nach Kaugummi mit Kirschgeschmack und *Keine-Tränen*-Kindershampoo. Nicht wirklich eine Überraschung, denn er wohnt ganz oben im Nobelviertel *Paschenberg*, auch *Porscheberg* genannt, und ich vermute, dass seine Mutter ihn noch immer jeden Sonntagabend föhnt und ihm die Zehennägel schneidet.

»Muttersöhnchen-Stinker!«, belle ich.

»Mädchen!«, knurrt Mario.

»Beyer, komm hier runter! Die Baumann ist doch auch irre – die haben beide die Pferdepest!«, ruft Stefan von unter dem Tisch aus.

Etwas Nasses, Stinkendes landet auf meinem schönen neuen T-Shirt. Es ist der vollgesogene Tafelschwamm, den jemand aus dem Hinterhalt geworfen hat.

Boreng!

Ein letztes Mal ist das unheilvolle Geräusch zu hören,

als ich mit dem Handgelenk gegen eine der Riesenrillen knapp neben dem Thermostat knalle, genau als Frau Hinrichs das Klassenzimmer betritt.

»Was ist denn hier los?! Aufhören, sofort! Baumann, Beyer, weg da von der Heizung!«

Widerstrebend lassen Mario und ich einander los, funkeln uns aber weiterhin an wie ein Stier und sein Torero. Zwischen uns herrscht eine einvernehmliche »Das wird noch ein Nachspiel haben!«-Atmosphäre.

Ich sammle meinen Tornister und jede Menge Stifte zusammen, die quer im Raum verstreut liegen. Corinna hilft mir und bückt sich dann nach ihrem Turnbeutel. Ihr Glitzerturnanzug hängt heraus, und ein pfenniggroßes Loch prangt darin.

»Das wirst du mir büßen!«, zischt sie Richtung Stefan.

»Nimm halt ab!«, zischt er zurück.

»Fenster auf und hinsetzen!«, kommandiert Frau Hinrichs. Sie steht kurz vor ihrer Pensionierung und fragt uns längst nicht mehr nach den Gründen für unsere Zankereien.

Wieder wird mein Gesicht von einem stechenden Schmerz durchzogen, kurz bleibt mir die Luft weg. Der Schmerz wandert von der Nasenwurzel hoch bis in die Augenbrauen. Ich traue mich kaum, anders als durch den Mund zu atmen, Blut tropft auf den Boden. Ich schniefe verstopft, und wie immer in emotionalen Ausnahmezuständen kommen mir die Tränen. Was leider ziemlich oft passiert: Letzte Woche bei *Arielle*, immer, wenn ich mich übergeben muss, und wenn mein kleiner Bruder Jan hinter der Zimmertür lauert und mich erschreckt. Also rund dreimal am Tag.

Ich beiße mir fest auf die Lippe: Mario wird mich nicht weinen sehen. Trotzdem löst sich eine Träne. Sie kullert mir übers ganze Gesicht, und ich versuche hektisch, sie unbemerkt mit dem Ärmel wegzuwischen. In meinem Mund beiße ich auf etwas Hartes. Ein Stück Lack von der Heizung vielleicht? Am liebsten will ich es ausspucken, aber ich reiße mich zusammen. *Betty Bad* zeigt niemals Schwäche!

»Pferdelesben!«, flüstert es hinter uns gehässig. Doch das lässt uns kalt, erst recht, da es aus mindestens zwei Meter dreißig Entfernung kommt. Das bedeutet, aus der letzten Reihe. Dort sitzen die Störer und Schwänzer. Und seit heute auch Mario Beyer und Stefan Sauer. Punktsieg für Team King Kong, wir haben es geschafft!

Corinna und ich lassen uns hochzufrieden auf unsere Plätze fallen, am Rand der zweiten Reihe. Mit noch zittriger Hand reicht mir meine beste Freundin ein rosa Taschentuch mit Pferdekopfaufdruck. Es gab sie in der letzten Ausgabe der *Wendy*, und wir haben uns geschworen, sie nur in *absoluten Notfällen* zu gebrauchen. Konkret, falls wir das Treffen mit den New Kids on the Block nicht gewinnen oder unsere Eltern beschließen sollten, wieder für drei Wochen (im schlimmsten Fall auch noch zeitversetzt!) in den Sommerurlaub zu fahren, wodurch wir endlos lange getrennt wären. Oder – wie heute – wenn wir unsere alten Sitzplätze zu Beginn des neuen Schuljahres mit unserem Leben verteidigen müssen.

Glücklich sitzen wir auf unseren alten Stühlen mit Blick auf den Pausenhof und freier Sicht auf die Graffiti-Knutschecke. *Nebeneinander! Zusammen!* Für ein weiteres langes Jahr. Womöglich unser letztes in ein und derselben

Klasse. Ich darf gar nicht daran denken! Zumal Corinnas Eltern mit dem Gedanken spielen, sie auf eine Waldorfschule im Münsterland zu schicken.

Wieder durchzieht der stechende Schmerz mein Gesicht, genau vom Kinn bis zum Scheitel. Vorsichtig tupfe ich ein paar Krusten aus meinen Nasenlöchern. Getrocknetes Blut rieselt auf die Bank. Auch Corinna ist verletzt: Ihr Knie ist dick angeschwollen, und sie hat sich auf die Zunge gebissen. Egal, ihr Vater ist Zahnarzt. Total betroffen mustert sie mein Gesicht.

»Guck mal, die Baumann blutet wie ein Schwein!«, feixt Stefan von weit hinter mir.

Auch Mario hat noch Hohn übrig:

»Eher wie ein Pferd beim Schlachter!«

Ich schnappe mir Corinnas rabenschwarzen Edding, male sorgsam und in Druckschrift eine Reihe ausgewählter Buchstaben auf einen Zettel und flüstere sie vor mich hin wie eine indische Rachegöttin an einem besonders schlechten Tag. Der Fluch der Betty Bad wird ihn treffen!

Kaum hat Frau Hinrichs sich abgewandt, um etwas an die Tafel zu schreiben, drehe ich mich um und knalle ihm die Botschaft an den Kopf.

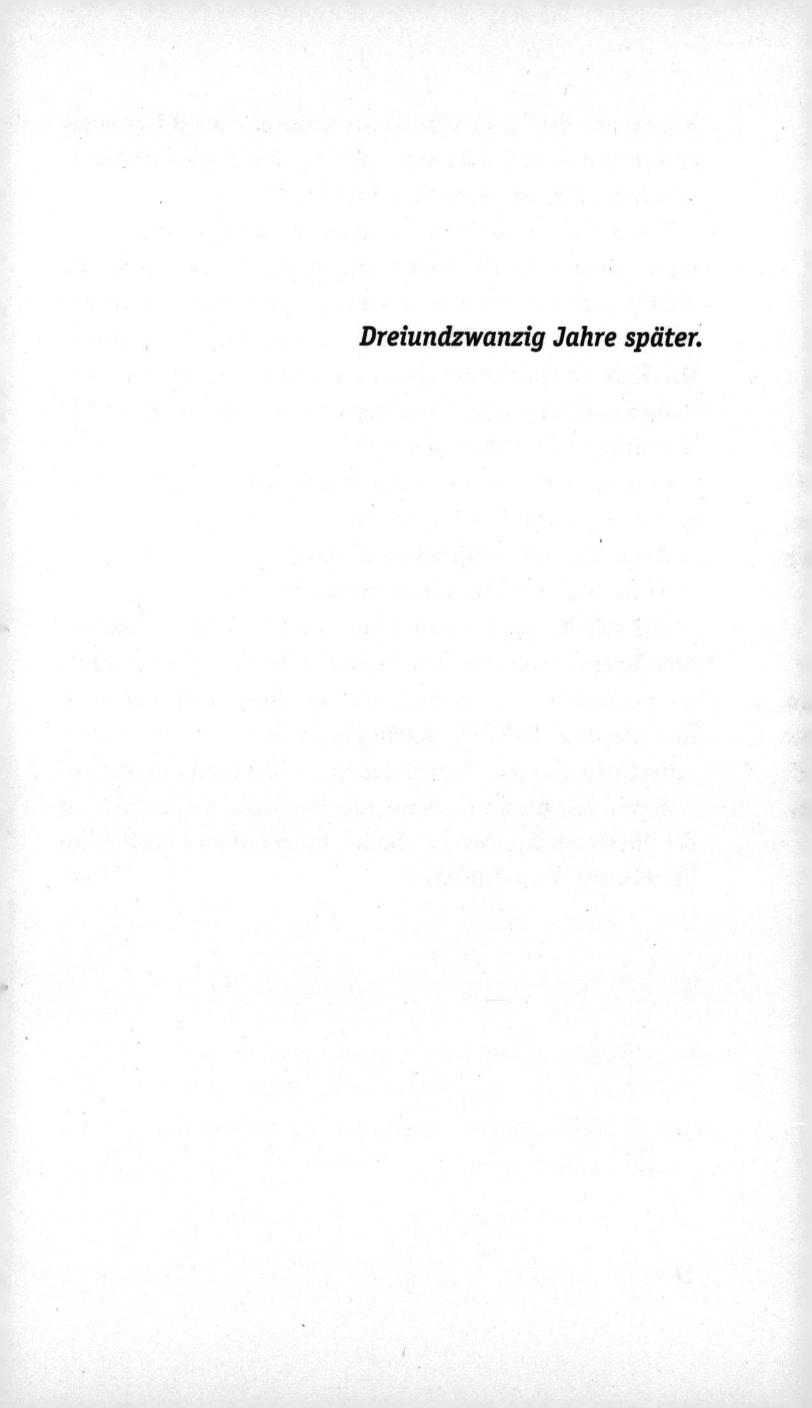

Dreiundzwanzig Jahre später.

München, 12. Dezember
SabineReuter@CarStar

Es ist wieder Freitag, und es sind noch ein paar Plätze auf der Gästeliste des Le Club *frei! Wer hinwill, bitte ganz schnell bei mir melden. Und wie immer gilt: Ihr repräsentiert* CarStar, *also bitte schießt euch nicht ab! Wir sind froh, dass wir zu den namhaften Firmen gehören, die solche Goodies bekommen …*
Eure Biene

PS: Filip, das geht nicht gegen dich! ;-)

München, 12. Dezember
FilipHamann@CarStar

Liebe Biene,

keine Sorge – erinnere mich auch gar nicht, warum ich mich da angesprochen fühlen sollte. Würde gern kommen, aber dieses Wochenende geht's nicht – anderweitige Verpflichtungen …
Fil

München, 12. Dezember
BettinaBaumann@CarStar

Aha, aha. Na, wenn der Herr Hamann nicht kann, komme ich doch umso lieber. Den Smiley spare ich mir an der Stelle; ich finde, die nehmen überhand und haben in unserer Geschäftskorrespondenz nichts zu suchen. Setz mich bitte auf die Liste für Samstag!
Bettina

PS: Kann sich jemand am kommenden Wochenende um Untermieter kümmern?

München, 12. Dezember
FilipHamann@CarStar

An Tinchen und das fleißige Bienchen:

Na, wenn die Frau Baumann kommt, überlege ich mir das aber noch mal … Und was soll das heißen, du kommst dann umso lieber??? Für dich sage ich dem schwedischen Model, dem ich München zeigen wollte, natürlich sofort ab. Und um dein Nagetier kümmere ich mich gerne. Auch wenn ich es ziemlich Teenie finde, dass du so was hast. Ich meine, wenn du was zum Schmusen brauchst …, da gäbe es Alternativen!
Fil

München, 12. Dezember
BettinaBaumann@CarStar

Lieber Fil,

ist nett gemeint, aber mal ehrlich: Fühlst du dich tatsächlich imstande, jemanden ohne Brüste bei dir übernachten zu lassen, der auch noch zum Frühstück bleibt?
Bettina

München, 12. Dezember
SabineReuter@CarStar

Gib ihm eine Chance, Tina. Dein Hase hat doch schließlich auch zwei Ohren, oder? ;-))) Wo fährst du überhaupt hin?

München, 12. Dezember
FilipHamann@CarStar

Bunnies sind mir immer willkommen!!!
Fil

München, 12. Dezember
BettinaBaumann@CarStar

Ich fahre heim – FamilyComeTogether *in Wanne-Eickel. Da ich ja über Weihnachten arbeiten muss (Halleluja!), verlegen wir Essen und Bescherung vor. Danke, Filip, aber ich denke, »so was« und ich suchen vorerst weiter nach einer Testosteron-ärmeren Pflegestelle.*
B.

München, 12. Dezember
SabineReuter@CarStar

Wanne-wo?!

München, 12. Dezember
FilipHamann@CarStar

Wanne-was?!

2.

Ich stehe unmotiviert vor meiner Reisetasche und überlege, was ich einpacken soll. Dabei ist die Sache garderobentechnisch ganz klar: Wir haben Winter, und es ist Wochenende. Außerdem ist eher nicht zu erwarten, dass da, wo ich hinfahre, die Uraufführung einer Oper oder eine Preisverleihung mit aufgemotzten Rappern auf mich wartet. Vermutlich werde ich nicht mal groß das Haus verlassen, es sei denn, jemand kommt auf die Idee, vor dem Nachmittagskaffee oder – Gott bewahre – schon nach dem Frühstück spazieren gehen und Enten füttern zu wollen. Das Aufregendste, das passieren und ein spezielles Outfit erfordern könnte, ist Schneeschippen in der Auffahrt. Und mit Strickjacke, Schal und Boots bin ich dafür gleichermaßen gewappnet wie für den Supermarktbesuch mit meiner Mutter. Ich wette, sie hat wieder jede Menge Aufgaben für mich, zum Beispiel: *Tinchen, kannst du mal bitte die Lichterkette anschließen?* Oder: *Hol doch mal den Christbaumständer aus dem Keller!* Dabei würde ich es bevorzugen, die Feiertage einfach mit einem Buch und etwas Punsch in unserer dunkelgrünen Klubgarnitur abzusitzen (elementarer Bestandteil des Einrichtungsstils meiner Mutter, offiziell auch bekannt unter dem Begriff *Gelsenkirchener Barock*).

Ich lege zwei graue Oberteile, einen ollen Kapuzenpulli und eine feine Stoffhose in meine Reisetasche, dazu eine Bluse. Man kann nie wissen, ob meine Mutter nicht plötzlich auf die Idee kommt, die Familie auch an einem gefälschten Heiligabend geschlossen in die Kirche zu schleifen. Weihnachten hat das bei uns Tradition. Nicht dass wir sehr gläubig wären, aber in der Kleinstadt gehört es zum guten Ton, wenigstens einmal im Jahr die Messe zu besuchen, um von hinter der Bibel aus verstohlen zu begutachten, was die Soundsos so machen. Wer zu- und wer abgenommen hat, wer die Haare seit der Geburt der Kinder kurz trägt (was zweifelsfrei auf Überforderung hindeutet) und ob der Bäcker sich endlich von seiner Frau hat scheiden lassen, wo doch alle wissen, dass er es hinter dem Stufenbarren mit der Sportlehrerin seines Sohnes treibt. Provinzieller Kleinstadtklatsch, für den ich mich noch nie erwärmen konnte. Mein persönliches Motto lautet: Leben und leben lassen. Und das funktioniert in einer Großstadt wie München prima. Mir reicht es schon, wenn mich jemand aus der Grundschule auf Facebook addet, nur damit ich sehe, dass er auf den Seychellen geheiratet hat und zwei Angorakatzen besitzt. Also bin ich aus dem grauen Kohlenpott aus- und ins mondäne Leben des sonnigen Südens eingezogen. Na ja, und aus ein paar anderen Gründen. Mein Job zum Beispiel. Ich arbeite als Colour-Coordinator bei *CarStar*, einem ziemlich großen Laden im Bereich Automobildesign. Es ist ein bisschen wie in der Redaktion einer Modezeitschrift, nur dass man die Farben, die man für

Trends hält, anschließend nicht auf Nägeln, sondern auf Autos findet.

Prüfend mustere ich die halb volle Tasche. Vielleicht sollte ich Hausschuhe mitnehmen? Meine Mutter ist in der Hinsicht immer sehr besorgt – erstens um ihre Terrakottafliesen, die nicht mit Straßenschuhen betreten werden dürfen, und zweitens um meine Gesundheit. Ihrer Ansicht nach rühren sämtliche Erkältungen meines Lebens daher, dass ich zu wenig anhatte. Insbesondere an den Füßen, auf den Ohren und um den Hals. Überhaupt ist sie immer sehr besorgt. Außer um meinen Bruder. Ich erinnere mich nicht, Jan je mit mehr als einem T-Shirt bekleidet in einem Innenraum gesehen zu haben, aber dazu sagt sie bloß: »Männer haben ein ganz anderes Immunsystem.« Dabei hat er immer als Erster alles eingeschleppt. Ich erinnere mich noch sehr deutlich an Läuse und Windpocken. Zum Glück besaß mein Vater eine Apotheke.

Jan wohnt in Dublin und macht dort irgendwas mit Internet und Marketing, das er mir jedes Jahr aufs Neue erklärt und das ich jedes Jahr aufs Neue nicht verstehe. Aber ihm macht es offenbar Spaß. Leider sehen wir uns, abgesehen von Weihnachten, nur selten, obwohl wir gerade mal zwei Jahre auseinander sind und uns wirklich mögen: Wir haben keine Geheimnisse voreinander und skypen ab und zu. Ich freue mich sehr auf ihn. Wir werden unsere alten Running Gags aufwärmen und gemeinsam gegen meine Mutter und unsere zwei Tanten sticheln. Ja, das wird ein Fest!

Ich verstaue ein Paar geringelte ABS-Socken mit rutschfesten Gumminoppen in der Tasche, weil ich feststellen muss, dass ich keine Pantoffeln besitze, nur ein paar gammlige Latschen aus irgendeinem Hotel, von einer der langweiligen Tagungen, zu denen ich ab und zu muss. Dabei hasse ich Dienstreisen. Sie führen einen immer in abgelegene Kongresshotels mit überteuerter Minibar und einer Sauna, deren Nutzung für mich flachfällt. In der Männerdomäne, in der ich arbeite, lasse ich meine Brüste nämlich nur ungern von Herren um die fünfzig begutachten, mit denen ich am Vormittag noch über Alufelgen gefachsimpelt habe.

Zufrieden betrachte ich mein Gepäck. Der Inhalt deckt sich mit dem, was ich für ein verregnetes Couchwochenende brauche. Fehlt nur noch die Nummer vierunddreißig von *Peng-Express* mit Sojasoße und eine gute DVD. Momentan liebe ich es, meine Freizeit so zu verbringen. Zumal meine letzte Beziehung noch kein halbes Jahr her ist und ich sie mir auch hätte sparen können. Dummerweise weiß man das vorher ja nie.

Entschlossen klappe ich die Tasche zu. Epilierer, Nagelfeile und Haarkur spare ich mir ganz, Make-up ebenso. Ein paar Tage ohne Schminke werden meiner Haut guttun, und da ich nicht *Bridget Jones* bin, ist nicht anzunehmen, dass ich daheim in Wanne-Eickel auf den Mann meines Lebens treffe. Bettina Baumann lebt in der Realität! Und die besteht in den nächsten drei Tagen aus einer schrulligen, aber gut gelaunten Mischpoke und den Winklers von nebenan, denen ich schon als Kind überschüssigen Kuchen rüberbringen musste.

Ich stelle die fertig gepackte Tasche neben die Wohnungstür und werfe mich aufs Sofa. Gerade noch rechtzeitig für meine Lieblingsserie. Untermieter knabbert zufrieden an seinem Heu, und es beruhigt mich ungemein, dass ich ihn nicht zu Firmen-Filou Filip Felix Hamann bringen muss; das wäre nun wirklich die schlechteste aller Lösungen. Jennifer vom Empfang, ihres Zeichens alleinerziehende Mutter, hat sich erbarmt, auf ihn aufzupassen, und wird ihn morgen früh vor meiner Abfahrt sogar abholen. Im Gegenzug musste ich ihr versprechen, eine Petition für mehr Firmenparkplätze zu unterschreiben. Sie hat ihm auch schon irgendwelche Dinkelleckerli gekauft, die er mit Sicherheit verschmähen wird. Er meidet so ziemlich alles, was industriell für seine Art entwickelt wurde. Stattdessen liebt er Biogemüse, vor allem Kohlrabi. Aber es ist schließlich die Geste, die zählt. Ganz uneigennützig ist Jennifers Hilfe allerdings nicht. »Josefine kommt langsam in das Alter, in dem sie ein Tier will.«

»Sei froh, dass sie keinen Freund will.«

»Hat sie längst – Jan-Hendrik aus der Schnecken-Gruppe.«

»In dem Alter?«

»Bettina, sie ist fünf. Das fängt heutzutage früh an!«

Ich staune.

»Jedenfalls habe ich ihr pädagogisch wertvoll vorgeschlagen, dass ich ihr eins kaufe – wenn sie das mit dem Probekaninchen gut macht.«

»Und damit meinst du Untermieter?«

»Genau. Ein goldiges schwarzes Zwergkaninchen mit einem weißen Punkt auf der Nase – welches Mädchen träumt nicht davon? Außerdem ist er berühmt! Wir haben ihn uns auf YouTube angesehen!«

Dass mein Haustier berühmt ist, stimmt. Er ist das ehemalige Werbegesicht von *Nagerglück*, und man kann ihn auf nahezu jeder Packung mit Körnern, Streu und Joghurtdrops bewundern, in friedvoller Eintracht mit seinen Arbeitskollegen, einem vollschlanken Meerschwein und einem sehr arroganten Sittich. Meine Mutter hat *mir* den Wunsch nach einem Tier leider erst erfüllt, als sie sicher war, dass ich wirklich alt genug bin, mich alleine darum zu kümmern … Ich erinnere mich, wie ich an meinem achtzehnten Geburtstag freudestrahlend in die Garage stürmte, in Erwartung eines Ford Fiesta mit Servolenkung. Doch stattdessen saß dort ein kleines Kaninchen mit Schleife. (Sie stammte vom Trauergesteck meiner Oma, und meine Mutter hatte sie weiterverwendet.) Wenige Tage später schmuggelte ich ihn per Rollkoffer nach Bochum ins Studentenwohnheim. Seither heißt er Untermieter. Und ich finde, es gibt Schlimmeres, als in meinem Alter mit einem betagten Hasen zusammenzuleben. Nur meine mit allen Wassern gewaschene Tante Rosi, die mehr Ehemänner hatte als Liz Taylor, deutet hin und wieder an, mir fehle der Schwung, den ein untreuer Ehemann oder eine vegane Mitbewohnerin in mein Leben bringen könnten. Aber Schwung ist im Moment das Letzte, wonach ich mich sehne. Eigentlich will ich vor allem eins: meine Ruhe.

Gerade wird die letzte Folge meiner Krankenhaus-Soap zusammengefasst. Gespannt sinke ich in die Kissen und freue mich auf fünfundvierzig Minuten bester Unterhaltung, als es klingelt. Auf dem Display meines Telefons erscheint die Nummer meiner Mutter – eine fünfstellige Vorwahl mit einer gerade mal vierstelligen Rufnummer dahinter.

»Hallo, Mama!«, flöte ich so freundlich, wie es mir in Anbetracht der Störung möglich ist.

»Hallo, Kind! Ich wollte nur hören, wann du ankommst. Das ist doch schon morgen! Wie hast du dir das gedacht? Ich muss ja schließlich auch planen!«

Ich schalte den Fernseher auf stumm.

»Aber Mama, es ist doch schon lange klar, dass ich morgen Nachmittag komme«, versuche ich sie zu beruhigen. »Ich hätte dir noch eine SMS geschrieben, wann genau.«

»Schätzeken, und wenn se dann kommt, soll Muttern dich von jetzt auf gleich abholen?«

Meine Mutter spricht *Pott*. Das ist weniger ein Dialekt als vielmehr ein erweitertes Vokabular. Man sagt *Latüchte* statt Lampe, *plästern* statt regnen und stellt das Wort *Hömma!*, im Sinne von *Hör mal!*, gern an den Satzanfang, um sich die ungeteilte Aufmerksamkeit des Gegenübers zu sichern.

»Natürlich nicht! Ich hätte dir die Nachricht rechtzeitig geschickt, wenn ich in den Zug steige. Dann hättest du immerhin fast *acht* Stunden Zeit gehabt, bis ich da bin!«

Meine Mutter war noch nie besonders spontan, aber ich habe das Gefühl, je älter sie wird, desto schlimmer wird ihre Planungswut. Arzttermine, Wanderwege und wer die Pflanzen gießen *könnte*, falls man kommenden Winter in den Skiurlaub fahren *würde* – das alles muss Monate vorher feststehen. Ostern war sie mit ihren Schwestern auf Malta, und Jan musste ihr bereits Neujahr den Koffer aus dem Keller holen. Und als meine Oma höchst unerwartet starb, hinterließ sie nicht nur eine trauernde Tochter, sondern die Herausforderung, ihre Beerdigung innerhalb der gängigen drei Tage zu organisieren. Der emotionale Super-GAU für meine Mutter.

»Na, du hast vielleicht Nerven. Immer alles auf den letzten Drücker!«, betont sie.

»Aber das ist doch nicht auf den letzten Drücker!«

Ich spüre, wie meine Vorfreude auf zu Hause abnimmt.

»Wo soll ich dich denn abholen?«, bohrt sie weiter. »In Recklinghausen oder in Wanne?«

»In Wanne natürlich«, erwidere ich sanft.

»So natürlich ist das gar nicht.«

Damit hat sie nicht unrecht, denn die Infrastruktur des Ruhrgebiets ist keineswegs mit der Bayerns vergleichbar. Statt einer großen Stadt und vielen Dörfern gibt es dort viele kleine und mittlere Städte, gleichmäßig verteilt. Ich würde ja fliegen bei der Distanz, nur bringt mir das nicht viel: Die umliegenden Flughäfen Dortmund, Münster und Düsseldorf liegen trotzdem noch gut eine Stunde Fahrt von meinem eigentlichen Ziel entfernt. Diese verbleibende Strecke lässt sich nur mit einer ausgeklügelten Kombination aus Zug, Bus und Fußweg bewältigen, sodass man auch gleich von Bahnhof zu Bahnhof fahren kann. Und selbst dann muss mich meine Mutter noch mit dem Auto abholen. Und wie ich merke, stresst sie das. Ein schmaler Parkstreifen vor einem vollen Bahnhof, womöglich noch mit Parkuhr, ist nichts, was sie sehr schätzt. Leider bin ich selbst nicht gerade eine begeisterte Fahrerin und sollte lieber den Ball flach halten. An einem ekligen Novembertag gegen Ende des Studiums bat mich nämlich mein Professor, sein Auto umzuparken. Er saß in einer Prüfung fest – und ich zwanzig Minuten später im

Matsch. Als es mir endlich gelang, seinen Alfa ohne Heckantrieb aus dem Schlamm zu manövrieren, krachte ich prompt gegen den Sportwagen des Dekans. An diesem Tag habe ich zum letzten Mal hinterm Steuer gesessen.

»Also, wann *genau* kommst du denn jetzt?!«, will meine Mutter wissen.

»Das steht auf meinen Tickets, und die habe ich irgendwo ganz unten! Kann ich dir das nicht morgen schreiben, bitte?«

»Dann sieh doch nach, Kind!«, fordert sie eisern.

Ich unterdrücke ein Stöhnen und stehe mit dem Telefon von der Couch auf. Im OP geht es bereits hoch her, und ich verabschiede mich von dem Gedanken, noch in die Handlung reinzukommen. Geräuschvoll krame ich mich durch sämtliche Unterlagen auf meinem kleinen Sekretär, einem echten Schmuckstück vom Flohmarkt. Ich habe ihn eigenhändig restauriert und weiß lackiert. Drei aufgemalte Pedale lassen ihn wie ein Klavier aussehen, und er bringt ein wenig Freude in meine ansonsten recht trostlosen *zwei Zimmer*, *Küche*, *Bad*, wo die Glühbirnen noch vergeblich auf Lampenschirme warten. Die meiste Zeit verbringe ich eh in der Firma.

»Also, ich komme um fünfzehn Uhr fünfzehn an!«, lese ich ab.

»In Wanne?«

»Wanne-Eickel-*Hauptbahnhof*«, füge ich so geduldig wie möglich hinzu.

»Gut, dann stehe ich um *fünfzehn Uhr zwanzig* draußen vor dem Gebäude. Da ist nur für Kurzzeitparker. Also beeil dich bitte, wenn du rauskommst.«

»Sehr wohl.«

»Dann schlaf mal schön, Schätzelein. Ich freu mich auf dich. Bis morgen!«

»Ich mich auch!«, sage ich brav.

Ich fühle mich in meine Teenagerzeit zurückversetzt. Da haben wir uns ausschließlich missverstanden. Ein Umstand, der seinen traurigen Höhepunkt fand, als wir uns vor einer Konzerthalle verpassten. Meine Mutter stand am Seiteneingang, ich am Haupteingang, und sie behauptet bis heute, ich hätte in der Zwischenzeit mit dem Gitarristen geschlafen, dabei hätte ich Slash nicht mal mit der Kneifzange angefasst.

»Ach, nur eins noch, Tinchen: Falls du Verspätung hast, sag mir bitte rechtzeitig Bescheid!«

»Sobald ich weiß, dass ich zu spät komme, melde ich mich bei dir! *Falls* ich überhaupt zu spät komme.«

»Okay, aber bitte nicht auf den letzten Drücker!«

»Mama, wenn der Zug erst eine Station vor Wanne Verspätung bekommt, kann ich mich nicht lange vorher melden! Sieh bitte öfter auf dein Handy!« Ich stehe kurz vor einer Hyperventilation.

»Dann kannst du doch anrufen, dass ich dich zum Beispiel dort abhole?«

»Wo?«

»Na, da, wo der Zug steht. In Essen-Kettwig zum Beispiel.«

»Nicht, falls er auf offener Strecke hält!«

»Nein, aber im Bahnhof.«

»Ich glaube, wenn er in Essen-Kettwig am Bahnhof steht, fährt er dann auch bald weiter.«

»Wie du meinst.«

Als wir endlich auflegen, läuft gerade die Vorschau für

die nachfolgenden Sendungen, die mich rein gar nicht interessieren. Missmutig schalte ich den Fernseher aus und gehe ins Bad. Ich putze mir die Zähne und betrachte mich im Spiegel. Eigentlich könnte ich ganz zufrieden sein: langes hellbraunes Haar, das leicht gewellt ist, rehbraune Augen, eine für Frauen passable Größe von einem Meter siebzig und verhältnismäßig schlank, wenn man mal von einem leichten Bäuchlein absieht. Und verhältnismäßig hübsch, wenn man mal von meinen Füßen und meiner Nase absieht. Okay, vor allem von meiner Nase. Am schlimmsten ist sie im Profil, da komme ich mir jedes Mal vor wie die Hexe aus Hänsel und Gretel, auch wenn alle sagen, meine Hakennase fiele praktisch gar nicht auf. *Alle* sind in dem Fall meine Mutter Beatrix und ihre Schwestern Erika und Rosi.

Deshalb besitze ich lediglich einen flachen, schwach beleuchteten Spiegel, und ich kriege jetzt schon schlechte Laune, wenn ich daran denke, dass zu Hause ein wuchtiger Badezimmerschrank hängt, in dessen leicht abgewinkelten Spiegeltüren man sich stets von allen Seiten sieht. Meine Mutter bearbeitet vor diesem Spiegel allmorgendlich ihre Haarpracht mit dem Lockenstab, damit ihr Hinterkopf keinesfalls flach wirkt. Das ist dann aber auch schon ihr einziges Manko. Für ihr Alter, Anfang fünfzig nämlich, ist sie eine wirklich schöne Frau, Typ Dagmar Berghoff. Leider komme ich nach meinem Vater.

Ich lasse die Zahnseide zuschnappen und mache das Licht aus. Dann sage ich Untermieter Gute Nacht. Im Traum hält der Zug mitten in der Pampa, und ich stelle mit Entsetzen fest, dass es dort kein Netz gibt. Trotzdem klingelt mein Handy. Ich starre auf das leere Display, bevor ich langsam zu mir komme. Es ist bereits Morgen, und sowohl mein Wecker als auch mein Festnetztelefon lärmen so penetrant vor sich hin, dass ich schnellstens erst nach dem durchdringenden Piepsen und dann nach dem Hörer taste.

»Hallo?«, murmele ich.

»Bettina, es tut mir soooooo leid!«

Ich erkenne Jennifers Stimme.

»Josefine hat die ganze Nacht erbrochen. Sie war gestern auf einem Kindergeburtstag, und ich glaube, diese geizige Mutter hat alte Würstchen und Pommes vom letzten Jahr aus dem Tiefkühlfach geholt!«

»Halten die sich nicht ewig?«

»Ach, was weiß denn ich! Jedenfalls muss ich jetzt mit ihr zum Arzt, natürlich wieder am Wochenende! Wir können Untermieter nicht nehmen.«

»Oh, okay. Ja, klar. Also … Da geht Josefine natürlich vor. Armes Mäuschen!«

Ich setze mich schlaftrunken auf und höre die Leidgeprüfte im Hintergrund quengeln und weinen.

»Süße, ich muss Schluss machen. Tut mir echt leid, dich im Stich zu lassen! Ich hoffe, du findest kurzfristig wen anders.«

Kurzfristig ist gut – mein Zug fährt in zwei Stunden.

»Ja, klar, bestimmt. Kümmere dich gut um Josefine! Wir kommen schon zurecht.«

»Mach ich, tut mir echt leid! Ich mach's irgendwann wieder gut … O Gott, Josylein, *niiiiiicht* auf Mamas Seidenbluse – das geht nie wieder raus …! In den Putzeimer, Schatz, den roten!«

Klack. Aufgelegt. Ach, du meine Güte. Was soll ich

denn jetzt machen? Die Nachbarn fragen? Fehlanzeige. Ich wüsste gar nicht, bei wem ich da klingeln könnte, und die Chancen, meinen geliebten Hoppler in einem Sechzehn-Parteien-Haus einem Reptilienfan mit hungriger Python anzuvertrauen, stehen wahrscheinlich ganz gut. Die Anonymität der Großstadt, so friedvoll sie einem vorkommt, wenn man nicht von seinen Nachbarn über Mülltrennung belehrt wird oder das Abspielen von Musik während der Mittagsruhe, hat auch ihre Nachteile. Ich durchforste eilig mein Telefonverzeichnis. Sabine? Ich wähle ihre Nummer. Wir sind nicht gerade das, was man *befreundet* nennt, aber in der Not … Vielleicht wären wir es, wenn wir uns nicht ohnehin den ganzen Tag auf der Arbeit sehen würden. Leider ist ihr Handy aus. Mir tritt der Schweiß auf die Stirn. Noch eindreiviertel Stunden, bis der Zug geht. Verdammt, mein Ticket ist zuggebunden, und ich möchte ungern einhundertneunzig Euro in den Wind schießen, geschweige denn meiner Mutter kurzfristig erklären müssen, dass ich sehr viel später komme. Ich brauche schnell eine Lösung! Da kommt mir eine Idee.

»Ja, hallo, Frau Baumann! Guten Morgen! Was verschafft mir die Ehre?«

Die hellwache Stimme von Filip Hamann ertönt, gewohnt charmant, gewohnt nervig.

»Hör mal, bild dir bloß nichts darauf ein, aber kannst du mir aus der Patsche helfen?«, sage ich kühl. Das Letzte, was ich jetzt brauche, ist sein Geflirte.

»Du hättest also gerne die Hilfe eines starken Mannes? Da könntest du aber ruhig ein bisschen netter zu mir sein.«

»Bitte entschuldige, ich stehe riesig unter Zeitdruck! Mein Zug fährt in einer Stunde zwanzig, und ich muss unbedingt genau den nehmen, weil meine Mutter etwas anstrengend ist. Da kann man nicht einfach umdisponieren.«

»Kenne ich von meiner Mutter. Also, was kann ich für dich tun?«

Aha, er kann auch sachlich. Sehr gut.

»Jenny hat mir wegen Untermieter abgesagt.«

Eine überraschte Pause am anderen Ende.

»Filip?«

»Sorry, hab gerade Liegestütze gemacht«, presst er zur Erklärung hervor. Angeber. »Na dann, immer her mit dem Schlappohr!«, sammelt er sich.

»Bist du denn allein?«, frage ich ihn.

»Schon wieder unfreundlich.«

»'tschuldigung. Ich wollte nur ausdrücken, dass ich – dir nicht das Wochenende verderben will, wo du doch gesagt hattest, dass du anderweitige Verpflichtungen hast? Also, laut der E-Mail bei *CarStar.*«

»Schon besser.«

Ich kann ihn förmlich durchs Telefon grinsen hören.

»Ich bitte dich, *deine* Stimme am Samstagmorgen, die mir ein Bunny ankündigt – kann es eine schönere Aufgabe geben?«, verfällt er in seinen üblichen Sprachstil zurück. Auf seine eigentlichen Pläne fürs Wochenende will er offenbar nicht eingehen. Egal, Hauptsache, er hat Zeit.

»Bleibt noch ein Problem. Ich kann ihn nicht zu dir bringen«, sage ich kleinlaut.

»Hm? Ach so, das hab ich fast vergessen: Die Top-

Automobilkarosserie-Designerin bei *CarStar* hat ja selbst gar kein Auto …«, fasst er meine Situation zusammen. »In Ordnung, ich bin in zehn Minuten bei dir.«

Mir fällt ein Stein vom Herzen. »Danke, Filip. Ehrlich, danke! Birkenstraße neunzehn. Du musst an der Tankstelle rechts in Richtung …«

»Danke, ich habe ein Navi. Hab ich jetzt was gut bei dir?«

»So weit würde ich nicht gehen.«

»Also schön, bis gleich.«

Wir legen auf, und ich sehe auf die Uhr. Verdammt, die Zeit rennt! Ich schaue mich in meiner Wohnung um. Auf Besuch bin ich heute früh nicht eingerichtet. Zumal Filip bestimmt den ultimativen Designtraum bewohnt. Ich sehe sein schlammiges Mountainbike in einem großzügigen Loft förmlich vor mir, und auf einmal kommt mir meine Wohnung extrem klein vor. Klein, chaotisch und staubig. Ich hole das Putzzeug aus dem Schrank und sauge in Rekordtempo durch. Meinem alten Plan nach hätte ich noch in Ruhe einen Espresso trinken und Untermieter gemächlich runtertragen können. Während der Espresso wirkt, hätte ich am Hauseingang gewartet, bis Jennys kleiner Panda um die Ecke biegt, und dann hätten wir ihn eingeladen, plus zwei Minuten plaudern. Länger sind Mütter ohnehin nicht in der Lage, sich am Stück zu unterhalten, behauptet Jenny selber von sich. Außerdem ist unser Gesprächsradius doch begrenzt – so viel verbindet eine Singlefrau und eine Vollblutmutter nicht. Und man darf sie niemals nach Josefines Vater fragen. Das habe ich ein einziges Mal gemacht, und sie war binnen drei Sekunden so stumm wie die Sphinx. Aber sie ist grundsätzlich pünktlich, deshalb arbeitet sie auch am Empfang. Morgens schließt sie die Firma auf, holt die Post rein und fährt Rechner und Kaffeemaschinen hoch, und zwar lange bevor die restliche Meute sich überhaupt aus dem Bett quält. Ohne sie ginge bei uns nichts.

Apropos: Soll ich Filip wenigstens einen schnellen Kaffee anbieten? Sein Machogetue hin oder her, immerhin rettet er mich gerade aus einer Krisensituation und das an einem kalten Wintermorgen, an dem sich bestimmt ein heißes schwedisches oder sonstwie skandinavisches Model in seiner Satinbettwäsche räkelt. Da ist es wohl eine Frage des Anstands, sich dankbar zu zeigen. Und wenn er mich noch mal fragen sollte, ob wir wegen der Sache was zusammen trinken gehen, kann ich sagen: »Haben wir doch schon.«

Ich lasse zwei Kaffee durchlaufen und bereite Pappbecher vor, da klingelt es auch schon. Ich kippe einen Schuss Vollmilch in beide, und in Filips Getränk kommen noch drei gehäufte Löffel brauner Zucker. Schließlich sehe ich Tag für Tag, wie er seinen Kaffee trinkt, nämlich pappsüß. Unsere Schreibtische sind nur durch eine Glasscheibe voneinander getrennt, man kann sich sehen, aber nicht hören. Und ich finde, das ist im Umgang mit Filip ideal. Ohne sein Gesäusel ist er nämlich ein rundum erfreulicher Anblick. Er ist gut einen Meter neunzig groß, mit kurzem braunem Haar und hypnotisch grünen Augen. Außerdem hat er Grübchen und für einen Mann sehr lange Wimpern, die er schamlos einzusetzen weiß. Dazu einen perfekt gepflegten Dreitagebart. Doch, im Grunde genommen sieht Filip Hamann echt verboten gut aus. Aber das Aussehen reißt es nicht raus. Wegen seiner nervtötenden Art hat noch jede normale Frau die Flucht ergriffen. Er ist nämlich einer dieser Männer, die man sowieso nicht haben kann. Man kann mit ihnen ausgehen, aber man kommt nicht an sie ran. Sie stellen dir tausend Fragen, drücken sich aber selbst vor jeder Antwort. Und wenn man wissen will, ob man »jetzt definitiv zusammen ist«, sagen sie so etwas wie: »Man kann Liebe nicht *definieren.*«

Ich habe da einschlägige Erfahrung in meinen Zwanzigern gesammelt … Mit anderen Männern. Nicht mit Filip. Aber das muss ich auch nicht. Kennst du einen, kennst du alle von der Sorte. Auf jeden Fall gibt man ihm besser gar nicht erst das Gefühl, überhaupt interessiert zu sein. Außerdem – das hat mir Jenny ganz im Vertrauen erzählt, als sie Personalakten archivieren sollte – ist er vorbestraft. Zwar stand nicht der Grund dabei, aber ich meine, das sagt doch alles! Nein, von Filip Felix Hamann hält man sich außerhalb der Arbeitszeiten wirklich am besten fern. Ein Rat übrigens, den Leonie Maier nicht beherzigen wollte. Sie kam als Praktikantin und ging als gebrochene Frau. Heute lebt sie angeblich in Köln mit einer Frau zusammen. Sie und Filip hatten eine kurze, aber heftige Affäre vor den Augen der gesamten Firma, und am Ende gab es eine sehr unschöne Szene im *Le Club*, Münchens angesagtem Nachtklub. Ungeachtet der anwesenden Prominenz kippte Leonie Filip einen Gin Tonic ins Gesicht und übertönte sämtliche Bässe mit der Mitteilung, er sei ein bindungsunfähiges Arschloch. Und dass sie nie, nie wieder einem Mann zuliebe gewisse Stellungen einnehmen oder Fallschirmspringen würde. Unsere komplette Abteilung stand mit offenem Mund da und ergötzte sich an dem traurigen, aber doch unterhaltsamen Schauspiel. Zu meiner Schande bildete ich da keine Ausnahme. Einzig Jenny hatte taktvoll den Klub verlassen. Leonie wurde von der Security rausgeführt, und Filip betrank sich mit acht Bacardi Cola so dermaßen, dass er am Schluss sogar Paul Hoffmann, unseren Chef, mit tiefem Hüftschwung antanzte.

Alles in allem sehr peinlich.

Seither kann man keine Kollegin für voll nehmen, die mit ihm anbandelt.

Ich nehme den Hörer von der Gegensprechanlage und drücke auf den Summer.

»Hasenhilfe Schwabing!«, ruft es mir freudig entgegen. Ich werfe mir meine Jacke über und nehme die Zugtickets an mich. Sekunden später erscheint Filip auf der Schwelle. Auch er ist heute in Jogginghose unterwegs, sieht im Gegensatz zu mir dadurch aber leider noch besser aus als so schon. Und er trägt eine dieser coolen Unisex-Strickmützen, für die ich leider nicht die richtige Kopfform habe. Man braucht *Melone*, ich habe eher *Globus*. Aus diesem Grund bevorzuge ich Modell *Lappland* mit integrierten Ohrenschützern.

»Komm rein!«, sage ich betont locker. »Ich hab nur noch ein paar Minuten. In der Küche steht Kaffee.«

Auch Filip mustert mich.

»Interessantes Outfit! Trägt man das so, da, wo du hingehst?«

»Das klingt, als ginge ich in die ewigen Jagdgründe.«

»Na ja, es ist ja auch nicht gerade um die Ecke, dieses Wannedingsbums … Bei Schalke, oder?«

Dass Filip meine Heimatstadt zumindest grob geografisch einsortieren kann, erstaunt mich.

»Wanne-Eickel. Und glaub mir, im Ruhrgebiet spielt Aussehen keine so große Rolle.«

»Verstehe. Innere Werte und so?«

»Nein. Die Gucci-Filiale lief neben *Guidos Currywürsten* einfach nur nicht so gut«, witzele ich.

Filip lacht laut. »Na, wo ist denn der Patient?«, fragt er dann munter und sieht sich um. Vermutlich hat er bereits ein zweistündiges Work-out hinter sich und so viel Adrenalin intus, wie ich es mir nur mit fünf Tassen Espresso antrinken kann.

»Im Wohnzimmer, gleich rechts.«

Angesichts meines Klavier-Sekretärs pfeift er anerkennend durch die Zähne. »Kannst du etwa *sprayen?!*«

»Na ja … Das war ein Wahlpflichtfach im Studium. Aber viel Auswahl gab es da nicht, gerade mal noch Töpfern oder Aquarellmalerei. Und da ich damals schon Richtung Lackierungen gehen wollte …«, staple ich tief.

»Das ist also deine Bude, Baumann! Sehr minimalistisch, gefällt mir.« Sein Blick gleitet über die weißen Wände und meine spärliche Einrichtung.

»Hast du extra für mich noch durchgesaugt?«

Seine Blicke wandern über meinen grauen Veloursteppich, der verräterisch die typischen hell- und dunkelgrauen Saugstreifen aufweist.

»Quatsch, das mache ich immer, wenn ich wegfahre.«

Genau wie – den Müll runterbringen«, weiche ich aus und hoffe, dabei nicht rot zu werden.

»Na, dann wollen wir mal!«

Er greift nach Käfig und Kaffeebecher, und ich fasse am anderen Ende mit an.

»Nichts da, du trägst nur dein Reisegepäck!« Er mustert meine Sporttasche, die ich mir inzwischen über die Schulter gehängt habe. »Was ist denn das? Dein Kulturbeutel?«

»Meine Reisetasche«, erkläre ich. »Es ist ja nur für drei Tage.«

Wieder pfeift er anerkennend durch die Zähne. »Madame reist mit leichtem Gepäck. Der Traum eines jeden Mannes!«

Ich verzichte darauf, ihm zu erklären, dass dieser Umstand der unglamourösen Tristesse meines Heimatortes geschuldet ist. Er klemmt sich den Kaffeebecher mit dem Deckel zwischen die Zähne und stemmt den Käfig.

»Donnerwetter, ganz schön schwer, das Ding! Vor allem dafür, dass sein Gefängnis so klein ist.«

Untermieter hoppelt neugierig auf Filips Arm zu und schnuppert durch die Gitterstäbe daran. Prompt muss er lautstark niesen. Ich verkneife mir das Lachen. Bereits beim Reinkommen war mir aufgefallen, dass Filip unwiderstehlich nach *Portofino* riecht, einem schweineteuren italienischen Duft, an den ähnlich schwer ranzukommen ist wie an vom Papst geweihtes Wasser. Offensichtlich ist er also auch nicht unvorbereitet aus dem Bett ins Auto gehüpft. »Das sind absolute Hasenhaltungs-Standardmaße«, kläre ich ihn bezüglich des Käfigs auf und greife mir meinen Wohnungsschlüssel. »Außerdem hat er täglich Freigang.«

»Sag ich ja: wie im Knast.«

Blödmann. Auch ich wünsche mir für Untermieter einen Garten, aber damit sieht es nun mal in München schlecht aus. Ein letzter Blick; die Kaffeemaschine ist aus. Ich ziehe hinter mir die Tür zu. Von gegenüber kommt uns eine junge Frau entgegen. Kurz nickt sie uns zu, dann quetscht sie sich in ihrer Nickihose an unserer Kleinkarawane vorbei in Richtung der Briefkästen.

»Vielleicht muss er mal abnehmen?«, feixt Filip weiter, als er Untermieter stöhnend in den Kofferraum seines 3er-Kombi hievt.

»Vielleicht musst du nur mehr Muskeln aufbauen?«, feixe ich in Untermieters Namen zurück.

»1:0 für dich, Baumann!«

»Für einen Hasen seines Alters und seiner Größe ist er vollkommen normalgewichtig! Es kann halt nicht jeder Size zero haben«, füge ich hinzu.

»Ja. Leider«, seufzt Filip.

»Also, hier!« Ich reiche ihm einen Beutel mit Heu, frischen Möhren, Kohlrabiblättern und einer Schachtel Trockenfutter. »Er braucht täglich frisches Wasser in die Tränke und eine Handvoll Heu. Das Grünzeug tust du am besten in den Kühlschrank. Stell ihn irgendwo hin, wo er keinen Zug abkriegt und …« Ich zögere.

»Was noch, Frau Erziehungsberechtigte?«, hakt er nach. »Muss er jeden Morgen seine Blutdrucksenker nehmen?« Offensichtlich amüsieren ihn meine Basishinweise total.

»Willst du nun, dass es ihm gut geht oder nicht?«, mosere ich. Dieses *Immer-alles-ins-Lächerliche-Ziehen* geht mir gehörig auf den Zeiger.

»Ach, Quatsch. Jetzt sag schon.«

Ich hole tief Luft. »*Falls* du Lust hast und es dir keine Umstände macht – kannst du ihn vielleicht ein bisschen streicheln? Das mag er gerne, vor allem hinter den Ohren.«

»Mein Spezialgebiet«, grinst Filip, jetzt offenbar kurz

vor einem Lachkrampf. Und ergänzt, an Untermieter gewandt: »Keine Sorge, Kumpel. Wir werden uns schon verstehen. Das mit dem Streicheln ist ziemlich schwul, aber wenn du drauf stehst, mach ich's.«

Ich verziehe den Mund.

»Ach, Baumann, jetzt sei doch mal ein bisschen lustig. Wenn's sein muss, ernähre ich ihn auch glutenfrei!«

»Ich fahre nach Hause, da kann ich nicht lustig sein.«

»Ach ja, richtig. Wo liegt noch gleich dieses Dusche?«

»Wanne. Wanne-Eickel. Und es liegt im Ruhrgebiet. Hast du nicht vorhin gesagt, du wüsstest, dass es bei Schalke liegt?«

»Ach ja, richtig. Also im Pott. Na, da wäre ich auch mies drauf, wenn ich da hinmüsste. Furchtbare Gegend.«

»Warst du je da?«

»Gott bewahre, nein. Prima, dann also bis Dienstag! Denk dran, dass langes *CarStar*-Wochenende ist, zur Entschädigung, weil wir alle Weihnachten um den Konferenztisch sitzen werden statt unterm Baum. Nicht dass du vor lauter Sehnsucht schon am Montag wieder auf der Matte stehst …«

»Haha. Und so übel ist es im Ruhrgebiet gar nicht. Da gibt es supergrüne Ecken!«, verteidige ich schwächlich meine Heimat.

Filip zuckt die Achseln. Dann lässt er die Fahrertür ins Schloss fallen und kurbelt das Fenster runter.

»Keine Sorge, Baumann. Ich mach schon keine Sauftour mit dem Karnickel. Apropos: Darf er denn Tequila-Shots? Oder nur Coke light?«

Darauf antworte ich nicht, sondern lege missbilligend den Kopf schräg, und Filip gibt vorsichtig Gas.

Die beiden einzigen männlichen Wesen in meinem Leben entschwinden auf eine noch menschenleere Kreuzung.

Ich sehe auf die Uhr und erstarre. Verflucht, schon zwanzig vor zehn! Ich renne in Richtung U-Bahn und bete, dass die Baustelle auf der Stammstrecke aufgehoben ist. Auf meinem Handy erscheint eine SMS meiner Mutter.

Bist du bis jetzt pünktlich???

3.

Nachdem ich sie ebenfalls per SMS beruhigt habe, dass bis jetzt – das bedeutet bis München-Pasing – alles glatt läuft, beginne ich, mich zu entspannen.

Die letzten Wochen auf der Arbeit waren mörderisch. Und die Tatsache, dass wir ausgerechnet über Weihnachten und Neujahr eine Präsentation vorbereiten müssen, die eigentlich schon Ende November hätte stehen sollen, begünstigt das Betriebsklima nicht wirklich. Alle sind unter Strom, und man muss schon mit Mobbingklagen rechnen, wenn man sich am Kopierer versehentlich von links anstellt.

Also feiern wir Weihnachten vor. Und solange meine Mutter schon im Juli weiß, dass die Krippe und das Essen bereits in der Woche vor dem vierundzwanzigsten stehen müssen, hat sie kein Problem damit. Deshalb hab ich ihr, als sich im Oktober der Horror abzeichnete, zum Glück vorsorglich Bescheid gegeben. Ich glaube sogar, dass sie es ganz gut findet, da sie so der alljährlichen Begegnung mit meinem Vater in der Christmette entgeht. Denn obwohl sie stets betont, dass er ihr ein für alle Mal gestohlen bleiben kann und ihr samt ihrer Nachfolgerin absolut und total schnuppe ist, bereitet sie sich auf dieses Event immer stundenlang vor. Wer am vierundzwanzigsten ab Mittag noch mal ins Bad will, muss das am dreiundzwanzigsten vor zehn Uhr angemeldet haben. Und selbst dann stehen die Chancen schlecht.

Die Firma, in der Jan arbeitet, scheint ähnlich unter Druck zu stehen wie *CarStar*, denn auch er hatte sofort eingewilligt, schon vor dem Fest zu kommen. Außerdem kämen ihn so die Flüge billiger, da er ja am echten Heiligabend bereits wieder zurück sei. Und er könne jede Menge Papierkram aufarbeiten, da es dann wunderbar ruhig sei im Büro. In den *Christmas Holidays* lägen die Iren betrunken im Bett oder in der Notaufnahme, denn sogar trinkfeste Exemplare übertreiben es an den Feiertagen. Selbst wenn wir ganz normal am echten Weihnachten feiern würden, würde er den gesamten ersten und zweiten Feiertag vorm Laptop fristen müssen. Und das, statt seine volle Aufmerksamkeit seiner einzigen und geliebten Schwester, nämlich mir, zu widmen, die ihn jedes Jahr zwingt, *Drei Haselnüsse für Aschenbrödel* zu gucken. Ein Ritual, ohne das für mich einfach nicht Weihnachten ist. Und für ihn im Grunde auch nicht, nur weiß er das nicht so.

Jedenfalls – es kam uns allen gelegen. Bloß meine Tante Erika stellte sich quer. (Sie vertritt die eher konservative Linie unserer Sippe.) »Was ist denn das für eine Welt, in der wir leben? Weihnachten vorzuverlegen, also wirklich! Das ist barbarisch«, schnaubte sie verächtlich ins Telefon, als ich es ihr erklärte.

»Wir leben eben antizyklisch«, versuchte ich sie zu begeistern. »Das ist sehr wichtig, jetzt, da die Weltbevölkerung so zunimmt. Man muss sich Nischen schaffen. Du gehst doch auch nicht samstags auf den überfüllten Weihnachtsmarkt?«

»Aber nur, um deinem Vater mit seiner neuen Familie auszuweichen. Samstags kommt immer der Nikolaus auf den Rathausplatz, und sein neues Gör müsste ja langsam in dem Alter sein, in dem es einen Wunschzettel schreiben kann.«

Wer meiner Mutter und ihren zwei Schwestern jemals in die Quere gekommen ist, hat leider für immer verspielt. Das scheint eine Art Baumann-Gesetz zu sein. Wobei ich selbst auch nicht scharf auf Begegnungen mit ihm bin.

»Und demnächst feiern wir dann wohl Ostern im November, nur weil du ein Meeting hast?«, schlussfolgerte Erika weiter.

»Gut möglich. Das ist sogar eine sehr gute Idee – um die Zeit sind keine Automessen.«

Ironie ist immer eine sehr gute Waffe ihr gegenüber.

»Na schön, also von mir aus. Ich werde da sein. Aber ich finde eure Arbeitswelt heutzutage absurd! Wenn man nicht mal an Heiligabend frei hat, wann dann? In deinem Alter habe ich jeden Freitagnachmittag um vierzehn Uhr meine Karte in die Stechuhr geschoben! Und dann *Tschö mit Ö*. Und kurz vor Weihnachten hat der Chef immer *persönlich* zu sich nach Hause zum Punschabend geladen!«

Tante Erika hat vier Jahrzehnte lang voller Stolz bei *Hertas frische Fleisch- und Wurstwaren* das Sekretariat geschmissen. Mir vorzustellen, ich wäre bei meinem Chef Paul Hoffmann und seiner neureichen Frau Maya eingeladen, bereitet mir eine Gänsehaut. Ich wüsste gar nicht, worüber ich mit ihnen reden sollte. Über Jachten und Häuser auf Sylt?

»Prima, Tante Erika! Dann freuen wir uns auf dich!«, beendete ich das Gespräch und fing an, Geschenke zu besorgen.

Die übrige Verwandtschaft, bestehend aus Tante Rosi, ist die eher rebellische Seite der Sippe und war wesentlich einfacher zu überzeugen. Sie meinte bloß, sie freue sich, uns »Kinder« wiederzusehen. Egal, wann und wo und in welchem Zustand. Mitsamt meiner Mutter sind alle drei unbemannt, und so gab es niemanden sonst zu informieren. Außerdem hängen Rosi und Erika sowieso ständig bei meiner Mutter rum. Tante Rosis hübsche kleine Wohnung liegt in derselben Straße wie unser Einfamilienhaus und Erikas Hof, mit Stallungen und viel Land, nur drei Kilometer entfernt. Aber ich habe oft das Gefühl, dass die drei sich unser Wohnzimmer teilen. Rosi hat eine zauberhafte Tochter in meinem Alter, Fee, Ergebnis einer Liebschaft mit einem australischen Schafzüchter, die ich wahnsinnig gern mag. Doch leider lebt sie noch in Australien und hat bereits selbst eine Familie. Tante Rosi plant seit Jahren, sie zu besuchen, leidet aber unter schrecklicher Flugangst. Erika ist kinderlos und hat diesen Mangel von jeher mit der Liebe zu Pferden kompensiert. Ein Glücksfall für mich, als ich in der Pferdephase war. Pech für meinen Bruder, als er in der Dinosaurier-, Ritterburg-, Cowboy-, Spiderman- und Skaterphase war. Ich verbrachte jede freie Minute und meine gesamten Ferien bei ihr auf dem Hof, und Jannemann durfte mir beim Hufeauskratzen zusehen und mir beim Misten assistieren. Das Ruhrgebiet ist nämlich, man glaubt es kaum, auch ganz schön ländlich. Man kann sogar abends frische Milch vom Bauern holen.

Kurz bevor der Zug Hannover erreicht, piept mein Handy:

Hey, Schwesterherz, auch schon auf der Odyssee nach Hause? Freu mich sehr auf dich! Was schenkst du?! Hoffe, ich komme noch mal mit irischen Souvenirs davon … Mach dich auf was gefasst!
Dein Jannemann

Ich muss lachen und sehe meine Mutter und Erika zu irischer Volksmusik die Gläser heben, gefüllt mit Guinness vom Fass. Dazu mich, wie ich einen Wälzer von James Joyce aufschlage, und Rosi, die ein neues quietschgrünes Outfit für den St. Patrick's Day überstreift.

Auch Jan hatte nach dem Abi die Flucht aus dem drögen Pott ergriffen und versucht, etwas möglichst Exotisches zu studieren.

»Es nennt sich *European Business Studies*«, hatte meine Mutter mich staatstragend über seinen Entschluss in Kenntnis gesetzt.

»Aha, also BWL mit Sprachen«, hatte ich trocken entgegnet.

Ich gönne meinem Bruder alles, ehrlich. Aber bei ihm ist immer automatisch alles toller als bei mir.

»Bettinaschätzchen, du brauchst nicht neidisch zu sein!«, war meine Mutter wissend darauf eingegangen. »Wir haben dir ein *Kunststudium* ermöglicht.«

Mein Lieblingsthema, gleich nach meiner Nase.

»So, wie du das sagst, klingt es, als hätte ich malaiische Stammesgesänge auf Lehramt studiert.«

»Nein, aber es ist schon sehr luxuriös, wenn man sich mit einem Fach im kulturellen Bereich derart lange befassen kann.«

»Mama, ich habe exakt acht Semester studiert, das ist die *Regelstudienzeit*. Und im Übrigen habe ich kein Diplom in Kunst, sondern eines in Design.«

»Wo ist da der Unterschied?«

»Zum einen ist es praktisch orientiert, und zum anderen hat es eher mit Konsum zu tun als mit durchgeknallten Künstlern.«

»Aha, also angewandte Kunst?«

»So ähnlich. Ich bin bei einem sehr großen deutschen Konzern angestellt und gestalte eigenverantwortlich die Karosserien deutscher und ausländischer Kleinwagen.«

Im Grunde gestaltete ich sie bloß eigenverantwortlich *mit*, aber das muss man ja nicht überbetonen. Es kann nicht schaden, meiner Mutter gegenüber ein wenig zu übertreiben, schließlich zieht sie sowieso wieder zehn Prozent davon ab.

»Aber natürlich, Schätzchen. Dein Vater dachte nur, du würdest eines Tages eine Galerie in Manhattan leiten und mit Andy Warhol zu Mittag essen.«

»Dann hat er mein Studium von Anfang an falsch verstanden. Ich habe Kommilitonen, die entwerfen bis heute voller Stolz die Verpackung eurer Erbsen. Und selbst da muss man erst mal hinkommen!«

Was stimmt. Filip hat sich nach Ende seines Studiums ein ganzes Jahr lang in einer Werbeagentur mit Tütensuppenlayouts durchgeschlagen.

»Außerdem ist Andy Warhol längst tot. Da hättet ihr mich früher zeugen müssen. Und im Übrigen dachte ich, ist dir Papas Meinung doch seit Anfang der Neunziger egal?«

»Na ja, es war ja nicht *alles* schlecht an ihm. Er wollte eben immer das Allerbeste. Oder die Allerbeste. Ich werde nie verstehen, wie der Körper einer Dreißigjährigen auf einen Fünfzigjährigen anziehender wirken kann, als der gereifte Geist einer Mitvierzigerin! Worüber unterhält man sich da zwischen dem Sex?«

Dass mein Vater ein wandelndes Klischee ist und uns eines schönen Tages Knall auf Fall für seine langjährige und langbeinige Apothekenhelferin verließ, hat uns alle schlimm getroffen. Vor allem, da er anschließend ein neues Kind bekommen hat. Mit fünfzig. Aber das Allerschlimmste an der Sache ist, dass meine Mutter Jahre nach der Scheidung nicht darüber hinwegkommt. Oder es zumindest nicht müde wird, uns darauf hinzuweisen, dass ihn überhaupt zu ehelichen ein Fehler gewesen ist, wodurch wir uns jedes Mal indirekt angegriffen fühlen, denn dann gäbe es uns ja nicht.

Ich schreibe Jan zurück.

Bruderherz, das kann ich toppen: Von mir gibt's wieder Selbstgemaltes! Und für Muttern ein Paar formschöner Ballerinas mit Leoprint. Die Tanten kriegen Münchner Schmankerln. Hab ich alles per Paket vorausgeschickt. Ein Glück, dass wir im fremdsprachigen Ausland wohnen!
Freu mich auch,
dein Tintenfisch

Als wir klein waren, konnte mein Bruder meinen Namen nicht richtig aussprechen, und Erika schlug ihm vor, mich einfach *Tina* zu nennen. Kurzerhand machte er daraus das wesentlich schwerere Wort *Tintenfisch*, und dabei ist es bis heute geblieben. *Jannemann* hingegen war aus *Pannemann* entstanden, in einem Streit um den besten Köpper im Freibad.

Der Zug erreicht nun Höchstgeschwindigkeit. Ob Filip Untermieter gut versorgt? Zu gern würde ich nachfragen, aber ich möchte nicht als gluckende Hasenmutti abgestempelt werden. Geschweige denn als Klette. Er wird das Kind schon schaukeln. Aber ich könnte Jennifer eine SMS schreiben und fragen, wie es ihrer Kleinen geht. Kurz darauf kommt die Antwort:

Der Arzt sagt, sie hat das Norovirus! Und rate mal, wer es inzwischen auch hat? Ich! Hoffe bloß, das legt sich wieder bis Dienstag. Wer soll mich denn vertreten so kurz vor Weihnachten? Mist, Klopapier ist alle. Muss Schluss machen … Noch mal sorry wegen Untermieter! Hast du jemand anders gefunden?
Jen

Jennifer zu gestehen, wer sich in Wahrheit um Untermieter kümmert, käme gesellschaftlichem Selbstmord gleich. Mein geliebtes Haustier am Wochenende *privat* Filip Felix Hamann anzuvertrauen ist fast wie ein One-Night-Stand, wenn nicht sogar noch intimer. Und wie in jedem guten Büro ist auch bei uns der Empfang die Zentrale aller Gerüchte.

Liebe Jen,

meine Nachbarin von gegenüber hat sich erbarmt. Tja, so lernt man Leute kennen! Oje, oje, euch hat's ja schlimm erwischt! Gute Besserung und kurier dich aus! Egal, wie lange es dauert!
Bettina

Dieser Rat ist nicht ganz uneigennützig. Das Letzte, was *CarStar* kurz vor der Neujahrspräsentation der neuen Sportwagenflotte braucht, ist ein hinterhältiges Virus, das die Firma lahmlegt. Wir feilen seit gut einem Jahr jeder an seinem Projekt. Und was mich angeht, so erhoffe ich mir davon sogar eine Beförderung zur Abteilungsleiterin. In den drei Jahren, die ich in der Firma bin, habe ich mir praktisch noch nie Urlaub genommen. Außer für die Skandinavienrundreise mit Mika, meinem Verflossenen, der bei Volvo arbeitet und den ich auf der IAA kennenlernte. Wie gesagt, ich hätte es mir sparen können, sowohl den Urlaub als auch die Beziehung selbst habe ich völlig überbewertet.

Zusätzlich zu den vielen Dingen, in denen wir nicht zueinanderpassten, hatte er sich auch noch einen sehr dummen Spruch über meine Nase erlaubt, und so zog ich mitsamt seinen wertvollen Angelhaken, einer Regenbogenforelle und dem Insektenspray von dannen und schlug mich per Anhalter bis nach Kopenhagen zum Flughafen durch. *Wenn eine Frau nichts mehr hat, hat sie immer noch ihren Stolz.* Ein Wahlspruch von Tante Rosi.

Das ist wieder so typisch! Da bin ich nun: Wanne-Eickel-hauptsächlich-trostlos-Bahnhof, um exakt fünfzehn Uhr zwanzig nordrhein-westfälischer Ortszeit. Frierend und in der Kurzzeitparkzone. Und kein Schwein holt mich ab. Ich fühle mich wie damals, als meine Mutter vergessen hatte, mich beim Schwimmen einzusammeln. Okay, das ist meiner Mutter nur ein einziges Mal passiert. Weiß Gott keine schlechte Bilanz bei zwei Kindern in all den Jahren. Aber wer einmal mit nassen Haaren bei drei Grad minus auf einem Berg gestanden hat (es war der Porscheberg), dem prägt sich das eben ein.

Weit und breit also niemand zu sehen, außer einem nicht unattraktiven Typen in meinem Alter. Dunkle Haare, Lederjacke und die im Ruhrpott obligatorische Trainingshose mit den drei weißen Streifen an der Seite, mit der man immer gesellschaftsfähig ist. Vom Gang zum Bäcker bis zum traurigen Abstieg des Lieblingsvereins – der Fetzen ist ein modisches Chamäleon und deutet hier keineswegs darauf hin, dass man etwas mit Sport am Hut hat. Mein persönliches Exemplar habe ich zuletzt kurz vor dem Abi in der Eisdisko getragen. Das war damals der letzte Schrei: weiße Schlittschuhe und dazu Adidas-Trainingshosen. Meine Freundin Corinna und ich sind fast geplatzt vor Coolness. Wir haben uns vorgestellt, wir wären Eiskunstläuferinnen im Training. Und das, obwohl keine von uns eislaufen konnte. Schon gar nicht in diesen kippeligen Lederdingern, aber die klobigen Hockeyschlittschuhe waren uns einfach zu peinlich. Also hingen wir stundenlang an der Bande ab, was seinen Zweck (Jungs gucken) genauso gut erfüllte. Es war die Zeit von Kati Witt. Wir sahen uns jede Meisterschaft im Fernsehen an und gingen sogar in *Holiday on Ice*, eine ziemlich bekannte Revue damals. So wie andere Mädchen auf Ballett und *Anna* standen, standen wir auf Eiskunstlauf. Um die Olympischen Spiele 1988 in Calgary zu sehen, blieben wir die ganze Nacht auf, und später haben wir den Film *Eisprinzessin* so oft auf VHS gesehen, bis die Kassette nur noch Bandsalat war.

Ich sehe mich um. Die Bushaltestelle vor dem Bahnhof ist noch genau dieselbe wie damals. Nur leider verrät mir der Blick auf den Fahrplan, dass die Linien und Routen sich geändert haben. Sogar neue Haltestellen gibt es, die mir so gar nichts sagen. Ich komme wirklich nicht oft nach Hause. Letztes Jahr Weihnachten hat mich Jan vom Flughafen mitgenommen, weil er zeitgleich aus Dublin kam und einen Wagen gemietet hatte. Vielleicht frage ich mal den Typen in Trainingshosen? Der stammt eindeutig von hier und weiß sicher, wie man sich am besten fortbewegt, ganz ohne U-Bahn.

»Entschuldigung!«, gehe ich auf ihn zu. Er dreht sich um und lächelt mich freundlich an.

»Huhu, Tinchen – hiiiiier!«

Mit lautem Gehupe hält ein japanischer Kleinwagen neben mir an. Wenn ich mich nicht täusche, sogar in genau dem Korallenrot, das ich vor zwei Jahren für dieses Auslaufmodell neu aufgelegt habe.

»Deine Mutter konnte nicht kommen!« Tante Rosi hat das Fenster runtergekurbelt und schreit mich durch den Flockenwirbel an. Schnee ist eine ziemliche Seltenheit in diesen Breiten; mit Ausnahme von jenem Winter, in dem ich mit nassen Haaren auf meine Mutter wartete, sinkt die Temperatur hier praktisch nie unter null. Globale

Erwärmung oder bloß regional durch die Industrie verursacht? Darüber kann man streiten. Ich jedenfalls mag diese milden Temperaturen im Pott. Einer der wenigen kleinen Vorteile gegenüber München, neben den Immobilienpreisen. Und den kurzen Wegen.

»Ist etwas passiert?«, schreie ich besorgt zurück.

»Nein, nein, sie ist nur noch nicht mit den Vorbereitungen fertig und musste sich zwischen dir und dem Punsch entscheiden.«

»Kann ich Ihnen helfen?«, hakt der Trainingshosenmann höflich nach, der mich die ganze Zeit über abwartend anschaut.

»Ähem, ja, danke. Hat sich erledigt«, antworte ich knapp und ringe mir ein Lächeln ab.

»Schade«, erwidert er und lächelt auch.

Von Nahem betrachtet, sieht er richtig süß aus. Außerdem ist er so gut gebaut, dass er vermutlich doch regelmäßig Sport treibt. Ich steige ins wohlig warme Auto.

»Auf Wiedersehen!« Er winkt mir.

»Tschüs«, sage ich und werde aus unerfindlichen Gründen verlegen, sodass ich schnell die Tür zuschlage.

»Wer war denn das?«, fragt Tante Rosi, drückt mir einen Kuss auf und gibt Gas, als gelte es, die Poleposition zu halten. Ich schnalle mich an und halte mich zusätzlich an Armaturenbrett und Handgriff fest.

»Ein Fremder«, hauche ich dramatisch.

»Ein sehr gut aussehender Fremder!«, nimmt Rosi Witterung auf. Von uns allen hat sie die wildesten Männergeschichten erlebt. Oder erfunden. Und das, obwohl sie schon immer sehr mollig war. Was gottlob bestätigt, dass dünn nicht immer sexy ist und ich in Ruhe weiterhin viel Schokolade essen kann. Als ich beim Niedergang der letzten Ehe alt genug war, sie entsetzt zu fragen: »Aber ich dachte, du liebst ihn?!«, antwortete sie nur: »Ja, das habe ich auch, bis ich ihn eben nicht mehr liebte.«

Ein paar Minuten später biegen wir in die mir wohlvertraute Wohngegend ein – eine verkehrsberuhigte Zone mit Tempo-30-Schildern und roten Klinkerbauten. Schönste Mittelstandsidylle. Tante Rosi parkt in der Einfahrt vor der Garage, ich drücke den Klingelknopf unter dem getöpferten Schild mit unserem Familiennamen, das meine Mutter vor zwei Jahrzehnten auf einer Kunsthandwerksmesse erstanden hat. Ich stutze. Statt »Baumann« steht dort jetzt »Winter«.

In diesem Moment öffnet sie schwungvoll die Tür.

»Ich habe Bowle gemacht – das Punschrezept ist verschwunden!«, rechtfertigt sie ihre Abwesenheit am Bahnhof.

»Jedenfalls war ich pünktlich!«, betone ich.

»Aber die Bowle nicht, die braucht unsäglich lange!«

»Mama, für den Punsch brauchst du doch kein Rezept mehr, den hast du schon hundert Mal gemacht! Und wann hast du deinen Mädchennamen wieder angenommen?«

»Vor einem halben Jahr. Ich wollte es dir persönlich sagen, aber du bist ja nie hier.«

Aha, da ist sie auch schon: die vertraute vorwurfsvolle Idylle, die sich bereits am Telefon ankündigte.

»Deine Mutter löst sich *endlich* von ihrem Exmann …«, kommentiert Rosi ungefragt und gewohnt direkt, als sie leicht keuchend hinter mir ankommt.

»Vielleicht könnt ihr alle erst mal reinkommen?«

Tante Erikas drahtige Reiterfigur taucht hinter meiner Mutter im Flur auf. Ihr Tonfall ist wie üblich so harsch, als wolle sie eins ihrer Pferde zum doppelten Oxer animieren. »Sonst wissen die Nachbarn wieder mehr über euch als ich!«

Ich nehme sie nacheinander herzlich in die Arme, und auch sie drücken mich fest an sich. Ach ja, auch wenn man sich zeitweilig auf den Wecker geht: Familie ist eben Familie.

Ich stelle meine Tasche ab und folge dem Trio in die Küche, in der es eigentümlich riecht. Eher nach Party als nach Advent.

»Ich mache Kürbisbowle!«, erklärt sie stolz. »Man braucht einen Kürbis, ein Kilo Zucker, zwei Liter herben Rotwein, zwei Zentiliter Marillenlikör und einen mittellangen Zweig Zitronenmelisse, getrocknet.«

Meine Mutter kocht grundsätzlich nichts ohne Rezept. Sie sammelt sie in fünf dicken grauen Aktenordnern in einem Eichenschrank im Flur. Einige davon würden bei eBay Sammlerpreise erzielen, zum Beispiel das Waffelrezept mit Kirschen und Sahne aus der *Brigitte*, Frühjahr 1976. Über das Ordnerchaos auf dem Küchentisch hat sich Jan gebeugt, der nun freudig aufspringt und mich ebenfalls begrüßt. Wir fallen uns in die Arme und machen uns jede Menge Komplimente, wie gut, erholt und schlank wir aussehen. Erst als Tante Erika spöttisch meint, ich wäre schon wieder so groß geworden, beenden wir den Selbstbetrug.

Beschwingt und beschwipst sitzen wir später zusammen im Wohnzimmer. Rosi und Erika auf der Couch, meine Mutter und ich in den dazugehörigen Klubsesseln, und Jan kauert im Schneidersitz auf dem Boden vor dem Couchtisch.

»Junge, hol dir doch einen Stuhl aus der Küche!«, kommandiert Erika, die eine gerade Körperhaltung zu Pferd wie zu Fuß immer begrüßt.

»Ach, lass nur – ich habe Rückenschmerzen vom vielen Sitzen im Büro, das hier ist angenehmer für mich«, lehnt er ab. Rosi verlangt nach einer Decke oder einem Heizkissen, Erika unkt, sie sei doch noch keine achtzig, und meine Mutter ergänzt die Verköstigung auf dem Tisch mit einer Großpackung Knabberkram und einem Teller voller Feigen, Datteln und Nüsse zum Knacken, die sie neben eine Etagere voll Plätzchen stellt.

Es ist der neunzehnte Dezember, unser Heiligabend. Mit Rücksicht auf Jans neue britische Wurzeln bescheren wir zur Abwechslung diesmal erst am nächsten Morgen. Unsere Runde weicht gar nicht so sehr von meiner irischen Zugfantasie ab: Allerdings befindet sich der Whiskey, den Jan mitgebracht hat, noch unangetastet in hübsch verpackten Flaschen unter dem rot-grün geschmückten Tannenbaum vor der Terrassentür. Wieder einmal hat meine Mutter es geschafft, den schiefsten und krummsten zu kaufen. Sie ist der einzige Mensch, den ich kenne, der Mitleid mit Tannenbäumen hat. »Den will doch sonst keiner, den armen Lumpi!«, sagt sie immer, und als Kinder starrten wir jedes Jahr wehmütig auf die gut gebauten Nordmanntannen, die andere Familien nach Hause trugen.

»Dann feiern wir wohl jetzt auch noch gleichzeitig Silvester«, bemerkt Tante Erika schnippisch und legt kategorisch ihre Hand über ihr Glas, als sich meine Mutter schon wieder mit der Schöpfkelle nähert.

»Gute Idee!«, grinst mein Bruder.

»Aber natürlich! Presst doch einfach alle feierlichen Anlässe in die nächsten achtundvierzig Stunden«, reitet sie auf dem Thema *Feiertage verschieben* herum. »Am besten auch meinen Geburtstag!« Ich seufze. Erika war schon immer nachtragend. Meine Pferdeleidenschaft endete abrupt, als sie mir eine tagelange Szene machte, weil ich *einmal* ein Pferd nachts auf der Koppel vergessen hatte. Okay, irgendwie wollte es danach nie wieder in den Stall, aber das ist ja jetzt per se kein Drama.

»Erika, die Welt hat sich verändert!«, kontert Tante Rosi und schiebt sich ein Vanillekipferl in den Mund. »Erst recht die Arbeitswelt! Dafür musst du Verständnis haben. Was du im Übrigen auch hättest, wenn du dir mal was anderes angucken würdest als deine Vorabendserien und Vierbeiner.«

»Warum sollte ich?«, protestiert die Angegriffene. »Ich bin mit dem Berufsleben durch und mag es nun mal, wenn beim Allgäu-Krimi die Kommissare um achtzehn Uhr nach Hause gehen.«

»Dann hoffen wir mal, dass sie nie die Sendezeit verschieben. Prost!« Tante Rosi erhebt ihr Glas und bittet um Nachschub. »Darauf, dass wir alle hier zusammen sind ...« Ihr Blick schießt scharf in Richtung ihrer immer noch leise vor sich hin schimpfenden Schwester, die sich diszipliniert an ein paar Trockenfrüchte hält. »Egal wann und wo und warum, denn das ist schließlich das Wichtigste! Weihnachten ist das Fest der Nächstenliebe! Liebe, Erika, Liiiiebe ...!«

»Genau. Wenn's schiefgeht, liebt man einfach den Nächsten«, kann sich Jan einen unsensiblen Kommentar nicht verkneifen, den ihm aber keiner übelnimmt. Ganz im Gegenteil. Meine Mutter kichert, Tante Erika schmunzelt – die angespannte Stimmung ist wieder gelöst.

»So, Kinder, und nun ...« Rosi wendet sich an uns. »Was gibt es Neues? Und ich will jetzt nichts darüber hören, dass eure Firmen in den Miesen stecken, neue Apps anbieten oder hunderttausend neue Umweltverpester in Olivgrünmetallic nach Japan verschiffen!«

Die Tatsache, dass Tante Rosi den Begriff *App* kennt und ihn so locker hinausposaunt wie das Wort *Wurstbrot*, verblüfft sowohl Jan als auch mich. Kurz sind wir sprachlos.

»Aha«, diagnostiziert Rosi. »Und schon haben wir das Problem: Wenn ihr nicht über eure Jobs reden dürft, habt ihr nämlich gar nichts zu erzählen.«

Fieberhaft krame ich nach anderen Themen in meinem Kopf. Mir fällt wirklich nichts ein. Außer dass Untermieter mal wieder zum Krallenschneiden müsste.

»Also, ich wohne ja sehr schön«, beginne ich und nehme einen tiefen Schluck Punsch. Mann, das Zeug haut echt rein. »Zwei Zimmer, Fußbodenheizung, nicht weit weg vom Englischen Garten.«

»Ich auch«, stimmt Jan dankbar mit ein. »In einer WG mit einem Franzosen und einem Ungarn, Aufzug und Tiefgarage, nicht weit weg von Temple Bar.«

»Was für eine Bar?«, fragte Tante Erika besorgt. Sie hält jegliche Ausgeh-Location immer gleich für ein Bordell.

»Das ist das Amüsierviertel in Dublin!«, klärt Rosi sie eifrig auf.

»Klar, dass *du* das wieder weißt ...« Erika schlägt damenhaft die Beine übereinander.

»Ach, Erika, es ist ein Jammer, dass du mich nicht zu den Chippendales begleiten wolltest, im Herbst ... Da hättest du mal gesehen, wie viel harmlosen Spaß man auch außerhalb einer Reithalle haben kann!«

»Wenn ich einen nackten Mann sehen wollte, müsste *ich* dafür nicht bezahlen!«, gibt Erika Kontra.

Tante Rosi holt bereits tief Luft für einen mittleren Wutanfall, aber meine Mutter sagt: »Ruhe jetzt!« Sie hatte schon immer die Rolle der Diplomatin inne, außer wenn es um sie selbst geht, dann ist sie meistens überraschend parteiisch.

»Besuch uns doch mal nächstes Jahr!«, sagen Jan und ich im Chor mit Blick auf beide Tanten. Dummerweise kann man Frauen ihres Formats nicht täuschen.

»Kinder, das machen wir gerne«, reagiert Erika zuerst. »Aber da müsstet ihr auch ein wenig Zeit für uns haben. Sonst sitzen wir mit einem Franzosen und Fußbodenheizung im Aufzug und warten, dass ihr von der Arbeit kommt.«

»Viel eher würde ich vorschlagen, ihr kommt mit mir auf Kreuzfahrt! *Kuba*, *Karibik*, *Kokosnüsse*, und das vierzehn Tage lang!«, lautet Tante Rosis Gegenvorschlag.

»So viel Urlaub haben wir leider nicht«, zerstöre ich die Illusion.

»Zumindest nicht am Stück«, wirft Jan ein. »Wollt ihr auch alle ein Wasser?« Er erhebt sich und geht auf die Terrasse hinaus, wo wie üblich ein Kasten Mineralwasser lagert.

Tante Rosi guckt enttäuscht. Dabei hätte ich ehrlich

große Lust, mit ihr auf Reisen zu gehen. Über die Kieler Förde, das Erzgebirge und Dänemark bin ich nie hinausgekommen.

»Tja, Rosi, die Arbeitswelt hat sich verändert!«, zitiert Tante Erika sie triumphierend. »Die Kinder müssen die Welt retten, da können sie nicht mit dir durch die Gegend jetten.«

Tante Rosi schmollt. Um kurz darauf ihre schärfste Waffe zu zücken. »Schön, fahre ich eben allein. Und was macht die Liebe?«

Jan steht mit dem Rücken zu uns und angelt fünf weitere Gläser aus der Vitrine. Dabei tut er wahnsinnig beschäftigt und summt *Jingle Bells* vor sich hin. Na toll, also bleibt es erst mal an mir hängen.

»Also, ich bin ganz zufrieden«, lächle ich und nehme dankbar mein Glas Sprudelwasser entgegen. Die Bowle ist wirklich pappsüß.

»Und weiter?« So schnell gibt Tante Rosi nicht auf.

»Wie, weiter?«

»Und wenn du damit nicht mehr zufrieden bist?«

Ich kapituliere.

»Also schön, es gab da wen …«, gebe ich zu.

»Aha!« Entspannt lehnt sich Tante Rosi zurück, als wäre sie Miss Marple, die gerade einen Fall gelöst hat. Ihr Wasserglas schiebt sie weit von sich. Erika lehnt sich interessiert auf dem Sofa vor, und meine Mutter lässt die Schöpfkelle zurück in unseren alten gelben Rumtopf gleiten, in dem die Bowle fast alle ist.

»Und warum weiß ich nichts davon?«, wirft sie beleidigt ein.

»Weil es schon wieder vorbei ist.«

So, jetzt bin ich fein raus. Ich hatte was mit jemandem, was zeigt, dass ich sehr begehrt bin, aber es ist bereits Schnee von gestern, was zeigt, dass ich keine faulen Kompromisse mache. Außerdem bin ich nicht scharf darauf, mein Ex-Elend en detail zu schildern »Er war Däne, und wir passten nicht zusammen«, füge ich noch großzügig hinzu, weil alle mich weiterhin erwartungsvoll anstarren.

Enttäuscht sinkt Tante Erika in sich zusammen, und meine Mutter bringt den Rumtopf in die Küche.

»Das scheint ja wirklich nichts gewesen zu sein, sonst würdest du uns wenigstens stundenlang über seine Unzulänglichkeiten informieren und darüber, dass du dich gar nicht erst auf ihn hättest einlassen sollen, so wie …«, setzt Tante Rosi an.

»Ja?«, unterbricht meine Mutter sie spitz, die mit einer Flasche kaltem Prosecco zurückkommt und wieder ihren Platz mir gegenüber einnimmt.

»Wie jemand, der ernsthaft verletzt worden ist«, rettet Rosi in letzter Sekunde das freundschaftliche Verhältnis zu ihrer jüngeren Schwester.

Endlich wandern die Blicke erwartungsvoll zu Jan. Ich wette, bei ihm herrscht noch mehr Flaute als bei mir.

»Also, ja, ähem, ich werde heiraten!«

Entsetzte Stille im Raum, dann ein Knall. Ein Korken fliegt durch die Luft. Ich greife mir an die Brust. Habe ich richtig gehört? Mein Mund wird ganz trocken. Ich greife nach der Wasserflasche, erwische aber den Sekt und gieße mein Glas trotzdem voll. Dann folgt ein stürmisches Durcheinanderfragen.

»Was? Ja, aber wen denn?!«

»Ist sie reich?«

»Wird die Hochzeit vorverlegt?«

»O Gott, das sagst du uns jetzt auf den letzten Drücker?! Wann soll ich das denn vorbereiten?«, formuliert jede von uns ihre wichtigste Frage auf diese Bombe hin. Es spricht nicht gerade für mich, aber das Erste, was ich gleich nach der Schockstarre fühle, ist Neid. Wie bitte hat mein Bruder es geschafft, sich innerhalb so kurzer Zeit im Ausland einzuleben, eine geeignete Frau kennenzulernen, sie näher kennenzulernen, ihre Eltern kennenzulernen *und* ihr einen Antrag zu machen? Oder sie ihm? Und das alles, ohne es je auf Skype zu erwähnen! Ich bin fassungslos.

»Aber Junge, du kannst doch nicht einfach eine Wildfremde heiraten, die wir gar nicht kennen!«, japst meine Mutter.

»Ach, Bea, nun lass ihn! Am Ende liegt schließlich er mit ihr in der Honeymoon-Suite und nicht wir«, grinst Rosi.

»Danke!«

Jan hebt mit dankendem Blick auf Rosi beide Hände wie ein Dompteur. Was besonders bei Tante Erika sehr gut funktioniert. Sie streicht ihre feine Cordhose glatt und schweigt. Jan redet mit sonorer Stimme auf uns ein. »Nun ja, ihr habt ja bereits die eine oder andere Beziehung von mir miterlebt. Und da wollte ich euch nicht schon wieder heiß machen, wenn dann doch nichts daraus wird. Aber diesmal …«, seine Augen funkeln, »bin ich mir ganz sicher.«

O ja, das letzte Mal, als er sich ganz sicher war, hat er uns eine Inderin vorgestellt und uns gezwungen, unsere

Körper stundenlang von ihr mit Henna-Tattoos bemalen zu lassen und tonnenweise Linsen zu essen. Sehr zum Nachteil der Winde im Haus. In guter Erinnerung geblieben ist uns allen auch Hua Hin, die Chinesin, für die wir mühevoll lernten, Reis mit Stäbchen zu essen, nur um dann festzustellen, dass sie aus San Francisco kommt und Asien nie gesehen hat.

»Sie heißt Sasha, ist halb Französin und halb Kanadierin und kommt aus Kapstadt«, klärt er uns auf. »Ihre Familie stellt Chardonnay her.«

Aha. Sasha, die südafrikanische Weinkönigin, meine *Schwägerin*, wow! Entgegen dem Gefühl in meiner Magengegend weiß ich, dass es wichtig, richtig und im Sinne geschwisterlicher Liebe die einzige Option ist, mich jetzt voller Begeisterung auf ihn zu stürzen, ihm zu gratulieren und zu fragen, wann wir sie kennenlernen.

»Ist sie etwa schwanger?«, bringt meine Mutter sogleich Bedenken zum Ausdruck.

»Mama, sie hat mehr Geld als wir alle zusammen.«

»Hui, dann ist sie also doch reich!«, jubelt Tante Rosi. »Junge, jetzt hast du es zu was gebracht!«

»Bring sie lieber erst mal mit.« Tante Erika bleibt skeptisch.

»Ihr werdet sie ja bald kennenlernen.«

»Wann denn? An irgendeinem heißen Tag im August, an dem ihr beschließt, dass ich Geburtstag habe, weil mein echter unschön mit euren Plänen für den Winterschlussverkauf kollidiert?«

Wir ignorieren Erikas Beleidigtsein jetzt kollektiv. Erfahrungsgemäß kriegt sie sich so am schnellsten wieder ein.

»Mein Junge wird heiraten!«, sinniert meine Mutter und legt das letzte Schwarz-Weiß-Gebäck angebissen vor sich hin auf die Glasplatte. Offenbar ist ihr der Appetit vergangen. Fast meine ich, Tränen in ihren Augen zu sehen. »Mein kleiner Jan … Ich weiß noch, wie du dir das erste Mal alleine die Latzhose zugemacht hast!«

»Mama!«, lacht er und legt tröstend den Arm um sie. »Du musst dir keine Sorgen machen, Sasha ist wirklich ganz toll, du wirst sie lieben!«

Meine Mutter sitzt jetzt abwesend auf der Sofakante und ergeht sich in Erinnerungen.

Das Telefon klingelt, erst scheint sie zu überlegen, ob sie abnehmen soll, schlurft dann aber doch los. Mit einem Ohr höre ich hin.

»Moment, ich hole sie. Da ist ein Filip am Telefon!«

Habe ich mich verhört? O Gott, was will der denn? Diese Nummer habe ich ihm nur für Notfälle gegeben, das bedeutet, falls Untermieter eine Spenderniere braucht, zum Beispiel. Oje, ihm wird doch nichts passiert sein?! Alarmiert rase ich in den Flur.

»Ja?!«, keuche ich atemlos in den Hörer.

»Auch dir einen schönen Abend, Baumann! Macht ihr schon Bescherung, oder störe ich beim Fondue?«

»Filip, ist alles in Ordnung?«

»Natürlich. Was soll auch passieren, außer dass sich dein Karnickel an einer Möhre verschluckt?«

»Hat er?!« Vor meinem inneren Auge sehe ich Untermieter mit seinem kleinen weißen Punkt auf der Nase, wie er sich in seiner Streu wälzt und sein schwarzer Körper ein letztes Mal dramatisch zuckt, bevor der Tierarzt den Tod feststellt.

»Ach, Quatsch. Der mümmelt prima vor sich hin, vorhin haben wir zusammen eine Folge *Magnum* angeschaut. Ich habe extra eine Folge mit einer Katze rausgesucht, damit er auch was davon hat. Mir geht es übrigens selbst gut, danke der Nachfrage.«

»Aber warum rufst du dann an Heiligabend an?« Noch während ich es sage, fällt mir ein, dass außerhalb meiner verrückten Familie und mir natürlich niemand Feiertag hat.

»Auf jeden Fall nicht, um deine erotische Stimme zu hören. Und es tut mir leid, wenn ich eure hinterwäldlerischen Sitten und Gebräuche störe.«

»Entschuldige. Ich war nur so in Sorge.«

»Wie gesagt, alles in Butter – mit dem Hasen. Allerdings soll ich dich informieren, dass am Montag nun doch eine spontane Krisensitzung anberaumt ist, wegen einem Engpass bei *Stahlus*.«

Stahlus ist unser wichtigster Zulieferer. Das darf doch wohl nicht wahr sein! Da verlegen wir Weihnachten vor – und dann wird es trotzdem zerstört!

»Das heißt jetzt aber nicht, ich soll kommen?«, frage ich entgeistert nach.

»Tu, was immer du willst, aber Hoffmann hat gesagt, wer nicht da ist, hat offenkundig wenig Interesse an seinem Job.«

Ich stöhne. Nein! Nein! Nein! So ein Mist! Ich bin doch gerade erst angekommen, und heute ist Samstag.

Da fällt mir ein: Wieso soll ausgerechnet Filip mich informieren? Wer weiß davon, dass wir in Kontakt stehen?! Diese Information könnte mir in der Abteilung imagetechnisch das Genick brechen, ach, was sage ich, in der gesamten Branche! Wenn alle davon wissen, muss ich Sonntag gar nicht fahren, dann muss ich nie mehr fahren, dann kann ich einfach in meiner Jogginghose auf dem Sofa bleiben und bis in alle Ewigkeit mit den Tanten Canasta spielen.

»Wieso sollst *du* mich informieren?«, frage ich so desinteressiert wie möglich.

»Na, du bist die Nächste in der *CarStar*-Telefonkette.«

»Telefonkette? Kommt da nach *H* etwa *B?*«

»Die hat offenbar nichts mit dem Alphabet zu tun. Vermutlich dachte sich die Blondine vom Empfang, die die Liste gemacht hat, ich fasse einfach mal alle Namen in Gruppen zusammen. Zum Beispiel die, die auf *mann* enden. Also Hoffmann, Hamann, Baumann …«

Das klingt tatsächlich sehr nach Jenny, die immer gerne eigene Systeme etabliert. Selbst bei der Anordnung der Kaffeetassen im Schrank. Sortiert nach solchen mit und ohne Henkel.

»Na schön, ich guck mal, ob ich kommen kann.«

»*Du guckst mal, ob du kommen kannst?!*«, wiederholt er ungläubig.

»Filip, ich bin gerade hier angekommen und acht Autostunden entfernt. Mein Ticket für Dienstag ist zuggebunden und …«

»Genau! Irgendwo ist Schluss mit Arbeit«, lallt Tante Erika bekräftigend im Hintergrund.

»Schätzelein, dat musse selber wissen«, unterbricht er meine Wuttirade. Seit wann spricht Filip Pott?! »Aber hattesse nich gesacht, du wolltest am liebsten gar nich ers in dat Kaff fahren? Ich hätte gewettet, du bis froh über meine Botschaft.«

»Ja. Das dachte ich auch. Aber jetzt ist es eigentlich ganz …« Ich beiße mir auf die Zunge. Bloß weil Filip Felix Hamann in einer Notsituation mein Nagetier übernommen hat, sind wir noch lang keine Freunde und ich nicht verpflichtet, ihn ausführlich über meine Gefühlslage in Kenntnis zu setzen.

»Ich sehe, was ich machen kann.«

»Fein. Sag Bescheid, wann genau du zurückkommst«, fährt er auf Hochdeutsch fort.

»Wieso?«

»Na, dann hole ich dich am Bahnhof ab.«

»Wozu?«

»Herrje!« Filip klingt genervt, sogar ein bisschen wütend. »Kannst du bitte mal aufhören, mich zu behandeln wie einen Serienkiller? Die U-Bahn hier ist wieder gesperrt wegen der Großbaustelle, draußen sind null Grad, und es hagelt. Und auch, wenn dein Gepäck leicht ist, würde ich dich einfach gern abholen und dir den Weg durch den Schneesturm ersparen. Sonst wirst du noch von den Johannitern aufgegriffen in deinem Outfit!«

»Ist ja gut«, gebe ich kleinlaut zurück. »Danke.« Dann legen wir auf.

Okay, jetzt kann ich zusehen, dass ich eine neue Zugverbindung kriege, denn ganz so lässig, wie ich mich ihm gegenüber gegeben habe, bin ich leider nicht. Ich würde meinen Job durchaus gern behalten. Zumal ich ja auf die Beförderung hoffe. Da ist jetzt echt ein Karrieresprung in Sichtweite. Ich muss also spätestens morgen Nacht zurück, sodass ich am Montagmorgen da bin. Vielleicht kann Jenny was für mich tun? Die Ärmste hat zwar gerade ganz andere Sorgen, aber sie bucht für die Firma alle möglichen Reisen. Niemand kennt sich so gut aus im Tarifdschungel der Airlines und der Bahn wie sie. Zumindest kann ich sie fragen. Ich schreibe ihr schnell eine SMS. Dann schlurfe ich ins Wohnzimmer zurück.

Die Frage *Wer ist Filip?!* steht allen deutlich ins Gesicht geschrieben.

»Heiratest du etwa auch?«, macht meine Mutter den Anfang. »Oder bist du lesbisch? Ich will jetzt alles über euch Kinder wissen! Diese ständigen Überraschungen vertrage ich einfach nicht.«

»Weißt du, deine Mutter dachte früher immer …« Tante Rosi lallt nun auch leicht.

Die Genannte wirft ihr einen Blick zu, und sie verstummt auf der Stelle.

»Was dachtest du, Mama?«, frage ich neugierig nach.

»Nun ja, Kind. Corinna und du wart wirklich dicke! Vor allem, nachdem ihre Mutter gestorben war damals, an Krebs, oder? Das arme Ding! Und sie mit dir doch aufs Gymnasium ging. Na ja, da dachte ich, später, als ihr Teeanger wart, dass du und sie …«

Diese Wendung im Gesprächsverlauf ist Jan eine hochwillkommene Ablenkung von seiner Person nebst zukünftiger Gattin. »Ja, das dachte ich auch …«, klinkt er sich grinsend ein, dabei kennt er von meiner allerersten schweren Verliebtheit in Paul, den Enkel der Winklers, über die Schwärmerei für diverse Boygroups bis hin zu Angelo, dem Kellner im Italienurlaub, meine sämtlichen Jungsgeschichten. Ich töte ihn mit Blicken. Zumindest versuche ich es.

»Dieses Zusammenglucken, furchtbar war das mit euch! War die eine im Urlaub, ging die andere in Hungerstreik«, erklärt meine Mutter und wirkt fast ein wenig aufgebracht.

»Wenn es wirklich sein muss, stehen wir hinter dir«, überwindet sich sogar Erika, etwas zu dem Thema zu sagen. Wir vermuten ihre letzte Liebschaft mit einem Jockey etwa zu der Zeit, als Liz Taylor mit Richard Burton zusammenkam.

Okay, jetzt wird es mir doch zu bunt.

»Schluss jetzt! So ein Unsinn! Das am Telefon war ein Arbeitskollege, der auf meinen Hasen aufpasst. Ich muss schon Montag zurück sein.«

»Was, wie bitte, schon Montag? Du bist doch gerade erst angekommen, Kind!«

»Och nein, Tinchen!«

»Da habt ihr's: die ewige Arbeit!«

»Ach, Tintenfisch – so ein Mist!«

Ich zucke hilflos die Achseln. »Es ist wirklich wichtig, wir haben ein *Sondermeeting*.« Ich versuche, das Wort besonders bedeutungsschwer zu sagen. »Und was Corinna angeht… Zu ihr habe ich seit dem Abi keinen Kontakt, und mehr als Poesiealben-Austauschen lief da nie! Sie liebte die Kleinstadt, ich wollte hinaus in die Welt. Ich weiß nicht mal, wo sie jetzt wohnt.«

»Aber ich!«

Alle blicken zu meiner Mutter. »Sie hat euren Fahrlehrer geheiratet.«

»Hä?!«, entfährt es mir. Die Bowle-Prosecco-Mischung in meinem Blut erschwert allmählich eine gehobene Artikulation.

»Na, doch ein wenig Interesse an provinziellem, kleinkariertem Kleinstadtklatsch?«, stichelt meine Mutter. Es hat sie tief gekränkt, dass ich Wanne-Eickel – und damit ja auch irgendwie ihren Lebensentwurf –, kaum dass ich halbwegs erwachsen war, mit einer explosiven Mischung aus Ablehnung und Verachtung hinter mir ließ und es nicht erwarten konnte, ins vermeintliche Münchner Glamourleben einzutauchen.

»Nein, danke«, sage ich trotzig und bin dabei mindestens so neugierig wie Jennifer, wenn sie während einer Konferenz den Tisch abräumt und versucht, mit schnellen Blicken die auf dem Tisch ausgebreiteten Papiere zu checken. Wahnsinn, Corinna hat bei *Sei schlau, lern bei Fau!* eingeheiratet? Das ist eine ziemliche Sensation, wie man sie brühwarm seiner besten Freundin erzählt. Leider habe ich seit Corinna keine mehr. Und meine offizielle Ablehnung von Tratsch gebietet es mir, so zu tun, als ließe mich das Ganze kalt. Apropos kalt: Ich friere und der Alkohol ist alle. Entschieden erhebe ich mich.

»Schlaft gut – ich gehe ins Bett!«

Tante Rosi sieht auf die Uhr. »Kind, es ist erst halb elf! In deinem Alter habe ich um diese Zeit hinten auf einem Moped gesessen und geraucht. Und die Chancen standen immer gut, dass ich ungewollt schwanger war!«

»Ich glaube, das war nicht in meinem Alter, sondern noch zehn Jahre davor. Mit dreiunddreißig hast du schon Fee zur Schule gebracht! Und außerdem hattest du keinen Job, in dem du jeden Tag elf Stunden arbeiten musstest«, verteidige ich meinen Biorhythmus.

»Und ob! Ich hatte ein Kind!«, protestiert sie. »Wie lange willst du so weitermachen? Irgendwann wachst du auf und hast ein volles Konto und ein leeres Haus.«

»Also, für mich als Mutter klingt das nicht schlecht«,

hakt meine Mutter ein. »Stell dir nur mal vor, sie hätte mit vierzig schon eine Hypothek abbezahlt! Oder macht noch ihren Doktortitel!«

»Bea, ich bitte dich! Alles, was ich von den Kindern höre, ist Arbeit, Arbeit, Arbeit. Na ja, einer kriegt ja vielleicht doch noch die Kurve …« Rosi wirft meinem Bruder, der sich mit einem Berg Vanillespekulatius wieder vor den Couchtisch gekniet hat, einen verschwörerischen Blick zu. Seine Blitzhochzeit ist ganz nach ihrem Geschmack.

»Und dieser Filip wäre nichts für dich?« Tante Rosi ist heute wirklich in Hochform.

»Nein!«, gebe ich offiziell bekannt und verschränke die Arme. Ich bin wirklich ein Fan von Ehrlichkeit, auch und gerade in der Familie. Aber die geballte Kritik an meinem Berufs- und Privatleben, und das, nachdem ich stundenlang im Zug den Geruch von Salamistullen und Prinzenrolle ertragen habe, geht mir eindeutig zu weit.

»Themenwechsel«, verkünde ich daher und setze mich noch mal hin. Ich will ihnen nicht die Gelegenheit geben, mir womöglich auch noch eine Affäre mit dem Fahrlehrer anzudichten, während ich mich bettfertig mache. Verzweifelt krame ich in meinem müden und alkoholgetränkten Hirn nach einem schönen Thema, während sich eine Sprungfeder in meine linke Pobacke bohrt. Hier bräuchte man echt mal ganz neue Möbel!

»Lieber bin ich Single, als meinen Fahrlehrer zu heiraten«, verkünde ich wie das Wort zum Sonntag.

»Die Ehe ist ja überhaupt sehr fragwürdig«, unterstützt mich meine Mutter.

»Darüber kann man streiten; ihr habt ja jeweils nur eine ausprobiert«, konstatiert Tante Rosi mit Blick auf ihre Schwestern.

»Und was machen deine anderen ehemaligen Klassenkameraden so, Tinchen?«, lenkt Erika das Thema auf neutrales Terrain. Offenbar will hier niemand außer mir ins Bett.

»Das weiß ich leider nicht.«

»Ja, habt ihr denn keine Ehemaligentreffen oder so? Zu meiner Zeit kannte man die Leute noch sein Leben lang«, kritisiert sie weiter.

»Liegt alles an der Globalisierung. Da bleibt kaum mehr jemand im Heimatort. Oder, Tintenfisch?«, analysiert Jan.

»Genau. Und außerdem ist es ja auch egal, *wo* genau sie alle heiraten und Kinder kriegen.« Der alkoholbedingte Zynismus spricht nun aus mir. Entschlossen stelle ich mein Sektglas ab, um endlich in die Federn zu sinken. Mopeds hin oder her.

»Was wurde eigentlich aus diesem Jungen?«, fragt Rosi. »Der Bettina damals die Nase gebrochen hat ...?«

Super. Von den uns zur Verfügung stehenden kollektiven Erinnerungen, in denen wir schwelgen könnten, wählt immer jemand früher oder später meine Achillesferse. Vielmehr, meine Achillesnase. Ich will ins Bett und was Schönes träumen, statt mich mit diesem Trauma zu befassen. Auch meine Mutter meidet das Thema gern, das immer wieder für Streit zwischen uns sorgt.

»Mario Beyer heißt der«, ergänzt Erika eifrig.

»Bitte nicht«, stöhne ich. Seit dem Unfall in der vierten Klasse – und den tragischen Folgen – ist der Name allein für mich tabu. Aber das interessiert natürlich niemanden, solange es etwas über ihn zu klatschen gibt.

»Der Beyer jedenfalls ...«, fährt Tante Rosi ungeachtet meiner wütenden Miene fort, »... hat sich ganz schön gemacht!«

Es ist zwecklos. Dem Redebedarf meiner Familie entkomme ich vorerst nicht, und genau genommen muss ich ja nun auch um jede Minute froh sein, die ich mit ihnen bis Sonntag verbringen darf. Vielleicht sollte ich doch öfter kommen, statt mich einmal im Jahr diesem Gesprächsmarathon auszusetzen? Tante Rosi jedenfalls scheint nur auf diesen Moment gewartet zu haben.

»Erst hat er eine Ausbildung als Polizist gemacht. Wie sein Vater«, klärt sie uns mit erhobenem Zeigefinger auf. »Aber kaum war er fertig, so richtig knackig, sportlich und verbeamtet, hat er hingeschmissen.«

»Ja, genau. Und eine Polizistin geheiratet«, fällt Erika ihr ins Wort. »Chloe oder Chiara – nein, *Claudia*, so hieß sie!«

»Sie haben gebaut, und es ging auseinander. Als sie schwanger war, haben sie sich getrennt. Dann hat sie im siebten Monat das Kind verloren!«

»Traurig, nicht wahr?« Tante Rosi seufzt.

Ich nicke gespielt betreten. »Schön, war's das?«, frage ich hoffungsvoll nach.

»Nein!«, protestieren Erika und Rosi im Chor.

»Ich räume dann mal ab!«, beendet Jan das Gespräch für sich. Er beginnt, alle Gläser auf ein Tablett zu stellen. Toll, sobald der Tratsch losgeht, sind Männer draußen.

»Dann«, raunt Rosi bedeutungsschwer, »hat er Medizin studiert, und das sogar fast fertig!«

»Aha, dann ist er also jetzt Arzt und darf Zwölffingerdärme spiegeln?«, versuche ich sarkastisch, die Pointe zu beschleunigen.

»Fast. Jetzt – halt dich fest …«

Statt ihrem Rat zu folgen, runzele ich möglichst unbeeindruckt die Stirn.

»… ist er Profifußballer bei Schalke!« Hochzufrieden lehnt sich Tante Rosi zurück und fischt in ihrem Glas nach einem alkoholisierten Stück Kürbis.

»Steigt man da nicht schon mit sechs ein?«, frage ich kühl. Die Vorstellung, der pummelige Mario sei spät in den Profisport berufen, erscheint mir komisch. Andererseits gibt es ja auch Sportler, die später zugelegt haben. Tonya Harding zum Beispiel. Oder Maradona. Warum sollte er also nicht abgenommen haben?

»Offenbar ein Naturtalent!«, erklärt Erika. »Und das weiß ich aus erster Hand!«

»Wirklich?«, frage ich spöttisch, was leider dazu führt, dass Erika die Quelle ihres Wissens pikiert nicht mehr preisgibt.

»Und jetzt pass auf …«, versucht Rosi mich bei der Stange zu halten. »Statt sich mit seinen Millionen aus dem Staub zu machen, wohnt er im Haus seiner Eltern und pflegt sie liebevoll!«

»Toll. Darf ich jetzt bitte ins Bett gehen?«

Beide Tanten lassen enttäuscht von mir ab. Sie haben endlich ihr gesamtes Pulver verschossen.

»Und er sieht *wahnsinnig gut aus*, würde deine Tante Rosi sagen!«, bemerkt Erika abschließend mit einem

Grinsen. »Ich habe ihn mal gesehen, vor der Sportanlage deiner alten Schule. Da kam er sicher gerade vom Training. In so einem schicken Sportanzug.«

»Hm, ich hab ihn noch nie gesehen als Erwachsenen«, sagt Rosi, enttäuscht, weil ihre Schwester ihr etwas voraus hat.

»Ja, ich war dabei. *Sooo* gepflegt«, ergänzt meine Mutter. Ich vermute, das geht irgendwie gegen mich, weil ich ihr von jeher zu ungepflegt bin. Wobei sie unter »gepflegt« einen ganz bestimmten Kleidungsstil versteht, den ich selbst als *Bottroper Friseusen-Look* einstufe. Möglichst viel Stretch, möglichst viele blinkende Applikationen, mindestens ein Kilo Pailletten, Gold, und wenn möglich mit Tigermotiv. Vermutlich läuft Mario also in Cowboystiefeln, aufdringlicher Gürtelschnalle und Lederjacke herum. Erika öffnet ein Fenster, und durch den Sauerstoff zeigt nun auch bei mir der Alkohol seine volle Wirkung.

»Wegen dem ist mit Mika, dem Dänen, Schluss!«, platzt es aus mir heraus. Alle sehen mich an.

»Wegen Mario Beyer? Wieso, hattest du etwa was mit *beiden?*«

Tante Rosi knetet aufgeregt ein Sofakissen, in der Hoffnung, dass doch noch irgendein Familienmitglied nach ihr kommt.

»Indirekt.«

Auch das Interesse meines Bruders ist nun wieder geweckt. Er legt einen angebissenen Spekulatius zurück in die Schüssel und ist ganz Ohr.

»Also …« Ich hole tief Luft. Was soll's. Ich kann es ihnen auch erzählen, dann habe ich ein ganzes Jahr Ruhe vor Fragen. »Mika war einer dieser Naturburschen, die größten Wert darauf legen, dass man auch als Frau sein Abendessen selber fängt, sich knietief in den Matsch stellt, furchtlos Würmer auf den Angelhaken spießt und ansonsten still ist.«

»Gibt es denn so eine?«, wundert sich meine Mutter.

»Jedenfalls, um mir die Langeweile zu vertreiben und seiner miesen Laune zu entgehen, weil er im Gegensatz zu mir am Vorabend nichts gefangen hatte, habe ich im Campingurlaub meinen Stuhl ans Ufer gerückt und in die Sonne gedreht. Und dabei irgendwie die Fische vertrieben.«

»Wie denn das?«

»Seiner Meinung nach durch – meine Nase. Er hat gesagt …« In der Absicht, seine Worte zu wiederholen, werde ich direkt heiser. »*Du wirfst mit deinem Zinken einen Schatten wie ein Adler. Da beißt von hier bis zu den Schären keiner mehr!*«

»Hhhhh!«, entfährt Erika ein Laut des Entsetzens.

»Ja, so war es«, vollende ich mit bebenden Lippen leise mein trauriges Geständnis. »Hätte Mario mir damals nicht die Nase gebrochen, hätte Mika mir nicht das Herz gebrochen«, schniefe ich melodramatisch.

»Ich hoffe, du bist gleich gegangen?!«, fragt Jan. Ihm ist eindeutig anzusehen, dass er ihn gerne hier und jetzt verkloppen würde.

»Bin ich«, hauche ich matt. »Auf der Stelle, mitsamt den Würmern.«

»Also, das ist ja wohl die Höhe!«, echauffiert sich auch Rosi. »Bloß weil der Fischfresser frustriert über seine Unfähigkeit ist, was an Land zu ziehen – und damit meine ich Fische *und* Frauen – braucht er dir das doch nicht in die Schuhe zu schieben! Gott, Kindchen, was du durchgemacht hast?! So was Gemeines sagen Männer nur, wenn sie in Wahrheit ganz andere Probleme mit der Beziehung haben. Wie war er denn so im Bett, Kind?«

Tante Rosi tätschelt sanft meine Hand. Meine Mutter gibt mir ein Taschentuch, und Tante Erika erhebt ihr Glas, während Jan droht, den nächsten Flieger nach Kopenhagen zu nehmen, um Mika seinerseits die Nase und *noch ganz andere Körperteile* zu brechen.

»Gegen dämliche Dänen!«, bringt Erika einen Toast aus und nimmt den letzten Schluck Bowle. »Ach, Bea, wärst du doch damals mit ihr zum Arzt gegangen!«

»Komm mir jetzt nicht wieder so!«, braust meine Mutter auf. »Ich bin eine *gute* Mutter!«

»Natürlich bist du das«, bestätigt Rosi. »Aber du hättest damals mal kurz von der Untreue deines Mannes ab- und deine Tochter ansehen müssen, denn dann ...«

Die Wangen meiner Mutter verfärben sich tiefrot. »Du hast gut reden – schließlich hat von *deine*n Ehen keine je so lange gehalten, dass es dich wirklich getroffen hätte, wenn dein Mann dich betrügt!«

»Meine Männer mussten mich nie betrügen – dafür habe ich gesorgt ...!«

Und schon ist der Familienzoff in vollem Gange.

»Hört doch auf!«, versucht Jan mit sonorer Stimme zu schlichten.

»Ja, bitte!«, flehe ich. »Wenn ich es akzeptieren kann, könnt ihr es auch!«

Meine Mutter steht trotzig vom Tisch auf. Es gibt wirklich kein einziges Treffen bei uns, an dem die Sache nicht zur Sprache kommt und die gute Stimmung ruiniert. An jenem Tag damals in der vierten Klasse, an dem Mario Beyer mir die Nase gebrochen hat, führte eine unglückliche Verkettung von Umständen dazu, dass sie es bis heute geblieben ist. Aus meiner süßen Stupsnase, mit der ich in allen Theaterstücken automatisch die Rolle der Prinzessin bekam, wurde ein unschöner Riechkolben, der mir alles Weibliche aus dem Gesicht nimmt. Noch immer wünsche ich mir heimlich, dass jemand für die Sache bezahlt.

Frau Hinrichs, die zu der Zeit des Unglücks ihren Ruhestand auf Barbados plante und keinerlei Interesse mehr an langen Klassenkonferenzen hatte, riet mir, getreu dem Motto *Ein Indianer kennt keinen Schmerz!*, die Sache nicht an die große Glocke zu hängen. Erschwerend kam hinzu, dass an genau diesem Tag herauskam, dass mein Vater seit zwei Jahren eine Affäre mit seiner Apothekenhelferin hatte. So kam es, dass mich niemand groß beachtete, als ich von der Schule nach Hause kam, mit einer Beule an der Stirn und einer blutigen Lippe. Als ich mir Wochen später ein Herz fasste und meine Mutter auf meine neuerdings schiefe Nase aufmerksam machte, behauptete sie, das würde ich mir einbilden. Und als sie weitere zwei Wochen später doch mit mir zum Arzt ging, war die Sache so weit wieder verwachsen, dass eine Operation nicht mehr als Kassenleistung in Folge eines Unfalls galt, sondern als Schönheits-OP. Und die konnten sich meine Eltern wegen der Scheidung und des Geldes, das ihre Anwälte verschlangen, nicht leisten. Wie sehr habe ich in den folgenden Jahren Kelly aus *Beverly Hills 90210* jeden Samstag um ihre Nasenplastik beneidet!

»Kind, das mag alles dumm gelaufen sein, mit Mika

und mit Mario, aber deine Nase sollte in einer Beziehung grundsätzlich egal sein. Ob gerade oder nicht«, versucht Rosi, die Wogen zu glätten und die Schuldfrage jetzt auszuklammern.

»Eben. Guck, die Nadeltanne ist auch schief, und ich liebe sie trotzdem, vielmehr überhaupt deswegen!«, zeigt sich auch meine Mutter versöhnlich. Ich glaube, diese olle Familienkamelle geht allen auf die Nerven. Jan und Erika nicken. Ich weiß, sie haben recht. Aber sie haben eben auch gerade Nasen. Mich begleiten Gedanken um meine Nase tagtäglich. Auch ohne Beziehung. So, wie andere ihre Schenkel oder ihr Hintern stört, stört mich eben meine Nase. Und noch mehr stört mich, dass sie ursprünglich völlig okay war. Bei der Einschulung habe ich mich, ohne darüber nachzudenken, beim Fotografen sogar noch keck ins Profil gedreht. Was wäre heute ohne den Schubser damals? Hätte Mika dann einen anderen fiesen Kommentar gemacht, oder hat er sich wirklich nur an meiner Nase gestört? Würde ich mich ohne Mario Beyer weiblicher fühlen, öfter Röcke, Ohrringe und High Heels tragen, hätte einen tollen Mann und ein süßes Kind, und ist die Tür neulich in der S-Bahn wirklich deshalb nicht zugegangen, weil meine Nase in der Lichtschranke war?

»So jetzt aber: Marsch, marsch ins Bett! Morgen früh gibt's die Geschenke!«, versucht Tante Rosi die trübe Stimmung zu vertreiben.

Schweigend gehen Jan und ich nach oben und beziehen unsere alten Zimmer. Meine Mutter gehört zu den Frauen, die nach dem Auszug der Kinder alles lassen, wie es ist. Dabei haben wir ihr schon mehrfach geraten, einen

Crosstrainer oder zumindest das Bügelbrett hineinzustellen. Oder einen zahlenden Untermieter. Aber da ist sie stur.

»Gute Nacht, Tintenfisch!«, flüstert mein Bruder, bevor er im Bad verschwindet. »Ich finde dich total schön!«

Das tröstet mich nur kurz, denn wenn ich es recht bedenke, hat er bisher auch nur mit *echten* Schönheiten angebandelt.

Ich kuschele mich in die geblümte Frotteebettwäsche. Sie riecht frisch gemangelt und gestärkt, und durchs Fenster scheint dieselbe Straßenlaterne wie seit dreißig Jahren herein. Hier drin habe ich schon als Baby gelegen. Die Atmosphäre im Haus ist ganz anders als in meiner Wohnung in München. Piefig und spießig, aber irgendwie auch ungeheuer behaglich. Ich finde es ziemlich ätzend, dass ich so schnell wieder wegmuss. Das geht mir jedes Jahr so: Erst will ich nicht herkommen, aber kaum packt meine Mutter das vertraute Waffeleisen und das vierlagige Klopapier aus, fühle ich mich geborgen. In der Nacht träume ich, dass ich in eine Verkehrskontrolle gerate und Mario Beyer in Uniform mich wegen Nasenüberlänge verwarnt. Dann gleite ich sanft in die Bilder einer Karibikkreuzfahrt mit Tante Rosi und Frau Hinrichs hinüber.

4.

Am nächsten Morgen sitzen Jan, Mama, Erika, Rosi und ich feierlich um den Baum herum und machen im Schlafanzug Bescherung. Bis auf Jan. Der trägt seinen besten Anzug.

»Na toll, bin ich jetzt der Einzige in Festtagsgarderobe?«

»Ja, und jetzt komm endlich, die Bescherung wird kalt!«, kommandiert Tante Rosi und setzt ihre Kaffeetasse ab.

Wir stürzen uns auf die sorgsam unter dem Baum verteilten Geschenke. Zellophan und Alufolie gleiten knisternd über die orangefarbenen Fliesen, dazu jede Menge Schleifen, Papier und Kärtchen. Frohe Wünsche, zahlreiche Umarmungen und Lacher werden ausgetauscht, und die Whiskeyflaschen in ihren Tüten entpuppen sich zum Erstaunen aller als Steaksaucen. Na ja, Whiskey wäre für Sparfuchs Jan auch erstaunlich teuer gewesen. Die schlechte Stimmung vom Vorabend jedenfalls ist verflogen.

»Überraschung!«, frohlockt er. Und zu mir gewandt: »Das hättest du nicht gedacht, was?«

»Niemals!«, gönne ich ihm den Spaß.

»Das sind *original* Guinness-Saucen«, erklärt er. »Mit *echtem* Guinness-Bier versetzt. Damit kann man zum Beispiel ganz tolles Biergulasch machen. Oder Bierpfannkuchen, also *original* irische Guinness-Pancakes.«

Während Erika und Rosi sogleich die beiliegenden Rezeptvorschläge für Molly-Malone-Muscheln studieren, räumt meine Mutter ihre Flasche sorgsam nach hinten in den Gewürzschrank. Ein Akt, der bedeutet, dass die Sauce frühestens bei ihrem eigenen Leichenschmaus Verwendung findet. Wie gesagt, Innovationen sind nicht so ihr Ding. Dann bin ich an der Reihe: Stolz ziehe ich mein Päckchen mit den Leoprint-Ballerinas hervor. Als mich meine Mutter letzten Frühling besuchte, trug ganz München das gleiche Modell, und sie bewunderte sie ausgiebig. Keine Verkäuferin oder Studentin, der sie nicht wenigstens halblaut bescheinigte, wie jung die Dinger machten. Erwartungsvoll betrachte ich ihr Gesicht, das leider nicht das erwünschte Strahlen zeigt.

»Danke, Schätzchen, lieb von dir. Aber die habe ich schon«, gibt sie nüchtern bekannt.

»Die hast du schon?«, frage ich verwundert. Meines Wissens sind sie nur in einem bestimmten Laden erhältlich, den es aber im gesamten Ruhrgebiet nicht gibt.

»Ja, schon lange. Warte mal.« Meine Mutter verschwindet Richtung Badezimmer und kehrt mit einem Paar klobiger Flauschpuschen zurück, die sich eher für gut belüftete Räume eignen oder allenfalls für den Garten.

»Die sind aus der Edition von diesem Modekönig. ›*Jede Frau ist eine Prinzessin!*‹, sagt er.«

Ich stöhne, meine Tanten kichern, Jan starrt fassungslos auf die Dinger.

»Und – ich habe auch welche für dich!«

Feierlich überreicht mir meine Mutter eine mit reichlich Barockschnörkeln verzierte Goldschachtel.

»Deine Mutter ist dem Teleshopping verfallen«, erklärt Rosi leise und rollt mit den Augen.

»Ach, tatsächlich?«, frage ich beunruhigt. Die letzte Sache, der sie verfiel, hieß Hermann und verkaufte Versicherungen. Seither bekomme ich sogar kostenlosen Zahnersatz in Kambodscha, falls ich mal dort bin.

»Leider ja«, sagt Erika. »Wir mussten ihr schon eine Decke abkaufen, die auch als Kissen verwendbar ist, und feinperlige Silberpolitur, die es bloß im XXL-Kanister gibt.«

»Ich bin einfach nur effizient«, rechtfertigt sich meine Mutter. Und fügt hinzu: »Irgendwann bekomme ich dort bestimmt mal einen *Prinzessinnen-Rabatt!*«

»Hoffentlich! Nicht, dass es nur den Deppen-Rabatt gibt …«

»Jan!«, ermahnt ihn meine Mutter.

»Mama, du weißt schon, dass diese ganzen Verkaufssendungen reine Volksverdummung sind? Genau wie diese durchgestrichenen Fantasiepreise, von wegen *vorher neunundneunzig Euro, jetzt nur noch neunundzwanzig neunundneunzig? Nur noch zwei Stück auf Lager!* – dass ich nicht lache!«

»Na und? Ich mag diese Sachen eben«, gibt meine Mutter hocherhobenen Hauptes zurück.

»Danke, Mama, ich werde sie tragen, so oft es geht!«, klinke ich mich diplomatisch ein und überlege, ob ich auch von den Füßen her einen Hitzschlag kriegen kann, wenn ich in den Dingern mit meiner Fußbodenheizung verschmelze. Natürlich hat Jan vollkommen recht, aber was soll's? Meine Mutter lebt nicht von Hartz IV, und es ist doch schön, wenn sie Freude an irgendwas hat. Harald ist mir lieber als Hermann.

Zum Beweis schlüpfe ich sofort mitsamt meinen ABS-Socken hinein. Ganz schön eng. »Passen prima!«, säusele ich.

Wir tauschen fröhlich weiter Päckchen um Päckchen aus, und meine Tanten geben sich größte Mühe, mich für meine Kunst zu loben.

»Danke, Tinchen!«, lobt Erika das Konterfei ihres Lieblingspferdes, das ich in Öl auf Leinwand verewigt habe. »Du solltest dich auf Tiermalerei spezialisieren: *Paint a pony*, oder so. Da malst du anderleuts Haustiere und wirst reich!«

Vorsichtig lehnt sie das Bild gegen unseren grünen Sessel mit Samtbezug.

»Aber jetzt bist du dran!« Wie auf Kommando erheben sich alle vom Boden und rücken feierlich auf der Couch zusammen. Ich gucke verdutzt aus meinem Schneidersitz zu ihnen hoch. Meine Mutter nimmt einen kleinen Briefumschlag aus der sehr guten Raubkopie einer Ming-Vase und bedeutet mir, mich zu setzen.

Folgsam gehorche ich.

»Als du klein warst, haben wir für dich ein Sparkonto angelegt, und, tja – jetzt bist du groß.«

»Na ja, eins achtundsechzig«, stichelt Jan.

»Klappe, Pannemann.«

»Kinder, bitte!«, ermahnt Rosi uns.

Feierlich überreicht meine Mutter mir den Umschlag, alle Augen sind auf mich gerichtet.

»Wo München doch so teuer ist«, erklärt Erika kummervoll, und mir ist, als bekäme sie feuchte Augen. Vorsichtig schlitze ich das Kuvert auf. Darin ist ein Scheck. Ein Scheck über *siebentausend Euro!* Ich bin sprachlos.

»So viel Geld – aber ...«, stammele ich gerührt. Ich weiß, dass meine Tante Erika jeden Cent für Trockenfutter, Hufschmied und Pferdehomöopathie braucht. Und Rosi für ihr Aussehen. Und meine Mutter – nun ja, im Moment für HSE24 und QVC.

»Schon gut, Kind. Du musst dich nicht bedanken«, scheint sie meine Gedanken zu lesen. »Es gehört alles dir!«

»Unter einer Bedingung ...«, klinkt sich Rosi ein. »Tu mir den Gefallen und nimm es nicht für etwas Langweiliges her. Ich verbiete dir hiermit offiziell, es sinnvoll anzulegen, zu sparen oder für schlechte Zeiten aufzuheben. Fahr damit nach Kuba, kauf dir ein sündhaft teures Kleid, einen Gigolo oder einen sehr seltenen Hund mit platter Nase und dazugehörigem Täschchen!«

»Na ja, also, wenn sie es aber festverzinslich anlegen möchte ...«, lenkt meine Mutter ein.

»Ach was!«, protestiert auch Erika. »Das Kind war schon als Kind vernünftig. Wenn du immer noch ein eigenes Pferd willst, also ... Da kenne ich einen hervorragenden Züchter! Da kriegst du alles – Dressur, Springen L und M, Militarypferde, Galopper ...«

»Also, ich glaube, für ein Pferd fehlt mir die Zeit. Und der Platz – in München. Aber danke! Ich danke euch allen!«

Dramatisch presse ich mein Vermögen an mich und schließe meine Familie der Reihe nach gerührt in die

Arme. Tante Erika verdrückt ein Tränchen. Einige Minuten schweigen wir andächtig, dann gehe ich nach oben in mein Zimmer und verstaue den Umschlag sorgsam in der Reisetasche. Meine Güte, so viel Geld!

»So, wie wäre es, wenn wir spazieren gehen?«, schlägt Rosi vor, als ich wieder ins Wohnzimmer komme. Das hatte ich befürchtet.

»O ja, ich hole das Brot für die Enten!«, ruft meine Mutter begeistert aus. »Dann können Jan und Bettina sie füttern!«

»Mama, wir sind keine fünf mehr!«, blockt Jan ab.

»Das soll man nicht!«, jaule auch ich auf. »Durch die Reste kippt das Gewässer, der Sauerstoffgehalt sinkt, die Karpfen sterben, und man vergiftet die Umwelt!« Um meine wissenschaftliche Glaubwürdigkeit zu unterstützen, füge ich gewichtig hinzu: »Das hatten wir mal im Bio-LK!«

»Ach, das bisschen Zwieback«, kontert meine Mutter und holt eine riesige zerknüllte Aldi-Einkaufstüte hervor. Widerstand ist zwecklos.

Eine Stunde später stehe ich in Prinzessinnen-Puschen, Jogginghose und mit einer Tüte, in der sich die Brotreste des gesamten letzten Jahres befinden, am Ufer des trüben Schlossteichs. Die Parkanlage der Nachbarstadt verfügt über ein wunderschönes Wasserschloss aus irgendeinem längst vergangenen Jahrhundert. Mein Vater nutzte es gern als Vorwand, um »frische Luft zu schnappen«. Wobei er bloß zu Miss Langbein musste, aber das wusste ja damals keiner. Meines Wissens hat Jan hinter den Schlossmauern sogar seinen ersten Kuss bekommen. Von einem Mädchen namens *Shakira*, das halb Polin und halb Russin war.

Er, meine Mutter und die Tanten setzen sich ab und »laufen schon mal vor, weil das ja wieder so ewig lange dauert«, bis ich genug von den Tieren habe. Tatsache ist, dass die Tiere bereits genug von mir haben. Der einzig ernst zu nehmende Teilnehmer der Fütterung, ein Erpel mit schillernd grünem Kopf, meckert mich unaufhörlich an. Eine weibliche Stockente, vermutlich seine Partnerin, beißt ihn im Takt dazu in den Schwanz. Und ein schüchterner Schwan hält sich lieber abseits. Während ich gezielt Stückchen für Stückchen auf die Uferwiese werfe, überlege ich, was ich mit meinem Reichtum anstellen soll. Früher hätte ich Interrail gemacht, aber ich bin eindeutig aus dem Alter raus, in dem man überfüllte Züge, versiffte Toiletten und Typen mit lange nicht gewaschenen Haaren als Abenteuer empfindet. Außerdem bezweifle ich, dass *CarStar* derart langfristige Erholungsurlaube unterstützt. Leonie Maier hat in der kurzen Zeit, in der sie uns beehrte, mal das Wort *Sabbatjahr* in Anwesenheit von Paul Hoffmann ausgesprochen. Er ließ uns kollektiv dafür büßen und verdeutlichte der gesamten Abteilung noch in der Mittagspause anhand mehrerer Flipcharts und Tortendiagramme die wirtschaftlichen Schäden dieser *Bewegung esoterischer Arbeitsverweigerer*.

Ich gehe näher an den Erpel ran. Ich mag mir gar nicht vorstellen, wie hoch das Bußgeld für Schoko-Kokos-Zwieback in stehenden Gewässern ausfällt. Plötzlich beißt mich etwas herzhaft von hinten in die Wade. Ich blicke mich erschreckt um – es ist der Schwan, der nun aufgebracht auf mich losgeht. Panisch hüpfe ich nach vorn. Was ich für Moos – und damit für eine begehbare Fläche – hielt, ist bloß eine schwammige und sehr durchlässige Mischung aus Schilf und Entengrütze, auf der ein Zweibeiner mit Schwimmhäuten und leerem Bauch ganz gut stehen kann. Eine Designerin mit mehreren Kilo Bowle-Früchten, zwei Brötchen und einem hart gekochten Ei intus hingegen leider nicht. Unter lautem, morastigem Schlürfen breche ich bis zur Hüfte ein. Vor Kälte stockt mir der Atem. Erpel, Ente und Schwan fliegen mit entsetztem Schnattern davon, rechts und links spritzt eiskaltes Dreckwasser, und aufgeweichtes Roggenbrot spritzt mir ins Gesicht. Ich bekomme Schlagseite und paddele um mein Leben. Noch bevor ich einen dicken Schilfhalm oder den Pfeiler des angrenzenden Stegs zu fassen kriege, packen mich zwei Arme unter den Achseln und ziehen mich mit einem Ruck aus dem Wasser. So als wäre ich ganz leicht. Dann sitze ich mit dem Hosenboden auf dem Steg. Eine Seerose schlingt sich um meinen Bauch. Ein Gesicht beugt sich über meines. Noch bevor ich weiß, wie mir geschieht, entreißt mir mein Retter meine halb nasse Jacke und wringt sie aus.

»Am besten, Sie ziehen die Hose und den Pulli auch aus, sonst holen Sie sich den Tod.«

Noch bevor ich überlegen kann, ob das hier wirklich meine Rettung oder eine drohende Vergewaltigung ist, befolge ich den Rat des fremden Mannes. Ich setze mich auf, ziehe Pullover und Trainingshose aus und reiche sie ihm. Mit starken Armen bearbeitet er meine Kleidung, bis das Wasser mit lautem *Platsch* herausfließt. Dann ziehe ich alles wieder an.

»Herrje, was machen Sie denn hier draußen?«

»Enten füttern«, sage ich.

»Das ist aber nicht gut fürs Gewässer.« Streng sieht er mich an. »Durch die Essensreste kippt es, der Sauerstoffgehalt sinkt, und die Karpfen sterben«, belehrt er mich.

Das hat mir gerade noch gefehlt. »Sind Sie Förster?«

»Nein, Anwalt. Und ich vermute, Sie sind keine Rettungsschwimmerin?«

»Nein. Aber ich habe das Seepferdchen«, rette ich einen letzten Rest Würde ins Trockene und rappele mich auf.

»Kennen wir uns nicht?«

Mein Gott, hat der Typ nichts Besseres zu tun, als ein halbes Ertrinkungsopfer anzubaggern? Unwillkürlich fange ich an zu zittern, verdammt ist das kalt! Ich sehe ihn an. Tatsächlich, wir haben uns schon mal gesehen: Er ist der Trainingshosenmann vom Bahnsteig. »*Kennen* würde ich das jetzt nicht nennen. Aber ich honoriere gerne, dass Sie sich an mich erinnern. Schulde ich Ihnen jetzt was?«

Während ich die Worte kess hervorpresse, klappern meine Zähne so laut, dass ich sie selbst kaum verstehe.

»Sex.«

»Wie bitte?«

»Sie schulden mir Sex.« Er grinst mich an.

Ich starre zurück. O Gott, ein Krimineller, der hier im Park ertrinkenden Frauen auflauert!

»Das war ein Scherz, ich bitte Sie!«, lacht er plötzlich. »Aber ich musste ihn einfach machen, so giftig, wie Sie gucken.«

Also, das ist ja wohl die Höhe! Vor allem, wenn man bedenkt, dass erst Filip mich am Telefon ermahnt hat, ihn nicht immer wie einen Serienkiller zu behandeln. Bin ich wirklich so fies? Hat sich meine Ausstrahlung von der einer unabhängigen, spaßfokussierten Singlefrau zu der einer frustrierten Tussi in Hausschuhen hin entwickelt? Du lieber Himmel, bitte nicht.

Ich ringe mir schlotternd ein Lächeln ab. Irgendwie kommt mir sein Grinsen bekannt vor, aber ich weiß nicht, woher. Wir sehen uns in die Augen, seine strahlen sehr viel Wärme aus. Schwer vorstellbar, dass er ein Axtmörder ist.

»Tja, dann vielen Dank! Ich muss jetzt los. Meine Familie lauert hier irgendwo, und ich glaube, Ihre Rettung war sinnlos, wenn ich nicht bald ins Warme komme.«

»Nichts zu danken. Auf Wiedersehen. Und gehen Sie heiß duschen!«

»Ohne Sie?«, rufe ich im Weggehen kokett über die Schulter. Als ob ich nicht auch witzig, verrucht und selbstironisch sein könnte, sogar bei nur noch fünf Grad Körpertemperatur.

Im Stechschritt, die Puschen quietschend vor Nässe, und die Sachen eiskalt an meiner Haut klebend, hole ich meine Mutter, Rosi, Erika und Jan ein. Sie studieren gerade die Speisekarte des alten Schlosscafés. Inzwischen bestehe ich praktisch nur noch aus Zittern und Klappern.

»Kind, was ist denn mit dir passiert?« Tante Erika guckt mich erschrocken an.

»Ach, du meine Güte! Du bist ja ganz blau!«, ruft Jan.

»Die guten Puschen!«, quiekt meine Mutter.

»Ach, das trocknet doch wieder«, beschwichtigt Tante Rosi. »Und wenn nicht …«

»… ist's auch nicht schlimm«, vollendet Tante Erika den Satz. »Hauptsache, das Kind trocknet.«

»Schon gut, alles in Ordnung«, beruhige ich das Quartett. »Ich bin bloß in den Teich gefallen. Ausgerutscht und reingefallen.« Ich habe keine große Lust, zusätzlich zu meinem Missgeschick auch noch die peinliche Rettung durch einen wildfremden Enten- und Planktonschützer erörtern zu müssen. Jan wird von einem Lachkrampf geschüttelt und greift sich an den Bauch. »Ach, Tintenfisch«, seufzt er, legt seinen Arm und seine Jacke um mich und rubbelt mit der freien Hand kräftig über meinen Rücken. »Du bist wirklich die Schwester mit dem höchsten Unterhaltungswert jenseits des Ärmelkanals. Ist das Entenpupu in deinen Ohren?«

»Besten Dank«, presse ich hervor.

»Schnell, wir müssen nach Hause und dich in die heiße Wanne packen, Bettina«, ordnet Erika an. »Das Schlosscafé hat die Lütticher Waffeln von der Karte genommen, da gehen wir sowieso nicht mehr rein.«

Wir beeilen uns, zum Auto zu kommen. Das Schlammwasser schmatzt bei jedem Schritt lautstark unter meinen Füßen. Möglichst würdevoll lasse ich mich auf die Rückbank des Ford Mondeo gleiten, den meine Mutter seit fünfzehn Jahren fährt, wickele die Notfalldecke fest um mich und ziehe die Füße unter meinen Körper. Die Puschen sind ruiniert. Jan und Erika streiten, wer neben mir sitzen muss. *Jede Frau ist eine Prinzessin.*

Zu Hause erwartet mich eine SMS von Jenny:

Nachtzug, 22:10 Uhr ab Recklinghausen Hbf.
Umsteigen in Hamm, Warburg & Kassel-Wilhelmshöhe.
179 €. Altes Ticket verfällt.
J.

Zehn Stunden später fährt mein Zug an. Wehmut überkommt mich, als die Schornsteine und Fördertürme langsam im Dunkel verschwinden. Es war schön zu Hause, schöner, als ich dachte. Trotz des Eisbadens. Aber das kam vor allem daher, dass wir alle zusammen waren. Hätte allein Jan gefehlt, wäre die Stimmung eine ganz andere gewesen. Solo kann meine Mutter sehr anstrengend sein, und auch jede meiner Tanten. Mit allen zusammen aber und für einen sehr begrenzten, kurzen Zeitraum, bin ich gerne dort. Mein Bruderherz wird also heiraten! Kaum zu glauben. Na ja, erst mal abwarten, ob die Braut auch bis zur Hochzeit noch aktuell ist …

Ich lehne mich entspannt zurück und freue mich über meinen Sitzplatz – diesmal ein luftiger Fensterplatz im Großraumabteil, den ich erst beim Umstieg in Hannover aufgeben muss. Ich schlage meine frisch gekaufte Klatschzeitschrift auf, und mich überkommt wieder das Gefühl der Großstadtwelt. Ich freue mich auf Untermieter, auf Bagels und Brownies und darauf, in dünnen Socken rumlaufen zu können. Und absurderweise sogar ein bisschen auf Filip. Ob ich ihn wirklich anrufen soll, damit er mich abholt? Ich blättere um, und mir springt ein Foto von Paul Hoffmanns platinblonder Frau Maya ins Auge, die sich auf irgendeinem Charity-Event über den Champagner und den Gastgeber hermacht. Sie sieht verdammt gut aus! Ihr schlanker, zart gebräunter Körper steckt in einem hautengen schwarzen Abendkleid, das an der Seite geschlitzt ist und viel Bein zeigt, und ihre Brüste würden jedem Hollywood-Event standhalten. Auch ihr Lächeln ist wunderschön, und sie hat sehr weiße, gerade Zähne. Aber ob das alles echt ist …?

In dieser Sekunde weiß ich, was ich mit dem Geld machen werde. Ich weiß es ganz genau. Tante Rosi wird begeistert sein!

5.

Natürlich rufe ich Filip nicht an. Ich meine, sein Angebot war nett. Vielleicht sogar *süß* oder *lieb* – für Filips Verhältnisse. Aber irgendwie will ich ihm keine weiteren Umstände machen. Untermieter in seine Obhut geben zu müssen – wozu mich praktisch höhere Gewalt zwang – war schon das höchste der Gefühle. Und mit einer gesperrten U-Bahn werde ich schon fertig. Am besten nehme ich mir ein Taxi. Ich muss zugeben, so eine Zugfahrt rockt einen ganz schön durch. Wie machen das bloß die Leute, die von Berufs wegen reisen? Stewardessen, Piloten, Models? Staubsaugervertreter? Mir hat selbst das Umsteigen zugesetzt. Kaum war ich eingenickt, musste ich auch schon wieder den Zug wechseln. Eine ziemliche Folter.

Völlig erledigt schlurfe ich durch die Münchner Bahnhofshalle, die gerade zum Leben erwacht. Der Zuggeruch von Keksen und Wurstbroten haftet mir penetrant an, und kurz vor Mannheim hat mir jemand seine Thermoskanne mit Hagebuttentee über die Hose gekippt. So musste ich mich in einer kleinen, schmutzigen Zugtoilette in meine feine Stoffhose zwängen, die leider so gar nicht mit den Fellstiefeln harmoniert. Nun ja, es ist früh um sechs, niemand, den ich kenne, ist jetzt noch oder schon unterwegs, und die Reinigungskräfte, die gerade die Mülleimer leeren, sehen nicht besser aus als ich. Ich habe mich selten so sehr auf mein Bett gefreut, auch wenn ich in ein paar Stunden schon im Meeting sitzen muss.

Auf großen Monitoren laufen Ticker mit Infos zu Ersatzbussen. Seufzend schultere ich meine Tasche und schleppe mich zu den Haltestellen vor dem Bahnhofsgebäude. Mann, der Wind pfeift hier wirklich ganz schön! Im Fernsehen nannten sie es *Polarfront*. Nach den milden Temperaturen im Ruhrgebiet, wenn ich sie auch nur kurz genießen durfte, hat mein Körper schon auf Frühling umgeschaltet. Ich setze meine Kapuze auf und werfe einen Blick auf den Fahrplan. Leider wurde der entscheidende Teil abgerissen, und der Rest des Tages lässt erahnen, dass der für meinen Geschmack ohnehin schon lange Zehn-Minuten-Takt zwischen sechs und acht noch nicht gilt. Während ich mit klammen Fingern mein Handy hervorhole und wieder einmal bereue, dass ich kein Taxiunternehmen eingespeichert habe, nähert sich ein silberner 3er-Kombi.

»Kann ich Sie irgendwohin mitnehmen, junge Frau?«

»Filip?!«, staune ich.

Filip lässt das Fenster wieder hoch und steigt aus.

»Keine Sorge, ich stalke dich nicht, sondern komme gerade aus dem *Le Club!* In deinem Outfit bist du mal wieder nicht zu übersehen.«

Er mustert meinen übernächtigten Kapuzen-Fellstiefel-Stoffhosen-Look, und ich würde am liebsten im Boden versinken. Stattdessen gehe ich in die Offensive:

»Und du hast wohl vergessen, dass wir heute ein Meeting haben – oder machst du vor wichtigen Terminen immer durch?«

Er zuckt die Achseln und lächelt spitzbübisch. »Jeder so, wie er's mag. Außerdem siehst du auch nicht sehr frisch aus. Und wolltest du nicht anrufen, damit ich dich abholen komme?«

»Nicht ganz. *Du* wolltest das«, kontere ich.

»War bloß ein Angebot.« Treuherzig sieht er mich an. »Übrigens, deinem Hasen geht es gut – als ich ihn das letzte Mal sah, zumindest… Und zwar vor genau…« Er sieht auf seine Armbanduhr. »Vor siebeneinhalb Stunden!«

Ich verziehe die Mundwinkel.

»Ach, komm schon, Baumann – hüpf rein! Ich hab auch was für dich…«, grinst er vielversprechend und drückt einen Knopf in der Mittelkonsole. »Sitzheizung!«

Tatsächlich durchflutet mich reine Dankbarkeit, als mein Po sich angenehm aufheizt und wir den Bahnhof hinter uns lassen. Filip ist wirklich netter als sein Image.

Mir fällt auf, dass er heute ungewöhnlich blass ist. Und irgendwie wirkt er dünner. Unter seinen Augen zeichnen sich dunkle Ringe ab, und seine rechte Hand zittert, als er den Gang einlegt.

»Alles in Ordnung?«, frage ich ein wenig besorgt.

»Klar«, gibt er sich erstaunt. »Supernacht – nette Leute, gute Musik. Und bei dir? Erzähl mal, wie war es?«

»Kurz«, gebe ich knapp zurück.

»Du bist nicht so der Morgenmensch?«

»Ich bin vor allem nicht der Mensch, der Lust hat,

durch die Nacht zu fahren und dreimal umzusteigen und das für knapp zweihundert Euro extra. Ich hoffe, das Meeting ist es wert!«

»Ach du Schreck! Gab es keine Direktverbindung?«

»Offenbar nicht.«

»Na ja, wenn du erst befördert wirst, hast du das Geld wieder raus!«, versucht er, mich aufzumuntern.

»Wieso, gibt's da schon News?«, frage ich so unbeteiligt wie möglich.

»Nö, aber ich glaube eben an dich. Du siehst gut aus, Hoffmann steht auf dich, und eine Führungsposition würde dir ausgesprochen gut stehen …«

»Schleimer.«

»Ich sag aber die Wahrheit! Abgesehen davon …«, Filip setzt den Blinker, »hast du es verdient. Das ist doch allen klar.« Er wirft mir einen Blick zu, der mich noch gründlicher durchwärmt als das beheizte Leder unter mir. »Im Übrigen ist die Stelle jetzt seit Juni frei, da muss langsam was passieren. Hoffmann kann ja nicht für immer alles selber machen.«

Paul Hoffmann ist eigentlich Leiter der *Unit*, das heißt aller Abteilungen bei *CarStar* in München, unsere Abteilung ist da nur eine von vieren.

Wenige Minuten später halten wir vor meiner Wohnung.

»Danke!«, sage ich. Und meine es ehrlich. »Soll ich Untermieter später abholen?«

»Ach, Bettina …« Es ist das erste Mal, dass er mich beim Vornamen nennt. »Wie willst du ihn denn transportieren? Mit der gesperrten U-Bahn?«

»Hm.« Ich muss das mit dem Autofahren wirklich mal

in Angriff nehmen. Ständig von anderen abhängig zu sein nervt furchtbar. »Nein, aber mit dem Taxi.«

Filip lacht. »Na, der Taxler wird sich bedanken ... Hör mal, er kann auch gerne noch bleiben – hat sich gut geführt. Ich bringe ihn dir dann einfach morgen vor der Arbeit. Und ...«

»Hm?«

»Könnte dich dann ja auch gleich mit in die Firma nehmen. – Nur ein Angebot!« Er nimmt schützend die Hände hoch, als hielte ich eine Waffe auf ihn gerichtet.

»Wirklich?«

»Wirklich.«

»Du bist ein ...«

»Ja?«, lächelt er erwartungsvoll.

»Gar nicht so übler Mensch«, bremse ich mich noch rechtzeitig. Ich weiß nicht, ob es die Sitzheizung ist, die Müdigkeit, das ganze Kümmern – oder der Wunsch, dass Mika nicht der letzte Mann ist, den ich je geküsst habe, aber reflexartig beuge ich mich zu Filip vor und will ihm einen Kuss auf die Wange geben. Doch zu meinem absoluten Erstaunen dreht er sich weg. Wie peinlich! Ich muss sofort hier weg! Panisch raffe ich meine Tasche, nuschele »Also, bis später!« und will das Weite suchen. Doch Filip greift blitzschnell nach meinem Handgelenk.

»Nein, Bettina, nicht – du verstehst das falsch!«

»Filip, es tut mir leid – es war bloß so ein Moment, eine Sekunde. Ich meine, jetzt, da ich wieder in München bin ... Da bedankt man sich doch mit *Bussi, Bussi*, oder?«, versuche ich die Peinlichkeit locker zu überspielen. Was es nur noch peinlicher macht.

Er sieht mich ganz ruhig an und löst sanft seinen Griff.

»Hör mal, es muss dir nicht leidtun … Du kannst mich jederzeit mit Bussis versorgen! Nur … Ich glaube, ich kriege ernstlich eine Grippe, und ich möchte dich nicht mit meinen Todesviren infizieren.«

»Oh. Ach so.« Beschämt streife ich meine Lapplandmütze über und klappe die Ohrenschützer runter. *Ist der Ruf erst ruiniert, lebt sich's völlig ungeniert*, würde Tante Rosi jetzt sagen.

»Also dann …«

»Ja, bis nachher im Konfi.«

Ich schlage die Autotür zu und will einfach nur noch schlafen und dieses unerfreuliche Intermezzo vergessen.

Als ich die Wohnung aufschließe, fehlt Untermieter mir sofort. Ich würde jetzt gern meine Hand in seinem flauschigen Fell versenken und ihm alles in seine kurzen Hasenohren flüstern, wissend, dass er mich versteht. Stattdessen laufe ich schnurstracks ins Badezimmer, um mir eine heiße schäumende Wanne einzulassen. Gerade habe ich die richtige Temperatur gefunden, da klingelt es Sturm. Filip steht vor der Tür, auf seiner Stirn stehen Schweißperlen.

»Sorry, kann ich kurz deine Toilette benutzen? Ich war schon an der nächsten Kreuzung, aber mir ist ganz furchtbar übel …«

Ich deute spontan nach rechts, und noch bevor ich zu einer Antwort komme, ist er hingerannt und hat die Tür hinter sich geschlossen. O Gott, ich hatte ja immer den Verdacht, dass sie im *Le Club* irgendwas in die Drinks mixen …

»Filip, so weit alles okay?«, rufe ich vorsichtig durch die Tür.

»Ja, danke. Geht schon«, kommt es äußerst kleinlaut zurück.

Gottlob verfügt meine Wohnung über den Luxus, dass Bad und Klo getrennt sind. Halleluja! Und ich bin heilfroh, dass ich im Zuge der hektischen Reinigungsaktion vor meiner Abreise auch noch das Toilettenpapier nachgefüllt habe.

»Brauchst du was?«, frage ich trotzdem.

»Nein. Nein, danke. Nur – das hier könnte dauern …«

Seine Stimme klingt nun genauso blass, wie seine Haut vorhin aussah. Vielleicht stimmt das mit der Grippe doch?

»Okay, hör mal – ich geh kurz in die Badewanne. Ruf einfach ganz laut, wenn ich etwas für dich tun kann, ja?«

»Ist gut«, gibt er kraftlos zurück.

Wenige Minuten später sinke ich in ein *Träum-schön-Schaumbad Minze-Melisse*. Ein paarmal muss ich aufpassen, dass ich nicht einschlafe. Als ich den Wellen entsteige, rufe ich noch einmal nach Filip. Er ist noch immer im Klo und besteht darauf, dass alles in bester Ordnung ist. Bis auf seinen Zustand. Ich bin unschlüssig. Eigentlich würde ich nun gerne in meinen Schlafanzug schlüpfen, entscheide mich aber für frische Jeans und Pullover und setze Teewasser auf, das kann nicht schaden. Eine Viertelstunde später kommt endlich ein völlig ermatteter Filip aus der Toilette. Er ist kreidebleich und so schwach, dass er am Türrahmen Halt sucht.

»Du liebe Güte, hast du eine Lebensmittelvergiftung? Soll ich – einen Arzt rufen?«, frage ich bestürzt.

»Könntest du mich ins Krankenhaus fahren?«

O Gott, mit dem riesigen 3er-Kombi (Automatik?!),

und dann zwischen all den Krankenwagen durch, womöglich direkt bis vor die Notaufnahme?! Und am Ende muss ich einen Parkschein lösen und habe kein Klein…

Filip ringt sich trotz seiner Lage ein schwaches Lächeln ab. »Baumann, das war ein Scherz! Ich weiß doch, wie ungern du Auto fährst. Warum eigentlich?«

»Ich habe mal das Auto meines Professors geschrottet.«

»Ach, echt?«, grinst er. »Au weia … Okay, hör mal, danke für das Angebot. Aber ich werde es auch ohne Arzt überleben. Allerdings«, er sieht mich flehend an, »fühle ich mich gerade echt zu schwach, um zu fahren. Könnte ich mich vielleicht – bei dir hinlegen? Nur ganz kurz? Auf der Couch? Ganz leise?«

Wieder berührt er Halt suchend den Türrahmen. An seinem Zustand besteht kein Zweifel. Ich seufze. »Du kriegst mein Bett, und *ich* gehe auf die Couch!«

»Baumann, nein – so läuft das nicht. Ich bin der Mann, ich muss Härte zeigen.«

Ich pruste los.

»Du hast eine umständliche Zugfahrt hinter dir und gehst schön schlafen, in dein flauschiges Bettchen, und ich werde hier«, er lässt sich auf die Couch sinken, »ein superkleines Nickerchen machen, und dann fahre ich nach Hause, ohne dass du es merkst.«

Er nimmt ein Kissen beiseite und setzt sich. Dann lässt er sich in die Waagerechte gleiten, und ich muss noch mehr lachen. Filip passt nicht mal ansatzweise auf die Couch. Er ist so groß, dass meine Möbel wirken wie ein Miniaturland. Ab den Knien hängen seine Beine über, und mit dem Fuß stößt er fast den Deckenfluter um.

»Los jetzt, ab ins Bett – dir geht's doch total dreckig!«,

kommandiere ich mit Blick auf sein fahles Gesicht. »Überstehst du überhaupt das Meeting?«

»Muss ja …«, seufzt er. »Ähem … Hast du vielleicht einen Eimer?«

»Klar. Ich hole dir den Putzeimer, da darfst du fröhlich reinkotzen. Hast du denn so viel getrunken gestern?«

»Nein, nur Cola. Ehrlich! Wegen des Meetings heute. Feiern mit Maß und Ziel …« Nicht mal sein spitzbübisches Hamann-Grinsen gelingt ihm mehr.

Ich bugsiere ihn ins Schlafzimmer. Dann hole ich den Eimer und stelle einen Kamillentee auf den Nachttisch.

»Noch eine kleine Sache, Baumann – eine letzte Bitte, obwohl ich schon tief in deiner Schuld stehe …«

»Ja?« Ich horche auf.

»Aber ich weiß, du wirst es hassen.«

»Schieß los!«

»Ich stehe im Halteverbot. Ich hab mich vorhin einfach irgendwo hingestellt. Du müsstest tatsächlich mal meinen Wagen – umparken …«, formuliert er vorsichtig, als wolle er das Wort *fahren* nicht benutzen.

Auch das noch.

»Na schön«, seufze ich. »Ich schätze, das ist die Revanche für deine gute Tat mit Untermieter?«

Er nickt und nimmt einen Schluck Tee.

»Ja, dann sind wir quitt.«

»Herrje.«

Ich greife mir die Schlüssel aus seiner Jacke im Flur, gehe mit zitternden Knien runter und danke Gott, als ich sehe, dass es direkt gegenüber einen freien Parkplatz gibt. Mühelos setze ich das große Gefährt hinein. Na bitte, also, geht doch! Pah, und da denke ich immer, ich könnte nicht Auto fahren. Ich *brauche* es halt nur nicht zu tun in der Großstadt.

Als ich zurück in die Wohnung komme, ist Filip längst im Reich der Träume. Und auch mich übermannt der Schlaf endgültig. Ich rolle mich mit einer Decke auf der Couch zusammen und bin auf der Stelle weg.

Ein schrilles Klingeln weckt mich. Ich schrecke hoch. Die Decke liegt auf dem Boden, und ich weiß erst nicht, wo ich bin. Die Nacht im Zug, der Morgen mit Filip … Wieder schrillt es penetrant. Es ist mein Festnetz.

»Hallo?«

»Frau Baumann, wo sind Sie? Hat man Sie nicht informiert?!«

Es ist die Stimme von Paul Hoffmann höchstpersönlich, die durchs Telefon gellt. O Gott, ich habe das Meeting verschlafen!

»Herr Hamann ist auch nicht erreichbar! Offenbar verkennen Sie alle den Ernst der Lage! Ich dachte, Sie sind meine besten Kräfte!«

»Ich – ähem, ich …«, suche ich fieberhaft nach einer Ausrede. »Machen Sie, dass Sie herkommen!«, beendet er prompt das Gespräch.

Panisch springe ich auf. Okay, eins nach dem anderen. Angezogen bin ich, das ist schon mal gut. Nicht annähernd so schick wie sonst, aber dafür, dass kein normaler Betrieb herrscht und ich keinen Kundenkontakt haben werde, reicht es sicher. Punkt zwei: Filip! Ob er überhaupt noch da ist? Ich luge ins Schlafzimmer. Verdammt, da liegt er! Aber er sieht schon viel besser aus als noch vor ein paar Stunden. Seine Wangen sind wieder rosig. Ich stupse ihn an.

»Filip!«

Er grummelt verschlafen.

»Filip!«, wiederhole ich lauter. »Du musst aufstehen! Wir haben das Meeting verpennt, beziehungsweise es läuft seit einer Viertelstunde!«

Prompt sitzt er senkrecht in meinem Bett. »Was, wo? O nein! Ich muss eingeschlafen sein ...« Er stolpert mir schlapp hinterher durch den Flur und greift nach seiner Jacke. »Okay, keine Panik!« Beruhigend legt er mir die Hand auf die Schulter, krallt sich dann jedoch daran fest. »Herrje, mein Kreislauf ...« Kurz gerät er bedrohlich ins Wanken.

»Filip ...«, sage ich ernst. »Willst du dich nicht lieber krankmelden?«

»Klar, das glaubt Hoffmann mir dann auch – erst verschlafen und dann gar nicht kommen?«

»Wie du meinst ...«

»Keine Sorge, ich werde es überleben. In null Komma nix sind wir in der Firma, und notfalls gibt es ja dort auch Toiletten. Hast du denn weit weg geparkt?«

»Nein, gleich gegenüber war was frei!«, verkünde ich stolz.

»Na also. Sehr gut!«

Während wir die Treppen hinuntereilen, denke ich fieberhaft darüber nach, wie ich mich elegant aus der Affäre ziehe, ich will auf keinen Fall zusammen mit Filip auftauchen. Wie erkläre ich meine Verspätung? Reifenpanne? Wohl kaum. In der Firma wissen alle, dass ich kein Auto habe. Allerdings behaupte ich immer, dies wäre rein aus Umweltschutzgründen so.

»Wo, sagtest du, hast du ihn geparkt?«

Filip stoppt auf dem Bordstein. Ich deute auf die gegenüberliegende Straßenseite.

»Da, da vorne steht er!«

Mein Finger zeigt ins Leere. Ich stutze. Wo eben noch das Auto stand, ist eine Lücke. Eine riesige, klaffende Parklücke! Filip stöhnt.

»Baumann!«, donnert er. »Da ist *absolutes Halteverbot*, jetzt haben die mich abgeschleppt!«

»Oh, das … Aber das …«, stammele ich hilflos.

»Was? Das Schild war da vorhin noch nicht?«, vollendet er ironisch meinen Satz. Dann zückt er sein Handy, offenbar hat er im Gegensatz zu mir ein Taxiunternehmen eingespeichert.

Keine zwei Minuten später steigen wir in das beige Gefährt. Ich wage nicht, auch nur einen Ton zu sagen. Warum musste das alles passieren? Warum hat dieses blöde *Stahlus* einen Lieferengpass? Warum bin ich nicht geflogen und schon gestern Abend angekommen? Warum hat nicht Jenny wie geplant auf Untermieter aufgepasst?! Warum wurde Josefine ausgerechnet jetzt krank?!

Ich bin noch mitten in meinem Gedankenmarathon, ohne den geringsten Ansatz einer Lösung zur Rettung meines Images und meiner Karriere, da halten wir schon vor dem mächtigen *CarStar*-Gebäude. Ich zücke mein Portemonnaie, um den Fahrer zu bezahlen, aber Filip winkt ab.

»Lass nur.«

»Aber du hast doch jetzt schon genug Ärger wegen mir!«, protestiere ich und krame nach einem Zehner.

»Das kannst du laut sagen.«

»Also dann lass mich doch wenigstens das Taxi und

natürlich später auch die Kosten für den Abschleppdienst …«

Plötzlich geht alles so schnell, dass ich gar nicht reagieren kann. Filip umschließt sanft mit der Faust meine Hand und drückt meinen Geldbeutel in die Sitze. Dann gibt er mir einen zarten Kuss auf die Wange.

»Vermute, du bist jetzt eh schon infiziert …«, flüstert er, und mir wird tatsächlich ganz anders. Ich kann nichts antworten, nur verlegen schlucken. »Ja, ich gebe zu, du bist eine ziemliche Katastrophe, aber irgendwie … Na ja, ich mag dich …«, fügt er hinzu. »Also lass stecken.«

Der Taxifahrer sieht genervt in den Rückspiegel und will eindeutig, dass wir nun aussteigen. Egal, von wem er sein Geld bekommt. Wir tun ihm den Gefallen. Ich wage es, Filip kurz anzusehen. Diesmal liegt nichts von seinem üblichen Firmen-Geflirte in der Luft oder in seinen Augen. Ich eile auf das Gebäude zu, doch Filip bleibt da stehen, wo das Taxi abfährt.

»Was ist?«

»Geh schon!«, befiehlt er. »Ich lasse dir fünf Minuten Vorsprung. Dann stehst du wenigstens besser da als ich und kannst demnächst Vizepräsidentin werden und einen Burn-out kriegen.«

Ich bin sprachlos.

»Danke«, presse ich hervor. Dann sause ich zum Eingang.

Das Meeting ist anstrengend, aber den größten Redeanteil hat Hoffmann, der völlig in seiner Rolle aufgeht. Im Gegensatz zum Fußvolk scheint er die Atmosphäre des außerordentlichen Meetings regelrecht zu genießen und ergeht sich in langen Sätzen mit Worten wie *Krisen-*

flexibilität, *Innovationsnorm* und *ressourcenschonende Alternativen*. Ich habe Mühe, ihm zu folgen. Der unerwartete Wangenkuss von Filip hat mich aus der Bahn geworfen. Ich hätte nie gedacht, dass er außerhalb der Firma so anders ist: höflich und einfach nett. Kein bisschen arrogant. Vielleicht tue ich ihm doch unrecht? Vielleicht liegt es an mir selbst, und ich bin schon so weit gefrustet, dass ich denke, ein Mann, der derart gut aussieht, kann nichts taugen? Ich muss zugeben, mein Selbstbewusstsein hat seit der Sache mit Mika ordentlich gelitten. Ich hatte mich gerade einigermaßen von meinem Nasenkomplex gelöst und akzeptiert, dass jemand mich auch mit männlicher Römernase liebt, da haute er in die Kerbe. Was besonders fies war, da Mika von meiner Sorge wusste. Vielleicht kann ich deshalb nur nicht mehr glauben, dass ein süßer Typ wie Filip doch nicht bloß auf Models steht?

Während ich ein paar technische Zeichnungen auf dem Konferenztisch ausrolle, kommt Jenny mit einem riesigen Tablett hereingestapft. Sogar sie hat er aus dem Wochenende geholt, damit der Koffeinfluss nicht versiegt und alle motiviert sind.

Freudig lächle ich sie an: »Hey, geht es dir und Finchen besser? Filip hier geht es auch nicht gut ...« Ich deute auf den Kreidebleichen, der mir gegenübersitzt und sich flach atmend zurückgelehnt hat, in der Hand ein Glas Wasser, aus dem er kleine Schlucke nimmt. »Da geht wohl gerade was rum! Danke dir übrigens für die Zugverbindung! War zwar ein bisschen umständlich, aber ...« Irritiert breche ich ab. Sie ignoriert mich völlig und starrt Hoffmann unverwandt an. Patzig knallt sie das volle Tablett auf das erlesene Holz des Konferenztischs und sagt: »Wie ich Ihnen bereits am Telefon mitgeteilt habe, bin ich krank! Meine Tochter und ich, wir beide! Und deshalb werde ich jetzt auch wieder gehen. Wenn Sie Kaffee wollen, drücken Sie auf den Knopf an der Maschine. Und falls jemand Sonderwünsche hat«, sie beugt sich ganz nahe zu Filip hinunter, nimmt die Zuckerdose und entleert den Inhalt komplett in eine Tasse, die sie vor ihn hinstellt, »dann muss er sich die vielleicht mal selbst erfüllen heute!«

Mit diesen Worten macht sie kehrt und weht wieder hinaus. Hoffmanns Mund steht offen, Filip angelt verlegen nach einem Stift auf dem Boden, und der Rest des Teams beginnt aufgeregt zu tuscheln.

»Wie dem auch sei …«, fängt Hoffmann sich als Erster. »Vor allem geht es darum, die Lieferungen für den indischen Markt im Großraum Mumbai zu gewährleisten …«

Niemand hört ihm zu. Seit der Szene zwischen Leonie und Filip vor vier Monaten hat es keinen solchen Eklat mehr bei *CarStar* gegeben. Ich hoffe, Jenny kann es sich leisten. Andererseits ist es wirklich nicht okay, sie in ihrer Lage für Kellnerdienste in die Firma zu bestellen.

Die nächsten Stunden werden sehr arbeitsam, und ich habe keine Gelegenheit, meine Gefühle irgendwie zu ordnen. Filip verschwindet immer noch stündlich auf dem Klo, aber wann immer sich die Gelegenheit ergibt, werfen wir uns verstohlene Blicke zu. Als wir am Abend Pizza bestellen, schneide ich bei meiner die Ränder ab und schiebe ihm den Karton unauffällig rüber.

»Danke«, flüstert er und macht sich darüber her. »Was anderes vertrage ich wirklich noch nicht …«

Als ich zwei Stunden später endlich zu Hause in mein Bett sinke, riechen die Laken noch zart nach *Portofino*.

Dann schreibe ich Jenny eine SMS.

Alles okay mit dir? War ja ein beeindruckender Auftritt heute! Hoffmann ist aber auch echt unmenschlich … Alles Gute für dich & Josefine! Auch von Untermieter! :)

Sie bleibt unbeantwortet.

6.

»Eine Nasen-OP?! Wann hast du dir das denn überlegt?«

Tante Rosi plärrt durchs Telefon, als wäre ich taub.

»Auf der Zugfahrt von Recklinghausen nach München, etwa bei Essen-Kettwig«, sage ich so ruhig wie möglich.

»Aber bist du denn von allen guten Geistern verlassen, Kind?«

»Tinchen ...« Meine Mutter schaltet sich wieder ein. »Ich weiß, das mit damals steht immer noch zwischen uns, das hatten wir ja Weihnachten gerade erst wieder ...«

Zum ersten Mal spricht meine Mutter unseren Konflikt an. »Aber dich an mir zu rächen, indem ich mir eine ganz OP lang Sorgen machen muss, ist nicht fair!«

Ich verdrehe die Augen, auch wenn es keiner sieht.

»Mama, das hat mit Rache nichts zu tun! Ihr habt doch selber gesagt, ich soll mir von dem Geld was Schönes ...«

»Ja, genau, was Schönes!« Tante Rosi ist wieder am Drücker. »Oder wen. Auf keinen Fall aber solltest du dir jemanden suchen, der dir mit Hammer und Meißel zu Leibe rückt! Sogar von Handschellen rate ich dir ab! Das habe ich mal probiert, damals mit einem jungen Israeli, den ich im Kibbuz ...«

»Ist das wegen dieses Jungen, dem Arbeitskollegen?«

Tante Erika ist also auch da. »Wisst ihr, das ist das Tolle an Pferden! Die lieben dich *bedingungslos*.«

Um den Hörer entbrennt nun ein heftiger Kampf. Ich höre, wie er zu Boden fällt und Tante Rosi faucht wie ein Tiger. Erika nimmt einen beleidigten Tonfall an, und meine Mutter murmelt was von vermackten Fliesen.

»Bea, sprich ein Machtwort! Schließlich ist sie auch deine Tochter!«, setzt Rosi sich schließlich durch.

»Genau genommen ist sie *nur* meine Tochter«, stöhnt meine Mutter.

Verdammt, ich hätte nichts sagen sollen. Gar nichts. Zu niemandem! Schon gar nicht zu meiner Familie. Aber in dem Prospekt der Klinik, für die ich mich entschieden habe, machen sie einem ganz schön Angst. Man braucht eine Notfallperson. Oder zumindest eine Notfall*adresse*. Jemanden, der meine Blutgruppe kennt und entscheiden kann, ob ich lebenserhaltende Maßnahmen erhalten soll oder nicht. Und ob eine Spende meiner Organe auch meine Netzhaut mit einschließt. Vielleicht sollte ich das Ganze doch lassen.

»Das Aussehen ist doch objektiv ganz egal! Das Kind hat *psychische* Probleme!«

»Das ist bestimmt nur, weil ihr Vater sich eine Blondine geangelt hat! Jetzt glaubt sie, sie müsste auch so aussehen wie seine Apothekenhelferin, damit er sie genauso liebt wie sie und sein neues Kind! Wie heißt es noch gleich? Finn-Lukas?«

»Greta-Penelope«, korrigiert meine Mutter.

So ein Mist. Ich dachte, ein schnöder Freitagabend, unmittelbar nach der Tagesschau, wäre genau der richtige

Zeitpunkt, um sie, und nur sie, ganz beiläufig über mein Vorhaben zu informieren und darum zu bitten, mich im Falle eines Falles auf See bestatten zu lassen.

»Tinchen-Schatz, oder ist es wegen der Doku?«

»Welche Doku?«

»Na, letzte Woche im Fernsehen! Wo dieser Modekönig sich alle Zähne hat ziehen lassen und Implantate gekriegt hat? Weißt du, das ist *Fernsehen!* In Wahrheit ist der da nicht einfach rein und wieder raus – da lagen mindestens zwei Wochen Schmerzen und Haferbrei dazwischen!« Meine Mutter läuft zu Hochform auf.

»Genau, die schneiden das nämlich«, ruft Tante Rosi dazwischen. »Oder hat sie etwa diese Modelsendung gesehen? Das ist nicht gut für junge Mädchen! Hast du heute schon was gegessen, Tinchen?!«

»Hört mal!«, versuche ich die aufgebrachte Meute am anderen Ende der Leitung zu beruhigen. »Es ist weder wegen Finn-Greta noch aus Rache, noch wegen irgendwelcher Promis und Sendungen! Und es ist ja nicht so, dass ich mich so unansehnlich finde, dass ich demnächst von einer Brücke springe!«, rufe ich laut in den Hörer, in der Hoffnung, dass mir irgendjemand zuhört.

Abrupte Stille am anderen Ende.

»Was, du willst von einer Brücke springen?!«

Endlich bekomme ich Aufmerksamkeit.

»Tinchen, wo genau bist du jetzt? Bleib da stehen, wir holen dich runter!«

»Mama, ich bin zu Hause, und es geht mir gut!«, brülle ich. »Ich will mich doch nicht umbringen!«

»Sie will sich doch nicht umbringen«, zischt es im Hintergrund.

»Im Gegenteil!«, sage ich und bin tatsächlich momentan sehr gut gelaunt. Was zum einen an der Freude über meinen Entschluss liegt und zum anderen daran, dass Filip und ich neuerdings ein wenig flirten.

Ich höre den gepressten Atem meiner Mutter und kann förmlich sehen, wie sie den Hörer an den Mund drückt und beschwichtigende Handzeichen macht, während Rosi aufgeregt vor dem Telefon auf und ab hüpft wie ein Springteufel und Erika sich vermutlich erst mal eine Zigarette ansteckt.

Meine Mutter räuspert sich gewichtig. »Schätzchen, sag mir *einen* vernünftigen Grund, warum du das machen lassen willst?«

Ich räuspere mich auch. »Damit ich wieder so aussehe, wie ich eigentlich aussehe! Bevor mich Mario Beyer geschubst hat.«

»Aber wir lieben dich doch auch so!«

»Ich mich aber nicht! Ich meine, ich mag mich …«, setze ich schnell hinterher, um den Suizidverdacht endgültig auszuräumen. »Aber ich vermisse mein altes Profil! Wisst ihr noch, wie süß ich auf dem Einschulungsfoto aussah?«

»Aber Schätzchen, da warst du sieben! Da sehen alle Mädchen süß aus! Das hat doch mit deiner Nase nichts zu tun!«

»So empfinde ich das aber! Es ist wie … Wie – diese Menschen im falschen Körper!« Der Vergleich kommt hin. »Mir geht es gar nicht so sehr um Schönheit, sondern darum, dass immer, wenn ich in den Spiegel schaue, ich einen Fremdkörper in meinem Gesicht habe! Das ist nicht die Nase, die für mich bestimmt war! Ich will meine alte Nase zurück! Nicht mehr und nicht weniger. Ich will – wieder komplett ich sein! Und Hochsteckfrisuren und – Blümchenkleider tragen!«

Sie will Blümchenkleider tragen!, hallt es wie ein Echo. Jetzt ist die Stunde der Wahrheit.

»Aber das hat sie uns so nie gesagt«, höre ich Rosi betroffen.

»Ich habe euch das so nie gesagt, weil – ich selber lange dachte, das wäre oberflächlich. Als Teenager dachte ich, das wären eben die typischen Komplexe, die man Jugendlichen nachsagt. Da fanden sich doch alle meine Freundinnen zu dick, zu dünn oder zu dumm. Sogar Corinna, die mal für Kindermoden gemodelt hat, fand immer, ihre Haare wären wie Stroh.«

Haare wie Stroh, höre ich meine Mutter für alle wiederholen.

»Aber heute weiß ich, dass es nicht oberflächlich ist! Es ist ganz normal und außerdem – gar keine so eine große Sache.«

»Natürlich ist eine Narkose eine große Sache!«, schnauft Erika. »Da hättest du mal nach der Sprunggelenksverletzung die Trakehnerstute sehen sollen, die bei mir unterstand!«

»Tante Erika sagt, da hättest du mal …«

»Mama, ich habe sie gehört! Aber ich bin kein Pferd!«

Am anderen Ende der Leitung herrscht betroffene Stille. Nicht mal meine Mutter wagt, weiter eins meiner Worte zu wiederholen.

»Mein Entschluss steht fest«, schließe ich selbstbewusst mein Plädoyer und fühle mich wahnsinnig erleichtert. Endlich habe ich all das ausgesprochen, was ich denke und das ganz, ohne meiner Mutter wieder Vorwürfe zu machen.

»Also, wenn dich das wirklich so sehr belastet mit deiner Nase«, reagiert sie auch als Erste, »dann frage ich mal ganz diskret beim alten Doktor Neumann nach, wo man so was machen lässt. Dessen Tochter ist doch früher immer mit dir zum Jazzdance gegangen? Es ist zwar nie bewiesen worden, aber angeblich hat sie sich Fett absaugen lassen. Die Monika vom Töpfern hat sie in der Umkleide vom Hallenbad gesehen – mit einer eindeutigen Narbe!«

»Du lieber Himmel, Mama! Lass doch bitte die Leute in Ruhe! Vielleicht hatte die Frau bloß Blinddarm? Und das lasse ich doch nicht im Po… Ruhrgebiet machen!«

»Wieso denn das nicht?«, singen alle drei pikiert im Chor. »Gerade Düsseldorf ist doch berühmt für seine Chirur…«

»Ja, also, weil … In der Schweiz ist es günstiger, da fällt die Mehrwertsteuer weg«, falle ich dem Trio ins Wort. »Außerdem soll das niemand wissen, nicht in Wanne und erst recht nicht in München!«

»Schweiz!«, höre ich meine Mutter zischen, die meine Worte wieder für die anderen wiederholt.

»Mama, wenn du nur einmal irgendeine Neuerung zulassen würdest zu Hause, könntest du dein neues Telefon jetzt auf laut stellen!«, platzt mir endgültig der Kragen. Abgesehen von dem Thema an sich ist diese Art, sich zu unterhalten, ungeheuer anstrengend. Mir glühen langsam die Ohren.

»Deine Mutter will dir doch nur helfen!« Erika schaltet sich ein und nimmt den Hörer an sich. »Sei froh, dass sie dich unterstützt! Denn Tinchen – *ich* bin absolut dagegen und muss jetzt auch los. Der Lohengrin muss rein, das Pferd wird immer schwieriger! Womöglich werde ich Stunden brauchen, um ihn in die Box zu kriegen. Das hat er sich bei Zeus abgeguckt. Du weißt schon, der, den du damals …«

»… über Nacht draußen gelassen hast, ich weiß. Wie oft soll ich denn noch sagen, dass es mir leidtut?«

»Ach, Bettina, so meinte ich das doch gar nicht. Ich muss einfach gehen. Also, Küsschen – und lass es! Guck dir nur die Promis an, die sehen alle schrecklich aus! Mickey Rourke zum Beispiel … Tragisch! Und Leute wie Steffi Graf oder die Streisand haben trotzdem Karriere gemacht! Auch privat!«

»Tinchen, ich gehe jetzt auch.« Tante Rosis Stimme ertönt dicht an meinem Ohr. »Tu, was du nicht lassen kannst, aber bitte, bitte Kind, such dir einen gescheiten Arzt! Man soll immer eine zweite Meinung einholen, besser drei bis fünf. Und ich stimme Erika zu: Einen Mann kriegst du so oder so! Vielleicht erhöht deine jetzige Nase sogar deine Chancen? Ich bin sicher, da gibt es einen Fetisch! Guck doch mal im Internet. Es gibt Männer, die stehen auf Nasen-Frauen. Das ist bestimmt eine ganze Szene!«

»Danke, Tante Rosi, mache ich.«

»Also, ich verstehe das Kind!«, surrt Rosi, während ihre Stimme sich entfernt.

»Ich verstehe sie nicht«, hält Erika strikt dagegen. »Das ist nur wieder dieses München … Diese Schickimickiwelt verdirbt ihren Charakter! Bei mir und den Pferden war sie immer zufrieden!«

»Das weißt du nicht, Erika. Das *denkst* du! Vermutlich hat sie früher deinen Gäulen von ihrem Kummer erzählt!«

Dann höre ich, wie die Wohnungstür ins Schloss fällt.

Zwischen meiner Mutter und mir entsteht eine lange Pause.

»Hm. Apropos damals ...«, gelingt meiner Mutter ein Themenwechsel. »Ich hab Cordula getroffen!«

»Cordula?«, wiederhole ich. Der Name sagt mir nichts.

»Ja, das lesbische Pferdemädchen, mit dem du ...«

»Mama, das hatten wir doch Weihnachten auch schon geklärt! Keine von uns ist lesbisch, und ich denke, sie hat unseren Fahrlehrer geheiratet?

»Ja, die meine ich.«

»Corinna.«

»Ach ja, *Corinna*, richtig! Jedenfalls habe ich sie getroffen – auf dem Markt. Wir wollten beide Bananen, aber keine, die noch so grün sind, weißt du ...«

»Mama, bitte!«

»Schon gut, ich komme zur Sache! Immer diese Großstadthektik ...«

»Mama!« Dieses Geschimpfe auf die Großstadt nervt mich. Ich wette, meine Familie sieht da Orgien und Champagner vor sich, teure Autos und verruchte, rot ausgeleuchtete Bars und mich mittendrin. Dabei sitze ich bloß in meiner ungemütlichen Wohnung und esse wieder mal Tiefkühlpizza.

»Jedenfalls hat sie zwei ganz entzückende Kinder, mit denen war sie da. Zwei Mädchen, Tinka und Carla oder so. Die haben wirklich ganz große Ähnlichkeit mit eurem Fahrlehrer! Auch so blonde Locken und ...«

»Ma…«

»Sie will dich anrufen!«

O nein, das fehlt mir gerade noch. Ich halte nicht allzu viel davon, alte Freundschaften aufzuwärmen. Zumal das mit Corinna und mir irgendwie ungut auseinanderging… Kurz nach dem Abi, als ich meinen Studienplatz in Bochum bekam, wurde sie total komisch. Bei jeder Gelegenheit machte sie Bemerkungen darüber, wie froh sie wäre, jetzt keinen Umzug organisieren zu müssen und sich keinen neuen Freundeskreis aufbauen und den Frauenarzt wechseln zu müssen und so weiter. Irgendwann nervte mich das so sehr, dass ich auf Distanz gegangen bin, und sie ließ es geschehen. Genau genommen teilt sich sogar unsere gesamte Abiturklasse in diese Lager: die, die weggegangen sind, und die, die geblieben sind. Beide Gruppen haben nichts gemeinsam und nichts miteinander zu tun, deshalb gibt's auch keine Klassentreffen.

»War das deine Idee, Mama?«, forsche ich nach.

»Ja, Kind, es war meine Idee! Ich fand sie immer so nett, und jetzt in München bist du doch so allein und hast da keine Freundin.«

»Ich habe meine Arbeit.«

»Das ist nicht dasselbe. Freundschaften sind wichtig. Ich gehe heute noch regelmäßig in unseren Kegelklub, auch wenn dein Vater nicht mehr dazugehört…«

Ach, was soll's. Meine Mutter meint es bloß gut und will mir *ja nur helfen*, wie Tante Erika sagt. Ein Telefonat werde ich wohl überstehen. *Hallo, wie geht's? Verheiratet? Kinder? Sehr schön. Also dann, mach's gut…* Und wer weiß, ob sie überhaupt anruft. Vielleicht wollte sie nur nicht unhöflich sein.

»Okay, Mama. Danke. Welche Nummer hat sie denn von mir?«

»Dein Festnetz.«

Sehr gut.

»Ach nein, warte – ich glaube, ich habe ihr doch die Nummer von deiner Arbeit gegeben – oder deine Handynummer?«

»Wie dem auch sei. Sie wird sich ja dann melden«, kürze ich die Sache ab und will den Abschied einleiten.

»Ach ja, eins noch …«, bremst sie mich. »Jans Hochzeit!«

»Was? Wieso? Ist das denn schon so konkret?«

»Na ja, dein Bruder macht halt Nägel mit Köpfen.«

»Das hast du bei Indira und Hua Hin auch gesagt.«

»Aber ich glaube, diesmal ist es ernst. Eine Mutter spürt so was. Und man kann sich den Lebensweg der Kinder nun mal nicht aussuchen. Man kann sie nur individuell darin unterstützen.«

Ich horche auf. Weise Worte von meiner Mutter? Ich hoffe nur, sie ist keinem Fernsehpfarrer verfallen.

»Das heißt konkret, du kriegst eine neue Nase und er eine Frau, und ich unterstütze euch beide!«, fährt sie fort.

»Das finde ich sehr schön, Mama!«, sage ich und gebe mir Mühe, meine Ungeduld zu bezähmen. Dieses Gespräch dauert eindeutig schon zu lange. »Aber ich will bloß meine *alte* Nase, keine neue.«

»Jedenfalls«, ignoriert meine Mutter meinen Kommentar, »möchten sie noch in diesem Jahr standesamtlich heiraten, und zwar in Wanne.«

»In Wanne?!« Fast verschlucke ich mich. Auch mein Bruder wollte immer so weit wie möglich weg, und bis

Dublin hat er es ja immerhin geschafft. Und jetzt wieder Wanne statt Whiskey?!

»Aber warum nicht in Dublin?«, frage ich entsetzt und sehe ganz nebenbei die Hoffnung auf einen Irland-Urlaub schwinden. Grüne Wiesen, Männer mit Kappen aus Tweed, grasende Kühe und Kinder, die mit Milchkannen aus Blech umherlaufen … Genauso wie in *PS: Ich liebe dich* … Den habe ich ungefähr so oft gesehen wie *Pretty Woman* und *Dirty Dancing*.

»*Sie* ist wohl so sehr an seinen Wurzeln interessiert, dass sie ihm gerne in seiner Heimat das Jawort geben möchte. Ist das nicht entzückend?«, seufzt meine Mutter.

»Sehr.«

»Kirchlich wollen sie dann aber in Kapstadt heiraten.«

»In Kapstadt?!«

Okay, ich bin flexibel. Prompt sehe ich mich auf der Terrasse eines Weingutes, mit einem Glas Chardonnay in der Hand, in einem alten Jeep, mit bis dahin formschöner Nase auf der Gardenroute und an diesem einen tollen Strand mit Pinguinen, den man so oft auf Fotos sieht.

»Aber das dann erst im Jahr drauf. Sie müssen sparen, denn es soll ein riesiges Fest werden! Mit all ihren Freunden, ihrer Familie und uns.«

Die Freude in der Stimme meiner Mutter ist ansteckend.

»Wie schön. Das klingt wirklich traumhaft.«

»Findest du nicht auch?«

»Total.«

»Das wollte ich dir nur sagen.«

»Gut.«

»Also, Tinchen …«, beendet nun sie das Gespräch. »Ich

mache mir wirklich große Sorgen wegen deines OP-Vorhabens. Aber wie gesagt: Wenn es sein muss, bin ich für dich da. Aber hör auf Tante Rosi – lass das nicht in Osteuropa machen!«

»Neeiiiein!«, verspreche ich genervt. »Ehrlich gesagt, habe ich schon einen Termin«, gebe ich zu. Schweigen am anderen Ende.

»Mama?«

»Ja?« Ihre Stimme klingt belegt, aber gefasst.

»Es ist der zwanzigste Februar.«

»So bald?! Das ist ja schon nächsten Monat!«

»Ja, und da kann man froh sein! Da ist wirklich auf lange Sicht hin nichts frei – weil der Chirurg so gut ist!«, spiele ich diplomatisch meine Karten aus.

Meine Mutter stöhnt, als hätte sie Asthma.

»Okay.«

Am nächsten Morgen ist es besonders stressig in der Firma. Schon beim Einchecken fällt Pia über mich her, ich hätte auf einem Überstundenzettel zwei Ziffern vertauscht. Oder ob ich tatsächlich *93* Überstunden gemacht hätte, allein im Januar? Danach sehe ich mir Muster einer neuen Pulverbeschichtung an, die extrem schlecht mit Rottönen reagiert. Kaum bin ich an meinem Schreibtisch angekommen und habe den Rechner hochgefahren, erschlagen mich circa dreißig E-Mails, und in der Kaffeeküche tobt ein Streit zwischen Jenny und einer Aushilfe, wer von beiden versehentlich vier Kartons *koffeinfreie* Pads bestellt hat. Jenny nimmt keine Notiz von mir.

Ich greife notfallmäßig zum Filterkaffee und schäume von Hand etwas Milch auf, dann verkrümele ich mich wieder und sortiere meine Mails nach Dringlichkeit. Sämtliche internen verlege ich auf später. Der Vormittag ist arbeitsam. Gegen halb zwölf befürchte ich, in ein Unterzucker-bedingtes Koma zu fallen. Filips Schreibtisch ist heute leer, sein Virus hat er aber inzwischen besiegt und sieht so blendend aus wie vorher. Es ist wirklich ungerecht, dass Männer nicht mit Make-up nachhelfen müssen. Vorsichtig sehe ich mich nach ihm um, wage aber nicht, jemanden zu fragen. Ist ja nicht so, dass ich ihn vermisse oder so. Nur haben sich in den letzten Tagen ein paar kleine Rituale zwischen uns entwickelt … Zum Beispiel, dass er mir immer eine seiner exklusiven Espressokapseln von zu Hause mitbringt und irgendwo auf meinem Schreibtisch versteckt. Oder dass wir uns kleine Zettel schreiben und sie beiläufig an die Scheibe pressen, wobei wir telefonieren. Darauf stehen Dinge wie »Wo gehst du heute Mittag essen?« oder »Der Lippenstift steht dir sehr gut! Du solltest öfter Sonnenuntergangstöne tragen, Baumann …« Und zum ersten Mal fühle ich mich doch wie Bridget Jones mit meinem Hauch von Büroaffäre, nur dass ich nach wie vor keine Röcke anziehe. Doch heute ist er nicht da.

Gegen Viertel nach zwölf trinke ich den letzten Schluck meines kalten Firmencappuccino, öffne die vorletzte Mail und will gerade unser Chemielabor wegen des Koralletons anrufen, der aussieht wie aus einer Waschmittelwerbung gegen verblasste Farben, als mein Telefon klingelt. Ich sehe eine gerade mal vierstellige Vorwahl mit einer gerade mal fünfstelligen Rufnummer …

»Mama, das ist jetzt ganz schlecht!«

»Oh, Entschuldigung!« Die Stimme kenne ich nicht.

»Bin ich da richtig bei Baumann?«

O Gott, ist das eine Krankenschwester?

»Ist meiner Mutter etwas passiert?!«

»Nein, ich bin's, Corinna Hintsche! Wobei ich jetzt anders heiße ...«

Sie klingt gelassen und fröhlich, ganz anders als die gehetzte Stimmung um mich herum.

»Corinna!«, sage ich und klinge selbst gleich freundlicher. »Mensch, wie geht's dir?«, zwinge ich mich möglichst überrascht zu tun und schiele auf die Uhr. Das Labor ist nur bis halb eins besetzt, dann sind alle in der Pause. Ich schließe die Bürotür und entscheide mich, ein bisschen Multitasking zu machen und mir die letzte interne E-Mail anzusehen, während ich mit ihr spreche.

München, 7. Januar
SabineReuter@CarStar

Liebes Partyvolk,

wie ihr wisst, hat das Le Club *derzeit für einen ganzen Monat geschlossen und wird renoviert. Wurde auch Zeit, dass dieser alte Studio-54-Muff mal verschwindet! Zur feierlichen Neueröffnung am 13.1. steht uns ein kleines, aber feines Kontingent Freikarten zur Verfügung. Also: Wer auf die Gästeliste will ... Mails ab sofort an mich.*
Party on,
Eure Biene

»Meine Mutter hat schon angedeutet, dass du anrufst«, sage ich abwesend.

»Ja, ich hab sie neulich getroffen! Sie sieht echt gut aus für ihr Alter. Genau wie früher – zeitlos eben!«

»Vielleicht kam dir das nur so vor … Trug sie einen strassbesetzten Regenmantel aus der jugendlichen Glööckler-Kollektion?«, witzele ich.

»Nein, daran lag es nicht, aber ihr Regenschirm war aus schwarzem Lack! Sehr auffällig in Wanne!«

Wir lachen. Das Eis ist gebrochen. Corinna scheint sich nicht an ihre Sticheleien von damals zu erinnern, und ich komme mir albern vor, dass ausgerechnet das trotz unserer gemeinsamen Kinder- und Teeniejahre bei mir hängen geblieben ist. Ich höre auf, in meinen Mails rumzuklicken, und beschließe, erst nach der Mittagspause das Labor zu kontaktieren.

»Okay, die Basics habe ich schon von meiner Mutter!«, frage ich nun, wirklich interessiert. »Du hast also tatsächlich unseren Fahrlehrer geehelicht?«

Sie lacht herzlich, ohne das geringste bisschen Scham. »Lutz – ja. Wir sind sehr glücklich.«

»Das freut mich.«

»Und zwei Kinder haben wir auch, Trixie und Klara. Damals haben alle gesagt, das geht schief. Aber bis jetzt geht es gut. Sogar sehr gut. Und das sind immerhin schon zehn Jahre.«

»Ein ganz schöner Namensmarathon! Erst Kreuzfeld, dann Hintsche, jetzt Fau?«

»Genau. *Sei schlau. Lern bei Fau!*« Corinna lacht. »Deine Mutter hat erzählt, sie heißt wieder Winter. Du auch?«

»Gott bewahre, nein! Bettina Baumann klingt gut, finde ich. Ich glaube, nicht mal mein Vater heißt mittlerweile mehr so, sondern nach seiner neuen Frau …«

»Ach Gott, immer noch die Apothekenschnepfe?«

»Ja. Damit bin ich die letzte überlebende Baumann!«

Es ist schön, mit einem Menschen zu sprechen, der meine ganze Geschichte kennt. Corinna muss ich praktisch nichts erzählen. Meine erste Fünf in Mathe, der erste Liebeskummer und das erste Konzert – bei allem war sie dabei.

»Baumann hat immer gut zu dir gepasst! Das klingt klar und patent! Und sonst? Erzähl, was machst du?«

Corinnas Stimme ist voller Neugier und Energie.

»Ich lasse mir die Nase machen«, stoße ich hervor.

Ich weiß nicht, warum ich das gesagt habe. Es kam einfach aus mir raus. Vielleicht in einem Anflug des alten Vertrauens? Ein paar Sekunden lang sagt sie nichts. »Immer noch wegen der Sache damals …?«, fragt sie dann vorsichtig.

»Ja, genau«, sage ich. »Wegen Pommesbacke!«

»Mario-Haribo, igitt!«, stimmt Corinna voller Nostalgie an und geht nicht weiter auf das Nasenthema ein. Vielleicht war es auch zu intim, um sie bei unserem ersten Kontakt nach über fünfzehn Jahren gleich damit zu konfrontieren.

»Und mein Bruder heiratet«, wechsle ich schnell das Thema.

»Dein kleiner Bruder Jannemann? Ist nicht wahr?!«, quietscht sie ins Telefon.

»Eine Südafrikanerin namens *Sasha*. Und jetzt rate mal, wo!?«

»Keine Ahnung, auf einer Jacht vor Kapstadt?! Nein warte – ich weiß! Bestimmt auf dem Tafelberg!«

»Von wegen!«, lache ich. »Halt dich fest, in Wanne!« Im gleichen Moment hoffe ich, dass sie das jetzt nicht wieder als Seitenhieb gegen die Kleinstadt versteht. Doch auch ihr erscheint es so hirnrissig wie mir.

»In *Wanne?!*«, stößt sie aus. »Aber hier ist es grau und kalt und hässlich! Also, stellenweise zumindest. Und die ganze Industrie! Wer will das denn, wenn er an einem Strand mit Pinguinen heiraten und dabei barfuß im Sand stehen kann?«

»Meine Worte!«

Ich rutsche auf meinem Schreibtischstuhl hin und her und merke kaum, dass gegenüber Filip sein Büro betreten hat. In Gedanken bin ich augenblicklich voll und ganz im Pott. Wir plaudern noch eine Weile über alles Mögliche, bis ich sehe, dass sich vor meinem Büro eine Schlange gebildet hat. Pia wedelt mit einem Stundenzettel, Filip hält einen Zettel mit einem *Sushi – du & ich?* an die Scheibe. Daneben steht Katrin, die Praktikantin, und zeigt auf ihre Uhr, zum Zeichen, dass unsere Mittagspause angefangen hat, die wir heute gemeinsam machen wollen.

»Corinna, eigentlich bin ich auf der Arbeit«, nehme ich wieder einen etwas geschäftigeren Ton an.

»Oh, ach ja – tut mir leid. Du hättest sagen können, dass wir aufhören müssen.«

»Ach was, es war toll, dich zu sprechen! Nur jetzt so langsam muss ich leider wieder was tun …«

»Ja, du, ich auch. Mama muss jetzt Mittagessen kochen, bevor die Meute heimkommt. Mir gehen langsam die

Ideen aus! Diese Woche hatten wir schon zweimal Pfannekuchen.«

»Na, da gäbe ich jetzt aber was drum!«

Pia, Filip und Katrin haben sich nun vor der Glasscheibe formiert und sehen mich erwartungsvoll an.

»Lass uns wieder telefonieren!«, schlage ich vor.

»Ja, das machen wir mal.«

Als wir auflegen, wissen wir beide, dass das nicht so schnell passiert. Aber es war echt toll. Eine kurze Überschneidung zweier völlig verschiedener Universen.

Kaum liegt der Hörer auf der Gabel, stehen meine Besucher vor mir.

»Können wir los?«, sagen Filip und Katrin wie aus einem Munde.

Filip sieht die Praktikantin an, als wollte er sie erdrosseln.

»Entschuldigen Sie mal, Frau Baumann und ich müssen uns auf einen Kundentermin vorbereiten!«, interveniert er.

O Gott, auffälliger geht's ja kaum. Um Himmels willen!

»Ach, ich denke, das können wir auch heute Nachmittag noch machen…«, grätsche ich dazwischen. Dann wende ich mich Katrin zu. »Ich muss nur noch kurz etwas abklären. Treffen wir uns gleich nebenan, im *Bella Notte*?«

Katrin grinst triumphierend. »Klar, ich bestelle schon mal!«

Filip überspielt die Abfuhr souverän. »Natürlich können wir das, geht ja auch ganz schnell. Dann also später zum Kaffee?«

Ich nicke so beiläufig wie möglich, und er zieht ab.

Als ich ins *Bella Notte* komme, warten schon eine hungrige Katrin und eine heiße Pizza Salami auf mich. Giovanni, der Inhaber, hat es sich zur Lebensaufgabe gemacht, zu wissen, welcher *CarStar*-Mitarbeiter welche Pizza am liebsten isst.

»*Grazie!*«, lächle ich zur Theke hinüber. Stolz lächelt er zurück.

Katrin taucht ihre Gabel in eine riesige Portion Spaghetti vongole. »Der Ärmste, musste sich jetzt wen anders suchen!« Sie deutet mit dem Kinn in Richtung einer Nische an der Backsteinwand des kleinen Bistros. Dort sitzen Filip und Jenny, die sich offensichtlich nicht viel zu sagen haben.

Ich lache.

»Oje! Da kriege ich direkt ein schlechtes Gewissen …«

Dann erzählt Katrin, dass sie nach der Probezeit gehen will.

»Aber du sollst doch übernommen werden!«, antworte ich im Affekt. »Also, zumindest was ich so höre …«

Okay, so viel zu meiner firmeninternen Diskretion.

»Ich ziehe wieder nach Hause zurück, nach Mönchengladbach!«

»Das ist nicht dein Ernst?«

»Doch. Die große, weite Welt ist nichts für mich. Aber es ist gut, dass ich mal da war. Ich fange im Restaurant meiner Eltern an; das hier war mehr – ein Experiment.«

»Wollen das deine Eltern?«

»Nein!« Sie lacht. »Das war absolut meine eigene Idee – mich zieht's nach Hause. Aber natürlich haben sie sich gefreut.«

»Aber …« Mir stehen drei große Fragezeichen ins Gesicht geschrieben.

»Kein Aber. Ich bin da aufgewachsen, dort sind alle meine Verwandten und Freunde. Ich will nicht verpassen, wie sie heiraten und Kinder kriegen. Mönchengladbach ist nicht gerade ein Dorf, aber – trotzdem, durch das Restaurant kennt uns jeder. Und ich vermisse unseren Hund und die Katzen! Und meine kleine Schwester. Hier in München gehe ich doch bloß arbeiten, und abends sitze ich allein vorm Fernseher oder gehe zum Sport. Ganz abgesehen davon, dass alles hier so unfassbar teuer ist. Das muss doch nicht sein, oder?«

Ich denke daran, dass meine Eltern für den Preis, zu dem sie damals unser Haus gekauft haben, hier gerade mal eine Zweizimmerwohnung mit Balkon hätten finanzieren können.

Ein paar Minuten später müssen wir leider schon zahlen und wieder zurück ins Büro. Als ich an meinen Rechner zurückkehre, sehe ich die noch offene Mail von Sabine. Hatte Filip neulich früh nicht gesagt, er käme aus dem *Le Club*? Ich setze mich hin und tippe. Nur so, rein aus Neugier.

München, 7. Januar
BettinaBaumann@CarStar

Liebe Biene,

eine Frage: Neueröffnung am 13. Januar? Das Le Club *hat für einen ganzen Monat geschlossen? 4 Wochen? Seit – äh – dem 13. Dezember?*
LG!
B.

München, 7. Januar
SabineReuter@CarStar

Liebe Bettina,

*es ist kein Geheimnis, dass du schlecht rechnen kannst. Doch v. a. im Hinblick auf deine Beförderung *blinzel, blinzel – Daumen drück*, solltest du damit weniger offensiv umgehen. :) Aber: Ja! Seit dem 13.12. ist der* Club *zu. Der letzte Arbeitstag dort war demnach der 12.12. – bis 6 Uhr früh! Ich weiß es, ich war da! Um 6:01 Uhr zog mich ein Türsteher von der Tanzfläche, eigentlich ein ganz netter Typ … *grins**
S.

Hm, na ja, vielleicht hat Filip es einfach als Synonym verwendet und wollte bloß allgemein sagen, dass er feiern war? Ich mache mich wieder an die Arbeit und habe alles andere bald vergessen. Außerdem bin ich in Gedanken heute sehr bei der OP: Ich kann gar nicht fassen, dass es wahr wird! Ich werde meine Stupsnase zurückbekommen und ab Sommer nie mehr eine Hose anziehen! Vielleicht trage ich sogar wieder Hüte und auffällige Ohrringe? Beides habe ich vor langer Zeit aus meiner Garderobe verbannt, da ich mein Gesicht nicht unnötig betonen möchte. Seit ich meiner Familie von der Sache erzählt habe, fühlt sich das alles so real an! Inzwischen bin ich doch ganz froh, dass sie es wissen. Und Tante Erika wird auch aufhören zu unken, wenn sie erst mal das Ergebnis sieht …

Seit meiner Rückkehr habe ich so viel über plastische

Chirurgie gelesen, dass meine Sorgen verflogen sind. Auch zahlreiche Erfahrungsberichte von glücklichen Patienten fluten die verschiedenen Foren. Mir war gar nicht klar, dass der Markt für Schönheits-OPs in Deutschland dermaßen groß ist! Es gibt jede Menge guter Kliniken, und zu Zwischenfällen kommt es statistisch gesehen höchst selten. Auf Platz eins der Angebote: Fett absaugen, auf Platz zwei kommen Brüste und Kinn und Nasen auf Platz drei. Von den etlichen Websites im Internet habe ich mir gleich in der Woche nach unserem vorverlegten Heiligabend einige wenige Praxen in München und Umgebung rausgesucht, die auf Nasen spezialisiert sind. Nur zwei davon erschienen mir am Ende seriös. Die anderen warben schon im Bildmaterial überwiegend mit gruseligen Hollywoodnasen. Schließlich saß ich gleich am vierten Januar in der Praxis von Doktor Rauh. Mit dem riesigen weißen Empfangstresen und dezent beleuchteten Blumenvasen sieht sie eher aus wie ein stylishes Architekturbüro, und er hat am Computer simuliert, wie ich nach der OP aussehen *könnte*. Zwar hat er mir verschiedene Varianten angeboten, aber mit einem alten Kinderfoto habe ich ihm schnell klargemacht, dass ich einfach nur meine alte Nase zurück will, in der erwachsenen Version. (Obwohl die von Angelina Jolie ziemlich verlockend aussah in meinem Gesicht und nur fünfhundert Euro Aufpreis für ein kleines Plastikteil gekostet hätte!) Aber er verstand mich, begradigte per Photoshop einfach den Nasenrücken, und das Ergebnis hat mich sofort überzeugt! Dann kamen wir auf die Kosten zu sprechen. Doktor Rauh erklärte mir, dass er sowohl in Deutschland als auch der Schweiz operiert, wobei, wie gesagt, dort die

Mehrwertsteuer wegfällt, sodass ich mit meinen siebentausend Euro genau hinkäme, inklusive Bahnfahrt und Hotel (denn man muss am Vortag anreisen). Hinterher bleibt man eine Nacht stationär, und schwuppdiwupp kann man wieder nach Hause. Die Schwellungen und Blutergüsse gehen schnell zurück, und *nach rund vierzehn Tagen sind Sie wieder gesellschaftsfähig*, stand im Prospekt, den er mir mitgab. Nur auf Schwimmen und Sonnenbrille soll man noch verzichten, was im Winter ja nicht allzu schwer ist … Der anderen Praxis habe ich dann direkt abgesagt. Und Mitte Februar habe ich einen Termin zur OP! Was auch nur deshalb so schnell ging, weil genau als ich da war, jemand anders kalte Füße gekriegt und abgesagt hat.

Ich zwinge mich, meine Gedanken wieder ins Hier und Jetzt zu verlegen, setze mich aufrecht hin und widme mich dem Problem mit der verblassten Korallefarbe. Das Labor hat mir eine Reihe alternativer Zusammensetzungen für mehr Sättigung, dafür weniger Glanz mitgegeben, samt gigantischem Nuancenkatalog, und ich frage mich wirklich, wie ich das alles bis heute Abend noch durchgehen soll …

»Viel zu tun?« Filip steht in der Tür. »Wie war dein Mittagessen ohne mich?« Er lächelt zuckersüß und legt mir meine tägliche Espressokapsel auf den Schreibtisch, die heute von lila Alu umhüllt ist. »Ganz edle Sorte, Kolumbien …«, flüstert er.

»Wusstest du, dass Katrin geht? Katrinchen? Unser fleißiger Hüpfer?«, antworte ich verlegen, statt mich zu bedanken.

»Tja, die einen kommen, die anderen gehen.«

»Jetzt sei halt nicht so emotionslos«, sage ich gespielt entrüstet. »Oder ist es …«, ich schiele zu ihm hoch, »… wegen heute Mittag?

»Du meinst, ob ich eifersüchtig bin, weil du es vorziehst, mit einer Praktikantin zu essen statt mit deinem Hasenretter?«

»Genau.«

»Dass ich nicht lache«, sagt er. »Ich könnte *hunderttausend* Frauen fragen, ob sie mit mir essen wollen!« Er macht eine Geste quer über die Etage, wie ein großer Herrscher über sein Reich. »Na gut, ich gebe es zu: Ich wollte nur dich.« Provokant lächelt er mich an.

»Immerhin hast du schnell Ersatz gefunden«, winde ich mich aus seinem Flirtversuch raus und sehe zu Boden. Ich fühle mich in seiner Nähe neuerdings wie ein Teenie backstage bei Justin Bieber. Schrecklich! Aber auch irgendwie schön …

»Wieso? Hast du uns beobachtet?«, fragt Filip und schiebt sich die Ärmel hoch. Sein Gesicht wird auf einmal ernst.

»Quatsch. Aber wir saßen ja praktisch neben euch.«

»Du könntest es wiedergutmachen …«, schlägt er vor.

»Ach ja?« Ich sehe zu ihm auf und rolle, einen Farbfächer in der Hand, mit meinem Schreibtischstuhl betont beschäftigt zu meinem Zeichentisch hinüber.

»Ja. Du lässt dich heute Abend von mir nach Hause bringen!«, schlägt er vor. »So holen wir die verlorene Zeit nach, und du musst nicht durch den Schnee stapfen. Mit den Schühchen …« Er deutet auf meine weißen, eher frühlingshaften Sneakers.

Ich zögere.

»Sitzheizung…«, flötet er wie ein marokkanischer Händler, der mir ein Stoffkamel andrehen will.

»Tust du da nicht eher *mir* einen Gefallen?«, lasse ich ihn zappeln.

»Wie man's nimmt… Also, Feierabend ist um acht! Ich fahre pünktlich um zehn nach los…«, sagt er und geht, ohne meine Antwort abzuwarten. Um neun nach acht erreiche ich seinen Wagen, der ein wenig eingeschneit ist. Mit dem Ärmel seiner dicken Winterjacke räumt Filip gerade den Schnee von der Heckscheibe.

»Soll ich dir helfen?«, biete ich ihm an.

»I wo. Schlüpf rein!«, befiehlt er.

Als wir vom Gelände fahren, ist mir nicht ganz wohl. Aufmerksame Leute könnten jetzt schon anfangen zu tratschen. Erst kommen wir neulich beide zu spät, wenn auch nicht zusammen, dann will er mit mir mittagessen und jetzt fährt er mich heim… Da kann man schnell das Falsche denken. Ich versuche, diese Befürchtungen zu verdrängen, und lehne mich entspannt zurück. Was für ein Luxus! Es ist doch etwas anderes, in einem Wagen heimzufahren als in einer vollgestopften, verspäteten U-Bahn. Im Radio läuft kitschiger Kuschelrock, und ich komme nicht umhin, wieder einmal festzustellen, dass Filip betörend gut aussieht, selbst schneebestäubt, wie er jetzt vor der Windschutzscheibe steht und sich eine Haarsträhne aus der Stirn pustet. Irgendwie fällt es mir immer schwerer, den Büro-Casanova in ihm zu sehen, für den ich ihn stets gehalten habe.

Kaum sind wir zwei Minuten gefahren, bremst er und hält an einer roten Ampel.

»Gott, hier dauert das immer ewig an der Ecke …«, nölt er.

Ich schlucke. Irgendwie ist mir zwischen Schreibtisch und Parkplatz mein gesamtes, ohnehin schon nicht übermäßig großes Selbstbewusstsein abhandengekommen. Hier mit ihm ganz alleine auf so engem Raum fühle ich mich unsicher. Und wie immer in solchen Momenten, in denen mich ein anderer Mensch ungestört aus der Nähe betrachten kann, denke ich vor allem an eins: meine Nase. Ich weiß, dass andere einen immer anders sehen als man selbst, aber ich sehe vor meinem inneren Auge eben mich mit einem riesigen Höcker, wo andere Frauen ein Näschen haben. Was Autofahrten für mich wirklich zum Albtraum macht! Im Gegensatz zu sonstigen Gelegenheiten, bei denen ich mir meine Position aussuchen kann (im Meeting, beim Sex, im Café …), sitzt man im Auto Seite an Seite, und der andere sieht einen im Profil. Ein fliehendes Kinn, eine hohe Stirn oder ein Muttermal im Nacken … Nichts bleibt so verborgen. Noch dazu sorgt meine allgemeine Unruhe beim Autofahren dafür, dass ich meinen Blick hochkonzentriert und fest auf die Straße hefte, während der routinierte Fahrer – in diesem Fall Filip – hin und wieder einen Blick zu mir riskiert. Und mich damit zwangsläufig im Profil sieht, der absolute Super-GAU! Na bitte, prompt mustert er mich.

»Langer Tag?«

»Ja. Warum?«

»Du bist so still.«

»Ich denke über Lacke und Farben nach.«

»Tatsächlich?«

»Nein.«

Wir lachen.

»Okay, worüber dann? Oder nein, lass mich raten – ich weiß, was dir im Kopf rumgeht!«

Die Ampel springt endlich auf Grün.

»Tatsächlich?«

»Ja. Du magst es nicht, wenn sich Privates mit Beruflichem vermischt! Und jetzt hast du Angst, man könnte über uns reden. Weil wir im selben Auto sitzen.«

Verblüfft sehe ich ihn an.

»Dein Ruf eilt dir voraus«, fährt er fort und gibt Gas.

Dass auch ihm ein gewisser Ruf vorauseilt, scheint ihn nicht weiter zu tangieren. Männer haben echt ein unerschütterliches Selbstbewusstsein. »Das geht nicht gegen dich speziell«, verteidige ich mich. »Ich finde es einfach generell unprofessionell, wenn im Büro ...«

»Schon gut«, winkt er ab. »Ich bin auch kein Freund von Klatsch und Tratsch. Aber wäre es denn wirklich so schlimm, wenn die Leute über uns reden?« Er wirft mir einen fragenden Blick zu.

»Aber da ist ja gar nichts«, formuliere ich gewollt knapp.

»Und wenn ...« Filip stockt, während er abbiegt, und ich halte den Atem an. »Und wenn da was wäre?«, fragt er schließlich ganz offen, und mein Herz macht einen Sprung. Und zwar direkt in meine Kehle. Ich bin unfähig, etwas zu sagen.

»Was denn? Hast du immer noch diese Angst, ich könne ein Serienkiller sein? Ich finde, du bist schon viel netter zu mir geworden!«, versucht Filip, die Atmosphäre wieder aufzulockern.

»Also ich …«, ringe ich nach Worten, um ihm schonend beizubringen, dass ich mich zwar sehr wohl zu ihm hingezogen fühle, aber zu seinem Image weitaus weniger. Gottlob richtet er den Blick wieder geradeaus.

»Ziehen wir mal Bilanz …«, redet er einfach weiter. »Ich kümmere mich um deinen Hasen, ich fahre dich morgens und abends heim, ich lasse dir den Vortritt bei Hoffmann, und ich *versuche*, dich zum Mittagessen einzuladen … Was könnte man gegen ein nettes Kerlchen wie mich also haben?«

Wie zur Bestätigung reibt er sich mit der rechten Hand die Bartstoppeln an seinem Kinn, die frech zu allen Seiten abstehen. »Ja, vielleicht sehe ich gut aus. Ist ja nicht so, dass ich nicht um meine Wirkung wüsste. Aber hast du dir mal überlegt, dass das für Männer wie mich manchmal eine Strafe ist?«

»Nicht direkt.«

Ich sitze nun kerzengerade und sehe ihn aufmerksam an. Ist er wieder im Angebermodus, oder wird das hier das erste tiefgründige Gespräch, das sich zwischen uns entwickelt?

»Für uns interessieren sich so viele Mädchen, dass die eine, für die wir uns interessieren, immer lieber die Finger von uns lässt.«

Er sieht mich prüfend an. Unsere Blicke treffen sich, und ich bin wie elektrisiert. Leider sind wir schon fast bei mir.

»Hat es irgendwas damit zu tun?«, fasst er hartnäckig nach.

Ich fühle mich ertappt und drehe das Radio leiser.

»Schön, gut, also wenn du drauf bestehst: Ja!«

»Wusste ich es doch!«

Er reduziert die Geschwindigkeit und biegt nach links ab, in meine Straße.

»Es ist – wegen Leonie Maier«, gestehe ich.

Filip seufzt.

»Nicht nur, aber vor allem!« Wenn er es so genau wissen will, dann bin ich jetzt auch ehrlich. Filip manövriert uns gekonnt in eine Parklücke vor meinem Haus. Dann stellt er den Motor ab und wendet sich mir zu.

»Okay, schieß los, was kann ich tun, damit du die Sache vergisst?«

»Filip, das kann man nicht vergessen. Sie hat dir im *Le Club* ihren Gin Tonic über den Latz geschüttet und geschrien, du seist bindungsunfähig und irgendwas mit Fallschirmspringen und Sex. Das war durchaus einprägsam …«

Er seufzt noch einmal und legt resigniert die Stirn auf das Lenkrad. »Würde es etwas helfen, wenn ich dir die Wahrheit über sie erzähle?«, fragt er.

Ich zucke mit den Achseln. Ihr Auftritt damals sah für mich ziemlich eindeutig aus.

»Leonie Maier«, holt er tief Luft, als fiele es ihm schwer, den Namen auszusprechen, »war eine Stalkerin. Und sie hat nicht gekündigt, sondern wurde gegangen. Außer mir hat sie nämlich auch Hoffmann belästigt, und dessen Frau, Maya, war drauf und dran, ihr höchstpersönlich den Hals umzudrehen. Du weißt, wie brutal Frauen sein können.«

Hat er auf meine Nase geschaut, oder denke ich das nur? Jedenfalls merke ich gerade noch rechtzeitig, wie mein Mund vor Staunen offen steht, und schließe ihn schnell.

»Hoffmann musste ihr zur Entschädigung mal wieder eine ihrer bekloppten Beauty-OPs finanzieren – dabei hatte der arme Kerl mit Leonie Maier genauso wenig was am Hut wie ich.«

Bekloppte Beauty-OP. Ich schlucke.

»Und warum hast du das nie richtiggestellt?«, frage ich nach.

»Weil es mich nicht sonderlich interessiert, was andere über mich denken. Büroklatsch oder Kleinstadtklatsch, das ist alles dasselbe. Die Leute glauben, was sie glauben wollen, ganz egal, was du sagst. Außerdem, wie soll das aussehen? Ich stelle mich eines Montags vor die versammelte Mannschaft und verkünde: *Hört mal, die war irre!?* Nein, ich denke, dass sie weg ist, spricht für sich.«

Er betätigt einen Fensterheber und lässt etwas frische, kalte Luft ins Auto, als bräuchte er Sauerstoff nach dieser Erinnerung.

»Ich war *einmal* mit ihr aus, aber das war's schon. Wir haben uns nur schleppend unterhalten, und ich war froh, als der Abend vorbei war. Direkt am nächsten Tag fing es an: Blumen, Pralinen, Geschenke aus Echtleder und Liebesbriefe im Farbdrucker. Erst habe ich gedacht, ich kriege es selbst in den Griff, aber schließlich musste ich mit dem Chef sprechen. Da hat sich dann herausgestellt, dass sie dieselbe Nummer bei ihm abzieht. Er hat sie wohl einmal angelächelt, und das hat sie auch gleich missverstanden.«

Er macht eine Pause. Dann nimmt sein Gesicht wieder gewohnt freundlich-entspannte Züge an.

»So, und was hast du noch gegen mich vorzubringen?«

»Du bist vorbestraft!«, platzt es aus mir heraus.

Wieder stöhnt Filip. Dann lacht er. »Also ehrlich, du weißt ja fast mehr über mich als meine Mutter!«

»Ich – habe meine Quellen«, erwidere ich trotzig.

»Empfangsklatsch?«, fragt er.

»Hm«, mache ich und komme mir vor wie eine dieser intriganten Soap-Darstellerinnen. Mal abgesehen davon, dass ich mit meiner Nase für eine Rolle nie infrage käme. Fast alles, was ich über ihn weiß, weiß ich von anderen und habe automatisch angenommen, es stimmt.

Er schaut mir tief in die Augen. »Stimmt das?«, fragt er. »Du hast das von Jenny?«

Sein rechter Arm liegt nun über der Kopflehne meines Sitzes, mit dem linken Ellbogen stützt er sich nachdenklich auf das Lenkrad.

»Wieso?«, versuche ich, sie zu schützen.

»Sie ist außer den Personalern die Einzige mit Akteneinsicht. Aber dass sie es gleich weitertratscht? Damit könnte sie sonst was anrichten! Vielmehr –«, er sieht betroffen aus, »hat sie ja offenbar schon.«

Ich fühle mich immer unbehaglicher. Wie Else Kling aus der Lindenstraße, dabei bin ich ja gerne die Erste, die sich gegen Klatsch ausspricht.

»Ich habe eine Schwester«, fängt er an zu erzählen.

»Filip, du bist mir keine Erklärung schuldig«, versuche ich, mein schlechtes Gewissen zu mildern.

»Doch. Ich will nicht, dass du so von mir denkst.«

»Ich denke, es ist dir egal, was andere …«

»Ja. Aber nicht, was du von mir denkst.«

Er rückt näher an mich heran, unsere Hände berühren sich kurz.

»Also. Ich habe eine Schwester, und die wiederum hat

zwei Nymphensittiche. Vor ein paar Jahren bat sie mich, während ihrer Flitterwochen auf sie aufzupassen. Prompt haben sich die Dinger vermehrt. Und zu fünft ganz schönen Lärm gemacht im Haus. Damals wohnte ich in einer Kleinstadt, wo bekanntlich Wände Ohren haben, und nach ein paar Tagen stand die Polizei vor meiner Tür.«

»Wegen ein bisschen Vogelgezwitscher?«

»Ja, so sind eben die Nachbarn – jedenfalls klingelte es, und die Streife bestand darauf reinzukommen, es ginge um eine Überprüfung wegen illegaler Papageienzucht.«

»Papageienzucht?«, wiederhole ich ungläubig. Fast muss ich lachen.

»Nymphensittiche gehören zu den Papageien und dürfen sich aufgrund irgendwelcher veterinärmedizinischer Bestimmungen nicht einfach so vermehren.«

Ich weiß nicht, welche Geschichte mich mehr erstaunt. Die mit Leonie oder die mit den Vögeln.

»Das Ende vom Lied – im wahrsten Sinne des Wortes – war dann, dass ich eine Ausnahmegenehmigung beim Amtstierarzt hätte besorgen müssen, zur Registrierung einer *Unfallbrut*, damit die Viecher beringt werden können, innerhalb einer Woche. Leider schrieb ich aber damals gerade an meiner Diplomarbeit, die ich Ende derselben Woche abgeben musste. Und jetzt rate, was mir wichtiger war?«

»Das Diplom?«

»Am Ende war ich vorbestraft – und bin es bis heute. Allerdings habe ich weder eine Bank ausgeraubt, noch bin ich ein notorischer Schwarzfahrer.«

Ich bin baff. Filip beugt sich ein kleines Stück zu mir vor. »Alle Unklarheiten beseitigt?«

Vorsichtig nähert er sich mit der rechten Hand meinem Gesicht.

»Ja, na ja …«, hauche ich hilflos. Es fühlt sich verdammt gut an, als seine Finger über meine rechte Wange streichen. »Was denn – noch irgendwelche Gerüchte? Erzählt man sich, ich handele mit Drogen? Antiquitäten? Organen?«, kommentiert er mein Zögern. Ich lache. Es klingt supernervös. Statt darauf einzugehen, nimmt er meinen Kopf in seine Hände und küsst mich. Mein Widerstand ist verflogen. Minuten später öffne ich wie eine Betrunkene die Wagentür und gleite aus dem Auto. Filip wartet noch, bis ich sicher im Haus bin, dann fährt er.

Ich muss Untermieter eine volle Stunde kraulen, um mich zu beruhigen. Er bewegt sich keinen Millimeter, als wüsste er um die Besonderheit des Geschehenen – nur an seiner kleinen Nase, die fleißig auf und ab geht, erkennt man, dass er noch lebt. *Filip Felix Hamann hat mich geküsst.* Trotz Nase. Trotz der ganzen Gerüchte. Trotz meiner abweisenden Art zu Anfang. (Wobei Tante Rosi immer behauptet, gerade das würde Männer scharfmachen.) Ich brauche Stunden, um einzuschlafen, und meine Gedanken fahren unaufhörlich Karussell: Nach Mika hatte ich mir geschworen, nie, nie wieder etwas mit jemandem aus der Branche anzufangen. Andererseits: Die meisten Ehen entstehen nun mal am Arbeitsplatz. Allerdings werde ich nie wieder in einer Beziehung thematisieren, dass mich meine Nase belastet. Ich glaube, Selbstzweifel sind wirklich etwas, das Männer nervt. Und es macht einen sehr verwundbar. Und ganz davon abgesehen, habe ich dieses Problem bald nicht mehr! In vier Wochen bin ich ein neuer Mensch. Also, rein optisch. Trotzdem sollte die

Veränderung nicht so dramatisch sein, dass man sie bemerkt. *Sie werden einfach nur symmetrischer und damit schöner aussehen!*, hat Doktor Rauh mir versprochen. Und der muss es schließlich wissen. In seiner Vita stehen rund zehntausend gelungene Eingriffe weltweit. Ich muss mich für die Zeit nur noch unauffällig verkrümeln, dann kriegt keiner was mit. Zu dumm, dass es ausgerechnet jetzt zwischen Filip und mir gefunkt hat ... Von der Sache erzählen werde ich ihm auf keinen Fall! Erstens sind wir noch nicht so weit, und zweitens lässt der Ausdruck *bekloppte Beauty-OP* vermuten, dass er kein Freund von Schönheitsoperationen ist. Und es wäre wirklich, wirklich tragisch, wenn er jetzt, da mein Bild von ihm so gut ist, er ein falsches von mir bekommt. Er kennt nicht die Schrecken meiner Grundschulzeit und wird denken, ich wäre eine dieser oberflächlichen Schickeriatussis ...

Wieder und wieder erinnere ich mich an den Kuss von eben. Will ich eine Affäre? Oder eine echte Beziehung? Im Morgengrauen weiß ich nur eines: Ich bin verknallt.

Der Rest der Woche ist extrem arbeitsam, und Filip und ich haben keine Gelegenheit, an den Moment im Auto anzuknüpfen. Aber wir schreiben uns SMS. Ich sitze wie üblich am Samstag auf der Couch und sehe die Folgen meiner Arztserie, die ich unter der Woche aufgenommen habe, am Stück. Seit ich zu Hause war, kommt mir meine Wohnung noch ungemütlicher vor als vorher. Ich muss unbedingt mal ein paar Einrichtungskataloge wälzen, aber irgendwie fehlt mir die Motivation. Ich habe leider nicht das Deko-Talent meiner Mutter und bin einfach zu wenig hier. Vielleicht wird es im Frühling automatisch besser? Der Winter scheint kein Ende zu nehmen, aber das stört mich nicht. Ich habe mich schön eingemuckelt, und Untermieter hoppelt durch die Gegend und sucht die Karottenstücke, die ich für ihn in der Wohnung versteckt habe. Ich blicke auf mein Handy. Schon wieder hat es gepiept.

Was machst du gerade …?
Fil

Na, hör mal, das klingt ja fast wie »Was hast du gerade an?«, simse ich zurück.

Prompt kommt seine Antwort.

Meine ich aber nicht. Mich interessiert dein Lebenswandel! :) Und bitte unterstell mir nicht, ich meinte was mit »lustwandeln«!!!

Ich plane Urlaub, tippe ich zurück.

Was ist das?

Ich muss lachen. Die Frage ist bei *CarStar* wirklich berechtigt. Als Jenny noch mit mir redete – keine Ahnung, warum sie es neuerdings nicht mehr tut –, hat sie mich ausdrücklich darauf hingewiesen, dass ich meinen gesamten Jahresurlaub mit hinübernehme ins neue Jahr und bis spätestens Ende März abbauen muss – stolze achtundzwanzig Tage, plus die neununddreißig Überstunden im

Januar! Das reicht definitiv für einen ganz unauffälligen Beauty-Aufenthalt …

O nein! Du willst mich im kalten München allein lassen? Mit Hoffmann? Wohin soll's denn gehen? Und wer passt auf dein Karnickel auf???

Das mit Untermieter ist tatsächlich ein Problem. Selbst wenn Filip sich in Kürze als der tollste Mann der Welt entpuppen sollte – noch einmal möchte ich ihn jetzt nicht um einen Gefallen bitten. Ich finde, wenn jemand einem einmal so selbstlos aus der Patsche geholfen hat, sollte man das nicht überstrapazieren. Und was, wenn wir unerwartet streiten und dann steht Untermieter bei ihm? Jenny fällt leider auch flach. Ich habe keine Lust, sie zu fragen, so wie sie momentan drauf ist. Wer weiß, welche Sorgen sie plagen? Allerdings hat meine Stippvisite ins Ruhrgebiet dazu geführt, dass ich mir vorgenommen habe, auch in München ein wenig Kleinstadtgefühl aufkommen zu lassen und ein paar Leute im Haus kennenzulernen. Das kurze Telefonat mit meiner Kinderfreundin Corinna hat mich tatsächlich daran erinnert, wie wichtig Freundschaften sind, und es kann nicht schaden zu wissen, wer hier mit mir Tür an Tür wohnt. Also dachte ich, ich könnte mal die junge Frau fragen, die neulich an Filip und mir vorbei zum Briefkasten gehuscht ist. Sie ist in etwa in unserem Alter. Zwar wirkte sie schüchtern, hat aber ziemlich interessiert in den Käfig geschaut, das habe ich bemerkt.

Ich teile das Filip mit.

Er hat einen Namen! Und für ihn wird gesorgt.

Wie sicher ist das? :)

Hm, wenn ich jetzt schreibe »ganz sicher« und sie Nein sagt, muss ich ihn doch noch fragen. Egal, ich werde es riskieren. Außerdem kann ich so noch eine Weile unnahbar bleiben – äußerst wichtig im Anbahnen von Beziehungen, wenn man Rosi glaubt. *Willst was gelten, mach dich selten!* Er muss nicht sofort alles von mir wissen. Ich könnte ja auch einen total großen Freundeskreis hier haben.

Sofort mache ich mich daran, ihr eine Karte zu schreiben. Dann dackele ich nach unten und werfe sie in ihren Briefkasten. »N. Bauer«, das müsste sie sein. Als ich wieder oben bin, sitzt Untermieter wieder im Käfig, und ich sehe, dass Filip noch mal geschrieben hat.

Na, die Notfallnummer der Hasenhilfe Schwabing kennst du ja jetzt… Wann geht's denn in den Urlaub?

19. Februar bis 22. März, noch drei Wochen arbeiten also! :)

So lange bist du weg???

Ja. Urlaub abbauen. Hoffmann hat's schon genehmigt. Bin aber nur die ersten zwei Wochen davon weg.

Während ich tippe, überlege ich. Sollte ich doch besser sagen, die ersten drei? Nicht, dass man am Ende doch noch was sieht nach vierzehn Tagen. Das wäre ja ultramegapeinlich! Und offensichtlich bin ich mit dieser Sorge nicht alleine, denn, so Seite fünf meiner Klinikunterlagen: *Diskretion, auch in Form einer garantiert unterdrückten Rufnummernanzeige, wird bei uns groß geschrieben. Damit weder Sie noch Ihre Kommunikation noch Ihr Image bei uns im Hause leiden!*

Und wohin fährst du? Malediven, Mailand, Kuba???

... Juist!

Mir fällt nichts Besseres ein als der Ort, an dem mein Vater seine zweiten Flitterwochen verbrachte. Er nannte es damals *die kleinste Sandbank der Welt.*

Ostfriesische Inseln? Allein???

Nur eine Insel. Und ja, nur ich. Frische Luft und...

Oje. Dazu fällt mir jetzt wirklich nichts ein. Sandburgen bauen?

Tee trinken!, schreibe ich.

Das muss ihm jetzt bitte reichen. Ich könnte höchstens noch behaupten, ich würde ein Buch schreiben oder – in aller Seelenruhe einen Bildband layouten, in dem ich das Pop-Art-Verhältnis zwischen Andy Warhol und Dosensuppen untersuche.

Ich werde dich vermissen.

Ich starre auf das Display. Sogar Untermieter hält die Luft an, jedenfalls hört er sekundengenau auf zu rascheln und schaut aus schwarzen Knopfaugen zu mir hoch, seine Nase wippt noch aufgeregter auf und ab als sonst. Ich wage kaum, mich zu bewegen, so als könnte die Nachricht dadurch wieder verschwinden. Dann antworte ich ihm und schreibe diesmal die Wahrheit.

Ich dich auch.

7.

Ich glaube, wir sind zusammen. Was immer noch nicht heißt, dass jemand außer uns das wissen muss. Aber meine Vorbehalte Filip gegenüber haben sich fast komplett in Luft aufgelöst, nur ein kleiner Rest ist noch da. Vielleicht hat das auch damit zu tun, dass ich Privates und Berufliches tatsächlich gern trenne und nicht Abteilungsleiterin sein will und gleichzeitig *Filips Neue*. Ich glaube, dieser Doppeltratsch würde die gesamte Etage implodieren lassen. Alle würden sich nur noch am Kopierer oder an der Kaffeemaschine herumdrücken und die News besprechen. Allen voran Jenny. Wobei die nur noch mit anderen spricht. Langsam gebe ich auf. Ich habe ihr noch einmal ausdrücklich angeboten, dass ich immer für sie da bin, aber statt eines simplen »Nein, danke!«, hat sie etwas gemurmelt, das wie »Fahr doch zur Hölle!« klang.

»Vielleicht ist sie neidisch?«, meinte Sabine, der Jennys Endzeitstimmung auch aufgefallen war. »Überleg mal: du Karriere, sie Kaffee. Du Konzepte, sie Kopien.«

»Vielleicht ist da was dran«, habe ich geantwortet, aber wirklich glauben kann ich ihre These nicht.

Jenny schien nämlich immer sehr zufrieden mit sich und ihrem Job zu sein. Einmal wollte Hoffmann ihr irgendein Microsoft-Office-Camp in der Toskana bezahlen, plus Reisekosten. Aber da hat sie schlicht gesagt, dass sie lieber ein Heizkissen für ihren Bürostuhl will. Oder ein neues Mousepad. Oder einen Stressball. Aber das ist lange her, so cool habe ich sie schon seit Wochen nicht gesehen.

Letzten Freitag ging endlich die große Präsentation über die Bühne, und *Stahlus* hat parallel angekündigt, ab Mitte Februar wieder liefern zu können, sodass im Falle eines Auftrags – auf den jetzt alle hoffen – doch die ursprünglich geplanten günstigen Materialien zum Einsatz kommen, was die Gewinnspanne verdreifacht (zu dieser Rechnung gab es ein hübsches Flipchart). Paul Hoffmann ist bester Dinge, und das Betriebsklima so weit wieder im Lot, dass die Leute sogar bereit sind, für den nachfolgenden Kollegen wieder die Klobürste zu benutzen. Für Spannung sorgt nur noch die Frage, wann offiziell die Neubesetzung der Abteilungsleiterstelle verkündet wird.

Letzten Sonntag nach unserem samstäglichen SMS-Marathon hatte Filip plötzlich früh um acht angerufen und vorgeschlagen, in die Berge zu fahren. Auf solche Ideen kommen nur gebürtige Bayern, vermute ich. Obwohl ich gar nicht weiß, woher genau Filip eigentlich stammt, nehme ich stark an, es ist ein Ort, an dem die Leute Pinselhüte und Krachlederne tragen und sich ziemlich viel auf ihr Bayern-Abitur einbilden.

»Können wir nicht lieber am Abend ins Kino gehen?«, hatte ich versucht, ihn aufzuhalten, und mit Schrecken an die Minusgrade draußen gedacht.

»Nein. Denn jetzt hast du einen Lover mit Auto, und deine Möglichkeiten haben sich erweitert!«

»Einen Lover?«

»Na ja, oder was immer du willst, das ich für dich bin!«

»Ein Kinofreund!«, versuchte ich noch einmal, ihn für Indooraktivitäten zu erwärmen und ganz nebenbei rauszufinden, wie viel der Kuss zu bedeuten hatte.

»Nichts da! Wir fahren in Richtung Murnau und machen die klassische Touri-Tour: Königssee, Kochel- und Walchensee, und dann marschieren wir auf den Herzogstand.«

»Ist das so was wie Wandern?« Ich war alles andere als begeistert.

»Ach was, das merkst du kaum! Du läufst einfach hinter mir her und schaust mir auf den Po. Und plötzlich bist du oben.«

Schließlich ließ ich mich erweichen, und tatsächlich – es wurde traumhaft schön! Nein, es wurde sogar einer der besten Ausflüge meines Lebens, bei allerschönstem sonnigem Winterwetter! Überall war es tief verschneit, nur die Wege waren geräumt, und sogar ein Pferdeschlitten fuhr an uns vorbei, mit Glöckchen, schnaubenden Tieren und allem Drum und Dran. Es war wie im Märchen! Schon allein die klare Luft tat gut. Hand in Hand sind wir dann über den Naturlehrpfad gewandert und haben alle möglichen Spuren gelesen. Auch wenn unsere Meinungen bezüglich dessen, was einen Huf- von einem Pfotenabdruck unterscheidet, schwer auseinandergingen. Ich war einfach nur glücklich. Wir haben das gesamte Pärchenprogramm durchgezogen, mitsamt Handyfotos von uns Arm in Arm auf dem Gipfel. Am

Nachmittag sind wir zu Apfelstrudel und Kakao in einer urigen Hütte eingekehrt, und dann hatte er eine echte Überraschung für mich – eine Nacht in einem Wellnesshotel! Sauna, gutes Essen, Blick auf die Berge vom Balkon aus, traumhafte Betten aus Fichtenholz und natürlich … Nun ja, jedenfalls war mir in der Nacht nicht gerade kalt. Und die ganze Zeit über hat er sich perfekt verhalten. Von bindungsunfähig keine Spur, was folgende Situation bewies: Die Rezeptionistin der *Goldenen Gans* dachte, wir wären ein Ehepaar, und sprach ihn mit »Herr Baumann« an. Während ich drauf und dran war, die Sache richtigzustellen, hat er nicht mal protestiert, sondern nur gelächelt und unterm Tresen ganz fest meine Hand gedrückt. Einzig der nächste Morgen war bitter, da wir bereits um fünf Uhr aufstehen und um sechs zurück nach München fahren mussten, um pünktlich um acht in der Arbeit zu sein. Und getrennt dort hinzufahren, versteht sich. Als er mich bei mir zu Hause abgeliefert hat, hat er auf die Windschutzscheibe eines der anderen, noch schneebedeckten Autos die Buchstaben *F & B* geschrieben.

»Damit du dich gleich wieder an uns erinnerst, wenn du in einer halben Stunde aus dem Haus gehst …«

»Was soll das heißen – *Food & Beverage*?«

»Quatsch! Filip und Bettina.« Dann hat er gelächelt und mich fest in den Arm genommen, und es klang wie eine Frage. Jedenfalls habe ich genickt. Deshalb glaube ich, wir sind zusammen. Jedenfalls habe ich mich lange nicht mehr so wohlgefühlt und so viel gelacht wie mit ihm an diesem Sonntag. Und für heute Abend, Mittwoch, hat er schon wieder eine Überraschung für mich, sagt er!

Leider liegt bis dahin noch ein langer Arbeitstag vor mir, an dem wir uns nicht sehen werden.

Filip ist mit Paul Hoffmann unterwegs, was etwas völlig Neues ist. Aber ich bin heilfroh, dass ich es nicht machen muss. Sie sind nämlich auf Akquise. Wie gesagt, ich gehe nicht gern raus. Nicht aus meiner Wohnung im Winter und nicht aus der Firma zum Arbeiten. Schon gar nicht zu Leuten, die überhaupt nicht wollen, dass man kommt. Ich finde, Akquise hat immer was von Klinkenputzen, auch wenn man im Geschäftsleben nicht an Wohnungstüren, sondern an Vorzimmertüren klopft und nicht gerade Ramsch anzubieten hat. Leider weiß ich bereits jetzt, dass das mit eine der Hauptaufgaben eines Abteilungsleiters ist. Aber was soll's – *man wächst mit seinen Aufgaben*. Und meine Chancen, demnächst zu wachsen, stehen wirklich gut. Sogar Pia aus der Buchhaltung meinte gestern, sie stellt schon mal den Sekt kalt.

Klatsch! Ich erschrecke mich zu Tode. Jenny hat einen Stapel Akten vor mir auf den Schreibtisch gelegt, vielmehr gepfeffert.

»Gott, Jenny, ich fall ja fast vom Stuhl vor Schreck!«

»Wann, Bettina, lernst du *endlich*, Formulare vollständig auszufüllen?!« Wütend sieht sie auf mich runter.

Oben auf dem Stapel befindet sich die Parkhauspetition. Ich bin irritiert.

»Aber ich habe doch schon angegeben, dass ich kein Auto habe, aber trotzdem …«

»JA!« Jenny ist offensichtlich kurz davor zu explodieren. »Bettina, das weiß ich. *Alle* hier wissen, dass du kein Auto hast und keinen Parkplatz brauchst und netterweise trotzdem unterschreibst! Hatten wir alles schon! Aber es *reicht nicht*, dass du einfach ein Kreuz machst und so klug bist, das Datum einzutragen. Ich brauche deine *Unterschrift*! Rechts außen auf dem Blatt, verdammt! Es nennt sich *Unterschriften-Aktion!*«

»Oh.« Beschämt setze ich meinen fehlenden Wilhelm in die winzige Spalte. Formulare sind tatsächlich nicht meine Stärke. Fast wäre meine Diplomarbeit nicht anerkannt worden, weil ich vergessen hatte, meinen Namen draufzuschreiben. Allerdings stand ich da auch ganz schön unter Stress, weil mein Drucker am Abgabetag versagte.

»Wie geht es eigentlich Josefine? Hat sie inzwischen alles komplett überstanden?« Natürlich ist das Wochen her, aber mir fällt langsam nichts mehr ein, was ich zu Jenny sagen könnte. Ganz abgesehen davon, dass ich gerne das Thema wechseln würde.

»Tss, das fragt die Richtige.« Herablassend sieht sie mich an und entreißt mir das Blatt, kaum dass ich den Stift abgesetzt habe.

»Wie bitte, wie meinst du das?«

»Na klar, ihr geht es super. Keinem Kind ging es je besser!«

Der Sarkasmus quillt praktisch aus jeder Pore ihres wohlgeformten Körpers. Ich frage mich, wie Frauen *mit* Kind – nach Schwangerschaftsstreifen, Geburt und Stillen – aussehen können wie ich nicht einmal *ohne* Kind.

»Ähem, ja also, gut …«, stammle ich unsicher in Anbetracht ihrer Aggressivität und gehe dann in die Offensive: »Sag mal, habe ich dir eigentlich was getan?«

»Ha!« Jenny schnaubt verächtlich, so als wäre das die

dümmste Frage aller Zeiten. Als hätte ich gesagt: »Hör mal, wer ist eigentlich gerade Kanzler? Immer noch die Maischberger?«

Dann dreht sie sich um und geht ohne ein weiteres Wort aus dem Raum. Am liebsten würde ich hinterherzischen: »Die hat wohl ihre Tage«, aber da ich selbst eine Frau bin, käme das nicht so gut. Und *weil* ich selbst eine Frau bin, weiß ich auch, dass mit der Sorte Frau in der Sorte Stimmung nichts anzufangen ist. Von konstruktiv orientierten Konfliktbewältigungsstrategien und klärenden Gesprächen ganz zu schweigen. Jenny ist ein typischer Fall von »Ist was?« – »Nö, nö«, und gleichzeitig guckt sie dich so böse an, dass du ganz genau weißt, dass Rom in Flammen steht. Und dann will sie hundertmal danach gefragt werden, nur um dir vielleicht beim einhundertersten Mal eine subtile Andeutung zuzugestehen. Ein Spiel, das mir zu doof ist.

Ich mache mich seufzend wieder an die Arbeit und versuche, Ordnung in das Chaos auf meinem Schreibtisch zu bringen, das sie hinterlassen hat. Gerade, als ich überlege, ob ich in die Mittagspause gehe oder mir noch einen Kaffee hole und mich zuerst der Akten annehme, klingelt mein Telefon. Eine fünfstellige Vorwahl mit einer gerade mal vierstelligen Nummer ... »Mama?«

»Ja, guten Tag. Mein Name ist Beatrix Winter, ich hätte gerne meine Tochter gesprochen, die arbeitet im Bereich ...«

»Mama, ich bin dran!«

»Ach so. Meldest du dich denn nicht mit Namen?«

»Nicht, wenn ich schon weiß, wer dran ist.«

»Und das weißt du?«

»Deine Nummer steht im Display.«

»Ach, echt? Aber wir haben doch gar kein ISBN.«

»ISDN. Weiß ich jetzt auch nicht, aber du bist eingespeichert. Vielleicht ist dein Anschluss digital und das Telefon analog? Was weiß ich. Alles okay? Du rufst mich doch nie im Büro an?«

»Alles bestens. Schöne Grüße von Rosi und Erika!«

»Danke. Grüße zurück.«

»Werde ich ihnen ausrichten. Da freuen sie sich. Und, wie geht es dir?«

»Gut. Ist irgendwas Besonderes?«

»Sei doch nicht so schroff!«, mault meine Mutter.

Es stimmt, ich klinge wirklich schroff. Aber zum einen finde ich den Umstand unangenehm, dass sie mich im Büro anruft, und zum anderen werde ich das Gefühl nicht los, dass ihr Anruf einen Grund hat. Einen gewichtigen.

»Entschuldige. Mir geht es sehr gut, danke. Und wie geht es dir, Mama?«

»Bleibt es bei deinem OP-Termin übermorgen?«

»Ja«, bestätige ich knapp. Ich habe jetzt so gar keine Lust auf erneute Diskussionen diesbezüglich. Geschweige denn dafür Zeit.

»Aha. Also, ich soll dir sagen, Erika ist immer noch dagegen und Rosi unter Vorbehalt dafür. Ich – stehe so oder so zu dir.«

»Danke, Mama. Gibt es sonst noch was Neues?«

»Schick mir bitte alle Daten zur Klinik per SMS, die Adresse und so weiter – dann habe ich das schriftlich!«, bittet sie mich.

»Mache ich!«

»Wann?«

»Noch heute.«

»Gut«, gibt sie sich zufrieden. Und rückt nach einer kurzen Pause endlich mit ihrem eigentlichen Anliegen raus. »Jannemann bringt Sasha mit!«

»Ach. Und wann?«

»So bald wie möglich.«

»Halleluja, das geht wirklich fix.« Jan hat, wie gesagt, schon die eine oder andere ins Ruhrgebiet verschleppt, aber noch nie in einem derartigen Tempo.

»Ihm scheint sehr viel am Urteil seiner alten Mutter zu liegen«, gluckst meine Mutter fröhlich und lässt mir einen Moment, damit ich sagen kann: *Aber Mama, du bist doch nicht alt!* Doch auch das ist mir heute zu doof.

»Jedenfalls wollen sie bald kommen, also wann kannst du?«

»Also jetzt ist ja erst mal OP …«, winde ich mich.

»Hast du nicht vier Wochen Urlaub?«

»Ja, schon …« Mist, wann habe ich das denn erzählt? »Aber ich war doch gerade erst da …«, ändere ich meine Taktik. Ich will nicht schon wieder nach Hause.

»Ja und? Jan auch. Aber da war *sie* ja nicht da.«

»In nächster Zeit wollte ich, wenn ich wieder fit bin, an den ganzen freien Tagen mal so einiges aufräumen. Und mit …«

»Ja?!« Die Sensationslust meiner Mutter in Bezug auf mein Liebesleben springt mir förmlich durchs Telefon entgegen.

»Einer Kollegin auf den Flohmarkt«, flunkere ich und kürze die Sache ab. »Ich habe so viel Zeug im Keller.« (Was stimmt.)

»Und das ist dir wichtiger?« Meine Mutter klingt so enttäuscht, dass ich mich sofort schlecht fühle.

»Nein, Mama, natürlich nicht. Aber es ist schon lange versprochen. Und du sagst doch selbst immer, daran muss man sich halten.«

»Hm.«

»Ach, Mama. Dafür komme ich spätestens im Sommer!«, spende ich ihr einen fadenscheinigen Trost.

»Aber dann ist das noch soooo lange, bis ich euch wiedersehe«, murrt sie wie ein kleines Kind. »Und ich muss doch deine neue Nase betrachten. Und du – verpasst sonst die Krokusse im Hertener Schlosspark! Die hast du so geliebt als Kind! Weißt du noch, die ganze Wiese war voll! Und dann wolltest du mir immer beim Gärtnern helfen! Machst du das eigentlich noch?«

»Das ist in München schwierig. Aber du könntest mir davon Bilder schicken, per jpe – Mail, ja?«, setze ich mein Aufbauprogramm fort.

»Kind, ich habe doch keinen Computer!«

Tatsächlich vergesse ich immer wieder, dass meine Mutter bereits mit ihrem Funkwecker überfordert ist.

»Ich lasse sie bei Foto Probst entwickeln und schicke sie dir dann per Post«, bietet sie an.

»Na, siehst du, das ist auch gut.«

»Okay«, läutet sie das Ende des Gesprächs ein. »Übrigens habe ich es letzten Sonntag x-mal bei dir probiert! Du warst aber nicht da. Deshalb rufe ich dich in der Arbeit an. Bist du etwa verliebt? Eine Mutter spürt so was!«

Das Schneewochenende mit Filip. So weit ist es also schon gekommen. Wenn ich mal nicht neben dem Telefon hocke, vermutet man gleich einen Mann.

»Aber ja, ich bin verliebt! »Vielleicht«, grinse ich durchs Telefon von einem Ohr bis zum anderen.

»Aha! Ich wusste es, ich *wusste* es! Also doch dieser Filip!« Meine Mutter kann kaum an sich halten. »Rosi meinte gleich, dass da was ist! Du bist Heiligabend mit knallroten Wangen wieder ins Wohnzimmer gekommen!«

»Das war nur, weil ich mich aufgeregt hatte, dass ich gleich wieder fahren muss«, stöhne ich. »Aber ja – es ist *dieser Filip.*«

»Wann stellst du ihn uns vor?«

Also so weit habe ich beim besten Willen noch nicht gedacht. »Vielleicht auf Jannemanns Hochzeit«, sage ich spontan. Meine Mutter gibt sich zufrieden, was nur bedeuten kann, dass es bis dahin echt nicht mehr lange dauert.

»Schön, dann grüß mir diesen Filip, und bitte iss was zu Mittag! Wahrscheinlich klebst du längst wieder unterzuckert am Schreibtisch. Eine Mutter *spürt* …«

»Jaaaaa, Mama. Ist gut!«, falle ich ihr ins Wort. Vermutlich spürt sie sogar meinen Eisprung besser als jeder Persona-Fertilitätsmonitor. Aber bei wirklich wichtigen Dingen – siehe meine Nase – versagt sie. Und wenn ich mit einem Privatjet ins Kaspische Meer stürze, ist sie vermutlich mit Teleshopping beschäftigt.

Als ich aufgelegt habe, erschrecke ich mich zu Tode.

Paul Hoffmann höchstselbst steht hinter mir und hat vermutlich jedes Wort mit angehört. O Gott, ich hoffe, das kostet mich jetzt nicht meine Beförderung. Wie viel hat er wohl ganz genau mitgekriegt? Wie oft habe ich *dieser Filip* gesagt?! Ganz ruhig, Bettina, ruhig! Ich meine, es ist ja gar nicht gesagt, dass ich mit *dem* Filip Felix Hamann zur Hochzeit meines Bruders will. Erstens könnte es auch ein anderer sein (Filips gibt es Hunderte!) und zweitens auch rein freundschaftlich. So als kollegialer Begleitservice. Weil die Tischrunde nicht aufgeht oder die Anzahl der Paare beim Walzer. Oder … Okay, falls er es gehört hat, ist mir das jetzt ganz schön peinlich. Ausgerechnet ich, die Professionelle. Ausgerechnet Filip, der Firmen-Casanova. (Na ja, auch wenn er mich momentan Tag für Tag eines Besseren belehrt …) Ich gerate in Panik. Mir bleibt nur die Flucht nach vorn!

»Ähem, Herr Hoffmann – stimmt es, dass Leonie Maier Sie … belästigt hat?«, wage ich ein unverschämtes Ablenkungsmanöver.

Er sieht mich an, als wäre ich auf Drogen.

»Wie kommen Sie denn darauf?«, brummt er zurück. Jetzt nicht einschüchtern lassen!

»Na ja, ich hatte so einen Verdacht … wegen – eines Liebesbriefs im Drucker!«, flunkere ich beherzt und hoffe, dass Leonie Maier bei ihm genau dasselbe abgezogen hat wie bei Filip.

»Ja, wissen Sie … Das stimmt.« Hoffmann kratzt sich verlegen am Kopf. »Deswegen mussten wir ihr leider nahelegen zu gehen, was schade war. Sie war ein großes Talent. Und ich wäre Ihnen dankbar, wenn das unter uns bleibt? Rein aus Diskretion?« Anscheinend habe ich Glück.

»Ja, natürlich, verstehe«, versichere ich ihm.

Okay, das war alles andere als die feine englische Art und ändert nichts an seinem Vielleicht-Wissen über Filip und mich. Aber jetzt fühle ich mich sehr viel besser, da auch ich eins seiner Geheimnisse kenne, und außerdem weiß, dass Filip die Wahrheit gesagt hat. Und das bedeutet, dass er überhaupt nicht bindungsunfähig ist.

»Frau Baumann …«, beginnt Hoffmann nun sehr ernst. O nein, jetzt kommt es doch noch. Die Standpauke über Privatgespräche am Arbeitsplatz und Beziehungen zwischen Geschäfts … »Ich wollte Sie nur kurz fragen, ob Sie Zeit hätten, mit mir und Herrn Hamann die Entwicklung Asien, erstes Quartal, durchzusprechen? Sie gehen doch morgen in Urlaub?«

»Oh«, entfährt es mir. »Ja, natürlich.« Hui, ein Meeting mit Filip. Ich achte sehr darauf, das fröhliche Zucken um meine Mundwinkel zu verstecken. Dankbar steige ich darauf ein. »Jetzt sofort?«

»Bitte, ja, wenn es geht. Danach sind Sie ja monatelang weg«, mosert er. Noch bevor ich darauf reagieren kann, sieht er zu Jenny hinüber, die einen Packen A3-Papier in den Kopierer wuchtet. »Frau Berg – machen Sie uns bitte drei Kaffee?«

Offenbar hat ihr Auftritt neulich im Sondermeeting ihrem Aufgabenfeld nicht geschadet. Vermutlich ist es sogar egal, wie man sich hier benimmt – Hauptsache, man ist anwesend und effizient.

Während ich Hoffmann in den Konferenzraum folge, folgt Jenny seinem Wunsch. Durch das Glas kann ich sehen, wie sie drei gehäufte Löffel Zucker in den Kaffeebecher für Filip gibt. Mit einem Blick, der uns allen dreien sagt: *Dafür bin ich nach wie vor überqualifiziert!*, rumst sie Minuten später das Tablett in unsere Mitte. Bevor sie geht, blökt sie Hoffmann an: »Wenn Sie dann bitte heute noch die Parkplatzpetition unterschreiben? Ihre Unterschrift fehlt noch! Als einzige!«

Hoffmann nickt beiläufig. Dann beginnt der übliche Marathon aus Farben, Lacken und Zahlen, und ich wünschte, ich wäre doch noch was essen gegangen. Als unser Chef endlich ein Einsehen hat, ist es längst dunkel, und mir schwirrt der Kopf. Der Hunger hat sich längst in leichte Migräne verwandelt, und meine Lippen sind von der Klimaanlage staubtrocken. Ich will nur noch nach Hause und ein Bad nehmen. Auch Filip sieht völlig fertig aus und lockert seine Krawatte, kaum dass Hoffmann raus ist.

»Wärst du böse, wenn ich einfach heimgehe?«, frage ich ihn, als wir auf dem Parkplatz stehen. Den Nachmittag über hat es geregnet, und die nasskalte Luft kriecht unter meine Jacke. »Ich weiß, du wolltest mir eine Überraschung bei dir zu Hause zeigen, aber ich bin echt fertig.«

»Ja, ich wäre dir böse«, sagt er und ringt sich ein müdes Lächeln ab. Näher kommt er mir nicht. Wir haben vereinbart, dass Zärtlichkeiten aller Art vorerst und bis auf Weiteres nur in mindestens fünf Kilometern Entfernung von der Firma stattfinden dürfen. Und nach dem Telefonat vor Hoffmann heute bin ich zusätzlich froh, dass ich diese Regel aufgestellt habe. Er scheint zu ahnen, was ich denke.

»Keine Sorge, ich fasse nichts an im Staate Baumann.«

»Blödmann, nenn mich nicht mehr so.«

»Baumann, Schlaumann!«, grinst er. Ich boxe ihn in die Seite.

»Angefasst!«, ruft er gespielt schockiert. Aber außer

uns ist hier kein Mensch weit und breit, und die Chancen, dass jemand am Fenster steht, statt am Schreibtisch zu sitzen und zu arbeiten, gehen bei *CarStar* gegen null.

»Also, wie machen wir's? Du gehst heim und hüpfst in deine Badewanne – ich sehe es schon an deinem Badeblick –, und dann hole ich dich ab, und wir fahren zu mir?«

Ich seufze und ergebe mich. »Na schön. Aber nur, weil du mir eine Überraschung versprochen hast!«

Filip zieht die Brauen hoch. »Was hab ich? Ich weiß von nichts!« Dann beugt er sich schnell zu mir vor, die Hände in den Hosentaschen, und gibt mir einen flüchtigen Kuss auf den Hals. Ich drehe mich empört weg.

»Na, hör mal!«

»Aber ich hab dich nicht angefasst«, grinst er schelmisch. Gott, er ist einfach süß.

»Küssen ist außerdem erst nach zehn erlaubt«, tadele ich ihn. »Also dann – um zehn? Ich muss Untermieter noch hoppeln lassen.«

Filips Wohnung glänzt regelrecht. Es ist das erste Mal, dass ich bei ihm bin, und er führt mich herum. Bestimmt hat er eine Putzfrau. In einer Ecke im Flur, die mit einem Vorhang getarnt werden kann, stehen beachtlich viele Reinigungsutensilien. Sogar einen speziellen Lamellenputzer entdecke ich im Vorbeigehen und einen Aufsatz zum Absaugen von CD-Hüllen. Im Bad sind alle Handtücher farblich aufeinander abgestimmt, und die Küche besteht komplett aus nichts als Edelstahl – streifenfrei, versteht sich.

»So, wo ist nun die Überraschung?« Ich komme gleich

zur Sache. Verliebtsein ist wirklich schön, aber heute bin ich hundemüde und habe nur noch einen Gedanken: *Bett*. Und das im anständigen Sinne.

»Tadaaaaa!« Filip macht eine Schwenkbewegung ins Dunkel, wo ich das Wohnzimmer vermute und von wo es ziemlich laut knistert. Gott, hoffentlich ist das nichts mit Wunderkerzen oder Knallbonbons. Silvester ist ja noch nicht allzu lange her, und ich bin so ein Schisser. Ich habe sogar Angst vor unserem alten Gasgrill, von dem ich jeden Sommer erwarte, dass er explodiert.

Vorsichtig drehe ich meinen Kopf in Richtung des Geräuschs. Kurz herrscht Stille, dann höre ich so etwas wie ein Kauen. Wenn ich es nicht besser wüsste, würde ich sagen, Untermieter ist hier, aber der sitzt brav zu Hause und schläft. Filip schaltet das Licht ein. Zunächst sehe ich nichts Ungewöhnliches. Vor mir steht ein ausladender Esstisch in Walnuss, dahinter eine Sofalandschaft, schöne Teppiche, Bilder, der Fernseher und eine Stereoanlage. Eins ist klar: Im Gegensatz zu mir hat Filip sich jede Menge Einrichtungskataloge angesehen. Als ich wieder dieses Kauen höre, sehe ich an mir herunter. Direkt zu meinen Füßen steht ein Käfig, und darin sitzt – ein Kaninchen. Ein weißes mit einem schwarzen Fleck auf der Nase. Wenn man so will, das Negativ meines eigenen Zwergkaninchens.

»Ein Hase?«, entfährt es mir verblüfft und hörbar skeptisch. »Etwa für mich?« Ehrlich gesagt, einer reicht mir.

»Nein, für mich!«, strahlt Filip begeistert.

Ich bin irritiert. Dass ich mit dreißig ein Kaninchen habe, rührt daher, dass ich es schon mit achtzehn hatte und mit fünf bereits eins wollte. Aber warum sich ein erwachsener Mann vom Kaliber Filip ein Nagetier besorgt, erschließt sich mir nicht prompt. Und schon gar nicht, wie das eine Überraschung für mich sein könnte.

»Du weißt, dass die viel Dreck machen?«, ist mein zweiter Kommentar. Besorgt gleitet mein Blick noch einmal über Filips Wildledersofa.

»Ja, ja, im Sommer wohnt er auf dem Balkon. Na, was sagst du?«

»Es ist – sehr schön ...« Etwas Besseres fällt mir gerade nicht ein. Zusätzlich zu meiner Irritation merke ich deutlich, wie mein Gehirn sich langsam schlafen legt und heute viel zu wenig Zucker hatte. Ich knie mich zu dem Tier hinunter, es ist wirklich bezaubernd. Zufrieden knabbert es abwechselnd am Heu und einem Kalkblock. Filip hat an alles gedacht, Untermieter wäre echt neidisch.

»Jetzt haben wir ein gemeinsames Hobby!«, freut sich Filip. »Und das Beste: Untermieter hat eine Freundin! Sie können sich besuchen, zusammen hoppeln – was die eben so machen«, erklärt er und klingt richtig euphorisch. Meine Verwirrung entgeht ihm jedoch nicht. »Freu dich doch einfach, dass du einen tierlieben Mann kennst!«

»Hm, und wie soll sie heißen?«

»Weiß ich noch nicht.«

»*Weißichnochnicht* klingt gut ...«

Er tippt mir an die Schläfe, legt den Arm um mich und löscht das Licht. »Na komm, ich glaube, du musst echt ins Bett. Morgen findest du sie bestimmt ganz toll.«

Wir gehen nacheinander ins Bad und schlüpfen wenig später ins Bett. Natürlich hatte ich Anstalten gemacht, noch nach Hause zu gehen, aber Filip entschied schlicht, dass ich bleibe. Und als ich seine warme Haut an meiner spüre, merke ich, dass ich doch noch nicht völlig erschöpft bin … Als wir atemlos voneinander ablassen, bin ich zwar nicht gekommen, aber das liegt sicher an meiner Müdigkeit. Irgendwie weiß ich jetzt, dass ich so weit bin. Von mir aus kann es die ganze Welt erfahren! Ja, wir sind zusammen! Bettina Baumann und Filip Felix Hamann sind ab sofort ein Paar. Mit Handyfotos und Wellnesstrips, mit Zahnbürste beim anderen und Partnerkaninchen und allem Drum und Dran. Glücklich kuschele ich mich an ihn.

»Bettina«, sagt er andächtig. O Gott, will er es mir jetzt sagen? So schnell? Dass er mich *liebt*? Ich richte mich auf. Auch er geht in die Senkrechte.

»Ich weiß, das Timing ist echt ungünstig …« Was denn? Denkt er, es ist noch zu früh? Ermutigend lege ich ihm die Hand auf den Arm. »Vor allem, weil du doch ab morgen Urlaub hast …«

Nun ja, aber mit dem Gefühl wegzufahren, geliebt zu werden, ist ja nun nicht gerade das Schlechteste.

»Ich …«, setzt er an. Es fällt ihm sichtlich schwer.

Gespannt halte ich den Atem an und sehe ihm in die Augen. Er fixiert einen imaginären Punkt auf dem Laken. Mein Herz schlägt schneller. Ich habe ja schon öfter gehört, dass Männer sich damit schwertun.

»Na los, sag schon«, lächle ich. »Wenn du willst, dann mache ich wieder die Augen zu!«

Ich schließe die Lider und konzentriere mich ganz auf seine Stimme.

»Hoffmann hat mich befördert. Ab morgen leite ich die Abteilung.«

8.

Der OP-Saal ist weiß, warm und gemütlich. Na ja, für einen OP-Saal – zumindest hat er nichts von den riesigen Sälen, die ich aus dem Fernsehen kenne und die ausgestattet sind mit gruselig wirkenden Blaukitteln und apokalyptisch blinkenden und piepsenden Geräten. Der Raum ist klein und überschaubar, nur mit mir darin und einem kleinen Team. Ich liege auf einem Rollbett und trage ein grünes Leibchen. So eins, das hinten offen ist. Alleine deshalb bin ich froh, dass ich niemanden zur Begleitung dabei habe, schon gar keinen Mann. Lieber habe ich einen dabei, wenn das hier alles vorbei und verheilt ist und ich mit dem Ergebnis glänze. Wobei, mit Filip wird das wohl nichts mehr ... Fast hätte ich ihn sogar noch eingeweiht, im Gegenzug für sein Liebesgeständnis. Das leider ja keines war. Stattdessen endete der Abend vorgestern in einem katastrophalen Streit. Ich bin mir nicht mal sicher, ob wir noch zusammen sind. Wenn ich mir nicht gleich gestern Nachmittag nach meiner Ankunft und dem Einchecken hier eine LMA-Tablette (frei übersetzt *Leck-mich-am-Allerwertesten*-Tablette) im Schwesternzimmer hätte abholen müssen, würde ich immer noch heulen. Ich glaube, die Dinger werde ich bunkern! Machen alles so wattig und langsam, und mein Verlangen nach einem Eis ist zurzeit größer als das nach Filip. Pille rein, Gehirn ausschalten, Filip-wer?

Wir haben uns furchtbar gefetzt nach seinem Beförderungsgeständnis. Am Ende bin ich noch in der Nacht, trotz uferloser Müdigkeit und Migräne, gegangen. Ich bin mir ziemlich sicher, dass *Weißichnochnicht* jetzt einen Trommelfellschaden hat, so laut haben wir geschrien. Bei mir zu Hause angekommen, habe ich dann noch bis vier geheult – vor Wut über unseren Streit, wo doch alles gerade so toll begann, vor Wut, dass er befördert worden ist, und vor Wut über mich selbst und dass ich keine von diesen gewieften Frauen aus Anwaltsserien bin, die es durch diverse Intrigen bis in den Aufsichtsrat schaffen. Ich habe einfach nur mein Bestes gegeben in den letzten drei Jahren, und offensichtlich hat das nicht gereicht. Vielleicht habe ich mir alles durch das Privatgespräch versaut? Oder mein offensives Gefrage nach Leonie Maier? Wieder und wieder muss ich mir vorstellen, wie Filip und er während ihrer sogenannten Akquise mit Kunden einen trinken gehen, vielleicht sogar in einen Stripklub, und finden, dass Frauen einfach schlecht in diese Art »Führungsriege« passen … Es stimmt also doch: Die Autobranche ist fest in Männerhand! Hat mir Tante Rosi immer gesagt. Sie meint sogar, der Ausdruck *unter die Räder kommen* belegt das. Und warum muss das alles ausgerechnet jetzt passieren? Ich hätte mich operieren lassen und mit Filip erst mal ein paar unbeschwerte Wochen verbringen können! Die habe ich mir verdient.

Die Schwester befestigt ein EKG an meiner Brust.

»Alles in Ordnung bei Ihnen?«

Sie trägt ein OP-Häubchen, dessen Farbe perfekt zu dem meines Leibchens passt, und beugt sich über mich. »Sie müssen keine Angst haben; der Anästhesist ist gleich da.« Beruhigend legt sie mir die flache Hand auf den Bauch, und sofort wird das Piepen, das meinen Herzschlag wiedergibt, langsamer. Tatsache ist, dass ich wegen der Operation kein bisschen ängstlich bin. Im Gegenteil: Ich freue mich! Wenn ich aufwache, ist alles vorbei und meine Nase wieder tipptopp! Klar, Gedanken an meinen Tod hatte ich zwischendurch auch mal … Oder an nicht steriles OP-Besteck, übermüdete Ärzte und verwechselte Medikamente. Aber im Großen und Ganzen kann ich es kaum erwarten, mich wieder ohne Grausen im Profil betrachten zu können. Wäre die Sache mit Filip nicht, wäre heute mein Glückstag.

Doktor Rauh hat gestern, am Tag meiner Anreise, noch ein letztes Vorgespräch mit mir geführt, ebenso der Anästhesist, und ich fühle mich in den allerbesten Händen. Nur ihm den Scheck zu übereichen tat doch ein bisschen weh. Immerhin haben Rosi, Erika und meine Mutter so lange für mein kleines Vermögen gespart. Andererseits bin ich mir hundertprozentig sicher, dass das hier die richtige Investition für mich ist. Andere kaufen ein Auto oder fahren in den Urlaub, ich mache eben das hier. So eine Art Reparatur. Wie Heilfasten oder Kneipp, nur halt von außen. Natürlich ist eine Schönheits-OP kein neuer Pullover, aber nach allem, was ich nun darüber weiß, gibt es kaum eine bessere Klinik als diese hier. Sie ist sogar von hohen Mauern umgeben, und man kriegt ein Passwort für den Pförtner, da die Promidichte enorm hoch ist …

Als ich mit meiner kleinen Tasche heute früh aus der netten Schweizer Pension kam, die mir die Münchner Praxis von Doktor Rauh empfohlen hatte, musste ich nur wenige Meter laufen und das Kennwort sagen: *Physalis*. Man fühlt sich wie in einem exklusiven Geheimklub!

Natürlich hatte meine Mutter es sich nicht nehmen lassen, mir noch vorgestern, postwendend nach meiner Info-SMS zur Klinik, die ich ihr nach Feierabend schickte, letztmalig ins Gewissen zu reden.

Was ist, wenn du stirbst?

Ich sterbe nicht!

Woher willst du das wissen? Hast du ein Testament?
Wer kümmert sich dann um deinen Hasen?

Er heißt Untermieter.

Umso schlimmer, wenn er kein Zuhause mehr hat!

Möchtest du eine Feuer- oder eine Seebestattung?
Ich schicke dir mal einen Prospekt zu, darin gibt es sehr schöne Urnen!

Weiß dieser Filip davon?

Nein und das soll auch so bleiben.

Er wird es sowieso merken.

Er wird höchstens merken, dass ich einfach irgendwie symmetrischer bin als vorher, also schöner.

Aber ich denke, er ist dein Freund?

Ja, schon. Aber deshalb muss er doch nicht gleich alles von mir wissen?!

Aber ich dachte, darum geht es in einer Beziehung?! (Soll ich dir von Erika sagen, die ist auch hier und liest mit!)

Dann hatte die zum Abendessen auch anwesende Rosi eine kurze Hochrechnung aufgestellt:

Hör mal, Kind, es steht jetzt 1:1, plus einer Enthaltung. Ich sage: Mach! Je eher du es machen lässt, desto mehr hast du nach hinten raus davon! Aber ich bin in Sorge!

Am Ende hatte ich alle zusätzlich mit der Nummer der Telefonseelsorge NRW, meiner Zimmerdurchwahl, der Handynummer des Chirurgen (an die verdammt schwer ranzukommen war!) und der Durchwahl des Schwesternzimmers versorgt, außerdem der meiner Nachbarin N. Bauer, wegen der zu erwartenden Erbstreitigkeiten um Untermieter. Danach hatte ich mein Handy ausgemacht und mir geschworen, es bis nach der OP auch aus zu lassen. Ich möchte nicht weiter beraten, beglückwünscht, verunsichert oder bekehrt werden. Und von Filip will ich auch nichts hören! Ich mache das hier jetzt für mich. Die können mich allesamt mal am … Nun ja. Das, was man eben mit diesen Tabletten empfindet.

Nina hatte übrigens gleich am nächsten Tag ihrerseits mit einer süßen Postkarte auf meine Frage reagiert und gemeint, dass sie Untermieter nimmt, so lange ich will. Sie studiert Zahnmedizin und muss jede Menge lernen, sodass sie sich über etwas Hasengesellschaft freut. *Bin voraussichtlich bis Ende März an den Schreibtisch gefesselt. Dann ist Examen. Nina* hatte sie geschrieben. So wird Untermieter auch gleich fachmännisch betreut, falls er sich an einer Karotte einen Zahn abbricht.

»So, Frau Baumann …«

Der Anästhesist schneit gut gelaunt herein. Ich bin beruhigt, dass er meinen Namen auswendig kennt, da weiß man doch gleich, dass er mir nicht versehentlich das Bein amputiert. Bestimmt hat er sich mit seinem Kollegen gut auf mein Problem vorbereitet.

»Noch irgendwelche letzten Fragen? Haben wir alles geklärt?«

»Alles klar!«, lächle ich tapfer.

»Fühlen Sie sich gut?«

»Ich fühle mich sehr gut.«

»Doktor Rauh kommt dazu, sobald Sie in Narkose sind. Wir leiten sie dann jetzt ein, okay?«

Er greift nach einer Plastikspritze, die die Schwester für ihn aufgezogen hat, eine Kanüle führt bereits in meinen Arm. Ich versuche, mich komplett zu entspannen. Manch anderer hätte sicherlich Panik, aber die Atmosphäre ist mehr wie in einem Spa. Auch fällt die fiese Maske weg, die man Patienten in Filmen immer übers

Gesicht stülpt. Stattdessen bekomme ich eine sanfte intravenöse Betäubung. Doktor Rauh hat außerdem glaubhaft versprochen, dass ich zu keinem Zeitpunkt Schmerzen haben werde. Weder während noch nach der OP, obwohl mir nicht ganz klar ist, wie er das hinkriegen will. Der Bruch meiner Nase damals tat sehr weh. Im Übrigen beruhigt es mich, dass *Doktor Alexander Rauh eine Koryphäe auf dem Gebiet der plastischen Nasenchirurgie ist. Mehr als fünftausend Operationen in diesem Bereich zeichnen ihn aus. Auch ist er einer der wenigen Ärzte, die ohne Tamponaden arbeiten. Deren unangenehmes Entfernen im Rahmen der Nachsorge entfällt somit. Ihm zur Seite steht Doktor Hemmerle, ein erfahrener Anästhesist und Notarzt. Entspannen und genießen Sie, während wir uns um alles kümmern – nach der Operation erwartet Sie ein exklusives Drei-Gänge-Menü aus unserer hauseigenen Sterne-Küche, damit Sie wieder zu Kräften kommen!*

Das Letzte, woran ich denke, bevor der Schlaf mich übermannt, ist der Menüplan, den ich heute früh um sieben Uhr angekreuzt habe. Er endet mit *Pistazienpudding an Kokos-Pannacotta.* Dann umhüllen mich zarte Schokoflocken, die vom Himmel zu regnen scheinen. Doktor Hemmerle über mir verblasst, während ich von zehn an rückwärts zählen soll …

Ich merke sofort, dass etwas nicht stimmt.

Durch meinen Puddingtraum hindurch dringt eine unfreundliche Männerstimme. Ich versuche, meinen Kopf und meine Ohren aus der Vanillemasse zu ziehen, doch immer wieder läuft Kirschsoße in meinen Gehörgang. Dann wird die Stimme deutlich.

»Frau Baumann, wir müssen uns unterhalten!«

Der Puddingmann klingt Furcht einflößend sauer.

»Die OP musste abgebrochen werden! Sie haben uns nichts von Ihrer Zahnproblematik gesagt!«

Ich möchte zurück in meinen Pudding! Ganz kurz sehe ich das grelle Licht einer Neonröhre über mir und das bärtige Gesicht von Doktor Rauh, dann ist alles wieder verschwommen. Der Vanillepudding verwandelt sich in Götterspeise, und ich tauche freudig in die grüne Masse ab. Als ich wieder aufwache, liege ich bereits in meinem Zimmer. Mein erster Blick fällt auf eine junge Frau mit Nasenverband, betörend glattem schwarzbraunem Haar und einem gebräunten, sportlichen Körper. Sie liegt im Negligé im Nachbarbett und blättert entspannt durch eine Zeitschrift. Als sie sieht, dass ich sie sehe, drückt sie einen Knopf. Ganz vorsichtig richte ich mich auf und bin immer noch schläfrig, verspüre aber auch einen Bärenhunger. Suchend blicke ich mich um, aber von meinem Drei-Gänge-Menü keine Spur. Stattdessen stehen auf meinem Nachttisch eine Schnabeltasse und ein Teller mit Brei. Ich erkenne zerdrückte Bananen und Zwieback.

Die Tür fliegt auf, und ein Trio aus zwei Ärzten und einer stämmigen Schwester eilt herein. Ihre Mienen haben wenig mit den freundlichen Gesichtern zu tun, in die ich zuletzt sah. Ich erkenne Doktor Rauh und Doktor Hemmerle. Sie stellen sich neben meinem Bett auf, die Schwester hält sich im Hintergrund, mit einem Klemmbrett. Doktor Hemmerle fühlt meinen Puls und bittet mich, den Mund zu öffnen. Ich schmecke Blut. Irgendwie kommt mir das bekannt vor – ich erinnere mich unweigerlich an den regnerischen Dienstag damals Anfang

August, an dem Mario mir die Nase brach. Genauso hat es geschmeckt. Was ist hier los?

Hektisch scanne ich meinen Körper mit den Augen, die gesamte Bettdecke hinab und bewege die rechte Hand und einen Fuß. Gottlob, gelähmt bin ich nicht! Ich fühle mich sogar ganz gut, abgesehen von meinem Gesicht. Doktor Hemmerle leuchtet mir kurz in die Pupillen, dann nickt er Doktor Rauh zu, vermutlich zum Zeichen, dass ich aufnahmefähig bin und keinen Hirnschaden erlitten habe. Hoffe ich. Wie eine Flutwelle schießen mir panisch Szenen aus einem Film in den Kopf, in dem der Hauptdarsteller am *Locked-in*-Syndrom leidet und für tot erklärt wird, obwohl er eigentlich lebt und nur nicht sprechen …

»Frau Baumann …«, fackelt er nicht lange. »Wir konnten die OP nicht durchführen. Offenbar haben Sie uns verschwiegen, dass Ihre Zähne aus Kunststoff bestehen.«

Kunststoff? Wovon redet …? Mir schwant Böses. Meine Schneidezähne! Das hatte ich ganz vergessen! Na ja, vielmehr verdrängt. Aber was hat das mit der OP …

»Wir fragen unsere Patienten explizit danach, und zwar hier …«

Doktor Rauh gibt der Schwester ein Zeichen, und wie die Assistentin in *Glücksrad* tritt sie mit dem Klemmbrett vor. Darauf ist das gelbe Formular geheftet, das ich vor der OP ausfüllen und unterschreiben musste. Eins von vielen. Die ersten zwei habe ich auch genau gelesen, aber dann war mir klar, dass, wenn man sich alle Risiken genau überlegt, kein Mensch jemals eine OP vornehmen lässt. Also habe ich das meiste überflogen. Mit dem Kuli deutet sie auf eine leere Zeile im unteren Bereich.

»Das haben Sie nicht ausgefüllt!«, faucht sie, und irgendwie liegt die Vermutung nahe, dass sie deshalb ziemlich Ärger gekriegt hat. Noch immer verstehe ich nicht, wo das Problem liegt. Ich wünschte, ich hätte einen Spiegel und bekomme gleichzeitig Angst. Wie sehe ich denn jetzt aus? Was ist mit mir passiert? Habe ich Ähnlichkeit mit Michael Jackson?!

»Wie ich sehe …«, Doktor Rauh nimmt ihr das Klemmbrett aus der Hand und vertieft sich in einige meiner Auskünfte auf dem rosa Formular, »ist die ursprüngliche Fraktur im Rahmen eines Unfalls entstanden; man hat Sie«, er rückt seine Lesebrille zurecht und liest meine Handschrift jetzt wörtlich ab, »im Alter von neun Jahren aus dem Hinterhalt gegen einen metallenen Heizkörper geschubst.« Dann spricht er wieder frei und sieht mir in die Augen. »Dabei entstand ein Trauma des Nasenrückens und, wie Sie uns leider vorenthalten haben, auch eines im Bereich der vorderen oberen Schneidezähne. Ist das korrekt?«

Ich bin völlig perplex und wage nicht, mich zu rühren.

»Gut. Ich erkläre Ihnen das Problem.« Er stellt zur Verdeutlichung mit Mittel- und Zeigefinger meine Schneidezähne dar.

»Es ist anzunehmen, dass sich im Bereich des Oberkiefers, genauer, bis hin zur Nasenwurzel, seit dem Unfall und über die Jahre ein unbehandelter Entzündungsherd gebildet hat, den wir im Rahmen der OP eröffnet haben. Dadurch sickerte Eiter ins OP-Feld, und wir mussten abbrechen. Trotz Antibiotika ist das Infektionsrisiko zu groß. Hätten Sie uns dies vorab mitgeteilt, hätten wir ein Röntgenbild nicht nur der Nase, sondern auch des Oberkiefers angefertigt und dies zunächst dentalmedizinisch versorgen lassen.«

Ich verstehe kein Wort, aber entspanne mich ein klein wenig. Wenn ich das richtig verstehe, ist so eine angefangene OP natürlich superärgerlich, aber es könnte schlimmer sein! Es könnte so schlimm sein, dass mich Tante Rosi in der Urne Modell *Benedikt XVI.* auf dem Originalserienfriedhof von *Six Feet Under* beisetzen müsste und Jannemann eine Rede halten würde, von wegen, dass Tintenfisch die ewigen Gewässer aufgesucht hat. (Ich gebe es zu: Ich habe doch noch ein klitzekleines Notfalltestament aufgesetzt.)

Doktor Rauh setzt sich nun zu mir auf die Bettkante – eine höchst beunruhigende Geste. Kommt etwa noch mehr? Muss ich Strafe zahlen? Wieder hält mir die Schwester vorwurfsvoll das Klemmbrett mit dem gelben Formular unter die Nase und tippt mit ihrem Kuli auf eine leere Zeile des blauen Formulars.

»Da Sie noch recht jung sind«, erklärt diesmal Doktor Hemmerle, »haben wir angenommen, Sie hätten das Feld absichtlich freigelassen, weil Sie keinen Zahnersatz haben.«

Verdammt, genau genommen habe ich diese Zeile übersehen. Wenn Jenny mir nicht explizit Kreuze und kleine neongrüne und -gelbe Post-its an alle zu unterschreibenden Stellen klebt und mich dreimal genervt auf meine Fehler hinweist, dann, na ja – ich sage nur *Diplomarbeit* …

»Als wir anfingen«, fährt Doktor Hemmerle in offiziellem Ton fort, »kam es beim Einführen des Tubus zum Bruch ihrer temporären Schneidezahnversorgung.«

Beide Ärzte schweigen. Es ist die vorwurfsvollste Stille, an der ich je im Leben teilhaben durfte. Außer vielleicht die, nachdem ich Erikas Zeus nicht reingebracht hatte. Mir scheint, ich muss etwas sagen, diese grauenvolle Stille durchbrechen.

»Aber issssss …«, kommt es aus meinem Mund.

O Gott, o Gott, o Gott, was ist das denn?! Beide Ärzte sehen auffordernd zur Schwester, wie auf Kommando drückt sie meine Hand. Offenbar fällt Empathie nicht in den Verantwortungsbereich der Götter in Weiß.

»Issssss …«, versuche ich es noch einmal. Hilfe, ich kann nicht richtig sprechen! Vorsichtig befühle ich mit der Zunge meine vorderen oberen Zähne, vielmehr das, was davon übrig ist. Nichts! Wieder und wieder gleitet meine Zunge suchend übers Zahnfleisch.

»Ohne Schneidezähne können Sie nicht sprechen. Zumindest nicht, ohne stark zu lispeln«, erklärt Doktor Hemmerle sachlich.

»Aber isss hab die Ssseile übersssehen«, wimmere ich. Freundlich tätschelt die Schwester meine Hand, nicht ohne mir gleichzeitig mit dem Klemmbrett zu Leibe zu rücken, obenauf ein neues weißes Formular, und mir den Kuli mit sanftem Druck in die rechte Hand zu schieben.

»Wenn Patienten uns wissentlich oder unwissentlich nicht über ihren Gesundheitszustand informieren und infolgedessen die Durchführung der Operation gefährdet oder gestört ist, liegt die Haftung nicht auf unserer Seite«, kommt Doktor Rauh jetzt zum eigentlichen Punkt der Versammlung.

»Wenn Sie dann bitte hier unterschreiben würden«,

erklärt nun die Schwester und klopft fordernd auf die eine große schwarze Linie, neben der zusätzlich ein Kreuz mit Textmarker prangt. Offenbar will man bei mir nichts mehr riskieren.

Verdattert umschließe ich den Stift, die Schwester nickt ermunternd, und die Ärzte nehmen langsam, aber sicher wieder ihre freundliche Mimik an.

»Haaaalt!«, ruft es plötzlich in den Raum. Die langbeinige Brünette aus dem Nachbarbett drängt sich zwischen dem Trio hindurch und schnappt sich das Klemmbrett. »Darf ich mal?« Neugierig vertieft sie sich in das Kleingedruckte. »Ich bin Anwältin, ich würde mir das gerne mal ansehen.«

Obwohl sie einen Nasenverband trägt und sich erste Hämatome um ihre Augen bilden, wie bei einem Pandabär, sieht sie beeindruckend souverän, ja beinahe majestätisch aus. So einen Auftritt kriege ich nicht mal ohne Blessuren hin. Zu ihrem Negligé trägt sie schicke schwarze Thrombose-Strümpfe, während ich an mir nur fleischfarbene Blutabschnürer orte. Vermutlich sieht man mir doch an, dass ich ansonsten Kassenpatientin bin, und hat mir im Aufwachraum klammheimlich einen Restposten übergezogen.

Zu meiner Überraschung verabschieden sich die Ärzte nun höflich, die Schwester verspricht, »das Formular dann nachher oder morgen früh« zu holen, und so leise wie die drei Weisen aus dem Morgenland schreiten sie aus dem Zimmer.

»Danke«, hauche ich zu ihr rüber, tunlichst darauf bedacht, keine weiteren »S-Wörter« wie etwa »Dankeschön« zu verwenden. »Und Sss … *du* bisss wirklisss Anwältin?«

Sie schwingt sich wieder ins Bett, legt das Klemmbrett beiseite und lacht. »Ach was, ich studiere Sport … Ich konnte bloß nicht mit ansehen, wie die dich, gerade mal frisch aus dem Koma erwacht und geschockt, vollquatschen, nur weil ihnen der Arsch auf Grundeis geht wegen möglicher Kunstfehler!«

»Haben sss … *die* denn welche gemacht?«, frage ich besorgt. Ich steh unter Schock. Sämtliche Wörter lassen sich nur unter fulminantem Lispeln erzeugen.

»Kommt drauf an …« Sie sieht kurz zur Decke, als müsste sie überlegen. »Aber erst mal: Ich bin Sabrina!« Sie streckt mir die Hand entgegen. Verdammt, kann sie nicht *Ingrid* heißen, oder *Daniela*?«

»Also, was ist mit deinen Beißern?!« Auffordernd sieht sie mich an. Ich seufze.

»Ein fiesssser, dicker Junge namssss Mario Beyer hat miss in der vierten Klasse flontal vor eine Heissssung gessssubst. Dabei hat er mir die Nassse gebrochen und swei Sneidessähne rausgehauen. Das hatte iss damals allerdinsss gar nis gemerkt. Erst als iss sie ausgespuckt habe, eine halbe Sssunde später.«

»Igitt!« Sabrina verzieht das Gesicht. Aber schließlich hat sie gefragt.

»Am Nachmittag hattas dann der Vater einer Freundin provisoris versorgt, und es sah ssso gut aus, dass iss irgendwie nie wieder hin bin. Allerdings habe isss auch nie wieder in was gebissen, das fester iss als Sssina-Nudeln. Das hat immer gansss gut gehalten.«

Sabrina guckt skeptisch.

»Bis heute«, ergänze ich finster.

Die volle Wahrheit über den Schaden damals hatte ich

wirklich fast vergessen, vielmehr verdrängt. Was auch ziemlich leicht war: Corinnas Vater hatte so gute Arbeit geleistet, dass man absolut nicht sehen konnte, dass fünfundneunzig Prozent meiner Schneidezähne fortan aus Kunststoff bestanden. Seither achte ich auch penibel darauf, dass alle meine Zähne gleichbleibend weiß sind, dank meiner Lieblingszahnpasta mit oxidierenden Schießmichtot-Kügelchen. Dazu muss man auch noch sagen, dass Corinnas Vater zwar ein guter Zahnarzt ist, aber Zigaretten und Döner bewirken, dass er immer furchtbaren Mundgeruch hat. Damals dachte ich, ich werde ohnmächtig bei der Behandlung. Auf keinen Fall würde ich dort je wieder hingehen! Ein Glück, dass er mittlerweile im Ruhestand ist.

»Also …«, verkündet Sabrina ihr Urteil. »Das hättest du denen schon sagen müssen. Dein Uhu-Zahnkleber in allen Ehren, aber so was hält beim Intubieren wohl nicht.«

Ich nicke resigniert. Ich habe keine Lust, auch nur noch eine Silbe zu sagen. Ich klinge erbärmlich, wie eine Dreijährige mit Lolli.

»Also ich fürchte«, Sabrina nimmt eine Position ein wie ein Häuptling vor seinem Stamm, »du musst den Scheiß unterschreiben.«

Sie reicht mir das Klemmbrett, und ich nehme es frustriert entgegen. Es ist wirklich nur ein Blatt mit einem Dreizeiler, offenbar kein Knebelvertrag mit komplizierten Klauseln.

»Die Klinik hier ist schwer in Ordnung. Wie gesagt, ich studiere Sport, aber mein Vater ist tatsächlich Anwalt, und da kriege ich eine Menge mit. Wenn du willst, kann ich ihn fragen.«

Ich schüttele den Kopf. Ich fühle mich zweifelsfrei schuldig und habe ein richtig schlechtes Gewissen. Noch einmal überfliege ich die fraglichen Zeilen auf dem gelben Formular. Eindeutig, dort wird nach sämtlichen, auch Jahre zurückliegenden, Zahnproblemen gefragt, vor allem im Bereich der Schneidezähne. Wie konnte ich das übersehen? Ich bin wirklich formularblind.

»Trotsssem danke«, sage ich zu Sabrina.

»Ach was – mir macht es Spaß, die Leute ein bisschen zu verarschen.« Sie zeigt mit dem Kinn Richtung Tür. »Dann kommen die mal von ihrem hohen Ross runter. Bis letztes Jahr gab es hier noch einen anderen Chirurgen, der war *richtig* arrogant. Aber der wohnt jetzt in Prag und macht nur noch Brüste.«

Scheint, als wäre sie Stammgast. Sie ist nicht gerade mein Fall, aber irgendwie ist sie auch faszinierend. Ich denke, es könnte weitaus schlechtere Bettnachbarinnen geben. Zum Beispiel eine mit Dauerhusten oder exzessivem Redebedarf. Oder eine, die die ganze Zeit die Toilette blockiert. Ich schwinge mich aus dem Bett, teste kurz meinen Kreislauf und schlüpfe in die Krankenhauspuschen aus Frottee, die vor dem Bett stehen. Dann halte ich mich am fahrbaren Tropf fest und gehe den schlimmsten aller Gänge – zum Spiegel.

»Keine Sorge, du siehst gut aus«, grinst Sabrina, die mich beobachtet, wie ich verängstigt zum Bad schleiche.

Sie hat tatsächlich recht. Der Blick in den Spiegel ist nicht so schlimm. Ein paar Blutergüsse zwischen Nase und Oberlippe zeichnen sich ab, und unter den Augen, aber im Großen und Ganzen sehe ich noch aus wie vorher. Zumindest, solange ich nicht lächle. Die riesige schwarze Lücke im Mund ist grauenvoll – unglaublich, wie Zähne das Gesicht eines Menschen prägen! Mehr als ein Haarschnitt. Ich erkenne mich kaum. Wenn Kindern ihre Zähne fehlen, ist das süß – aber bei Erwachsenen … Ich sehe komplett bescheuert aus, und vor allem klinge ich so. Ohne Übertreibung: Ich fühle mich entstellt. Und es ist alles meine Schuld. Außer dass Mario Beyer an *allem* schuld ist, natürlich! Warum hat er mich damals bloß geschubst? Klar, wir haben gerauft, aber war dieser Stoß wirklich nötig? Noch dazu, ohne dass ich ihn sehen konnte? Irgendwie gar nicht seine Art, meist hat er sich mit lautem Gebrüll von vorne auf mich gestürzt, allenfalls von der Seite. Selbst für ein Kind war das echt hinterhältig und mies.

Sabrina baut sich hinter mir in der Tür auf – ein bisschen aufdringlich ist sie ja schon.

»Letzten Endes«, sie kramt eine Schachtel Zigaretten aus ihrem Bademantel hervor, »ist es so: Die Ärzte hier kannst du nicht verklagen, aber diesen Mario Beyer schon.« Sie fischt außerdem ein Feuerzeug aus der Schachtel. »Macht ja auch viel mehr Sinn. Der hat dir wirklich was getan. Die Leute hier versuchen bloß, es zu korrigieren.« Sie geht zur Balkontür, und kalte Luft strömt herein. »Schmerzensgeld, Entschädigung, das ganze Pipapo.« Trotz ihres engelsgleichen Äußeren kommt mir Sabrina vor wie ein schmieriger Gauner, der einer kleinen Stadt ohne Wasser irgendwo im wilden Westen einen Deal mit dem Teufel vorschlägt. »Hier …« Sie drückt mir ein Kärtchen in die Hand. »Die Kanzlei meines Vaters.«

Ich frage mich, ob Sabrina tatsächlich Patientin ist oder hauptberuflich Mandanten anwirbt.

»Was isss enn das Fachgebiet deines Vaters?«

»Mietrecht.« Fast muss ich lachen. »Aber so Geschichten wie deine«, sie deutet mit dem Kinn auf mein Gesicht, »sind sein Hobby! Da kannst du ganz schön Kohle rausholen. Vierte Klasse, sagtest du?« Sie scheint zu rechnen. »Und jetzt bist du …?«

»Dreiundreisssig«, zische ich wie eine Natter.

»Das macht – dreiundzwanzig Jahre, die du unter den Spätfolgen gelitten hast!«

»Verjährt dasssss den nissss?«, summe ich. Es ist wirklich unmöglich, die Zunge ohne die Begrenzung der Zähne in den Griff zu kriegen!

»Nö. Oder verjährt es etwa, dass du mit deinem Aussehen haderst?«

Ich sehe sie erstaunt an.

»Ach komm – wir sind doch alle aus demselben Grund hier: Irgendwas an unserem Körper passt uns nicht, also lassen wir's ändern.«

Sabrina scheint das wirklich extrem locker zu nehmen. Tatsache ist, dass ich sie in diesem Moment mehr um ihre Fähigkeit beneide, ein scharfes *S* aussprechen zu können, als um ihre Nase, ihre Brüste oder ihre zweifelsohne wohlgeformten Schenkel.

Als sie die Balkontür schließt, ist es dunkel. Ich möchte mich nur noch verkriechen, abgesehen davon, dass mir tausend Fragen im Kopf entbrennen. Woher kriege ich neue Zähne? Und wann??? Wer zahlt sie? Ist die OP jetzt für immer gelaufen? Ist das Geld weg??? Ich krame in der Reisetasche nach einem Block, den ich dabeihabe, nehme mir den Kuli vom Klemmbrett der Schwester und schreibe alle Fragen auf. Als ich fertig bin, klingelt mein Telefon am Bett. O Gott, wer wird das sein? Was soll ich sagen?

»Soll ich rangehen?« Sabrina schaut von ihrer Zeitschrift auf, in die sie sich wieder vertieft hat. Vermutlich steht mir die Panik ins Gesicht geschrieben. Leider kann man im Display auch umgekehrt nicht sehen, wer anruft, und das in so einer Hightech-Klinik! Das könnte Hollywood sein oder aber mein Berliner Büro oder mein Stylist – wäre ich Lucy Liu. Noch bevor ich zu einer Entscheidung komme, hat Sabrina den Hörer am Ohr.

»Ich glaube, die ist *safe*«, sagt sie dann theatralisch und reicht ihn mir.

»Na, wie ist es gelaufen? Geht es dir gut?« Ich erkenne die aufgeregte Stimme von Corinna. Mit ihr hätte ich nun gar nicht gerechnet. »Deine Tante Rosi sagte, du würdest um sechzehn Uhr operiert, eineinhalb Stunden OP, plus eine halbe Stunde aufwachen …«, schnattert sie munter weiter.

»Woher hassu diessse Nummer?«, frage ich irritiert und gebe mir alle Mühe, verständlich zu sprechen.

»Ach so, ja – entschuldige, dass ich dich so überfalle. Aber nach unserem Telefonat neulich hab ich noch mal deine Mutter angerufen, um deine Festnetznummer zu erfragen. Wir wollten ja wieder mal telefonieren, aber auf der Arbeit wollte ich dich nicht noch mal stören. Und da kamen wir ins Gespräch – über unsere Kindheit, meine Mutter, deinen Vater … Mario Beyer und deine Nase. Und da du mir ja neulich berichtet hattest, dass du sie dir machen lässt – also, da wollte ich einfach nur fragen, wie es dir geht. Ich wusste ja nicht, dass das schon so konkret ist!«

»Hmmm«, mache ich.

»Bettina, alles okay? Du klingst komisch? War das gerade eine Schwester am Telefon? Deine Mutter hat gesagt, ich muss *Physalis* sagen, um dich zu sprechen!«

Na toll, meine Mutter hat wieder alles missverstanden; man darf ihr wirklich nicht so viele Informationen geben.

»Nein, nein, nur Eckdaten – schön, dassu anrufs!«, erwidere ich und breche plötzlich in Tränen aus.

»Bettina? Bettina, was ist denn?« Corinna durchschneidet in mütterlichem Ton mein Schluchzen. »Ist das noch die Narkose? Hast du Schmerzen?«

Sie klingt wirklich sehr um mich besorgt.

»Isss kann niss ristiss sssprechen. Bei der OP sssind meine Ssssähne rausgefallen und issssss …« Ich schlucke und bekomme Schluckauf. Auch das noch! »Corinna, issschreib dir besser eine SssssmSssss!«

»Ja, okay, ist gut …«, stottert sie entsetzt und sagt höchst alarmiert noch ein paar Dinge wie »Kopf hoch!« und »Wird schon!«. Dann legen wir auf. Ich angele mein Handy aus meiner Tasche. Nachdem ich die SIM-Karte entriegelt habe, schwappt mir ein Inferno aus Nachrichten entgegen. Mein Handy vibriert unaufhörlich. Das meiste sind SMS, aber auch viele verpasste Anrufe. Filip hat es rund zwanzig Mal probiert, ab dem Morgen nach unserem Streit, seit gestern früh also bis jetzt. Ich traue mich nicht, eine seiner fünfzehn SMS zu öffnen … Was Gutes ist es bestimmt nicht. Wahrscheinlich ist er jetzt nicht nur stocksauer, dass ich abgehauen bin, sondern auch, weil ich mich tot stelle. Ich brauche noch mehr von den tollen Tabletten! Und erst mal muss ich mit meinen Problemen hier fertig werden!

Andere Nachrichten sind von meiner Mutter, Rosi und Erika. Sie wünschen mir alles Gute, und ich soll mich melden, *sofort* wenn ich aus der OP erwache und fähig bin zu sprechen. Welche Ironie. Jannemann schreibt, ich solle mich ausruhen und brauche mich *nicht* extra zu melden, er und Sasha erführen ja dann alles brühwarm vom Rest der Familie.

Corinnas Nummern habe ich mir direkt nach dem Telefonat im Büro eingespeichert. Mit flinken Fingern tippe ich ihr im Telegrammstil das Drama. Statt einer Antwort klingelt kurze Zeit später wieder das Telefon am Bett. Sabrina blickt fragend auf, aber ich gehe selbst ran.

»Bettina, du brauchst gar nichts zu sagen!«

Es ist wieder Corinna.

»Das alles ist ja furchtbar! Es tut mir so leid! Ehrlich! Schreib mir bitte, was ich für dich tun kann! Soll ich irgendwas schicken? Soll ich deiner Familie Bescheid sagen? Brauchst du einen Fleurop-Boten, Milchreis in Dosen oder eine Schnabeltasse? Ich weiß, wir hatten lange keinen Kontakt mehr, aber als ich damals mit Blinddarm im Krankenhaus lag, warst du auch für mich da. Weißt du noch, dieser unerträglich heiße Sommer?«

Ich erinnere mich noch gut.

»Ja. Danke, aber iss hab alles!«, sage ich, so gut ich kann, in den Hörer.

»Okay. Also, bitte halt mich auf dem Laufenden!«, sagt sie. »Und falls du bald wieder hier bist: Mein Vater sieht nicht mehr so gut, aber er ist gerade bei mir und hat angeboten, deine Zähne gratis zu reparieren! Ich hab schon mit ihm gesprochen. Aber er hat auch gesagt, dass du deinen Termin zur Revision des Provisoriums am 6.9.1984 um dreizehn Uhr dreißig versäumt hast! Da hättest du eine feste Prothese kriegen sollen! Er sagt, in deinem

Mund ist bloß Kunststoff und dass es ein Wunder ist, dass das so lange ge… Ach, das wird er dir alles selbst sagen. Und du sollst dein Bonusheft mitbringen!«

»Danke, Corinna. Isss melde misss per SsssmS!«, wimmele ich sie ab. Ich finde ihr Engagement rührend, aber das Letzte, was ich momentan brauche, sind noch mehr Ratschläge.

»Okay, ich lass dich jetzt in Ruhe. Aber ich bin immer für dich da, du kannst hier vierundzwanzig Stunden anrufen! Lutz, Trixie und Klara haben einen festen Schlaf! Ich nehme das Handy mit ans Bett! Ich bin deine Hotline!«

»Hmmmmmmm. Dankessssssö… Danke!«, säusele ich schwach.

Ihre Stimme klingt so vertraut, trotz all der Jahre, die wir uns jetzt nicht gesehen haben. Ich wünschte, ich könnte meiner Mutter, Rosi und Erika auch bloß eine SMS schreiben. Aber sie werden sich kaum mit einer Textnachricht abspeisen lassen. Ich könnte höchstens Jannemann schreiben … Und er könnte es ihnen sagen, ganz schonend. Wenn einer die Wahrheit verkraftet und sie nett verpacken kann, dann er, der Marketingprofi. Ich fange die Nachricht an ihn dreimal an:

1.) Bruderherz! Ich lebe! Allerdings ohne Zähne…
2.) Hey, rate mal, was passiert ist?
3.) Ich muss dir etwas sagen, aber erschrick nicht…

So, wie das klingt, wird er sich bei allen erschrecken. Kurz überlege ich sogar, ein Foto zu machen und es als MMS zu verschicken.

4.) Guck mal, ich kann schon wieder Lakritz kauen!

Aber wirklich weiter brächte mich das nicht. Und ich fürchte, er würde den Bluff mit der schwarzen Zahnlücke bemerken. Ich entscheide mich für folgende Variante:

Lieber Jannemann, die OP wurde leider unterbrochen, alles ist noch wie vorher. Es gab eine ganz kleine Komplikation, nichts Wildes, nur mit meinen Schneidezähnen! Daher kann ich nicht so gut reden. Ich melde mich morgen mal ausführlich. Informierst du Mama und die Tanten?
Dein putzmunterer Tintenfisch

So, das dürfte reichen, um die Meute vorerst zu beruhigen. Sekunden nachdem ich sie abgeschickt habe, geht das Telefon wieder. Sabrinas Blick wechselt vom Interessierten ins Genervte. Ich zucke entschuldigend mit den Achseln.

»Tintenfisch, was ist los?!«

»Nichss«, sage ich so deutlich und fröhlich wie möglich.

»Quatsch! Ich kenne dich! Normalerweise zelebrierst du schon leichte Blähungen! Du würdest niemals auf die familiäre Aufmerksamkeit verzichten, die dir eine OP einbringt! Und wenn ich das Wort *putzmunter* lese, weiß ich sicher, dass was nicht stimmt! Also raus mit der Sprache, Schnell, Telefonate aus Dublin sind teuer! Und keine weiteren Lügen.«

Ich überlege kurz, ob es möglich wäre, das Telefonat auch einsilbig zu führen, doch dann kapituliere ich.

»Erinnerssu dissss daran, dass mir Mario Beyer niss nur

die Nasssse gebrochen hat, ssssondern auch die Sneidesähne?«

»Ja, ich erinnere mich. Und wenn ich dich so höre, werde ich ihn morgen aufsuchen und nachträglich verkloppen! Genau wie diesen Mika!«, knurrt er ernst.

»Jedenfallssss«, bemühe ich mich, seinen Wutanfall schnell zu stoppen, »Corinassss Vater hat ssssie mir damalsss gemacht und gessssagt, is müsse noch mal wiederkommen …«

»Bist du aber nicht?«

Jan kennt mich echt ziemlich gut.

»Bin isss aber nis.«

Er stöhnt.

»Und jetssss war allsss locker, und isss hab das ganz vergessssen gehabt und nisss in das OP-Formular gesrieben, und jetzt iss es rausgefallen und ssie mussten abbrechen, und die Nassse is immer noch doof.«

Sabrina kriegt einen Lachkrampf, was ich höchst unangemessen finde.

»Was sind denn das für Geräusche?«, fragt Jan auch prompt.

»Dasss isss meine Bettnachbarin … Sssie hat Smerzen«, decke ich Sabrina und weiß nicht einmal, warum. Vermutlich weil ich es selber zum Totlachen fände, wäre ich nicht die Betroffene.

»Okay, Tintenfisch. Ich werde versuchen, das in abgeschwächter Form den Tanten und Mutter zu verklickern, damit wir alle eine ruhige Nacht haben. Aber das besprechen wir noch mal in Ruhe! Brauchst du irgendwas? Kann ich irgendetwas für dich organisieren?«

»Nein, danke!«

Ich finde, diese zwei Worte sprechen sich inzwischen recht flüssig. Ich werde nur noch mit »Nein, danke!« durchs Leben gehen. Ich hoffe bloß, meine Urlaubstage bei *CarStar* reichen aus, um mich wieder auf Vordermann zu bringen.

»Eins noch: Was sagen die Ärzte?«

»Niss viel. Ich soll was untersssssreiben, dass isss sssuld bin.«

»Das lässt du mal schön bleiben.«

»Okay«, willige ich ein.

»Und halt die Ohren steif!«

»Nein, danke!«

»Kann ich das Licht ausmachen?«, fragt Sabrina ungeduldig mit der Hand am Kippschalter der großen Stehlampe, kaum dass ich den Hörer auf der Gabel habe. Die Neonröhre über jedem Bett ist uns beiden zu grell, das braucht man nicht nach einem narkotisierten Tiefschlaf.

»Moment noch ... Isss muss noch kurzss was lesssen.«

Sie seufzt und zieht sich die Bettdecke über den Kopf.

Ich beschließe, nur die letzte Nachricht von Filip anzusehen. Die letzte ist schließlich die entscheidende. Im Prinzip bieten sich nur zwei Optionen. Entweder: »Es ist aus!« oder: »Ich liebe dich!« – je nachdem, wie sehr er sich von meiner Funkstille hat frustrieren lassen. Ich hoffe, dass es nicht aus ist, bitte nicht! Es hat doch gerade erst begonnen! Kaum hat man mal ein bisschen privates Glück, schon macht einem der Job einen Strich durch die Rechnung. Wenn diese dämliche Karrierechose nicht wäre, würden wir jetzt Händchen halten. Mein Zorn ist längst versiegt in Anbetracht meiner neuen Probleme, und vielleicht war er tatsächlich besser?

Habe ich Filip je als Angestellten gesehen, als technischen Zeichner und Designer? Nein. Alles, was ich gesehen habe, waren seine Bartstoppeln, die dummen Sprüche und unverschämt schilfgrünen Augen. Und Jennys Getratsche. Und damit habe ich ihm schon mal unrecht getan. Und er hat sich verdammt schwer damit getan, mir die Sache mit der Beförderung zu gestehen. Er wollte mir das nicht reinwürgen, ganz bestimmt nicht. Und ich? Konnte mich nicht einmal ein kleines bisschen für ihn freuen, wenigstens als Freundin. Unser Streit bestand vor allem darin, dass ich geschimpft habe und er versucht hat mich zu beruhigen – wenn ich es recht bedenke.

Eine Welle der Reue und Zuneigung überflutet mich. Mit zitternden Fingern klicke ich auf das kleine Briefchen ganz oben und schicke ein Stoßgebet zum Himmel. Bitte lass es nicht vorbei sein, bitte lass es nicht … Ich erstarre beim Anblick der Worte.

Bin auf Juist! Wo bist du???

Mieseste Lage meines Lebens.

9.

»Wo ist das Kind?!«

Eine mir vertraute Stimme plärrt von irgendwoher. Langsam wache ich auf und muss mich im gleißenden Neonlicht erst mal orientieren. Das Bett gegenüber ist leer, aus dem Badezimmer dringt lautes Plätschern, und eine helle Frauenstimme schmettert voller Elan den Refrain von *Such a perfect day* von Lou Reed. Ach ja, richtig: Es ist der Tag nach dem Tag, der eigentlich als mein Glückstag vorgesehen war, und statt nun hocherhobenen Hauptes mit neuem Stupsnäschen die Klinik zu verlassen, liege ich im Bett, bin seltsamerweise immer noch total gerädert von der Narkose und – kommen wir also zum Höhepunkt – habe keine Frontzähne mehr. Genau genommen hatte ich auch schon vorher keine mehr, aber das hat man weder gesehen noch gemerkt. Ich hatte es allen Ernstes vergessen.

»Ssssuper«, lispele ich probeweise. Leider klingt es noch genauso wie gestern – also doch kein Albtraum. Mist, Mist, Mist!

»Guten Morgen!«

Sabrina steht, nur ein Handtuch um ihren makellosen Körper geschwungen und einen Frotteeturban auf dem

Kopf, in der Badezimmertür und versprüht genauso viel gute Laune wie Deo.

»O Mann, bin ich froh, dass alles vorbei ist – in zehn Tagen nehme ich den Verband ab, sehe aus wie Pamela Anderson, und kein Schwein merkt, dass ich nicht auf Koh Samui war, sondern hier!«

Okay, besonders taktvoll ist sie also auch nicht. Schließlich liegt hier ein Nasenopfer. Direkt neben ihr. Ein Mensch, der nicht so viel Glück hatte im OP-Saal.

Immerhin bemerkt sie meinen Blick.

»Oh, du hast recht …«, nimmt sie sich zurück und senkt betroffen die Stimme. »Auch ich muss vorher natürlich noch mal ins Sonnenstudio, weißt du …«

Okay, nicht das, was ich hören wollte, aber für Sabrina vermutlich bereits so etwas wie Anteilnahme.

»Ich will sofort zu meinem Kind!«, schimpft es draußen wieder, und Tante Rosi, gefolgt von einer Armada aufgebrachter Schwestern, stürmt herein.

»Was machssst du denn hier?!«, frage ich verblüfft. Ich weiß nicht, ob ich lachen oder weinen soll.

»Sie können nicht einfach so in die Privatsphäre unserer Patienten eindringen!«, bemüht sich eine ältere Schwester, sie aufzuhalten. Es ist die mit dem Klemmbrett von gestern, vermutlich die resoluteste.

»Außerdem haben Sie das Passwort nicht genannt«, meckert eine andere und sieht Beifall heischend die mit dem Klemmbrett – jetzt ohne Klemmbrett – an.

»Physik!«, schreit meine Tante ihnen entgegen. »Ich meine …«, korrigiert sie sich, »Physalis«.

»Das war gestern, heute ist es *Stachelbeere*«, entgegnet die jüngere Schwester spitz.

»Schätzelein, dat is unerheblich für mich!«, feindet Tante Rosi echauffiert auf Pott zurück. »Denn ich werd Ihre gesamte Bude dichtmachen lassen! Jawoll! Und dann brauchse hier kein Passwort mehr, denn Ihre …«, sie schnappt nach Luft, »Ihr *Schuppen* ist ein einziger *Kunstfehler!* So, wat sachse nu?«

Kunstfehler scheint das Erste zu sein, das allen zu mir einfällt.

»Aber Tante Rossi, esss war meine …«, versuche ich, sie zu bremsen und zu verhindern, dass die Schweizer Gendarmerie gleich hier einmarschiert, um sie wegen Hausfriedensbruchs zu verhaften.

»O mein Gott, du klingst ja schrecklich!« Entsetzt schaut sie zu mir herab. »Wissen Sie was?«, fixiert sie nun wieder die Schwestern. »Ich nehme jetzt mein Kind und gehe! Und Sie werden mich nicht davon abhalten! Besonders …«, sie fuchtelt mit dem Finger vor dem Gesicht der Klemmbrett-Schwester herum, die mich schwer an Oberschwester Hildegard aus der Schwarzwaldklinik erinnert, »Sie nicht!«

Die baut sich ihrerseits selbstbewusst vor Tante Rosi auf und stemmt die Hände in die Hüften. »Frau Baumann muss ohnehin bis zehn Uhr ausgecheckt haben.«

Fast muss ich lachen, doch Tante Rosi lässt sich ihren dramatischen Auftritt nicht so leicht versauen. »Kind!«

Sie dreht sich zu mir um, breitet ihre Arme aus und stürzt sich auf mich. Erschrocken ziehe ich mir die Bettdecke bis zur Nasenspitze hoch.

»Mach sofort den Mund auf!«

Es ist zweifelsfrei besser, jetzt zu gehorchen.

»Hhhhhhh!«

Beim Anblick meiner nicht vorhandenen Zähne stößt sie einen theatralischen Laut aus und greift sich an die Brust. Eine beliebte Geste in unserer Familie. Dann reißt sie die Speisekarte meines nicht vorhandenen Drei-Gänge-Menüs vom Nachttisch und wedelt sich damit Luft zu.

Neidisch beobachte ich, wie Sabrina in diesem Moment ein fulminantes Frühstück serviert bekommt. Ich sichte Rühreier mit Speck und Zwiebeln, hauchzarte Pancakes mit frischem Erdbeerpüree und Schlagsahne, dazu ein Glas frisch gepressten Orangensaft und einen Latte macchiato, der verführerisch duftet. Herzhaft stößt sie ihre Gabel in ein Stück Räucherlachs mit Meerrettich.

»Möchten Sie auch noch etwas essen, Frau Baumann?«, schiebt sich eine andere Schwester unbeeindruckt an Tante Rosi vorbei, um mein Kopfkissen aufzuschütteln. »Ich …«, setze ich gerade an, zu sagen, dass ich genau das will, was Sabrina hat, aber Tante Rosi übertönt mich.

»In diesem Saftladen? Nein, danke! Dat lässte ma schön bleiben. Am Ende krichse hier noch ne Lebensmittelvergiftung!«

»Wie Sie wünschen«, entgegnet die Schwester säuerlich.

»*Wir* frühstücken im Kempinski St. Gallen!«, pampt Rosi weiter. »Und wenn Sie uns jetzt bitte alleine lassen.«

Der letzte Satz ist insofern klug gewählt, als dass die Schwestern sowieso gerade gehen. Fieberthermometer und Blutdruckmessgerät lassen sie ungenutzt zurück. Irgendwie schwant mir, dass meine medizinische Fürsorge hiermit ein Ende gefunden hat. Es ist auch schon zehn vor neun.

»Haben die unsss niss geweckt?«, frage ich Sabrina und schäle mich aus der Bettdecke.

»Ich bitte dich – hast du den Prospekt nicht gelesen? *In einer Privatklinik gehört es zum guten Ton, den Patienten ihren natürlichen Biorhythmus zu lassen.*«

»Ach hömma, die sind doch bloß faul hier!«, kommentiert Tante Rosi. »Ich wünschte, es gehörte auch zum guten Ton, den Patienten ihre natürlichen Zähne zu lassen!« Sie ist auf hundertachtzig, und ich fürchte, das wird sich auch so schnell nicht legen. Als ihr vorletzter Mann sie verließ und sie mit Fee allein dastand, hat sie zwei Monate durchgeschimpft, bis sie eine Kehlkopfentzündung hatte.

»Aber das waren ja gar niss meine natürlissen Ssähne …«, versuche ich, die Lage sachgemäß zu erläutern.

»Aber klar! Die waren so natürlich wie die Blondierung deiner Mutter. Viel echter geht's nicht.«

»Aber was machsssu eigentlich hier?«, komme ich auf den eigentlichen Punkt zu sprechen.

»Ich bin die ganze Nacht durchgefahren! Und deine Mutter auch!«

Das erklärt ihre Verfassung.

»Sie isss auch hier?!«, staune ich. Die Sache wird immer heikler. »Wo isss sie?«, frage ich panisch und sehe vor meinem inneren Auge, wie meine Mutter parallel den armen Pförtner zusammenfaltet.

»Sie klärt unten alle Formalitäten. Der Arzt mosert rum, dass er wenigstens auf einer Visite bestehen muss, um sicherzugehen, dass dein Kreislauf okay ist. Also hopp, zieh dich an – dann schauen wir in seinem Kabuff von Sprechzimmer vorbei, und er kann noch ein letztes Mal jemanden untersuchen, bevor man ihm die Approbation entzieht!«

Tante Rosi ist vorerst nicht zu stoppen, das ist klar. Ich

schwinge die Beine aus dem Bett und tue, wie mir geheißen wird. Ich streife das Leibchen ab, das ich immer noch trage, greife nach meinen Sachen und blicke Sabrina entschuldigend an. Doch die nimmt vergnügt den letzten Schluck von ihrem Kaffee und betrachtet uns begeistert, als wären wir der Cirque du Soleil.

»Sie gefallen mir gut!«, grinst sie und streckt ihre Hand aus.

»Rosi«, stellt sich meine Tante vor.

»Sabrina.«

»Isser dat hier? Der Knebelvertrach?« Tante Rosi greift nach dem Klemmbrett mit den Formularen.

»Ja, das mussis noch abgeben«, jammere ich.

»Von wegen! Dat is konfisziert!« Sie verstaut den Vertrag samt Klemmbrett in ihrer Handtasche, macht darin ein wenig Platz und sammelt im Bad meine Sachen zusammen.

»Aber iss mussoch noch …«, sage ich schwach.

»Wat musse noch? Zähne putzen?«, donnert sie. »Dat ich nich lache. Jetzt pack ma dein Zoich, und dann ab durch die Mitte!«

Sie pfeffert alles Restliche mit Schwung in meine Reisetasche und hält die Tür auf. »Auf Wiedersehen, Sabrina! Alles Gute für Sie! Ich hoffe, Ihnen fallen nicht in den nächsten Tagen die Haare aus oder so!«

»Rosi! Also bitte!«, tadele ich sie. Jetzt ist wirklich ein Punkt erreicht, an dem ich mich langsam schäme.

»Ach, lass«, kichert Sabrina. »Deine Tante ist schwer in Ordnung.«

»Danke.« Tante Rosi steht wie ein Feldmarschall in der Tür. »So, Tinchen, Abmarsch!«

Unten im Foyer erwartet uns meine Mutter. Auch sie breitet die Arme aus, als käme ich aus dem Krieg.

»Ist sie das?«, sieht sie fragend zu Tante Rosi.

»Mama, bitte! Issss bin doch kein entstelltes Verbrennungsopfer!«

»Ja, das ist sie! Kann kaum sprechen, das arme Ding!«, erwidert Rosi.

»Was macht ihr hier???«, frage ich noch einmal.

»Na, dich retten!«, sagen beide wie aus einem Mund.

»Aber es war doch nur eine kleine Komplikation, mir geht es gut! Ich *lebe*! Hat Jan euch nicht informiert?«

»Aber natürlich hat er«, antwortet meine Mutter. »Deshalb sind wir ja hier! Wenn ich schon von deinem Bruder höre, *alles nicht so schlimm*, dann weiß ich doch, dass es schlimm ist!«

Ich stöhne. Das ist wohl in unserer Familie genetisch, dass man immer vom größtmöglichen Untergangszenario ausgeht. Ein Wunder, dass sie nicht gleich in Schwarz hergekommen sind.

»Also haben wir uns ins Auto gesetzt, und ich hab sie hergefahren«, fügt Rosi hinzu. »Denn leider konnte deine Mutter erst wieder ans Steuer, als es hell war!« Sie feuert einen wütenden Blick auf ihre Schwester ab.

»Ich hatte dir gesagt, dass ich im Dunkeln nicht gerne mit dem Auto quer durch Europa fahre!«, zickt meine Mutter zurück.

Ich mag mir gar nicht vorstellen, wie die beiden es geschafft haben, hier anzukommen. Total unter Strom. Ohne Schlaf. Es hätte *ihnen* sonst was passieren können!

»Fahren wir jetzsss iss Kempssski?«, äußere ich die Hoffnung, dass wir uns alle erst mal in einem schönen

Hotel beruhigen und unseren Zuckerspiegel steigern können. Ich sehe schon den Latte macchiato mit Strohhalm vor mir.

»Spinnst du? Damit ich neun Euro zwanzig für eine Banane zahle, die sie dir zerdrücken?«, tobt meine Mutter. Die sind wirklich mit den Nerven runter.

»Isss dachte nur, weil Rossi vorhin gesagt hat …«

»Ach, Kind, das tut mir jetzt leid – das war doch nur wegen dieser arroganten Medikamentenschubse vorhin! Das Kempinski können wir uns nicht leisten, aber ich kauf dir an der nächsten Tankstelle ein Kinder-Pingui, ja?«

Ich nicke. Ich bin völlig fertig. Körperlich und mental.

Unter den Blicken einer kleinen Schlange von Pandabären, die mit Nasenverbänden und kräftigen blauen und violetten Brillenhämatomen zum Auschecken anstehen, traben wir Richtung des Sprechzimmers von Doktor Rauh. Er wartet bereits auf mich. Neben ihm steht eine Schwester, die etwas zischt wie »die Irre von Zimmer zwölf mit Tante!«

»Wenn Sie dann bitte draußen bleiben!«, sagt Doktor Rauh und sieht meine Gefolgschaft scharf an.

»Das könnte Ihnen so …«

»Sssssccchhh!«, schimpfe ich, nicht ohne zu spucken wie ein Lama. Aber langsam überkommt mich die Angst, dass *ich* hier demnächst verklagt werde. »Mama, bitte!«, sage ich nun energisch. »Issss bin ssson gross, vertraut mir!«

Beleidigt lassen sich Rosi und meine Mutter mit meiner Reisetasche auf ein paar Stühle im Flur fallen. Ich folge Doktor Rauh zu seinem Schreibtisch. Mit Nachdruck schließt er Tür und bietet mir einen Platz an.

»Liebe Frau Baumann…«, eröffnet er ruhig. Seine Stimme ist richtiggehend angenehm nach dem ganzen Gezeter. »Es tut mir aufrichtig leid, was Ihnen in unserem Hause widerfahren ist. Auch im Namen der gesamten Klinik möchte ich mich entschuldigen. Aber ich kann Ihnen versichern, dass unsererseits kein Verschulden vorliegt. Auch wir haben einen Juristen, und ich kann nur noch mal bedauernd darauf hinweisen, dass Sie uns letzten Endes eine Vorerkrankung verschwiegen haben.«

Gespannt höre ich zu. »Ich kann Ihnen anbieten, nachdem alles wieder verheilt ist, die eigentliche Korrektur zum Sonderpreis von zweitausend Euro vorzunehmen, was bedeutet, ich verzichte auf mein Honorar und decke damit nur die Kosten für Bett, Essen, OP-Saal und Anästhesie. Gerne können Sie juristischen Rat einholen und sich dann melden. Glauben Sie mir: Es ist ein gutes Angebot.«

Auch ich finde leider, dass das alles sehr vernünftig klingt, und Doktor Rauh ist mir nach wie vor nicht unsympathisch.

»Auf gut Deutsch«, fährt er in saloppem Tonfall fort, »lassen Sie Ihre Zähne machen, warten Sie drei Monate und kommen Sie wieder her. Allerdings…«, er sieht in einen Terminkalender, »… haben wir zum Sommer hin immer nur wenige Termine frei. Eigentlich keine.«

Er rollt mit dem Schreibtischstuhl ein Stück nach rechts an seinen Computer und sieht da nach.

»Ich fürchte, wir müssen diesbezüglich noch einmal telefonieren. Meine Frau sagt immer, bei mir einen Tisch zu kriegen ist schwieriger als beim *Käfer* in München.« Er lacht.

Mir ist gar nicht nach Lachen zumute. »Wenn es für Sie okay ist, untersuche ich Sie jetzt. Nur um zu sehen, ob wir Sie aus medizinischer Sicht ruhigen Gewissens entlassen können.«

Dann drückt er einen Knopf, und die Schwester von eben kommt rein. Vermutlich als Zeugin. Oder als Begleitschutz. Apathisch lasse ich den Check über mich ergehen. Zum Schluss prüft er meinen Mund und gibt mir noch ein paar Schmerztabletten mit, aber bis auf ein kräftiges Pochen im Oberkiefer ist, gefühlt zumindest, eigentlich schon alles wieder normal.

Als ich auf den Flur trete, bin ich fix und alle. Deshalb wehre ich mich auch nicht, als meine Mutter und Tante Rosi mich auf dem Weg zum Ausgang stützen, als wäre ich gehbehindert. Ich freue mich sogar ein bisschen. Meine Familie ist die ganze Nacht gefahren, um mich abzuholen, wow! Nur, dass wieder mal ein Zugticket verfällt – nämlich das für meine Rückfahrt –, denn ich vermute, sie werden es sich nicht nehmen lassen, mich nach Hause zu kutschieren. Bloß gut, dass ich Urlaub habe! Da kann ich mir in Ruhe einen guten Zahnarzt in München suchen und die Sache machen lassen. Und mir dann überlegen, was ich von alldem halte.

»Isss habe Dursssss«, melde ich im Kleinkindmodus, als wir in Tante Rosis kleines, rotes, zweitüriges Gefährt steigen.

»Hier!« Meine Mutter pikt fachmännisch einen Strohhalm in ein mitgebrachtes Trinkpäckchen und reicht es mir. Dankbar nehme ich es und schlürfe lautstark das bisschen Zuckerwasser hinunter. Ich darf nicht an Sabrinas Frühstück denken.

»Isss dass nis ein bissen krass, wenn ihr die ganssze Nacht dursssgefahren seid und jetzss gleiss wieder weiter?«, gebe ich zu bedenken.

»I wo, das ist gar nicht so weit!«, winkt Rosi ab und dreht den Schlüssel im Zündschloss. »Das sitzen wir auf einer Arschbacke ab!«

Na ja, da hat sie recht, in circa eineinhalb Stunden sind wir schon in München. Der Berufsverkehr ist längst weg, es sollte also recht fix gehen.

»Du kannst dich ab jetzt entspannen, Kind, wir deichseln das schon. Du siehst vollkommen fertig aus! Mach doch einfach ein Nickerchen, okay?«, schlägt auch meine Mutter vor. »Den Weg kennen wir ja jetzt!«

Rosi gluckst sarkastisch und beäugt kritisch das lädierte Kartenmaterial auf der Armatur, das darauf schließen lässt, dass die Navigation meiner Mutter zu wünschen übrig ließ. Ich werde Rosi bei nächster Gelegenheit ein Navi schenken, beschließe ich. Vielleicht macht Jan da mit. Das ist ja auch in der näheren Umgebung sehr nützlich. Wenn man mal ein Restaurant sucht oder so. Gott, hoffentlich gibt es bald was zu essen! Ewas, das nahrhaft ist, aber nicht groß zerkaut werden muss. Zum Beispiel die Nummer dreizehn bei *Peng-Express*. Die werde ich mir später bestellen – Reis, Gemüse und Erdnusssoße kann ich sicher gut essen. Ich lehne mich zurück.

Auch Rosi hat sich endlich beruhigt. »Hauptsache«, hält sie triumphierend ihre Tasche mit dem Klemmbrett darin hoch, »wir haben das hier. Für die – Spurensicherung!«

Sie und Erika schauen eindeutig zu viele Krimis.

»Apropos – Erika«, scheint sie meine Gedanken zu erraten, »konnte leider nicht kommen und sendet dir alles Liebe! Sie hat wieder Theater mit diesem Gaul. Ich frage mich, was da los ist? Sie sollte ihn langsam verkaufen. Jeden Tag arbeitet sie stundenlang mit dem Pferdetrainer zusammen. Das kostet doch auch Geld?«

»Du kenssss sie«, beschwichtige ich. »Pfferde sin nu ma ihr Leben.«

»Als Bettina mit ihrer Freundin Corinna damals das Pflegepony hatte, war's nicht anders. Ich glaube, du hast in der Zeit nicht einmal länger als sechs Stunden geschlafen, schon ging's wieder in den Stall! Und das noch vor der Schule!«, erinnert uns meine Mutter.

Oh ja, das waren wirklich goldene Zeiten. Wenn wir ihn nicht putzten, striegelten, ritten oder ihm die Mähne flochten, lagen wir im Stroh und lasen die *Wendy*. Damals, als das Leben noch so schön und so einfach war ...

»Brombeere!«, schreit Tante Rosi verächtlich aus dem Fenster, als wir die Schranke zum Klinikgelände erreichen. Der Pförtner öffnet per Knopfdruck, ohne auch nur von der Bildzeitung aufzusehen.

Als ich aufwache, fühle ich mich richtig erholt und endlich wieder topfit. Sogar meine Zunge hat sich schon an die Lücke zwischen den Zähnen gewöhnt. Ich schaue als Erstes auf mein Handy, das ich flugs in meine Jackentasche gestopft habe, bevor Rosi es in die Finger bekam. Sie hätte es knallhart im Kofferraum verschwinden lassen; für sie ist ein Handy noch immer nur was für Notfälle. Drei Monate nachdem ich ihr eins geschenkt hatte, ertappte ich sie, wie sie ein Post-it mit allen wichtigen Nummern daran befestigt hatte. Um sie nicht zu verletzen, blieb ich todernst, während ich ihr erklärte, dass man die Nummern auch einspeichern kann. Technik ist echt nicht ihr Ding. Aber das hier ist ja ein Notfall. Ein Beziehungs-Super-GAU. Im Display blinkt ein neues Briefchen. Genauso hoffnungsfroh wie ängstlich öffne ich es, doch es ist nicht von Filip. Es ist von Jan und kam noch gestern Abend, offenbar war ich da schon wieder weggedöst. Ich frage mich, ob mir die Klemmbrett-Schwester noch mal extra Beruhigungsmittel in den Tropf getan hat? Wie sonst hätte ich in meiner bescheidenen Lage ein Auge zugekriegt? Ich widme mich der Nachricht.

Warnung! Kann sie nicht aufhalten! Tante Rosi und Mama sind unterwegs zu dir!!! Bin hilflos von Dublin aus! Sasha wünscht dir auch das Allerbeste und sagt, dass sie sich sehr sorry für dich fühlt!!!

PS: Könntest du zur standesamtlichen Hochzeit am 1. Juni?! Darfst auch mit alter Nase und ohne Zähne aufs Hochzeitsfoto! :)

Schnell antworte ich ihm.

Sehr witzig. Schätze deinen Galgenhumor. Sitzen schon im Auto. Rosi hat fast den Arzt umgebracht, und Mutter hätte sie beinahe nach Polen gelotst. 1. 6. geht klar. Willst du das wirklich???

Sofort schreibt er zurück.

Ja, ich will! Gute Fahrt!

Danach ist das Display wieder leer. Von dort aus schaut mich nur ein vergnügter Untermieter an. Ein Foto, das ich letzten Sommer aufgenommen habe. Da war er im Englischen Garten und durfte sich mal richtig austoben, an einer Hasenleine, versteht sich. Filip hat also nicht auf meine Nachricht von gestern Abend geantwortet. Ich bin nach wie vor hin und her gerissen, mich durch seine anderen SMS zu lesen oder sie einfach zu löschen. Inzwischen habe ich ein mehr als ungutes Gefühl. Ich mag mir nicht ausmalen, wie er auf Juist von der Fähre gestiegen ist und den Strand und die dort ansässigen drei Pensionen plus Touristeninfo nach mir abgeklappert hat. Und warum zum Teufel ist er überhaupt dort? Er hat doch gar keinen Urlaub und musste am nächsten Tag die neue Stelle antreten. Schweren Herzens hatte ich ihm gestern noch die allernötigsten Infos geschrieben, um überhaupt zu reagieren:

Bin leider nicht auf Juist. Tut mir so leid! Erkläre ich dir dann. Sind wir noch zusammen?

»Ausgeschlafen, Prinzessin?«, fragt meine Mutter, die nun auch mal am Steuer sitzt, mit Blick in den Rückspiegel. »Ach Mist, jetzt hättest du das Nackenkissen gut gebrauchen können, das ich bei QVC gekauft habe! Es enthält sich selbst ergonomisch umverteilende Kieselsteine aus der Ukraine!«

»Aha, das Fräulein Dornröschen«, mischt sich auch Tante Rosi ein.

»Sie hatte schon immer einen gesunden Schlaf, Rosi! Und bestimmt wirkt die Narkose noch nach, also lass sie!«

Die Stimmung ist nach wie vor explosiv.

»Gleich sind wir da!«, setzt mich meine Mutter in Kenntnis. »Hast du Durst?«

Tante Rosi zieht ein weiteres Trinkpäckchen aus einer ALDI-Großpackung heraus. Dazu reicht sie mir ein Kinder-Pingui. Offenbar haben sie nicht nur die Plätze getauscht, sondern wir haben auch Rast gemacht unterwegs.

»Du musst ja schrecklichen Hunger haben, Kind?« Tante Rosi beobachtet, wie ich den Snack gierig verschlinge. Allerdings. Mein Magen knurrt sogar lautstark. Aber *Peng-Express* ist ja nicht mehr weit. Ich strecke mich wie ein Kater und sehe aus dem Fenster. Gleich kommt eins der blauen Schilder, auf denen steht, wie weit München noch entfernt ist. Ich schätze, wir sind jetzt irgendwo bei Starnberg. Neugierig beuge ich mich vor. Dann sehe ich zwischen den Vordersitzen hindurch. Ich kann nicht glauben, was ich sehe.

Wanne-Eickel,
8 Kilometer.

10.

»Habt ihr einen Knall, misss mis nach Hause sssu nehmen?!«

»Aber du wolltest doch nach Hause?«

»Ja, in *mein* Ssssuhause! Nach Münsssen!« Meine Unterlippe bebt vor Wut.

»Sind wir etwa *nicht* dein Zuhause?« Meine Mutter reißt die Augen auf und schiebt ihrerseits die Unterlippe vor, zum Zeichen, dass sie tief getroffen ist.

»Mama, du weisss genau, wie is sas meine! Mach mir kein slechssses Gewissen!«

Es ist wirklich nervtötend, mit einem Sprachfehler zu streiten.

»Aber wir sind die ganze Nacht durchgefahren, um *deine* Spirenzkes auszubügeln«, gibt sie zu bedenken.

Sie dachten, sie tun mir etwas Gutes, ich dachte, ich liege um die Zeit bereits wieder daheim auf der Couch und kann Filip mit einigen wohlformulierten SMS zur Rückkehr bewegen, ohne dass er mich hört oder sieht. Was vielleicht ohnehin zum Scheitern verurteilt gewesen wäre.

Stattdessen sitze ich nun am Küchentisch meiner Mutter und muss erst mal Nina eine SMS schreiben, dass ich doch nicht wie geplant heute von meinem Wellness-Trip zurück bin (ich lüge echt nicht gern, aber einer Wildfremden, die bloß meinen Hasen hütet, kann ich ja auch schlecht erzählen, dass ich mir übers Wochenende mal kurz die Nase machen lasse).

»Nu is et so, wie et is«, setzt Tante Rosi, die sehr erschöpft aussieht, unserer Diskussion vorerst ein Ende. Zum ersten Mal bemerke ich, dass sie, entgegen ihrer lebensfrohen Art, nicht mehr die Jüngste ist. Ihr Blick ist müde, und die Fältchen um die Augen wirken tiefer als sonst. Ich hoffe sehr, dass ich mit ihr, meiner Mutter und Erika noch viele Jahre vor mir habe – auch wenn sie jetzt gerade nerven.

»Wir sollten uns erst mal kräftig ausschlafen, und dann sehen wir weiter! Wobei, Tinchen – du dürftest inzwischen so wach sein wie nach drei Dosen Red Bull?«

»Hm, ja, iss fühle mis sssehr wach …« Kein Wunder, nach meinem Marathonschläfchen. Inzwischen bin ich fest davon überzeugt, dass das nicht mit rechten Dingen zuging. Ich habe die gesamte Fahrt ins Ruhrgebiet hoch verschlafen! Und dass trotz Rosis riskanter Überholmanöver und ihrem sehr häufigen Gehupe …

»Gut. Ich gehe jetzt ins Bett!«

Meine Mutter steht auf, ohne mich eines weiteren Blickes zu würdigen. Ich greife nach ihrem Handgelenk. Ich kann es nicht haben, wenn sie sauer ist. Schon gar nicht auf mich.

»Ach, Mama …«

»Nein, lass mich. Du bist lieber alleine in München als hier bei uns. Verstehe.«

Hach herrje – vermutlich ist es wirklich das Beste, ich bin jetzt still und lasse den Dingen ihren Lauf.

»Ich gehe auch nach Hause!« Tante Rosi drückt mir einen Kuss auf die Stirn. »Morgen komme ich wieder, und dann reden wir vernünftig. Aber ich sage dir gleich: In dein *richtiges Zuhause* lassen wir dich vorerst nicht! Du bist total von der Rolle, hast ein Klinikdrama hinter dir, eine halbe OP und ein Zahntrauma ersten Grades! Wer bitte kauft und püriert dir in München dein Essen?«

Ich wünschte, ich könnte jetzt antworten, *mein wunderbarer Freund Filip* oder *Jung Dung von Peng-Express*, aber dort würde man vermutlich nicht einmal meine gelispelte Telefonbestellung verstehen. Und selbst Nina möchte ich so nicht unter die Augen treten. Ohne Schneidezähne hat man immer gleich Erklärungsbedarf. Besonders bei einer Studentin der Zahnmedizin. Wenigstens hat sie meine SMS sofort beantwortet und gemeint, es sei kein Problem, Untermieter könne sogar komplett bei ihr überwintern. Sein Gemümmel behebe ihre Schlafstörungen vor der Prüfung. Nachbarschaft hat echt Vorteile.

Allein bleibe ich in der Küche zurück. Es ist kurz vor achtzehn Uhr. Es gibt hier in der Gegend nur einen Menschen, bei dem ich jetzt ein bisschen Trost und Ruhe finden kann und vielleicht sogar Internetzugang für eine Mail an Filip. Corinna! Schon komisch: Es ist dieselbe Kleinstadt wie früher, und wir sind dieselben Menschen, und doch ist alles ganz anders. Ich rufe sie einfach an – sie kennt meinen charmanten neuen Akzent ja schon. Natürlich steht sie brav im Telefonbuch, allerdings ohne Adresse.

»Hier ist der AB von Trixie, Klara, Lutz und Corinna Fau …«, kräht eine Kinderstimme durch den Hörer. Und dann mit vereinten Kräften: »Wir sind im Moment nicht da! Aber wenn ihr uns eine Nachricht ... Piiiiep«.

Vermutlich sind Anrufbeantworter nicht auf Familien ausgerichtet.

»Hallo Corinna, hier issss Besssina!«

»Bettina, bist du's?«

Außer Atem stürzt eine fröhliche Corinna ans Telefon.

»Ja. Gil dassss Hosssline-Angebot noch?«, frage ich.

»Klar. Wo bist du?«

»Isss bin hiiier, im Pott!«

»In Wanne-Eickel, echt? Das ist ja großartig! Kannst du kommen?«

»Jetzsss? Zu dir?«

Sie lacht. »Na, klar! Ich würde auch zu euch kommen, aber ich muss die Kinder ins Bett bringen! Gerade sind sie in der Wanne!«

Sofort habe ich bessere Laune, ihre Stimmung steckt an.

»Ja, iss komme vorbei! Wo wohnsss u?«

»Wir wohnen in der Nähe der Fahrschule – beim Wertstoffhof, in einem dieser Reihenhäuser mit Garten, vor denen wir früher so oft gespielt haben, weißt du noch? Nummer neun a.«

Ich weiß es noch sehr genau. Eine Frau hat uns dort mal verjagt und gemeint, wir sollten nicht so laut lachen, das störe ihren Ehemann, von dem jeder wusste, dass den nur seine Frau stört.

»Bin in fünfsssehn Minuten da!«

Schnell schaue ich in den Spiegel, ich sehe nicht gerade berühmt aus. Die fehlenden Zähne sind gruselig, und um die Nase herum haben sich noch leichte Blutergüsse gebildet. Bestimmt könnte mir Sabrina jetzt mit einem gut deckenden Make-up aushelfen, mit dem man bei Models Tattoos überschminkt. Mit einem Kamm fahre ich mir durch die Haare und entscheide, dass mehr nicht zu machen ist. Dazu trage ich ein T-Shirt und die Jeans, die ich jetzt schon zwei Tage trage, denn die einzige Alternative wären mein Morgenmantel und die Puschen aus der Klinik.

Die zwei Kilometer Spaziergang tun mir gut, und die frische Luft pustet meinen Kopf frei. Filip hat noch immer nicht geantwortet, und ich befürchte das Schlimmste. Vielleicht ist jetzt eine gute Gelegenheit, mir seine restlichen SMS anzusehen? Diesmal mache ich es chronologisch. Sie beginnen um elf Uhr vormittags, am zwanzigsten Februar.

Okay, es ist alles meine Schuld.

Die nächste kam eine Stunde später.

Meld dich, es tut mir leid!

Ich klicke mich durch die Kurznachrichten, die in immer kürzeren Intervallen eintrafen.

Kann dich nicht erreichen, wo steckst du?

Bin eben bei dir vorbeigefahren und habe geklingelt. Tatsächlich keiner mehr da … Warum musst du denn ausgerechnet heute verreisen?

Bist du gut auf Juist angekommen?

Bettina, langsam mache ich mir Sorgen!

Ich bin doch dein Hasenretter! Und du meine Häsin. :(

Schreib doch mal kurz, dass du mich hasst, dann weiß ich, es geht dir gut! :)

Schön. Ich habe es verstanden. Du bist sauer, und ich bin doof. Aber wie lange denn noch …?

Hm, langsam überlege ich, dir nachzureisen.

Okay, wenn du mich aufhalten willst, musst du das jetzt tun!

Ich meine es ernst. Ich sage Hoffmann, er kann mich, und hole dich zurück!

Bitte trenn dich nicht von mir! Nicht wegen so einem Mist. Das ist doch nur Berufsscheiß. Du weißt, dass du genauso qualifiziert bist!

Ich liebe dich.

Bin auf Juist! Wo bist du???

Bei Corinna angekommen, bin ich total verheult und verquollen. Ich bin so eine blöde Kuh! Am Tag nach dem Streit das Handy einschalten und vom Zug aus eine Nachricht schreiben – vielleicht sogar mit Foto von der vermeintlich entzückenden Bahnstrecke Richtung Küste – und die Sache wäre nicht derartig aus dem Ruder gelaufen. *Jetzt* hingegen ist er sicherlich stinksauer! Und das wohl zu Recht. Ich bin echt ganz schön kindisch. Aber ich *wollte* ihn zappeln lassen, ich *wollte*, dass er mich vermisst, und ich *wollte*, dass er sich sorgt und mich nicht erreicht. Falls er es denn versucht. Und falls er es nicht versucht, wollte ich mir die Enttäuschung ersparen. Alles in allem ziemlich idiotisch. Jetzt habe ich alles nur schlimmer gemacht, als es war. Das kommt davon, wenn man Spielchen spielt!

Ich beschließe, wenigstens bei Mama und Rosi nicht den gleichen Fehler zu machen und unverhältnismäßig zu schmollen. Morgen werde ich mich bei ihnen entschuldigen und mich bedanken, dass sie so gut auf mich achten. Gleich morgen früh als Erstes!

Hier wohnt Familie Fau, verkündet auch hier ein getöpfertes Schild an der Glastür des Klinkerbaus, in dem Corinna zu Hause ist. Ich sammle mich kurz und putze mir die Nase, dann drücke ich die Klingel. Corinna öffnet schwungvoll die Tür. Einen Moment lang stehen wir uns wortlos gegenüber und betrachten die jeweils andere. Corinna sieht aus wie früher, nur dass ihre dunklen Haare jetzt kurz sind. Ihre schlanke, sportliche Figur ist dieselbe, und auch das Lachen ist gleich. Sie war schon immer eine richtige Frohnatur.

»Wow …!«, starten wir beide zeitgleich.

»Du siehss toll aus, wow, sssso erwassen!«, sage ich dann.

»Du auch«, entgegnet Corinna. »Und so – stylish! Sind das Strähnchen in Kupfer? Als ich dich das letzte Mal sah, trugst du rosa Extensions! Komm rein!«

Ich bin froh, dass sie mein restliches Aussehen nicht kommentiert, und setze einen Fuß in die Tür.

»Ach, Süße – würde es dir was ausmachen, den Igel zu benutzen?« Sie deutet auf einen formschönen Fußabstreifer vom Kunstmarkt.

»Äh, nein – natürlich nicht.« Brav reibe ich meine dreckigen Schuhsohlen an seinem borstigen Pelz.

»Hast du etwa geweint?« Corinna mustert mich forschend.

»Äh, ja, iss …«, mache ich verlegen Anstalten, die Sache runterzuspielen. Doch leider ist es zwecklos, ich breche ungehemmt in Tränen aus, als wären wir noch immer im Teenageralter.

»Eieiei«, entfährt es Corinna, was vermutlich meiner seelischen Verfassung ebenso gilt wie den Blutergüssen und meiner Zahnlücke, die ich nun entblöße.

Dann lacht sie.

»Entschuldige, Bettina – es ist nur … Das sieht wirklich lustig aus. Ich habe noch nie eine Frau in deinem Alter ohne Schneidezähne gesehen. *Wie es mit Pippi Langstrumpf weiterging!*«

Plötzlich lache ich auch. Corinna packt mich beherzt bei den Schultern und schiebt mich ins Innere des Hauses. Meine Sachen hänge ich an einer Garderobe auf, an der jedes Familienmitglied seinen eigenen Haken mit Namen hat und die über und über behängt ist.

»Das wird schon wieder. Jetzt erzählst du mir erst mal alles, ich hab Zeit und bin für dich da! Die Kinder sind im Bett, und Lutz ist auf einer Nachtfahrt«, macht sie mir Mut.

Wir setzen uns ins in orangefarbener Schwämmchentechnik gehaltene Wohnzimmer. Corinna zaubert sogleich höchst mütterlich eine Wärmflasche herbei, und während sie in der offenen Küche ist, bestaune ich jede Menge Kunsthandwerk: Kerzenständer, Lavalampen, Windspiele und Traumfänger. Sogar einen alten Schaukelstuhl gibt es, der knarzt, als ich mich darin niederlasse.

»Hier, Pfefferminztee und Schnittchen mit Gürkchen!« Corinna stellt zwei Teller vor mir ab. Von seinem Käfig auf der Fensterbank aus betrachtet uns ein schläfriger gelb-grüner Wellensittich.

»Ui, wer is sass senn?«, frage ich.

»Das ist Burli«, sagt Corinna und pfeift. Prompt stimmt auch der Vogel ein Liedchen an, und ich bilde mir sogar ein, die Melodie zu kennen.

»Is das nis von ABBA?!«

»Ja, *Dancing Queen*! Und er kann auch *Super trouper*«, bestätigt Corinna stolz. »Aber dann hört er nicht mehr auf. Weißt du, für Kinder musst du ein Tier anschaffen, erst recht für zwei Mädchen. Und wenn du kein Kaninchen, Shetlandpony oder Meerschwein willst –, bleibt praktisch nur ein Vogel. Und jetzt wollen sie natürlich noch einen dazu, in Blau. Weil sie ja auch zu zweit sind, sagen sie.« Sie beißt herzhaft in eins der Pumpernickelbrote.

»Gutes Argument«, sage ich.

»Du hattest doch auch mal diesen Hasen?«

»Untermiesser? Klar, den gibssss noch!«

»Ist nicht wahr! Der muss doch schon hundertfünf sein?«

»Na ja, bei guter Fleege …« Auf sein biblisches Alter bin ich echt stolz. Auch hier fühle ich mich, als wäre die

Zeit stehen geblieben. Oder als würden die Uhren im Pott anders ticken. Während wir hier in der Reihenhaussiedlung kuschelig auf der Couch sitzen, kämpfen die Leute im *Le-Club*-Restaurant, das es seit der Neueröffnung nun auch gibt, um völlig überteuertes Essen und einen Platz an der Bar. Oder um einen dieser bescheuerten amerikanischen Buzzer, der ihnen überhaupt erst einen Platz zum Warten zuweist. Wehmütig denke ich an Filip. Ich würde jetzt gern zu ihm! Versöhnungssex, ausgehen, tanzen …

»Corinna, hassssu Internet?«, traue ich mich kaum zu fragen, kann es aber nicht lassen.

»Na klar.«

»Ich will nis unversssämt sein, wo wir uns soch gerade ers wieder ssehen, aber …«

Lispelnd und nicht ohne Mühe erzähle ihr die ganze Geschichte. Angefangen bei dem stürmischen Tag, an dem Filip Untermieter versorgt und meine Heimfahrt gerettet hat, über *CarStar*, die zickige Jenny und Filips Beförderung, unseren furchtbaren Streit und schließlich das komplette Nasendrama, inklusive Rosis Auftritt in der Klinik und die Tatsache, dass meine Mutter kein Internet hat, geschweige denn ein iPad.

Als ich ende, sind Corinnas Pupillen tellergroß.

»Krass – ist dein Leben spannend!«

»Es is nis spannend, es is eine Katasssrophe!«

»Aber das ist doch so spannend!« Corinna knetet ein Sofakissen, genauso wie Rosi es gern macht, wenn sie nervös ist. »Im Ernst, das ist besser als jede Soap – ich muss nie wieder fernsehen! Ich meine … Entschuldige! Natürlich ist das alles sehr schlimm für dich, aber überleg mal: In deinem Leben *passiert* wenigstens was. Ich erlebe ein und denselben Tag immer und immer wieder. Genau wie in *Und täglich grüßt das Murmeltier*.«

»Na ja, auch da gibs Ssslimmeres«, gebe ich zu bedenken.

»Denkst du!«, kontert Corinna. »Die Kids sind jetzt sechs und sieben. Um sieben stehe ich auf, dann füttere ich Burli, Lutz und die Zwerginnen, mache Pausenbrote und bringe alle zur Tür. Dann erledige ich Einkäufe, dienstags und samstags auf dem Markt, wo ich deine Mutter getroffen hab, und ansonsten im Supermarkt. Bio nur, wenn es im Angebot ist. Dann mache ich Mittagessen für alle. Anschließend helfe ich den Kindern bei den Hausaufgaben und fahre sie zum Spielen, zum Klavier oder zum Turnen und hole sie wieder ab. Abends mache ich Abendessen, und je nachdem, wie Lutz Fahrstunden hat, sehen wir uns. Samstags, meistens nach der Tagesschau, haben wir Sex. Danach schauen wir noch den Spätfilm. Tja, und wenn mal nichts ist, dann ist immer was mit den Kindern.«

Es ist faszinierend, dass wir in dieselbe Schule gegangen und gleich alt sind. Und trotzdem unterscheiden unsere Leben sich drastisch. Aber fühle ich mich ihr noch immer genauso verbunden wie damals. Krass, ich könnte schon Kinder in dem Alter haben, in dem unsere Freundschaft entstand!

»Und jobmässis?«, frage ich nach.

»Ich glaube, das ist für mich gelaufen. Ich habe schlussendlich einfach Bürokauffrau gelernt und mache jetzt ein bisschen Sekretariat und Buchhaltung in der Fahrschule. Aber eigentlich haben wir dafür Frau Pieper. Wenn die Kinder mal älter sind, wird das mein Vollzeitjob.«

»Und damit bisssu glücklisss?« Ich gebe mir Mühe, das ganz neutral zu formulieren. Für mich wäre das der blanke Horror. Ein Familienbetrieb, Hilfe!

»Ja. Ich hab doch an meinem Vater gesehen, wie der immer halb tot aus seiner Praxis kam und nachts noch Kronen geschliffen hat. So einen Job brauche ich nicht. Apropos: Soll er dir nun helfen? Wobei, er hat ja keine Praxisräume mehr … Er müsste bei einem Kollegen …«

Ich überlege krampfhaft, wie ich geschickt aus der Sache rauskomme. Auch, wenn ich lieber heute als morgen neue Zähne hätte.

»Das is gans lieb. Aber in Münsssen habe ich einen ganss tollen Ssahnarzt«, lüge ich. »Da gehe issss hin, sssobald is wieder dort bin.«

»Alles klar«, grinst Bettina. »Um ehrlich zu sein, ich glaube, mein Vater sieht inzwischen auch schlecht. Aber er wird enttäuscht sein. Er macht jetzt viel Zahnreinigung bei Hunden in einer Tierklinik, und ich glaube, er vermisst den Umgang mit Menschen.«

Zu dumm: Von den beiden Zahnärzten, die ich kenne, ist eine (meine Nachbarin) noch im Studium und der andere (Corinnas Vater) fast im Altersheim. Aber ich werde schon jemanden finden.

»Na, dann mal marsch nach oben – da haben wir ein Arbeitszimmer mit Computer. Ziemlich alt, aber er geht, und das Internet ist echt fix! Da kannst du deinem Filip schreiben.« Aufmunternd sieht sie mich an. »Ach, der liebt dich bestimmt auch jetzt noch. Wie ging dieser Spruch? *Willst was gelten, mach dich selten!*«

»Du klingst fast wie meine Tante Rosi …«

Wir steigen die Wendeltreppe hinauf in den ersten Stock. »Ich würde dir gerne die Zimmer der Mädchen zeigen, aber wie gesagt, sie schlafen schon. Ich hoffe, du kommst bald wieder? Im Garten gibt's sogar Frösche!«

»Logo. Wassss soll iss auch sons hier machen?«

Corinna strahlt. »Okay, wie wäre es morgen?«

»Gerne. Wenn issss dir niss auf den Nerv falle?«

»Spinnst du? Ich hab dich die letzten fünfzehn Jahre vermisst!«

Sie schaltet den Rechner ein. »So, ich lasse dich jetzt allein. Fahr das Ding einfach runter, wenn du fertig bist. Ich backe unten Apfelkuchen für morgen.«

Als ich vor dem blinkenden Cursor sitze, weiß ich nicht, was ich schreiben soll. Außer dem, was ich schon in der SMS schrieb. Es ist Zeit, mit der Wahrheit rauszurücken, aber die ist so gewichtig, dass ich sie ihm persönlich sagen muss. Unbedingt. Nur so kann ich alles erklären. Allerdings ist da immer noch das alte Problem: Was, wenn Filip dann ein ganz anderes Bild von mir hat? Was, wenn er Schönheits-OPs wirklich total ablehnt? Zwar ist er als Designer Ästhet, andererseits bin ich natürlich kein Kotflügel. Filip selbst ist einfach schön geboren, und das scheint er ja eher als Strafe zu empfinden. Was, wenn er es affig und oberflächlich findet, sich für viel Geld unters Messer zu legen? Und mich mit bemitleidenswerten Promifrauen über einen Kamm schert, die nie mit sich zufrieden sind? Was, wenn er das eines Tages in der Firma publik macht? Frustriert tippe ich ein paar dahin gehend neutrale Zeilen:

Hab alle deine SMS gelesen! Es tut mir so leid! Bin nicht mehr sauer und jetzt zu Hause, aber ganz zu Hause, im Ruhrgebiet (Wanne-Eickel). Mehr bei Rückkehr. Ich liebe dich auch! Verzeih mir! B.

Ich zögere, es abzuschicken. Was ich geschrieben habe, klingt so albern und dramatisch wie bei *Bitte melde dich*! oder ähnlichen Formaten. Fast sehe ich mich und Kai Pflaume, wie wir ihm mit einer Videobotschaft auflauern, die er gar nicht will. Aber es muss sein. Ich muss jetzt *irgendetwas* von mir hören lassen! Ich gehe auf Senden und warte noch ein paar Minuten, ob sich was tut. Nur für den Fall, dass er zufällig gerade online ist... Leider tut sich nichts. Als ich den Cursor bewege und mich aus meinem Mail-Account abmelde, steht Corinna in der Tür.

»Sssson fertig mit dem Kuchen?«, staune ich.

»Na, was denkst du denn? Ich mache das schließlich hauptberuflich! Kuchen, Butterbrote und Eintopf – mein Fachgebiet. Gerne auch Wäsche«, witzelt sie. »Das gute Stück ist schon im Ofen. Gleich wird es wunderbar duften...«

Sie setzt sich zu mir.

»Und? Alles gut?«

»Na ja, bleibt absssuwarten.« Ich versuche, das Thema zu wechseln. »Was machen denn die anderen so aus unserem Jahrgang?«, frage ich. »Hast du da noch Kontakt?«

»Och, das ist ganz verschieden. Eigentlich sehe ich nur noch Mia und Benedikt. Sie ist Immobilienmaklerin, und er macht was mit Solartechnik in Oer-Erkenschwick. Beide verheiratet, je ein Kind. Und die gehen mit Trixie und

Klara in dieselbe Klasse. Was denkst du, was …« Sie stockt.

»Ja?«

»Na ja, was Mario Beyer heute macht?« Sie schlägt die Augen nieder.

»Hassu was mis ihm gehabt?«, wittere ich eine späte Sensation, so beschämt, wie sie plötzlich aussieht.

»Nein! Igitt, o Gott!« Sie verzieht das Gesicht. »Ich wollte bloß nicht in der Wunde bohren …«

»Ach, Quatssss, so ssssslimm isses auch nis!«

Ich fasse mir vorsichtig unter die Nase. In diesem Moment piept mein Handy. Hoffnungsvoll reiße ich es aus meiner Tasche. Doch es ist nur meine Mutter.

Wo bist du? Ich mache mir Sorgen!!! Du kannst nicht einfach aus dem Haus gehen, ohne mir einen Zettel zu schreiben! Meld dich! Mama

Mist, das habe ich ganz vergessen. Ich bin ja wieder zu Hause, *ganz* zu Hause. Hier kann ich nicht auf eigene Faust meiner Wege gehen. Man muss sich an- und abmelden, sagen, wohin man geht, und die voraussichtliche Wiederankunftszeit angeben. Möglichst präzise. Schnell antworte ich ihr – ich will sie nicht weiter verärgern.

Bin bei Corinna! Entschuldige! Mach dir keine Sorgen!

»Musst du gehen?«, fragt Corinna mitfühlend.

»Machsssu Wizsse? Isss bin über dreissis! Sie wusse bloß nisss, wo isss bin. Nach der Fahrt hat sie sisss hingelegt, und issss dachte, sie schläft durch.« Ich lege das

Handy weg. »Wollen wir ihn mal googeln?«, schlage ich vor.

»Wen – Mario? Ach, ich weiß nicht«, antwortet Corinna. »Was haben wir davon, zu wissen, ob der fiese Junge aus Kinderzeiten heute in der Gosse lebt oder Millionär ist?«

»Unter Umssssänden – Genugtuung«, antworte ich. Sie zuckt die Achseln. Ich gebe seinen Namen mal ein – wenn er tatsächlich Profifußballer ist, gibt es sicher jede Menge Zeug über ihn. Hoffentlich viele Drogen- und Frauenskandale! Überraschenderweise ergibt die Suche nichts. Auch ein paar andere Suchanfragen zu ehemaligen Klassenkameraden bleiben erfolglos. Vermutlich heißen die meisten heute anders, und der große Hype der sozialen Netzwerke nimmt ja auch längst wieder ab. Alleine ich kenne mindestens fünf Leute, die ihre Freizeit vor allem damit verbringen, im Internet *unsichtbar* zu bleiben, und bin selbst eine davon. Ich will nicht, dass jemand wie Paul Hoffmann sehen kann, dass ich im Urlaub im Monokini rumlaufe oder beim Inder in Hamburg bin. Na ja, immerhin wohnt anscheinend niemand, den wir von früher kennen, heute in Hollywood oder hat im hiesigen TV Karriere gemacht, sodass wir uns jetzt schlecht fühlen müssten. Meldungen mit tragischen Unfällen in Zusammenhang mit uns bekannten Namen gibt's glücklicherweise auch nicht.

»Das bringt nichts«, mault Corinna.

»Allerdings nisss«, maule auch ich enttäuscht. Und verkünde, entgegen meiner mich betreffenden Haltung dazu: »Ich finde, heutzutage keine Internetpräsenz zu haben, das ist – grob fahrlässig. Man könnte ja etwas Ernsthaftes von ihm wollen, ihn von einer großen Erbschaft unterrichten oder Vaterschaft …« Mir fällt Sabrinas Satz aus der Klinik ein: *Die Ärzte hier kannst du nicht verklagen, aber diesen Mario Beyer schon … Schmerzensgeld, Entschädigung, das ganze Pipapo.*

Ich überlege.

»Wir könnten ihn ja ein bissen ärgern?«, schlage ich vor.

»Wen? Mario Beyer?«, fragt Corinna begriffsstutzig.

»Ja! Überleg doch mal, wie oft der uns geärgert hat!«

»Ach, das ist doch schon so lange her …«

»Ja, schon«, gebe ich zu. Hier im Ruhrgebiet und besonders in ihrer Nähe ist plötzlich alles wieder so präsent. Die Kaugummikügelchen, die Schwammschlachten, das ständige Herumwerfen meines Etuis, meiner Mütze oder meines Pferderadiergummis durch ihn und durch Stefan Sauer. Sogar die Magenschmerzen, die ich wegen ihm oft auf dem Weg zur Schule hatte, sind ganz leicht da. Und ich weiß, Corinna erging es nicht besser! Immer hatten wir Angst, dass er unsere Fahrradreifen zersticht oder am Ende auf die Idee kommt, Corinnas Pflegepferd zu vergiften.

»Ach komm, isss würde ihn nur gerne ein bissen *ersssrecken*«, benutze ich Sabrinas Worte, um sie zu überzeugen.

»Und wie soll das gehen?« Corinna bleibt skeptisch.

»Na ja, ihn darauf hinweisssen, dass iss noch exisstiere und – die Rache noch niss verjährt is!«, sage ich voller Inbrunst im Tonfall unserer Gladiatorenkämpfe von früher.

»Ach, ich weiß nicht …«, brummt Corinna erneut. »Du weißt ja nicht einmal, wo er jetzt ist.«

»Vielleicht heisss er nur ganzss anders? Meine Mutter meinte, er wäre jetzsss Fußssballer.«

»Fußballer?« Corinna fallen fast die Augen aus dem Kopf. »Mario-Haribo? *Pommes*backe? Speckmoppel?«

»Ja.«

Ich tippe *Mario Beyer Fußball* ein und, siehe da: ein Treffer! Ein winziger Eintrag bei einem lokalen Verein, mit Foto. Allerdings ist es ein blödes Gruppenfoto mit lauter Jungen, und er steht ganz hinten, sodass man kaum den Kopf erkennen kann. Sieht aus, als sei er der Trainer. Wir drücken uns die Nasen am Bildschirm platt.

»Geht das nicht größer?« – »Nee, geht niss.«

Ich runzle die Stirn und klicke mehrfach auf das Foto. Nach Profifußball sieht das ganz und gar nicht aus.

In der Liste der Mannschaftsmitglieder ist immerhin sein Name aufgeführt und mit einem Link hinterlegt. Ich klicke auf »M. Beyer«. Es erscheint eine sehr spartanisch gehaltene Homepage, mit nicht viel mehr als einer dürftigen Menüleiste und einem Impressum.

»Na, siehst du, aus dem ist auch nix geworden«, flötet Corinna zufrieden. »Lass uns aufhören, mit dem verschwendest du nur deine Zeit! Heute wie damals.«

»Moment noch ...«, sage ich und fahre mit der Maus über die Website. »*Büro Beyer*«, lese ich laut das Wenige vor. Ich klicke auf »Leistungen«. Der Link ist nicht hinterlegt, doch darunter ist eine Firmen-Mailadresse. Immerhin etwas.

»Komm, ich schreibe ihm!«, beschließe ich.

»Wozu denn?«, mosert Corinna. Die Sache scheint sie echt zu langweilen.

Ich ziehe die Tastatur näher zu mir heran. Diese ollen

Kieferschreibtische zum Ausziehen sind wirklich praktisch, wenn auch nicht gerade schick. Auch das Keilkissen unter meinem Po gibt mir prima Halt. Bei *CarStar* allerdings wäre so was undenkbar – viel zu uncool. Schon Jenny wird immer belächelt, und die hat bloß einen ergonomischen Kuli.

»Ach du Schreck, der Kuchen!«, entfährt es Corinna plötzlich, und sie schaut auf die Uhr. »Bin gleich wieder da …« Im Laufschritt verlässt sie das Zimmer. Ich starre nachdenklich auf die Dachschrägen aus Holz. Es ist wirklich gemütlich hier drin. An der Wand lehnt eine Gitarre und daneben hat Corinna so etwas wie eine Batikecke aufgezogen. Ein halb fertiges T-Shirt liegt zwischen einem Haufen Pinsel.

Ich blicke auf das Outlook-Programm, das sich beim Klicken auf *Kontakt* geöffnet hat, und Corinnas Mailadresse, von der aus ich ihm schreibe. Sie lautet ganz förmlich *info@Fau.de*. Ich glaube, das geht in Ordnung. Er kann es unmöglich mit ihr in Verbindung bringen, denn früher hieß sie ja Kreutzfeld und Hintsche.

Sehr geehrter Herr Beyer … beginne ich, einer plötzlichen Eingebung folgend.

Im Auftrag unserer Mandantin Bettina Baumann kontaktieren wir Sie in der Sache vom … Ich rechne schnell zurück. *… August 1989, bezüglich der von Ihnen ausgeübten Gewalt, die bis heute zu einer Vielzahl von Folgeschäden geführt hat. Unter anderem stießen Sie unsere Mandantin mutwillig gegen einen Metallheizkörper, wodurch diese u. a. eine Nasenfraktur erlitt. Der Tatbestand*

der Körperverletzung ist somit gegeben. Wir sind bereit, auf eine Klage zu verzichten. Bitte unterbreiten Sie uns zeitnah ein konkretes Angebot bzgl. Schmerzensgeld in angemessener Höhe.
Mit freundlichen Grüßen
Kanzlei Fau

»Der Kuchen ist gerettet!« Corinna kommt wieder herein. »Und, was hast du?«

Triumphierend drehe ich mich zu ihr um. »Hier, liesss!«

Eilig überfliegt sie meine Zeilen. Dann verzieht sie das Gesicht. »Bist du übergeschnappt?«

»Aber es isss och nur ein Sstreich! Und wenn iss es harmlossser ausrücke, erschreckt er sis niss ristis!«, versuche ich, sie zu beruhigen. »Hassu denn nisss das Bedüfniss, ihm die ganzen fiessen Dinge heimsusahlen, die er zu uns gesagt hat? Erinnere diss bitte mal an deinen Turnanzug und sämtlisse Male, die er uns unseren Kakao in der Paussse geklaut hat! Was soll son gross passieren?«

»Na schön«, willigt sie endlich ein. »Aber wenn er dir doch was von seinen ganzen Millionen zahlen muss, machen wir davon zusammen Urlaub!«

»Versprochen!«

Ich schicke die E-Mail ab.

»Ach ja, Urlaub …«, seufzt sie verträumt. »Mir würde es ja schon reichen, mal in eine Therme zu gehen oder so. Apropos: Ich habe nachgedacht.«

»Während du den Kuchen gerettet hasss?«

»Na ja, eine echte Pott-Mutti ist halt multitasking«, erwidert sie grinsend und tritt versehentlich auf eine herumliegende Barbie. »Wir machen einen Retro-Tag!«

»Einen Retro-Tag? Draußen?«, wiederhole ich fast lispelfrei. So langsam komme ich rein.

»Ja. Und zwar schon morgen, da ist Sonntag! Das bringt dich auf andere Gedanken! Erstens siehst du gar nicht so schlimm aus, und zweitens kennt dich hier kein Schwein. Na, was sagst du?«

»Und wie ssssoller aussehen?« Gespannt sehe ich sie an. »Lutz geht mit den Kindern in den Ruhr-Zoo zu den Pandas, und wir tun so, als wären wir wieder Teenies. Ohne Akne, dafür mit mehr Taschengeld!«

»Klingt verlockend.«

»Ist es auch.« Corinna strahlt. »Um zehn kommst du zu mir. Frühstück mit allen Schikanen. Dann fahren wir in die Eishalle, ab elf Uhr ist dort Eisdisco. Jungs – also Männer – gucken und Schlittschuhlaufen! Die Kleiderordnung halten wir locker, du musst nicht wirklich deine Ballonseide-Trainingshose tragen. Oder hast du die noch?«

Ich denke an meinen Kleiderschrank, der genau das beinhaltet, was ich mit achtzehn zurückließ.

»Es isss neben meiner Jeans sogar die einzige Hose, die isss ssons hier habe.«

»Okay, ich hab meine auch noch!« Corinna deutet freudig auf einen Riesenberg Wäsche, aus dem ihr rotes Originalexemplar von damals hervorlugt.

»Das olle Ding hat mir praktisch alle Ausgaben für Schwangerschaftsmode erspart«, rechtfertigt sie sich. »Ich bin insgesamt achtzehn Monate drin rumgelaufen, und es hat mir nicht geschadet. Höchstens meiner Ehe … Ich würde auch sagen, wir gucken *Die Eisprinzessin*, aber die Kassette gab 2001 endgültig den Geist auf …«

Ich rutsche begeistert auf dem Keilkissen hin und her. Was für eine tolle Idee! Vielleicht ist es doch nicht sooooo schlimm hier? Hoffentlich spielen sie in der Eisarena noch immer Milli Vanilli und 4 Non Blondes. Das würde das Feeling perfekt machen!

»Danach, okay, das ist jetzt doch etwas unserem Alter angepasst, geht's ins angeschlossene Spaßbad.«

Ich verziehe das Gesicht. Der Anakonda-Wasserrutsche sind mein Gesicht und meine Stimmung noch nicht gewachsen. Corinna sieht meine Besorgnis. »Keine Angst! Statt Highspeedrutsche würde ich Whirlpool, Sauna und Massage vorschlagen. Die Lomi-Lomi-Therapie soll dort sehr gut sein! Soll ich das für uns buchen?«

»Da bin iss dabei!« Die Aussicht auf Spaß und Entspannung gleichzeitig ist top. Ich rieche förmlich schon das Eukalyptusöl der Massage.

»Ich bin ja noch gar nicht fertig …« Corinna tut geheimnisvoll. »Der eigentliche Klopper kommt noch! Halt dich fest!«

Sie hört auf herumzuhüpfen und lässt sich auf eine Schlafcouch für Gäste fallen, die ihre besten Tage schon hinter sich hat.

»Wasss könnte noch besser sein, als Retro gekoppelt mit Wellnesssss?«

»Kirmes!«

»Kirmessss?«

Das Wort habe ich schon lange nicht mehr gehört. In München heißt es *Wiesn*, und da steht dann weniger das Fahr- als das Zeltvergnügen im Vordergrund. Ganz abgesehen von dem anstrengenden und kostspieligen Brauch, sich in ein Dirndl schmeißen zu müssen.

»Ja!«, bekräftigt Corinna. »Morgen Abend startet nämlich die Cranger Kirmes! Mit superduper Eröffnungsfahrpreisen, Zuckerwatte-Flatrate und Hau-den-Lukas! Danach könnten wir dann sogar noch in die Turbinenhalle Oberhausen. Der Waschkeller – weißt du noch?«

Die Turbinenhalle ist eine Großraumdiskothek und der Waschkeller ein darin befindlicher dunkler Hip-Hop-Schuppen, in dem wir uns früher freitags gerne in kurzen Tops und weiten Hosen zu Gangster-Bässen herumdrückten.

Ich überschlage kurz das Zeitmanagement. »Ssssaffen wir das alles an *einem* Tag? Klingt eher nach einem Retro-Wochenende …«

Corinna stützt die Hand aufs Kinn. »Ja, vielleicht hast du recht. Ist vielleicht ein bisschen zu viel, schließlich sind wir nicht mehr wirklich sechzehn. Aber dann eben noch ins *Muckefuck* auf einen Baki! Essen können wir im Schwimmbad am Büdchen – Pommes Schranke, wie damals. Das dürftest du hoffentlich mit den Backenzähnen klein machen können?«

Ach ja, das *Muckefuck!* Bei einem eisgekühlten *Baki*, einem Bananen-Kirsch-Saft, saßen wir da – Corinna, ich und die anderen aus unserem Jahrgang. Baki heißt in München übrigens *Kiba*. Das zeigt doch mal wieder: Im Grunde ist München das Gegenteil vom Pott. Oder will es zumindest sein.

Mit Wehmut denke ich an unsere Jugendkneipe zurück. Dort haben wir jenseits der Schule unser halbes Leben verbracht. Ich kann heute noch den Wind in meinen Haaren spüren, wenn ich zu später Stunde hektisch mein Fahrrad aufschloss und in Rekordtempo die Hauptstraße raufkeuchte, um doch noch pünktlich um elf zu Hause zu sein, bevor meine Mutter, Rosi und/oder Erika mir Vorträge hielten zum Thema *was mir alles hätte passieren können* in der überfälligen Zeit.

»Also, was hältst du davon?«, unterbricht Corinna meine nostalgischen Gedanken.

»Spizssenmäßis«, betone ich. »Im Gegensatz su früher muss issss allerdings daran denken, mir vorher die Beine ssu rassieren und die Pommes erssss nach dem Sssswimmen su essen. Sonssss sprengt mein Bäuchslein den Badeanzssuch.«

Ich will nicht wissen, wie viel ungesundes Zeug wir früher problemlos verdrückten. Heute nehme ich schon zu, wenn ich einen Pommes bloß von der Seite ansehe. Gottlob gibt es in München so gut wie keine Pommesbuden.

»Also abgemacht?« Corinna strahlt mich erwartungsvoll an.

»Asssolut!«, strahle ich zurück. Das *B* und das *S* machen am meisten Schwierigkeiten. Es ist, als würde ich lispeln und stottern zugleich. Beim S klinge ich wie eine züngelnde Schlange und beim B, als würde ich mühsam einen Kaugummi ausspucken. Bloß gut, dass Corinna mich anders kennt.

Am nächsten Morgen sitze ich pünktlich um zehn mit gepackter Schwimmtasche bei ihr an der Wohnküchentheke. Ich hätte nie gedacht, dass wir uns so schnell wieder so gut verstehen nach all der Zeit! Genau genommen habe ich nicht gedacht, dass wir uns überhaupt jemals wiedersehen. Aber zumindest über diesen unerwarteten

Nebeneffekt meines Nasendesasters bin ich sehr glücklich.

Durch das Panoramafenster im Wohnzimmer kann man in den Garten sehen, und die Sonne scheint wärmend durch das Glas und mir sanft ins Gesicht. Ich beobachte, wie eine Amsel in der Vogeltränke auf der Terrasse badet. Ich wette, im Sommer ist es hier wunderschön. Ein echtes Paralleluniversum. Bei *CarStar* stehen jetzt alle am Kaffeeautomaten und sind total hektisch.

Corinna schmeißt die Kaffeemaschine an und sammelt die *Prinzessin-Lilifee*-Frühstücksbrettchen von Trixie und Klara ein. Mein Handy surrt. O Gott, das wird Filip sein – er ruft an! Er hat uns doch nicht aufgegeben! Zittrig angele ich nach dem Gerät. Ein schneller Blick verrät mir, dass ich leider falsch liege.

»Mama! Is habe dir doch gesagt, dass iss heute den ganzen Tag mit Corin…«

»Komm her – hier ist dieser Filip!«

»Was?«

Vor Schreck lasse ich das Handy fallen. Corinna fischt es für mich unter einem Barhocker hervor, und ich presse es wieder ans Ohr.

»Am Telefon?«

»Nein, im Wohnzimmer!«

»Was ist los?« Corinna bemerkt meine Verfärbung ins Weißliche und beugt sich zu mir vor, um mithören zu können. »Filip ist hier!«, zische ich ihr leise zu.

»Wo? HIER?!«

»Ja, bei uns zu Hause!«

»Dein München-Filip? Im Pott?! Ist das gut?«

»Ich weiß es nicht«, zische ich weiter.

»Ich komme!«, würge ich meine Mutter ab, doch in Wahrheit habe ich keine Ahnung, was ich tun werde. Ich muss mir Zeit verschaffen! Ich muss mir schnell eine Taktik überlegen. Ich muss ihm erklären, wieso ich zwei Zähne vermisse. Und ihn.

Corinna nimmt mitfühlend meine Hand, und ihre Augen bekommen etwas Träumerisches. »Siehst du, er liebt dich noch immer!«, seufzt sie verzückt. Ich fürchte, sie hat zu viele Schmonzetten geguckt, in der sich das Kindermädchen und der Millionär doch noch im Rapsfeld kriegen. Ihr Optimismus ist beneidenswert.

»Was soll iss denn jess machen?«, stoße ich panisch aus.

»Ich sag es dir nur ungern ...« Corinna schreitet um die Theke herum und sieht mich eindringlich an. »Aber ich glaube, jetzt musst du Farbe bekennen. Außer, du willst dich hier verstecken? Wir haben einen sehr schönen Hobbykeller mit einer großen Eisenbahn-Teststrecke ... Ansonsten würde ich hingehen.«

Ich sehe mich für Sekunden zwischen Güterwaggons und Ersatzschienen. Es könnte ein gemütlicher Aufenthalt werden, nur ein paar Plastikbäume, Schafe und ich. Aber nein, das kann ich nicht bringen. Wenn ich Filip behalten will, muss ich auf der Stelle nach Hause! Jetzt. Sofort. Er ist für mich extra bis nach Juist gefahren, und nun ist er hier. Bei mir! So weit fährt man nicht, um Schluss zu machen. Oder etwa doch? O Gott, er ist in diesen Sekunden alleine mit meiner Mutter! Vermutlich nutzt sie die Gelegenheit, um ihm mein gesamtes Privatleben zu entlocken und ein paar Schwänke aus meiner Jugend zu erzählen – und er überlegt es sich womöglich noch anders.

»Corinna, esss ut mir leid, aber iss muss los!«, sage ich.
»Okay!«

Corinna drückt beide Daumen und steht da wie ein Trainer, der seinen besten Spieler aufs Feld schickt. »Aber melde dich! Halt mich auf dem Laufenden! Hach, das ist alles so spannend – dabei ist es gerade mal zehn!«

Na ja, besser so, als dass sie sauer auf mich ist. Ich habe ein wirklich schlechtes Gewissen, sie heute hängen zu lassen. »Tut mir ssso leid, dass is disss jetzs stehen lasse! Wo du doch exsssra …«

»Ach, geschenkt!«, winkt sie ab. »Ich träume seit sechs Jahren von einem Tag alleine daheim! Wellness heißt für mich, in Ruhe ein Rührei essen zu können.«

Ich drücke sie fest an mich. Ich bin ihr furchtbar dankbar, dass sie es mir so leicht macht. Sie ist noch immer ein echter Schatz.

»Ich mache es wieder gut!«

»Nun geh schon – aber ich will alle Details, hörst du? Ich *lebe* praktisch durch dich! Du bist meine – *Gala*«, grinst sie.

Ich wehe hinaus und bin in Gedanken schon bei den nächsten Minuten. Wie kommt Filip hierher? Wieso hat er in so kurzer Zeit meine Mail gelesen? Wobei, wenn er sie gestern Abend gelesen hat, muss er direkt danach in den Zug gestiegen sein. Oder heute früh ins *Flugzeug*? Ich beginne, schneller zu laufen. Der Strecke kommt mir diesmal unendlich lang vor. Ich durchquere die Reihenhaussiedlung, laufe dann ein Stückchen am Wald entlang und erreiche eine der zwei Hauptstraßen in der Stadt. Nach wenigen Metern biege ich in unsere Siedlung ein. Warum wohnen wir auch ganz am Ende der Straße, in einer Sackgasse? Ich beginne zu rennen. Gleichzeitig will ich am liebsten wegrennen. Was will er mir sagen? Was soll ich ihm sagen? Vielleicht sollte ich gar nicht reden? Vielleicht sollte ich so tun, als müsste ich stumm über alles nachdenken, die Unnahbare geben? Oder wäre ins Kloster gegangen nach unserer Misere und hätte ein Schweigegelübde abgelegt … Kann doch sein?!

Ich erreiche die Haustür und klingle. Natürlich habe ich einen Schlüssel, aber so ist auch er gewarnt. Das finde ich nur fair. Meine Mutter wird mir öffnen, und an ihrem Gesicht werde ich eine erste Tendenz ablesen können: a) *Mit dem hast du es dir aber verscherzt* … b) *Ich finde meinen neuen Schwiegersohn ganz reizend!*

Zu meinem absoluten Erstaunen öffnet Filip selbst die Tür. Auch er hat ganz rote Wangen.

»Deine Mutter musste weg. Sie sagt, sie hat eine Sitzung. Ist sie in der Politik? Oder einem Karnevalskomitee?«, eröffnet er ausweichend das Gespräch.

Ich schüttele den Kopf. Dann trete ich vorsichtig ein. Es herrscht die berühmte Ruhe vor dem Sturm. Ich lege meine Jacke ab und komme erst mal zu Atem.

»Bist du etwa gerannt?«

Ich nicke. Solange er mir Ja/Nein-Fragen stellt, ist alles in Ordnung.

»Komm, setzen wir uns«, sagt er souverän, und ich folge ihm wortlos ins Wohnzimmer. Ich werde es nicht mehr lange geheim halten können, aber diese paar Minuten, in denen er nichts von meinem wahren Zustand weiß, möchte ich noch mit ihm haben. Vielleicht will er sich jetzt mit mir versöhnen, wird sich aber dann doch trennen, sobald er von der OP erfährt?

Ich bin gerade dabei, mich zu setzen, da fällt er mir unvermittelt um den Hals. Unsere Lippen finden sich, und statt vieler Worte folgt ein inniger Kuss. Auf keinen Fall will er sich trennen, das spüre ich. Und ich auch nicht.

»Gott, ich dachte, ich hätte dich verloren!«, sagt er als Erster.

Jetzt. Jetzt muss ich ihm antworten. Es geht einfach nicht anders.

»Issss auch!«, flüstere ich, kaum hörbar.

Filip starrt mich an. »Kannst du das wiederholen?«

»Iss dachte auch, is hätte diss verloren. Aber ich will dis nis erlieren«, sage ich tapfer.

Ungläubig rückt er näher an mich heran und schaut auf die fehlenden Zähne.

»Mein Gott, Süße – hattest du einen Unfall?«

Sein Blick wandert über die schon wieder recht gut verblassten Blutergüsse in meinem Gesicht. Erst jetzt scheint er mich richtig wahrzunehmen. Es sind nur Millimeter, die er zurückweicht, aber es entgeht mir nicht und versetzt mir einen Stich. Das hier ist eindeutig die Stunde der Wahrheit.

»Filip, iss war niss auf Juissss, iss war in einer Sssönheissklinik und wollte mir die Nasse machen lassen. Aber es ging ssssief«, fasse ich zusammen.

So, da hat er's. Jetzt kann er sich von mir trennen. Von seiner blöden Freundin, die erst im Streit abhaut, ihn dann auch noch belügt und zu blöd ist, ein OP-Formular richtig auszufüllen. Bettina Baumann – eben noch angesagte Designerin bei *CarStar*, jetzt schon gescheiterte Existenz, die wieder bei Muttern lebt. Vielleicht bleibe ich einfach hier, wer weiß.

»Aber das ist doch toll!«, strahlt er.

»Was?« Ich bin verwirrt. Ich habe mit allem gerechnet – damit nicht. »Was finnesssu toll?«, hake ich unbeholfen nach.

»Ach, Bettina …« Er nimmt meinen Kopf in seine Hände und küsst mich wieder. Intuitiv ziehe ich mich zurück. Ich verstehe seine Reaktion nicht, obwohl ich erleichtert bin.

»Das hättest du mir doch sagen können!«

»Na ja …«, druckse ich herum. »Über Hoffmanns Frau hattess su gesagt, er hätte ihr eine bekloppte Beauty-OP sssahlen müssen, für den Ärger mit Leonie … Da dachte iss, na ja, du finness es – bekloppt.«

Filip zieht eine Augenbraue hoch. »Aber das bezieht sich doch nur auf so Tussen wie Maya, die alle drei Wochen irgendwas machen lassen, das überhaupt gar nicht nötig wäre. Du hingegen hast einen Grund!«, stellt er richtig.

Jetzt rücke ich deutlich von ihm ab. Einerseits bin ich wahnsinnig froh, dass er mir nicht böse ist und meine Angst, er könnte mich für oberflächlich halten, unbegründet war. Andererseits ist es alles andere als schmeichelhaft, zu hören, dass er findet, meine Nase sei tatsächlich ein Grund für eine OP. Hat er sich also doch daran gestört? So wie Mika?

»Wie kommsssu überhaupt her? Warssu wirklis auf Juiss?«, stelle ich die anderen Fragen, die mir durch den Kopf schwirren.

»Ja, allerdings. Da war ich. Aber nachdem ich die drei Pensionen dort abgeklappert hatte, war mir schnell klar, dass du da nicht bist.«

»Tut mir essst sehr leid«, sage ich beschämt und stelle mir vor, wie Filip bei Ebbe im Wattenmeer umherirrt.

»Nach unserem Streit hielt ich es für das Beste, zu warten, bis du dich abreagierst. Also ließ ich dich ziehen. Ich war mir allerdings sicher, dass du das noch in derselben Nacht machst und, dass du am nächsten Morgen noch mal vorbeikommst und nicht im Streit abfährst.«

Wieder schäme ich mich und schweige.

»Na ja, Frauen mit Temperament ... Das ist ja auch durchaus süß«, lenkt er ein und blickt mich mit seinen schilfgrünen Augen an. Ein Blick zum Dahinschmelzen. Filip nimmt vorsichtig meine Hand. »Bettina, es tut mir leid, dass Hoffmann so entschieden hat. Ich weiß, du hast hart dafür gearbeitet. Und du kannst mir wirklich glauben, ich hatte keinen blassen Schimmer! Er hat sich spontan entschlossen – du weißt doch, selbst ich dachte, dass du Abteilungsleiterin wirst!«

Ich denke an seine ermunternden Worte zurück, dass ich das Zeug dazu habe und so.

»Ich hab dich sogar vorgehen lassen, als wir mit dem Taxi zu spät kamen! Ich dachte wirklich, bei mir wäre dahin gehend Hopfen und Malz verloren. Oder Hoffmann und Malz, sozusagen«, versucht er scherzhaft meine Erinnerung aufzufrischen.

»Und ...« Seine Stimme wird leiser und sein Blick vorsichtig. »Wenn du mal ganz ehrlich bist –, willst du die Stelle doch gar nicht.«

Spontan will ich aufbrausen, doch seine andere Hand landet behutsam auf meinem Unterarm.

»Ich kenne dich inzwischen ein bisschen. Du *hasst* Akquise! Und in Meetings siehst du ständig auf die Uhr.

Im Grunde hasst du alles, was den Job ausmacht. Vielleicht –«, er streichelt beruhigend über meine Handfläche, »hättest du ihn einfach bloß gern?«

»Aber is hätte ihn gut gemacht!«, versuche ich zu argumentieren.

»Natürlich hättest du den Job gut gemacht«, bestätigt er. »Wie du alles gut machst! Aber *willst* du das denn wirklich? Mit fremden Menschen Verkaufsgespräche führen? Du gehst ja nicht mal ans Telefon, wenn *ich* anrufe!«

»Das war ein Ssssonderfall!«, protestiere ich.

»Okay. Aber möchtest du dich wirklich damit herumschlagen, dass Jenny mittwochs nachmittags frei braucht, sich dir mehrere Mitarbeiter anvertrauen, dass sie nicht mehr ständig Geld für Geburtstage und Abschiede geben wollen, willst du für eineinhalb Tage nach Indien fliegen, nur um eine Produktionsstätte zu besuchen und mit einem gelben Helm herumzulaufen? In sengender Hitze?«

So habe ich das noch nie betrachtet. Ich besitze alle möglichen Tools und Soft Skills und Berufserfahrung und Führungsqualitäten – nur leider sitze ich tatsächlich am liebsten pünktlich zur Primetime auf der Couch oder bastele Untermieter einen neuen Hasenspielplatz, das stimmt.

Filips Blick ist treuherzig, fast flehend. Langsam werde ich weich. Meine Hand umschließt nun auch seine. Es tut gut, seine Wärme wieder zu spüren. Vielleicht hätte ich einfach ehrlich zu ihm sein und ihn von vornherein in meine Pläne mit einbeziehen sollen? Vielleicht hat Erika recht? Am Ende hätte er mich womöglich sogar begleitet, meine Hand gehalten, das OP-Formular richtig mit mir ausgefüllt, mit dem Arzt gesprochen …

»Reden wir dann jetzt über ...«, er macht mit den Fingern Gänsefüßchen in der Luft, »... Juist?«

Er dreht mit einer Hand mein Kinn zu sich und fährt mit dem Daumen liebevoll über meine Lippen, aber ich fühle mich wie ein Ackergaul, dessen Zähne man untersucht.

»Na ssssön ...«, gebe ich nach. »Mit neun Jahren hat mis ein gemeiner Junge vor die Heisssung gesubst und mir dabei die Nasse gebrochen und die Sssähne rausgeschlagen. Und jetzzsss hatte is endlis das Geld, um es korrigieren su lassen«, setze ich ihn über meine Vorgeschichte ins Bild.

»Aber es war dir peinlich?«

»Vor dir ssson.«

»Ach, Baumann ...« Er streicht tröstend mit der Faust über meine Wange. »Wie gesagt, da bin ich doch der Erste, der das versteht!«

Da ist es wieder, dieses zweideutige Gefühl von Erleichterung und Skepsis. Irgendwie will man doch hören, dass jemand zu einem sagt: »Bist du wahnsinnig? Du bist doch schön genug! Du kannst unmöglich dein Leben in einer unnötigen OP riskieren, bei der dein Herz aussetzen und nach der du für immer geistig behindert sein könntest!« Irgendwie so halt. So, wie meine Mutter, Rosi und Erika reagiert haben. Auch wenn sie wahnsinnig nerven und ich seit meiner Verschleppung in den Pott beschlossen habe, sie wirklich nur noch mit Eckdaten zu versorgen, wie Jan das schon seit Jahren macht. Heirat, Geburt, Taufe, Scheidung, Hauskauf. Auf diese Weise bleibt ihnen keine Gelegenheit, sich je wieder derart einzumischen.

Filip schlägt ein Bein über das andere und sieht sich im Wohnzimmer um. Interessiert wandern seine Blicke über eine Reihe Keramikenten, die neben der Bodenvase wohnen.

»Wie überlebst du das hier auch nur einen einzigen Tag?«, fragt er.

Sofort habe ich das unnatürliche Bedürfnis, die Enten zu verteidigen. Noch bis vor Kurzem fand auch ich sie hochgradig abschreckend, aber jetzt stehen sie für einen Lebensstil, den ich immer behaglicher finde. Zusammen mit Corinnas Igel-Fußabtreter. Filips Frage offenbart ein bisschen von dem, was ich am Anfang so abschreckend fand. Eine Prise Arroganz und Selbstgefälligkeit. Und ich glaube, dass ich es hier, in dieser extrem bodenständigen Atmosphäre, erst so richtig bemerke. Sogar seine dunkelblaue Boss-Lederjacke beißt sich mit dem zugegeben recht fiesen Jägergrün unserer Couch. Und sein großzügig aufgetragenes Portofino empfinde ich heute nicht als unwiderstehlich, sondern es kitzelt mir unangenehm in der Nase, wie schon Untermieter zuvor.

»Is war gerade dabei, mir mis Corinna, einer alten Freundin, einen Resro-Tag zu machen.«

»Einen was?«

»Einen Re-sro-Tag«, formuliere ich, so gut ich kann.

»Ach, *Retro*!«

»Sag iss ja.«

»Und was macht ihr da so?«

»Eben wollten wir ins Ssswimmbad. Und in die Eissssalle.«

»Mit den Zähnen gehst du in die Öffentlichkeit?«, fragt er alarmiert.

»Na und?«, höre ich mich sagen. »Heute isss Sonntag, da hat eh kein Sahnarzt auf.«

»Na ja, hier ist das ja auch egal, wie man rumläuft«, grinst Filip.

»Na, hör mal ...«

»Hast du selbst gesagt!«, erwidert er schlagfertig. »Damals, als du zum ersten Mal hergefahren bist. *Im Ruhrgebiet spielt Aussehen keine Rolle*, hast du wörtlich gesagt!«

»Ja, vielleissst«, gebe ich zu. Irgendwie ist das hier kein gutes Gespräch.

Ich höre den Schlüssel meiner Mutter im Schloss.

»Kinder, ich bin wieder da!«

»Wir sind hier«, rufe ich artig zurück, denn jedes Bedürfnis, mit Filip allein zu sein oder gar intim, ist wie weggeblasen. Schon steht sie im Wohnzimmer. Sie trägt ein ungewohnt farbenfrohes Outfit, was mir sehr gut gefällt.

»Und, amüsiert ihr euch?«

»Super«, sagt Filip.

»Bestens«, sage ich.

Der Blick meiner Mutter fällt auf den leeren Couchtisch. »Meine Güte, meine Tochter hat Ihnen ja gar nichts angeboten! Bettina, hol doch mal eins von den schönen Kristallgläsern aus dem Schrank und die Rhabarberschorle!«

Ich tue, wie mir geheißen wird.

»Bleiben Sie zum Essen?«

»Ach so ...« Filip kratzt sich am Kopf. Sein Blick wandert zu mir. »Das wollte ich dir noch sagen ... Ich muss wieder zurück. Hoffmann hat mir nur drei Tage Sonderurlaub gegeben ... Und er war nicht gerade froh, dass es das Erste ist, was ich als Abteilungsleiter unternehme. Und da ich schon zwei davon auf Juist war …«

Ich nicke. Mir sitzt ein Kloß im Hals. Alles ist wieder gut, und doch fühle ich mich nicht so, wie ich dachte, dass ich mich fühlen würde, falls alles wieder in Ordnung kommt. Ganz und gar nicht. Vielleicht hat diese Karrieresache unserer Beziehung doch nachhaltig geschadet? Wobei ich eigentlich gar keinen Groll mehr verspüre, seit ich verstehe, dass ich den Job tatsächlich nicht gewollt hätte. Oder liegt es an der Umgebung? Passe ich einfach besser in Eiche rustikal als in Edelstahl?

»Auf einen Kaffee bleiben Sie aber noch? Bettinas Tante Rosemarie kommt auch!«

Meine Mutter packt einen halben Meter Zitronenrolle aus und ein paar Florentiner.

»Okay, aber nur ganz kurz.«

Er sieht wenig begeistert aus.

»Aber das klingt doch, als sei alles wieder in Butter?«

Corinna stopft sich einen riesigen Ball rosa Zuckerwatte in den Mund. Er gesellt sich zu den Resten zweier Eis-Sandwiches, einem Spieß Schokofrüchte und den Krümeln von zweihundert Gramm gebrannter Mandeln in ihren Mundwinkeln. Leider konnte ich bloß bei der Zuckerwatte mitmachen.

Nachdem Filip die Rückfahrt angetreten hat, habe ich sie angerufen, und wir fanden beide, dass ein verbleibender Retro-Abend auf der Cranger Kirmes besser ist als gar nichts. Bei zwei Runden Wilder Raupe (eine davon rückwärts!), auf der Schiffschaukel und dem BreakDancer habe ich ihr alles erzählt, was heute Nachmittag passiert ist.

»Willst du da auch rein?« Corinna deutet auf ein Spiegelkabinett.

»Nein, davon wirs mir immer slest.«

Wir gehen ein Stück weiter, am Autoscooter vorbei, an dem nach wie vor traditionell die Dorfjugend abhängt.

»Und wieso strahlst du dann nicht übers ganze Gesicht?«, will sie wissen.

Das ist eine ziemlich gute Frage. Zumal der Abschied sehr innig war und Filip gesagt hat, ich soll schnell wieder nach München kommen. Er kenne da einen sehr guten Zahnarzt und könne sicher noch Veneers für mich bei ihm aushandeln oder ein Bleeching. Das allerdings erzähle ich Corinna mit Rücksicht auf ihren Vater nicht.

»Isss glaube, es is wegen dem, was er su meiner Nase gesagt hat. Also, dass er es versteht, weil isss wirkliss einen Grund habe!«

»Also, ich weiß nicht, was du willst!«, wird Corinna urplötzlich pampig. »Erst hattest du Panik, er könnte nichts davon halten, und dann unterstützt er dich, und es passt dir auch nicht!« Sie vernichtet energisch den letzten Rest rosa Watte.

»Ja, vielleichs hassu recht«, gebe ich zu. »Oder es war einfach komisss, weil meine Mutter jedersseit reinsukommen drohte …«

Corinna sagt nichts mehr. »Sieh mal!« Plötzlich deutet sie auf eine kleine Bude neben dem Autoscooter. »Lass uns da schießen!« Sie zieht mich entschlossen hinter sich her.

»Aber iss kann nis sssießen!«, weigere ich mich.

»Aber ich doch auch nicht! Und früher war ich zu cool, um mich zu blamieren. Aber heute …«

»Zwanzig Schuss!«, ordert sie selbstbewusst am Schießstand. Ich sehe auf eine Reihe gelber Blechenten, die hintereinander ihre immer gleiche Bahn ziehen. Gelangweilt kassiert eine Frau unser Geld, lädt die Gewehre und sagt ein paar Worte zur Bedienung, während sie in den Abendhimmel sieht.

Corinna schultert das Gewehr.

»Du siehs wahnsinnis professionell aus!«, sage ich anerkennend und trete vorsichtshalber einen Schritt zurück. Sie drückt ab und trifft prompt eine Rose. Missmutig drückt die Budenbesitzerin ihr das rot-grüne bisschen Plastik in die Hand.

»Jetzt du!«

Ich greife zum nicht gerade leichten Gewehr, und mir ist mulmig. Corinnas Handy dudelt den Hex-Hex-Ton von Bibi Blocksberg. Sie geht außer Hörweite, und ich versuche, mich auf die Enten zu konzentrieren. Okay, zielen, abdrücken, treffen. Kann ja nicht so schwer sein.

»Bettina!« Corinna stürzt auf mich zu. »Da gab es ein Ponyreiten am Eingang vom Zoo. Trixie ist von ihrem runtergefallen, und Klara, die hinter ihr war, ist sofort von ihrem gesprungen!«

»Ach du Sssreck! Geht's ihnen gut?«

»Ja, halb so wild. Aber Trixies Handgelenk muss geröntgt werden – Lutz ist mit ihr im Bergmannsheil. Hach, das wäre ja auch zu schön gewesen, wenn man als Mutter *einmal* ...«

»Sssson gut«, versuche ich, sie zu beruhigen. »Heute is einfach nicht unser Tag!«

Sie umarmt mich zum Abschied, ist aber mit ihren Gedanken schon ganz woanders.

»Es tut mir so leid, dich hier einfach so stehen zu …«

»Gessssenkt«, winke diesmal ich ab. »Hau ab. Isss komme sssson zsssurecht.«

»Hier!«

Sie drückt mir eine Tüte Glühweinbonbons in die Hand, und ich stecke mir sofort eins in den Mund, zur Beruhigung. Kaum ist Corinna außer Sichtweite, muss ich wieder an Filip denken und den seltsamen Nachmittag mit ihm. Wir waren auf einmal wie Fremde. Oder habe ich zu viele Liebesfilme geguckt? Kaum fehlen der Soundtrack, die Geigen und der Rot-, Blau-, und Grünfilter, oder womit sie die Landschaft bei Pilcher zum Leuchten bringen, bin ich enttäuscht. Es muss die Umgebung sein.

»Frollein, Sie haben noch neunzehn Schuss!«, blökt mich die resolute Budenfrau an.

»Sssson gut, danke. Muss nis sein«, winde ich mich raus.

»Ach komm, Schätzelein, sieh zu!« Sie lädt nach und drückt mir erbarmungslos die Flinte wieder in die Hand. Auf jeden Fall weiß ich jetzt, woher der Ausdruck *Die Flinte ins Korn werfen* kommt. Würde ich jetzt auch gerne. Notfalls auch einfach auf den Asphalt.

»Sons lerns et nie!«, fügt sie hinzu und beobachtet kopfschüttelnd, wie ich anlege.

»Na, soll ich Sie wieder vor den Enten retten?«

Eine Männerstimme erklingt ganz nah an meinem Ohr. Eine schöne Stimme. Warm, weich, freundlich und lustig. Ein Tonfall, wie ich ihn mir von Filip erwartet hatte. Ach was, wie ich ihn von ihm kenne. Ich verstehe das einfach nicht – es war doch alles so schön mit uns in München!

Der zu der Stimme gehörende Mann stellt sich nun breitschultrig neben mich, nimmt mir sachte das Gewehr aus der Hand, legt an, zielt, drückt sieben Mal ab und trifft jede, wirklich jede, Ente. Dann lässt er nachladen und gibt es mir zurück. Verdutzt sehe ich ihn an.

»Sie?«

Er lacht.

»Ja, ich! Aller guten Dinge sind drei.«

Es ist niemand Geringeres, als der Mann vom Bahnsteig kurz vor Weihnachten und der, dessen starke Arme mich aus dem See gefischt haben, inmitten des Entenpupu.

Feinfühlig korrigiert er den Winkel des Gewehrlaufs auf meiner Schulter. Jetzt oder nie. Der Mann und die Budenfrau scheinen den Atem anzuhalten. Das Gewehr knallt, und eine Patrone saust durch die Luft. Eine der gelben Blechenten kippt mit voller Wucht um.

»Bravo!«, freut sich der Mann.

»Okay«, brummt die Frau gnädig und erlöst mich endlich von der Waffe. »Die anderen musse jetzt nich mehr, sons krisse noch Kreislauf, Kleene!« Ein Segen.

»So, nun, da das erledigt ist, verraten Sie mir Ihren Namen!«, fordert er.

Noch bevor ich ihn ausspreche, sehe ich in Nanosekundenschnelle vor meinem inneren Auge, wie ich ihm bei *Bettina Baumann* noch vor dem Ende der letzten Silbe mein halb aufgelöstes Bonbon durch meine Zahnlücke hindurch ins Gesicht spucke.

»Tina – Winter«, sage ich wie ferngesteuert. Lispel-, nuschel-, und bonbonfrei.

»Sehr erfreut!«

Er schüttelt meine Hand, und ich nehme einen angenehmen Duft wahr. Könnte durchaus schnödes Shampoo sein, aber an ihm ist es einfach perfekt.

»Was ist mit Ihren Zähnen?« Er schaut interessiert auf meinen Mund, allerdings kein bisschen erschrocken wie alle anderen. »Brauchen Sie einen Zahnarzt?«

»Ehrlis gesagt, ja«, antworte ich schlicht. Es scheint wirklich jeder Mensch außer mir einen Zahnarzt zu haben.

»Na, los dann, gehen wir.« Er macht einen Schritt nach vorn, und ich bleibe zurück wie ein Hund, der sich sträubt.

»Was ist?« Er dreht sich um.

»Sie sind fremd.«

»Ich bin Max, und ich bin Anwalt – wie Sie bereits wissen. Wollen Sie meinen Perso?«

»Nein, danke«, sage ich spöttich, hätte ihn aber tatsächlich gern.

»Kommen Sie – da drüben ist ein Sanitätszelt. Da drin arbeitet ein Freund von mir, und der ist nämlich Zahnarzt. Allerdings fährt er auch Rettungsdienst und macht so was wie hier ganz gern nebenbei. Er kann es sich ja mal anschauen.«

»Während seiner Arbeit?«

»Na, Sie wissen doch wie das ist – Kleinstadt. Unter der Woche der Zahnarzt, am Wochenende Freiwillige Feuerwehr, Schützenfest und so weiter. Da vermischen sich Arbeit und Freizeit, Patienten und Kollegen.«

Tatsächlich weiß ich nicht, wie das ist. Aber es klingt nett.

Zusammen setzen wir uns in Bewegung. Das große weiße Zelt der Sanitäter steht auf der anderen Seite der Wiese. Während ich neben ihm herlaufe, passieren wir einen wunderschönen alten Stand, der anmutet wie aus dem vorigen Jahrhundert. Das wäre was für Corinna! Automatisch bleibe ich stehen und betrachte die vielen schönen Bilderrahmen aus Holz. Die Schausteller tragen Kostüme wie aus der Kaiserzeit.

»Möchten Sie das machen?«, fragt Max aufmerksam.

Wieder nicke ich. Ich wundere mich, dass er nicht nach dem Grund für das Fehlen meiner Zähne fragt, habe aber selbst keinerlei Drang, meine Leidensgeschichte heute noch einmal zu offenbaren. Ich vermute, er ist einfach ein Gentleman.

Zusammen treten wir in das Holzhäuschen ein. Sogar eine Veranda mit einem Schaukelstuhl gibt es, wie in den Südstaaten.

»Kennen Sie Scherenschnitt?«, fragt uns die kostümierte Dame.

»Nein«, sagen wir beide. Und sie erklärt es uns.

Dann öffnet sie die staubigen Vorhänge zu zwei einzelnen Kabinen, in denen je ein Holzschemel steht. Ich setze mich auf meinen, Max verschwindet gleich neben mir.

»Es ist ein uraltes Kunsthandwerk aus China«, sagt die Frau noch, bevor sie die Vorhänge zuzieht. »Daher – werden Männer und Frauen auch getrennt.«

Eine Viertelstunde später stehen wir beide mit unseren Scherenschnitten wieder auf der Wiese und setzen unseren Fußmarsch fort. Deprimiert betrachte ich meine schwarze Silhouette. Es ist einfach schrecklich! Hätte ich gewusst, dass diese schwarzen Bilder auf vergilbtem Grund im Profil angefertigt werden … Meine Nase ist riesig!

»Nun zeigen Sie schon her!«

Neugierig beugt sich Max über mein Bild und erhascht einen Blick.

»Oh, das ist aber toll!«, sagt er begeistert und klingt, als meinte er es ehrlich. »Das sollten Sie sich als Brosche machen lassen. Oder als Medaillon. Für Ihre Liebsten zu Weihnachten oder so …«

»Jetzss Sssie!«

»Nein, ich finde mich dick!«

Ich stoppe und sehe entgeistert an ihm herunter. An dem Mann ist kein Gramm zu viel zu entdecken und auch keines zu wenig. Schon gar nicht im Gesicht. Er ist wirklich perfekt. Schmale Hüften, knackiger Po, breite Schultern und eine einladende, gut trainierte Männerbrust. Und für Proportionen habe ich echt ein Auge. Zumindest für die von Autos und anderen Leuten.

»Glauben Sssie mir – und das sage iss als Designerin mit Sssinn für Symmesrie – Sie ssind, soweit iss das sehe, idealgewichtig.«

»Außerdem bekomme ich langsam – Geheimratsecken«, geht er nicht darauf ein, sondern deutet verlegen auf seinen Kopf. Ich stelle mich auf die Zehenspitzen und betrachte sein volles, dunkel glänzendes Haar.

»Aber sons halluzsssinieren Sie nisss?«

Er lacht. Ein warmes, amüsiertes Lachen, das zum Mitlachen animiert.

»Meine Nase is ssssrecklis«, bekenne ich.

Er sieht sie eingehend an, ich möchte am liebsten wegrennen.

»Wegen dem kleinen Huckel da? Moment, ich hole meine Lupe …« Er tut, als würde er eine antiquierte

Lesehilfe aus seiner Jackentasche holen, und fährt damit konzentriert über die fragliche Stelle meines Konterfeis. Dann schüttelt er den Kopf und verkündet schließlich sein Urteil: »Sie haben ja einen Knall!«

»Doch, hier, sehen Sie«, ich tippe erneut auf die unschöne schwarze Krümmung, »hier ist der Beweis!«

Ich halte es ihm direkt vor die Augen, doch er lächelt nur.

»Tja, wenn das so ist …« Er greift danach. »Dann behalte ich es.«

»Was?«

»Ja. Sie finden es hässlich und wollen es sich nicht ansehen. Ich mir aber schon.«

»Ja … Ja, so iss es auch«, sage ich hocherhobenen Hauptes. »Behalten Sie es. Es würde mis sowieso nur immer an den Tag heute erinnern.«

»War der denn etwa nicht schön?«, fragt er.

»Doch. Jetzt ssson.«

11.

O Gott, was habe ich getan?! Hiermit bin offiziell ich es, die bindungsunfähig ist! Kein Wunder, inmitten einer Familie von Singlefrauen … Wenn Filip von der Sache erfährt, ist das zwischen uns *wirklich* vorbei. Ich könnte mich in den Hintern beißen! Da bekomme ich eine zweite Chance und habe nichts Besseres zu tun, als sie kaum drei Stunden später mit Füßen zu treten! Ich liege im Bett und starre an die Decke. Doch, ich weiß, warum es passiert ist. Filip hat mich gekränkt, und mein Ego war gestern sehr anfällig für Komplimente. Meine Nase erst recht. Ich setze mich im Bett auf und fühle mich, als hätte ich einen Kater. Oder wäre gerade aus einem Albtraum erwacht. Nur ist es wirklich passiert.

Wir sind ganz harmlos ins Sanitätszelt marschiert, und da war er, Veit, der Kumpel, der Zahnarzt. Netter blonder Kerl, ziemlich seriöse Erscheinung. Nachdem ich die Situation unter Auslassung der OP geschildert und was von einem Sturz gefaselt hatte, hat er mich und Max kurzerhand in einen Rettungswagen gepackt und uns in seine Praxis gefahren, und Minuten später hatte ich eine Spritze intus. Den Rest habe ich nicht mehr ganz mitgekriegt.

Ich schätze, Zuckerwatte und ein Glühweinbonbon sind nicht die beste Grundlage für eine Betäubung. Dann hat der Arzt gesagt, ich solle mir keine Sorgen machen, zahlt alles die Kasse, aber ich müsse wiederkommen, für eine dauerhafte Lösung in Form einer Prothese. Schon das Wort klingt nach Altersheim! Aber dass ich *jetzt* erst mal wieder neue Kunststoffzähne bräuchte, um wieder gescheit sprechen und essen zu können. Womit er vollkommen recht hatte. Und siehe da: Seit heute Morgen ist frontzahntechnisch alles wieder gut. Sein Werk ist rein optisch genauso perfekt wie das von Corinnas Vater damals. Tja, und dann ist es passiert: Meine Lippen sind gleich im Anschluss auf denen von Max gelandet. Irgendeinem Kerl, der ein bisschen nett zu mir war, wenn auch schon zum dritten Mal. Und das Schlimmste: Der Kuss war fantastisch! Von einer Leidenschaft, die *Vom Winde verweht* nahekommt. Wild, impulsiv, intensiv und verboten. Da kann meine Arzt-Soap einpacken!

Trotzdem, das schlechte Gewissen Filip gegenüber bohrt und sägt in meinen Eingeweiden. Wochenlang hielt ich ihn für den Firmen-Filou, und jetzt bin ich selber die Böse. Ich hab fremdgeküsst! Kein Kapitalverbrechen, aber auch nicht gerade rühmlich. Ich schlage die Decke zurück und steige aus dem Bett, als könnte ich dadurch das Bild loswerden – von Max und mir. Voller Neugier und Lust und ganz ineinander versunken. Im Badspiegel erblicke ich jedoch keine verwegene Femme fatale, sondern eine miese Verräterin mit einem tiefen Lakenabdruck quer über der Wange. Meine Nase kommt mir größer und schiefer vor als je zuvor in meinem Leben. Ich stehe Pinocchio in nichts nach. Ob ich immer noch ein paar Medikamente im Blut hatte? Eine so niedrige Hemmschwelle sieht mir gar nicht ähnlich.

»Tinchen?!« Die Stimme meiner Mutter schallt unangenehm laut nach oben. »Schätzchen, bist du wach?«

»Ja, ich komme gleich runter!«

»Kannst du wieder richtig sprechen?«, bemerkt sie sofort.

»Erzähle ich dir dann gleich!«

Vom vielen Schreien in diesem Haus ist meine Stimme schon rau.

Ich drehe das Duschwasser auf und versuche, meine Gedanken zu sortieren.

Erstens ist es wichtig, dass ich diesen Kerl nie wiedersehe. Quasi als Sofortmaßnahme. Wie hat er noch gesagt? »Aller guten Dinge sind drei.« Gestern war das dritte Mal, dass wir uns begegnet sind, und dabei soll es auch bleiben. Zweitens stellt sich die Grundsatzfrage: beichten oder verschweigen? Ich glaube, zu dem Thema gibt es ganze Filmreihen, in denen Männer meistens plädieren: »Auf gar keinen Fall beichten! Du zerstörst dabei alles, und bedeutet hat es nichts.« Zumindest erinnere ich mich gut an den Spruch. Er war aus *Ein unmoralisches Angebot*. Oder aus *Pretty Woman*? *Top Gun*? Egal. Ich weiß einfach, dass Männer so denken. Und stimmt ja auch, es hat mir nichts bedeutet. Es hat sich bloß gut angefühlt. So wie eine heiße Dusche nach einem kalten Regenschauer. Ich brauche jetzt Unterstützung! Ob Corinna schon wach ist? Angeblich schläft sie der Kinder wegen nie länger als bis sieben.

Schweigend sitzen meine Mutter und ich Minuten später am Küchentisch. Sie streicht sich wie jeden Morgen mit viel Elan ein halbes Kilo Pflaumenmus aufs Brot und ich berichte ihr den Teil des gestrigen Abends, in dem der Zahnarzt anwesend war, und unter Auslassung von Max.

»Na, das war ja eine gute Idee von dir, da einfach mal im Sanitätszelt nach einem Zahnarzt zu fragen«, bemerkt sie. »Hätte ich nicht gedacht, dass da einer ist.«

»Aber jetzt muss ich zu Corinna«, ende ich schließlich. Mein Geflunker ist mir doch ganz schön unangenehm, aber ich folge dem neuen Credo: Eckdaten. Nicht zu viel Information. Das macht das Leben zu Hause echt leichter.

»Jetzt? Es ist gerade mal zehn vor acht?!«, entrüstet sich meine Mutter.

»Früher um die Zeit saß ich schon neben ihr in der Schule! Ich will ihr das Ergebnis zeigen, denn sie musste ja zu ihrem Ponynotfall und konnte nicht mit in die Praxis …«

»Na schön.« Meine Mutter seufzt und beginnt den Tisch abzuräumen. Ich mache eine halbherzige Geste Richtung Eierbecher.

»Lass nur Kind, ich mach schon.«

Ich gebe ihr dankbar einen flüchtigen Kuss auf die Wange. »Zum Mittagessen bin ich zurück.«

»Das fällt aber heute aus.«

»Das fällt heute aus?«, wiederhole ich ungläubig und halte inne. In den letzten dreißig Jahren fiel das Mittagessen nie aus. Nicht mal, als die Mauer fiel oder meine Eltern geschieden vom Gericht kamen.

»Ja, ich hab was vor«, fügt meine Mutter geheimnisvoll hinzu, und ein vergnügter Ausdruck macht sich auf ihrem Gesicht breit. Hat sie etwa ein Date?

»Okay. Und was?«

»Was für mich alleine.«

Dass meine Mutter auch mir also nur noch Eckdaten mitteilt und mich das auch wissen lässt, ändert die Sache. Ich wüsste zu gern um ihre Pläne. Kenne sie aber auch gut genug, um zu wissen, dass nachfragen wenig Sinn hat. Am besten, man tut so, als wolle man es nicht wissen, dann kommt sie irgendwann ganz von allein. Klappt immer.

»Gut, Mama. Dann also tschüs. Du hast ja Corinnas Nummer, falls was ist. Das Handy lasse ich heute hier.«

Das Ding liefert mir zu viele Überraschungen in letzter Zeit. Außer zur Kommunikation mit Filip ist es hier auch nicht nötig. Personen, die man treffen möchte, begegnet man meistens auch so. Sogar denen, die man überhaupt nicht treffen will, siehe gestern. Wieder spüre ich Max' weiche Lippen auf meinen, sehe, wie sein liebevoller Blick auf mir ruht, berühre sein kastanienbraunes Haar und spüre die Erregung, die … Okay, das muss aufhören. Sogar der klebrige Geschmack der Zuckerwatte ist sofort wieder da. Und sein Shampoo. Er roch so unbeschreiblich gut, ganz anders als Portofino. Ich muss schnellstens zu Corinna. Lagebesprechung.

Kurz bevor ich zur Tür raus bin, schrillt das Festnetz. »Ich geh schon ran, grüß Corinna!«, ruft meine Mutter.

Auf dem Weg zu ihr ist mir mulmig. Sie ist so geradlinig und klar, das, was Tante Rosi eine ehrliche Haut nennt. Niemals würde sie so rumeiern, lügen und betrügen, wie es mir langsam zur Gewohnheit wird.

»Hey, du bist aber früh dran!«, begrüßt sie mich fröhlich.

»Sorry, dass ich um die Zeit bei euch reinplatze!«, entschuldige ich mich sofort.

»Ach was. Ich bin seit zwei Stunden wach.«

»Wie geht es denn Trixie?«, erkundige ich mich dann.

»Alles nur geprellt. Ich sage dir, Prellungen sind die neuen Brüche! Komm rein … Äh – du lispelst ja gar nicht mehr?« Erstaunt schaut sie in mein Gesicht. »Du hast wieder Zähne! Juhu! Wie ist das denn passiert?«

»Na ja, die sind auch wieder nur provisorisch«, wiegele ich ab.

»Komm endlich rein! So wie du aussiehst, hast du verdammt schlecht geschlafen?«

»Kann man wohl sagen …«

Ich ziehe meine Jacke aus und werfe sie über einen Barhocker, während Corinna in den Schränken der offenen Wohnküche kramt. Ihre Familie ist schon ausgeflogen, und überall steht noch das Frühstück. Es sieht aus, als hätte eine Bombe eingeschlagen. Die sterile Ordnung meiner Mutter gefällt mir irgendwie besser. Wider Erwarten kann man sich, auch wenn man unter fünfzig ist, sehr schnell an blitzsaubere Siphons, WC-Enten und gehäkelte Überzüge für Klorollenhalter in Taupe gewöhnen.

»Wird das hier ein Krisengespräch?«, wittert Corinna die News.

Ich nicke.

Dann stellt sie ein Glas vor mir ab, in dem eine braune Flüssigkeit eine Handvoll Eiswürfel umspült.

»Was ist das?«, mustere ich skeptisch das Getränk.

»Ein Krisen*getränk* – Whiskey. Lutz' Vater schenkt uns das Zeug immer zu Weihnachten«, grinst sie.

Ich probiere erst vorsichtig und kippe es dann in einem Zug hinunter. Verdammt lecker. »Und du? Trinkst du etwa Kamillentee?«

»Ich bitte dich, ich bin Mutter!« Sie betrachtet mich ähnlich befremdet wie ich die Mischung aus Pastinakenbrei, pulverisierten Cornflakes und Bügelwäsche auf der Theke.

»Natürlich, aber ich dachte, da darf man nach der Stillzeit …«

»Na ja, schon, aber ich kann doch nicht morgens um neun mit dir picheln!«

»Ach, aber ich kann – oder was?«

»Irgendwie ja. Du lebst in München, bist Designerin und da passt das zu deinem Lifestyle. Das ist so *Mad Men!* Wenn ich das mache, erinnert das bloß an Harald Juhnke und ist irgendwie traurig.«

Der Whiskey brennt wohlig in meiner Kehle und lockert mir sofort die Zunge. Scheint irgendwas ziemlich Teures zu sein. Es brennt kurz, aber es ätzt nicht. Wie Wasabisenf beim Edeljapaner.

»Hmm«, mache ich und beginne tatsächlich, mich zu entspannen.

Corinna grinst zufrieden. »Ich wusste, dass ich das irgendwann gebrauchen kann. Ist garantiert kein Fusel! Dauernd schenkt er uns das Zeug. Das meiste verstecke ich im Keller und sage, wir haben es getrunken. So, und jetzt schieß los!«

Ich bringe Corinna auf den neuesten Stand. Und zwar haarklein, von dem Moment an, als sie den Schießstand verließ, bis zum bittersüßen Ende meines Abends, der als jugendfreier Retro-Tag hätte enden sollen.

Als ich fertig bin, ziehe ich den Kopf ein. Corinna habe wieder ganz neu in mein Herz geschlossen. Aber ich kenne niemanden in meinem Alter, der spießiger ist als sie. Und ich vermute, ihre Ansichten zu Ehrlichkeit und Treue gehen in Richtung derer des Papstes.

Während wir nur einmal im Jahr die Christmette besuchten, ging sie jeden Sonntag in die Kirche, war bei den Messdienern, sang eifrig im Chor, trug niemals bauchfrei und war noch mit Feuereifer bei den Pfadfindern, als ich zum ersten Mal dachte, ich wäre schwanger. Doch statt der erwarteten Standpauke sieht sie mich bloß freundlich an. »Und das ist alles?«

»Ja, also … Na ja, das ist ja genug, oder?«, sage ich reumütig. Sie sieht nachdenklich zur Fensterbank, auf der sich ebenfalls diverse Dinge türmen, die in verschiedene Zimmer gehören. Unter anderem eine Dose Feuchtigkeitscreme, eine quietschgrüne Salatschleuder und ein Teddy, der einen kleinen blauen Pullunder trägt.

»Also ich finde das ziemlich normal.«

Was? Wie bitte? Habe ich mich verhört? »Das ist doch nicht *normal*, dass man bei der erstbesten Gelegenheit sein gerade neu gefundenes Glück zerstört?!«, protestiere ich melodramatisch.

»Sieh mal, insgesamt betrachtet, nach allem, was ich weiß, hattest du länger keine Beziehung. Zumindest keine gescheite – wenn man den Typen aus Lappland auslässt.«

»Dänemark«, korrigiere ich und rutsche vor Anspannung auf meinem Stuhl herum.

»Und jetzt hast du endlich mit Filip den Richtigen, Mister Right! Und weil dein Unterbewusstsein das weiß, wolltest du einfach noch ein letztes Mal im Leben jemand anderen küssen! Im Grunde – ist das nur eine Bestätigung eurer Beziehung! Weil sie so endgültig ist!«

Ich frage mich, ob Corinna mehr Pilcher oder mehr Lindström guckt. Auf jeden Fall guckt sie zu viel, das ist mal klar. Aber ich bin froh, dass sie mich nicht als Saat des Teufels hinauswirft.

Trotzdem, ich fühle mich schuldig und würde mich ein klitzekleines bisschen besser fühlen, wenn jemand mich ordentlich ausschimpft. Deshalb bin ich hergekommen, wird mir klar. Erst Buße, dann Vergebung, dann Vergessen, hatte ich mir erhofft. Vielleicht hat Corinna ja noch irgendwo einen alten Rosenkranz rumliegen?

»Wir hatten so was auch mal. Lutz und ich. Beziehungsweise Lutz.«

Überrascht starre ich sie an. Der langweilige Lutz? Ehebruch? Hier, im biedersten aller Haushalte? Im Kastanienweg Nummer 9a mit Doppelgarage und Schutzengelchen in jeder Steckdose?!

»Nach der Geburt von Klara hatte ich postnatale Depressionen. Ich meine, der Mann kam jeden Abend zu einer Partnerin zurück, die immer nur geheult und an ihm rumgenörgelt hat. Welcher Mensch sehnt sich da nicht nach ein bisschen Lebensfreude und Spaß?«

Ich ahne Schlimmes und wage nicht zu fragen, wie weit dieser Spaß denn ging. Also nippe ich am Whiskey und höre zu.

»Es war eine Fahrschülerin. Das typische Klischee. Aber es ging nur kurz, und er schwört bis heute, dass außer Knutschen nichts gelaufen ist. Und ich glaube ihm. Außerdem war sie schon in meinem Alter.«

Erleichterung breitet sich in mir aus. Na, immerhin keine Minderjährige. Sonst müsste ich Lutz jetzt hassen.

»Nach kurzer Zeit hat er es mir gebeichtet. Einfach so, er hatte sich gerade Lasagne gemacht und ich mir ein Schaumbad. Ich hatte nicht den leisesten Verdacht. Aber du hättest ihn sehen sollen! Er war das reinste Häufchen Elend, hat drei Kilo abgenommen und nicht einmal mehr Kaffee runtergekriegt – das schlechte Gewissen hat ihn förmlich aufgefressen.«

Ich höre zu und sitze ganz still. Corinnas Geschichte lässt meine Sorgen kleiner erscheinen. Bei mir geht es ja nicht um Kinder. Ich glaube, Untermieter würde nicht einmal merken, wenn Filip uns nicht mehr besucht.

Corinna holt tief Luft.

»Danach war ich dann bei einer Psychologin und bekam mein sonniges Gemüt zurück. Du würdest staunen, was man schon mit ein paar Sitzungen bewirken kann! Deine Mutter wollte übrigens neulich von mir die Adresse.«

»Meine Mutter?!« Oje, das ist es also, womit sie vorhin nicht rausrücken wollte. Und der Grund, warum sie und Rosi mich in den Pott verschleppt haben! Die denken, ich wäre gestört, wegen meiner Nase! Das wäre typisch für ein geschwisterliches Komplott zwischen ihr, Erika und Rosi! So, wie sie mich damals einfach zum Harfespielen angemeldet haben …

»Was ich aber sagen will«, fährt Corinna fort, »Betrug ist eine krasse Sache, körperlich und emotional. Eine gute Beziehung hält das aus, eine Ehe auch. Aber du kannst schließlich nicht mit einem Ring vor Filips Nase herumwedeln und sagen, dass euch Größeres verbindet, oder? Wie lange seid ihr jetzt zusammen?«

»Vier Wochen«, überschlage ich grob im Kopf.

»Oje.«

»Wieso oje?«

»Das ist genau der Zeitraum, nach dem man, laut einem Artikel in der *emotion*, den ich letzte Woche gelesen habe, seine rosarote Brille abnimmt. Und entweder erscheint dir der andere dann auch bei Tageslicht noch schön oder eben nicht. Jedenfalls ist es ein besonders kritischer Zeitpunkt für jede Beziehung. Im Grunde gibt es überhaupt nur vier Wochen, zwei Jahre, zehn Jahre oder *für immer* in Beziehungen, haben Forscher rausgefunden.«

Ungerührt steht sie auf, lässt mich mit diesen schrecklichen Informationen auf meinem Stuhl zurück und füllt Kaffeepulver ein.

Diese Forschungsergebnisse waren mir nicht bekannt. Aber es stimmt. Das mit Mika endete auch nach genau vier Wochen. Wie ein Film zieht die wenige Zeit, die ich mit Filip hatte, vor meinem inneren Auge vorbei. Der Notfallsonntag mit Untermieter, die ersten heimlichen Küsse, das Berg-Wochenende, unsere Versöhnung gestern, seine starken Arme und sein warmer, nackter, perfekter Körper neben mir im Bett … Aber auch sein blöder Kommentar von gestern und der Vorschlag, mir die Zähne bleechen zu lassen, was mir nun auch noch beim Lächeln Komplexe beschert. Was, wenn er doch nicht so *right* ist? Was, wenn ich schon wieder den Falschen an der Angel habe? Vielleicht wäre eher ein empathischer Flugbegleiter oder mein Friseur was für mich? Wobei, die sollen ja vorwiegend schwul sein … Warum ist das alles so kompliziert? Ich seufze. Corinna stellt den warmen, duftenden Kaffee ab. Eine Träne rinnt mir hinab zum Kinn. Corinna geht rüber zu einer urigen Kommode und kramt in der untersten Schublade. Dann kommt sie zurück und hält etwas in der Hand: »Hier!«

Ich blicke durch meinen Tränenschleier auf ein kleines rosa Paket. Trotz allem muss ich lachen. Die Pferdetaschentücher!

»Die hast du noch?!«

»Na logo!«

»Aber es ist dein letztes!«, sage ich voller Ehrfurcht.

»Na ja, ich hoffe, du brauchst keine weiteren!«, erwidert sie. »Und ich denke, das mit den New Kids on the Block können wir langsam auch abhaken.«

Gerührt ziehe ich es aus der Verpackung und schnaube hinein. Es riecht noch immer leicht nach unserem alten Klassenraum, nach Kreide, Schwamm und Turnbeutel. Ach ja, damals war alles so einfach. Jetzt muss ich erst richtig heulen. Ich schniefe und schnaube, bis das Taschentuch gänzlich durchgeweicht ist. Ich vermisse diese Zeit! Wir waren toll und die Jungs doof, und damit hatte es sich im Großen und Ganzen.

»Was ist eigentlich aus Winnetou geworden?«, frage ich, bereit, noch mehr Tränen zu vergießen.

»Mein Vater hat ihn mir doch tatsächlich im Jahr nach dem Abi gekauft!«

»Nein!«, staune ich.

»Doch! Ich sage dir, es war die glücklichste Zeit meines Lebens! Also, bevor ich Kinder hatte ... Ich war trotz Ausbildung praktisch jeden Tag bei ihm. Leider hatten wir nur noch ein Jahr, dann ist er gestorben. Nierenkolik.«

»O nein, der Arme.«

»Ja, kein schöner Tod. Aber ich war bei ihm und habe ihn die ganze Zeit gestreichelt, bis der Tierarzt ihn erlöst hat. Ich denke, es war einfach seine Zeit. Er war steinalt für ein Pony.«

Nach einigen Sekunden verwandelt sich ihr trauriges Gesicht wieder in ein verschmitztes Lächeln.

»Mit dem Tierarzt war ich übrigens drei Monate zusammen, er hat mich entjungfert. Aber dann wollte ich unbedingt meinen Führerschein machen, und die Sache mit Lutz begann …«

»Während du …?«

»O nein! Als ich merkte, dass sich da anderweitig was entwickelt, habe ich sofort Schluss gemacht. Ich denke, das mit dem Tierarzt kam sowieso nur aus der Trauer um Winnetou, hat zumindest die Psychologin mal gesagt. So konnte ich ihm noch länger nahe sein, weil ich mit dem Menschen zusammen war, der ihn auch als Letzter gesehen hat, oder so. .«

»Wow«, hauche ich beeindruckt. »Diese Therapeutin scheint ja ziemlich gut zu sein. Vielleicht wüsste sie jetzt Rat?«

Corinna lacht. »Für dieses kleine Problemchen jetzt willst du sie bemühen? Lass mal, das kriegen wir auch so hin. Außerdem hat die einen ziemlich vollen Terminkalender – da kommst du derzeit nur rein, wenn du sie vom Geländer einer Brücke aus anrufst.«

»Verstehe.«

Ich hoffe, meine Mutter muss das auch feststellen und kriegt gar nicht erst einen Termin für mich.

»Also, worauf ich jedenfalls mit meiner Story eben

hinauswollte …«, nimmt Corinna den Faden wieder auf. »Die Sache mit Lutz ist letzten Endes gut ausgegangen, aber sie hat mir phasenweise so sehr zugesetzt, dass ich wünschte, er hätte es mir nie erzählt, verstehst du?«

Ich überlege, ob ich es verstehe.

»Er war ja nie im Zweifel darüber, was er will. Alles, was er wollte, war bloß – ja, sein Gewissen erleichtern. Im Grunde auf meine Kosten. Und darüber kann man streiten. Was wir auch in den folgenden Wochen zur Genüge getan haben.«

»Aber was ist, wenn ich es verschweige und er es doch irgendwie erfährt? Das ist dann so richtig übel.«

»Ach, Tinchen …« Corinna seufzt und holt Nähzeug, um dem Teddy endlich wieder Gehör zu verschaffen. Es stimmt, als Mutter ist man wirklich rund um die Uhr beschäftigt. »Du bist doch in keine Spendenaffäre verwickelt. Du hast mit diesem Max doch weiter nichts zu tun, ihr lebt sogar in verschiedenen Bundesländern! Und davon abgesehen: Bald bist du wieder zu Hause. Da nimmst du deinen Filip in den Arm, lässt dich auf sein Pferd heben und reitest mit ihm friedlich in den Sonnenuntergang, und zwar mit euren Hasen!«

Irgendwie klingt Corinna ziemlich überzeugend. In jeder Hinsicht. Ich weiß nicht, ob es der einlullende Whiskey ist oder der aufmunternde Kaffee, aber plötzlich ist meine Laune viel besser. Ich habe heute Morgen alles viel zu schwarz gesehen. Sogar die Erinnerung an meine untreuen Minuten verblasst. Es war ein Abenteuer, mehr nicht. Durch das ich weiß, was ich will.

»Vielleicht hast du recht.«

»Ganz sicher! Es gibt Dinge, die sollte man einfach für sich behalten. Manchmal ist erst das wahre Freundschaft. Und Liebe.«

Ich komme aus dem Nicken gar nicht mehr raus. Ja, so werde ich es machen! Einfach völlig vergessen, ignorieren und verdrängen. Basta. Keine Beichte, keine Probleme.

»Sag mal ... Was anderes. Hat Mario Beyer geantwortet?«, fällt mir ein.

»Keine Ahnung. Ist das so wichtig?«

»Na ja, interessieren würde es mich schon ...«

Corinna schüttelt den Kopf. Offensichtlich ist ihr immer noch nicht wohl wegen meines Streiches. »Na gut, dann sehen wir nach«, entgegnet sie leicht genervt.

Ich folge ihr nach oben ins Arbeitszimmer, und sie fährt den Computer hoch. »Hach, dieses lahme Möhrchen!«, schimpft sie.

»Immerhin hast du einen«, sage ich und denke an den analogen Haushalt meiner Mutter. Wahnsinn, in München in der Firma bin ich praktisch mit meinem Rechner verwachsen. Hier vermisse ich ihn nicht mal.

»So ...« Sie öffnet ihren Posteingang. Ich nehme in dem schwarzen Drehstuhl neben ihr Platz.

»Und?«

»Ja.«

Ich halte den Atem an – tatsächlich, da! Ganz unten, eine Mail von *M.M.Beyer@Beyer.de* Ich sehe auf das Datum und die Uhrzeit. Er hat praktisch sofort geantwortet, nachdem ich meine Drohmail abgeschickt habe. Corinna öffnet die Mail.

Sehr geehrte Frau Baumann,

Pah, alleine die Anrede! Als wäre ich irgendeine x-beliebige Frau, die ihm eine Versicherung angeboten hat, und nicht die, mit der er sich schon über den PVC-Boden der Inge-Meysel-Grundschule gewälzt hat!

wir haben Ihr Schreiben erhalten und möchten uns für Ihr Interesse bedanken. Ihr Anliegen wird so bald wie möglich bearbeitet werden. Wir bitten noch um ein wenig Geduld.
Mit freundlichen Grüßen
Ihr Büro Beyer
– Bei uns sind Sie in den besten Händen –

Das darf ja wohl nicht wahr sein. Eine automatische Antwort! Hektisch überfliege ich die Zeilen noch einmal, und mein Adrenalin verwandelt sich in Enttäuschung. Corinna wirkt sehr gefasst. »Na ja, du hast es versucht«, hakt sie die Sache ab.

»Der weiß bloß nicht, wie er reagieren soll!«, wettere ich. »Glaubst du nicht, da kommt noch was nach? Und was für ein blödes Büro der wohl hat?«

»Ach, das ist bestimmt eine kleine Klitsche, in der er auf Vierhundert-Euro-Basis Frauen aus Osteuropa in kurzen Röcken für sich schuften lässt«, vermutet Corinna.

»Genau. In seinem alten Kinderzimmer.«

»Im Souterrain.«

»Aber echt.«

Kurz sitzen wir schweigend da, dann machen wir uns daran, das Mittagessen vorzubereiten. Ich habe eine ganz schöne Fahne, aber das ist mir gerade vollständig egal. Ich bin bei meiner alten und neuen besten Freundin, und mir geht's gut. Kurz darauf kommt Lutz von der Fahrstunde, mit Trixie und Klara im Schlepptau, die sofort ihre aufregenden Erlebnisse des Tages berichten. Lutz sieht ziemlich geschafft aus, und seine blonden Locken hängen ihm wirr ins Gesicht. Vermutlich wird man als Fahrlehrer ganz schön durchgeschüttelt. Dennoch wirkt er zufrieden und freut sich über meinen Besuch. Es herrscht ein munteres Chaos.

Als Klara verlangt, dass jemand mit ihr zur Toilette geht, weil sie die Träger ihrer Latzhose nicht alleine lösen kann, nehme ich mich der Sache an. Dann sitze ich eine halbe Ewigkeit vor der Tür zum Gästeklo und warte auf das vereinbarte Klopfzeichen, das die kleine Klara mir geben will, sobald ich reinkommen und ihr helfen soll, ihre Hose wieder anzuziehen. Ich bewundere die Geborgenheit, in der sie aufwächst, und denke an meinen eigenen Vater und daran, wie es bei uns war.

Eigentlich haben Jan und ich die komplette Zeit mit unserer Mutter verbracht und abends, wenn es längst dunkel war, auf die Scheinwerfer seines Autos gewartet. Vom Wohnzimmer aus habe ich beobachtet, wie sie die Auffahrt erhellten, und konnte dann gerade noch fünfzehn Minuten mit ihm verbringen, bevor ich ins Bett musste. Sogar eigentlich nur siebeneinhalb, denn die anderen siebeneinhalb Minuten gehörten statistisch gesehen Jan. Mein Vater hingegen konnte auf der Arbeit von uns entspannen und bei uns von der Arbeit. Und bei seiner Apothekenhelferin von beidem. Und bei uns wieder von ihr. Und so weiter und so weiter. Ich merke, wie Wut in mir hochsteigt.

»Ina?«, ruft es durch die Tür.

Ich vermute, das soll ich sein.

»Ja, Mäuschen?«, rufe ich zurück.

»Wann kommst du endlich?«

»Aber du wolltest doch das Klopfzeichen machen?«

»Nein, das ist Indianer. Jetzt spiele ich Prinzessin.«

Minuten später sitzen wir alle um den großen runden Esstisch aus Eiche. Er hat Corinnas Mutter gehört, und an ihm haben wir schon als Kinder Hausaufgaben gemacht. Oder taten wenigstens so. Lutz gibt Anekdoten seines Vormittags zum Besten und betont mehrfach, dass er froh sein könne, noch am Leben zu sein, in Anbetracht der Fahrkünste seiner Schüler. Dazwischen streichelt er verliebt Corinnas Hand. Trixie und Klara spielen *Schiff* mit ihren Fischstäbchen und pflügen damit durch den Ozean – ihren Spinat. Corinna lacht und wirkt kein bisschen gestresst. Erst als die Mädchen neue Fahrgäste in Form von Kartoffelstücken vom Teller der jeweils anderen aufnehmen, erinnert sie sie ans Essen. Alles in allem eine ziemlich glaubwürdige Familienidylle.

Als ich endlich nach dem dritten Nachmittagskaffee vibrierend in der Tür stehe, ermahnt Corinna mich zum Abschied noch mal:

»Also, Tinchen, bitte mach keine Dummheiten! Es ist so gut wie gar nichts passiert. Er weiß ja nicht mal, wer du bist. Das ist wie die Sache mit Aschenputtel! Und soweit ich das sehe, hast du beide Schuhe noch an. *Es ist niemals passiert.*«

Auf dem Nachhauseweg summe ich vor mich hin. Alles wird gut, bloß keine weitere Panik. Es war nur ein flüchtiger Moment der Ruhrpottnostalgie. Sicher würde Corinnas Psychologin dazu so etwas sagen wie: *Sie haben Ihr jetziges Ich mit ihrem infantilen Ich verwechselt – wegen der Umgebung*. Ja, ich finde, das klingt gut. Meine Psyche hat gedacht, ich wäre wieder achtzehn und Single. Sehr plausibel.

Im Haus herrscht immer noch Stille. Ich werde gleich mal Filip anrufen. Vielleicht können wir aus der Distanz reden. Als ich zum Hörer greifen will, finde ich neben dem Telefon einen gelben Zettel.

Ein Max hat für
dich angerufen.
Küsschen, Mama.

12.

»Mir gefällt dieser Junge nicht.« Tante Rosi rückt resolut ihren Stuhl zurecht und greift nach dem Tortenheber.

Ich sitze teilnahmslos am Kopfende der Tafel und bin genervt. Alleine davon, dass es schon wieder Essen gibt. Diese vier Mahlzeiten am Tag sind nicht mehr mein Ding. Am schlimmsten finde ich, wenn schon während des Mittagessens darüber geredet wird, was es zum Abendessen gibt. So langsam vermisse ich meine Arbeit, und erst den Stress! Ich würde alles dafür geben, jetzt die Mittagspause durchmachen und den Hunger mit drei Espressi kompensieren zu dürfen, auch wenn das nicht gesund ist. Aber ständig mehr zu essen, als man will, ist bestimmt auch nicht gesund.

»Schätzelein, was willst du?« Tante Rosi zielt mit dem Tortenheber auf mich. »Donauwelle, Marmorkuchen, Streusel-Kirsch …«

»Gar nichts, danke«, unterbreche ich sie. »Ich kann nicht die ganze Zeit essen.«

»Bist du krank?«, fragt meine Mutter.

»Nein. Ich kann nur nicht zehn Mal am Tag essen! Zumal ich mich ja quasi gar nicht bewege«, gebe ich patzig zurück.

Außer zwischen Corinnas Haus und unserem hin und her zu laufen und meiner Mutter beim Einkaufen zu helfen, tue ich wirklich nicht viel. Nicht auszudenken, ich würde diese Strecken auch noch mit dem Auto fahren – da würde ich schlicht verfetten.

»Das ist jetzt aber nicht unsere Schuld.« Meine Mutter nimmt meinen Teller mit Zwiebelmuster wieder vom Tisch und räumt ihn in den Schrank. »Willst du einen Kakao?«

Ich schüttele den Kopf.

»Ich sage dir, was los ist, Bea.« Tante Rosi hat einen angriffslustigen Unterton. »Das Kind ist beleidigt, weil ich ihren Lover nicht gut finde!«

»Er ist nicht mein *Lover*!«, verteidige ich Filip voller Inbrunst. Allerdings liegt Tante Rosi mit ihrer Bemerkung nicht ganz falsch. Seit Filip hier war, ist er Gesprächsthema Nummer eins. Gesprächsthema Nummer zwei ist: *Wer ist dieser Max?*

Beides hätte ich, wie die ganze Zeit seit Filips Besuch, auch heute geflissentlich ignoriert, wenn ich nicht – das gebe ich offen zu – ohnehin sehr, sehr schlechte Laune hätte. Ich habe einen Lagerkoller!

Mich immer an- und abmelden zu müssen geht mir auf den Keks. Dass ich meine eigenen Sachen nicht hier habe und fast jeden Tag dasselbe trage, geht mir außerdem auf den Keks. Und dass meine Mutter den Nachbarn gleich am ersten Tag erzählt hat, meine Blessuren im Gesicht rührten von meiner Eishockeykarriere in Kanada, nach der die Winklers mich nun bei jeder Gelegenheit ausfragen, gibt mir den Rest. Mein Vorhaben, allen ab jetzt *nur noch Eckdaten mitzuteilen*, hat dogmatische Züge angenommen.

»Wir meinen es doch nur gut, Kind!«, erklärt meine Mutter.«

»Genau«, fügt Rosi hinzu. »Wir möchten nicht, dass du wieder enttäuscht wirst! Hätten wir Gelegenheit gehabt, diesen Mika rechtzeitig unter die Lupe zu nehmen, hätten wir dir sicher gleich sagen können, dass ...«

»Hallo allerseits!« Gut gelaunt und ausnahmsweise ohne Reitstiefel, dafür in schönen braunen Schnürschuhen mit Absatz, platzt Erika in unsere Runde. »Was habe ich verpasst?«

Ihre Hochstimmung prallt auf drei finstere Mienen. Ihre Augen leuchten, und ihre Wangen sind rosig und gut durchblutet. Summend setzt sie sich an den Tisch, greift nach einem Stück Marmorkuchen und tut sich ordentlich Sahne auf. Anscheinend bedeutet Glück in ihrem Leben, wenn ein störrisches Pferd endlich in den Hänger geht.

»Tinchen ist beleidigt, weil wir erstens ihren supercoolen Mister Windei nicht bejubeln wie Justin Bieber und uns zweitens mit der Aussage: *ein platonischer Schulfreund von früher, den ich zufällig in der Stadt getroffen habe*, bezüglich Max noch immer nicht zufriedengeben«, fasst Rosi die Situation zusammen.

»Ach so.«

»Filip ist kein Windei!« Ich schäume vor Wut. »Ihr habt doch keinerlei Ahnung von Männern!«, fauche ich giftig.

»War sie so auch, als ihr Liebster zum Kaffee da war?«, fragt Erika in die Runde, als wäre ich nicht anwesend.

»Nein, *da* war sie zuckersüß!«, stichelt Rosi. »So süß, wie dieses Mandelhörnchen. Willst du?«

Erika nickt, und das Gebäck landet neben ihrem Marmorkuchen.

»Aber du hättest ihn mal sehen sollen … Der hatte die Nase ja so weit oben!« Tante Rosi streckt die Brust raus und reckt ihre eigene gen Decke.

»Er mag es vielleicht einfach nicht, stundenlang ausgefragt zu werden!«, verteidige ich ihn.

»Ach, ich bitte dich! Es ist ja nicht nur das. Wie er die Einrichtung hier gemustert hat!«

»Quatsch, er hat sich einfach nur umgesehen!«, sage ich, kann aber insgeheim nicht leugnen, dass auch mir seine Blicke nachhaltig in Erinnerung geblieben sind. Er hat unsere Einrichtung angesehen wie Giftmüll.

»Ich wette, der kommt aus einem viel tristeren Kuhkaff als du! Das sind doch immer die Schlimmsten! Und jetzt tut er so, als hätte schon seine Mutter ihn in Samt und Seide gehüllt. Wo kommt der überhaupt her?«

»Das weiß ich nicht«, gebe ich zu.

»Das weißt du nicht?« Tante Rosi guckt erstaunt.

»Irgendein kleines bayerisches – Ballungszentrum. Immerhin ist er noch zum Kaffee geblieben. Und das nach der ganzen Odyssee durch Deutschland, die er wegen mir hinter sich hatte!«, versuche ich die Runde zu bewegen, auch seine Vorzüge zu sehen.

»Na, er konnte ja kaum anders, nachdem deine Mutter schon mit der Zitronenrolle in der Tür stand. Gepasst hat es ihm nicht, das sah man! Er saß da wie ein geprügelter Hund, hat nach Cappuccino und Biscotti gefragt, und als ich ein bisschen Konversation machen wollte und ihn fragte, was er denn so arbeitet, hat er diesen *Das-verstehen-Sie-sowieso-nicht-Blick* aufgesetzt. Als wäre ich geistig behindert!«

»Aber du würdest es tatsächlich nicht verstehen«, verteidige ich ihn weiter.

»Aber natürlich nicht!«, erwidert Rosi seelenruhig. »Ich verstehe deinen und den Job deines Bruders ja auch nicht, aber es interessiert mich trotzdem! Und die Höhe war ja dann wohl, als er dich gefragt hat, ob du nicht mit ihm nach München fahren willst!«

»Aber das ist doch naheliegend.«

»Aber doch nicht in dem Tonfall! So, als müsste er dich vor uns retten!«

»Tinchen …«, sagt meine Mutter eindringlich. »Wir wünschen uns für dich jemanden, der sich auch für deine Familie interessiert und sich bemüht, einen guten Eindruck zu machen, und nicht so tut, als wären wir die Wollnys. Das ist doch nicht zu viel verlangt?«

Ich schweige und verschränke bockig die Arme. Ich komme mir vor wie fünfzehn.

»Ach, ihr beiden, nun lasst sie«, bemüht Erika sich um Frieden. »Unsere Prinzessin hier ist heute einfach verstimmt. Wir heben ihr ein Stück Donauwelle auf, und wenn Hochwürden wieder besser gelaunt sind, kann sie es ja essen.«

Dann sieht sie mich direkt an. »Und zu deinem Lover …« Das Wort bringt mich zur Weißglut! »Zu dem sage auch ich dir: Ich habe das im Urin – irgendwas stimmt nicht mit dem.«

»Du warst ja nicht einmal da!«, fahre ich sie an. »Du kennst ihn doch überhaupt nicht!«

»Kind, wenn man viel mit Pferden zu tun hat, lernt man, dass es auch noch andere Energien gibt als die verbale und visuelle.«

Auch das noch. Sie kommt mit ihrer Esoterikmacke.

»Ich *spüre*, wenn ein Pferd ausbrechen will, noch bevor es selber daran denkt!«, brüstet sie sich. »Neulich …«

»Pah, dann bräuchtest du wohl kaum einen Pferdeflüsterer!«, höhne ich.

»Pferdeflüsterer?« Sie sieht erstaunt in die Runde.

»Na, dieser Dings … Die Hilfe mit Lohengrin«, erklärt meine Mutter.

»Vielleicht möchtet ihr auch einfach nicht, dass ich einen Mann habe und ihr nicht!«, fauche ich pampig.

»Bettina!« Meine Mutter lässt erschrocken das zweite Stück Donauwelle auf ihren Teller plumpsen. »Entschuldige dich sofort!«

»Ist doch wahr!« Jetzt komme ich so richtig in Fahrt. »Euer ganzes Misstrauen ist womöglich überhaupt erst der Grund, warum keine von euch liiert ist!«

Diese Diskussion ist wirklich eine wunderbare Gelegenheit, meinen Gesamtfrust bis auf die Grundmauern abzubauen.

Meine Mutter streicht peinlich berührt imaginären Staub von der Tischdecke. Rosi kratzt mit ihrer Gabel verlegen auf dem Teller herum. Nur Erika fixiert mich ganz ohne Scheu.

»Dazu wollte ich ja gerade kommen …«

Alle blicken auf.

»Den Pferdeflüsterer brauche ich nämlich auch nicht. Jedenfalls nicht«, sie räuspert sich umständlich, »für die

Pferde.« Das Strahlen von vorhin huscht über ihr Gesicht. Sehe ich richtig, dass sie Rouge trägt?

Meine Mutter und Rosi hören auf zu kauen.

»Erika, heißt das …?« Rosis Gesicht wird ganz rosig.

»Heißt das, du und der Pferdeflüsterer …?«, haucht meine Mutter verzückt.

»Udo. Ja, das heißt es!«

Sie und Rosi springen überraschend leichtfüßig auf und fallen sich in die Arme, und sofort setzt das geschwisterlich vertraute Dreier-Getratsche ein. Ich sitze derweil auf meinem Stuhl, starre auf den gedeckten Apfelkuchen und sage am besten nichts mehr.

»Ich weiß …«, erklärt Erika, als etwas Ruhe einkehrt und sie sich wieder gesetzt haben. »Ihr denkt immer, ich hätte statt sozialer Kontakte die Pferde. Und vielleicht habt ihr da gar nicht so unrecht.« Ihr Blick ist regelrecht selig. »Wisst ihr, als Udo Lohengrin therapiert hat, hat er gesagt, wenn man lange alleine bleibt, wird man schwierig. Er stand ja viel separat im Paddock, weil er sich nicht mit den anderen vertrug. Aber das hat es nur verschlimmert. Und ich – will nicht schwierig werden«, endet sie mit einem verlegenen Lächeln.

Als der erneut aufbrandende Jubel abgeebbt ist und alle wichtigsten Details (wie gut sieht er aus auf einer Skala von 1 bis 10, hattet ihr schon Sex? Ist es was Ernstes? Zieht ihr zusammen? Wann stellst du ihn uns vor???) erörtert sind, zwinge auch ich mich zu einem zaghaften »Glückwunsch!«. Den ich innerlich nicht teile. Wieso wird *ihr Lover* unbesehen für toll befunden und meiner behandelt, als deale er mit zweifelhaften Substanzen? Das ist genau wie mit Sasha. Keiner hat sie je gesehen, aber alle freuen sich auf sie.

Dann widmet sich Rosi wieder mir. »Siehst du, wie sehr Erika sich freut? Was die Liebe mit ihr macht? Sie ist vergnügt und freundlich zu uns! Ihr Freund hilft ihr mit ihren Problemen! Deiner dagegen …«

»Ich gehe«, sage ich und schiebe meinen Stuhl zurück. Ich muss sofort hier raus.

»Ich esse und liebe, wie's mir passt!«, verkünde ich und stürme aus dem Zimmer. In einem Tempo, das meinem Alter nicht gerade angemessen ist. Da ich meine ABS-Stoppersocken mit Gummiuntersatz in der Klinik nicht dabeihatte und somit hier auch nicht, komme ich leider nicht schnell voran und schlittere durch den Flur. Das Allerschlimmste an meiner Lage ist: Irgendwo im hintersten Winkel meines Herzens oder meines Unterbewusstseins, oder wo auch immer Bedenken sitzen, teile ich Rosis Zweifel. Oder ihre Paranoia? Jawohl, Paranoia! Ich hab schließlich alles richtig gemacht. Der Fluch der Baumann-Frauen wird mich nicht ereilen! Ich werde glücklich sein und haufenweise Kinder und Hunde haben und Filip noch mit achtzig im Altersheim den Gehstock halten. Und wir werden gemeinsam unsere Dritten reinigen und beim Bingo sitzen und sagen: *Weißt du noch? Unsere Familien waren immer gegen unsere Heirat. Und sieh, wie weit wir es gebracht haben!* So schaut's nämlich aus.

Fast an der Treppe angekommen, erstarre ich vor Schreck. In der Haustür dreht sich ein Schlüssel. Meine Mutter, Erika, Rosi und ich sind hier drinnen, und sonst hat niemand einen …

»Hallo, jemand zu Hause?«

Jan steckt vorsichtig seinen Kopf rein.

»Überraschung …! Hallo, Schwesterherz! Oh …«, er mustert im Reinkommen mein Gesicht. »Stress? Steht dir gut das – äh, Wütende!«

»Wenn *du* hier seit drei Wochen festsitzen würdest …«, fauche ich, noch bevor ich dazu komme, ihn zu seiner Anwesenheit zu befragen. Hinter ihm schiebt ein entzückendes, elfenhaftes Wesen ebenfalls seinen Körper durch die Tür.

»*Hi, I am Sasha!*«, kommt sie auf mich zu, mit einem Lächeln, das die Sonne verblassen lässt. Das hat mir gerade noch gefehlt: noch ein gut gelaunter Mensch. »Das ist Sasha«, übersetzt mein Bruder überflüssigerweise.

»Was machst du denn hier?« Erika, Rosi und meine Mutter erscheinen im Flur und schließen ihn herzlich in die Arme. Auch für Sasha gibt es ein großes Hallo.

»Na ja«, erklärt Jan uns seinen Spontanbesuch. »Nachdem wir ja schon mal vergeblich versucht haben, einen Kennenlerntermin zu finden, und Tintenfisch jetzt gerade hier ist …«, hab ich gedacht, wir setzen uns einfach in den Flieger und kommen.

»Fantastisch!«, ruft meine Mutter.

»Es ist noch reichlich Kuchen da«, sagt Rosi, und Erika legt sofort vertraut den Arm um das Mädchen.

»*Oh no! Wait* …«, reißt diese sich plötzlich los. »Jan, *the presents!*« Er reicht ihr die Reisetasche, die er immer noch über der Schulter trägt, und sie zieht vier edle weiße Päckchen mit schwarzen Schleifen heraus.

»Das für dich!«, lächelt sie und drückt mir eins davon in die Hand. Ich gebe zu, sie macht eine wesentlich bessere Figur hier als Filip.

Seufzend breche ich meinen Abgang ab und ergebe mich. Wir gehen ins Wohnzimmer und nehmen Platz. Sasha bekommt ein Gedeck hingestellt und wird sofort über sämtliche klassischen deutschen Kuchen informiert, Jan kommt mit dem Übersetzen kaum nach. Schon nach wenigen Minuten kreist die Unterhaltung um die bevorstehende standesamtliche Hochzeit, die Anfang Juni stattfinden soll, was zum Glück noch ein Vierteljahr hin ist. Dann erzählt Sasha von ihrer Heimat und zeigt uns Familienfotos. Sie scheint wirklich recht betucht zu sein, jedenfalls gibt es ein größeres Anwesen mit Personal und Pools in Windhoek zu sehen. Aber Europa gefalle ihr so gut, dass sie vorerst hier leben wolle. Ich bin abgemeldet. Logisch, denn sie ist das reinste Energiebündel, lacht viel und versprüht jede Menge kosmopolitischen Esprit. Auch ich kann mich ihrem Charme kaum entziehen. Außerdem ist sie verdammt hübsch – sie hat unschuldige blaue Augen und seidige blonde Haare, die sie im Minutentakt hinters Ohr streicht.

»Tintenfisch«, du sagst ja gar nichts mehr?«, bemängelt Jan nach einer ganzen Weile.

»Mir ist eben nicht danach«, gebe ich mir keine Mühe mehr, meine Gefühle zu verstecken. Erst Udo und jetzt Sasha. Alle werden mit offenen Armen empfangen, aber wenn ich *einmal* einen Freund mit nach Hause bringe …

»Wisst ihr, es tut mir leid, dass ich nicht mit einem Mann aufwarten kann, der so taff ist, dass er selbst Erika bändigt! Oder einer südafrikanischen Verlobten, wo ihr die Hälfte von dem, was sie sagt, sowieso nicht versteht. Was vermutlich überhaupt nur der Grund ist, warum ihr sie so mögt!«, platzt es plötzlich aus mir heraus. »Ich habe eben nur diesen Filip.«

Sasha lächelt unsicher und sieht Jan an. *»What did your sister say?«*, bittet sie um Übersetzung.

Jan starrt mich an, sein Blick durchfährt mich wie ein Blitz, und mir wird sofort bewusst, dass ich etwas sehr Schlimmes getan habe.

»She said …«, sagt er zu Sasha und lässt mich dabei nicht aus den Augen, *»that she likes you very much and cannot wait to open the present you brought her.«* Und dann, wieder zu mir gewandt: »Und soll ich dir was sagen? *Tintenfisch* kommt gar nicht daher, dass ich nicht *Tina* sagen konnte als Kind –, es kommt daher, dass ich in einem Bilderbuch gesehen hatte, dass Tintenfische Gift verspritzen! So wie du!«

Na toll, Jannemann jetzt also auch noch. Seine Worte treffen mich tief. Erika sagt gar nichts, was ein sehr schlechtes Zeichen ist.

»Oh yes?«, lächelt Sasha unbeholfen, denn natürlich spürt auch sie, dass ich das bei meinem jetzigen Gesichtsausdruck unmöglich gesagt haben kann, aber sie spielt mit. *»Well, it's been a pleasure«*, strahlt sie, und ich kann sie mir spontan im diplomatischen Dienst vorstellen. Als Botschafterin oder so. Sie ist absolut perfckt und benimmt sich auch genauso. Im Gegensatz zu mir.

Ich rutsche aus der Eckbank der Sitzgruppe am Esstisch und verlasse wortlos den Raum. Diesmal schweigen alle. Es ist schrecklich. Deprimiert schleiche ich die Treppe rauf und lege mich in meinem Zimmer aufs Bett. Auf meinem Handy blinkt eine SMS, die schon vor drei Stunden eintraf.

Na, meine Süße! Hältst du es noch aus in der Industrieidylle? Hier in München warten auf dich: ich, ein Weißbier, zwei Hasen und jede Menge Spaß! Wann willst du einen 2. Nasenanlauf nehmen?
Kuss, F.

Ich wähle Filips Nummer. Es klingelt, aber er geht nicht ran. Viel zu tun haben kann er nicht, denn heute ist Sonntag. Ich habe noch genau eine Woche Urlaub. Trotz Lagerkoller zieht mich aber nicht viel nach München. Corinna und ich haben so viel Spaß miteinander, dass ich gar nicht weg will. Und meine Wohnung kommt mir, verglichen mit unserem Haus, kalt und karg vor. Auch wenn ich den Gelsenkirchener Barock hasse, es ist einfach gemütlich, und alles hat seinen Platz. Ich habe mir wirklich nicht viel aufgebaut in den letzten drei Jahren, außer einer Bonuskarte bei *Peng-Express* und einer Mitgliedschaft in der Videothek. Und der Glaube, ich wäre eben mehr die Karrierefrau, hat sich nun auch erledigt. Bleiben nur Untermieter und Filip. Inzwischen kommt es mir vor, als hätten wir eine Fernbeziehung. Ständig verpassen wir uns, oder ich rufe ungünstig an. Entweder ist er im Meeting, bereitet sich auf eins vor oder ist völlig erschöpft von einem. Zu Zeiten, in denen er anruft, liege ich längst im Bett oder bin noch nicht auf. Morgen fliegt er nach Bangalore, um eine Produktionsstätte zu überprüfen. Ich beneide ihn darum, Businessclass fliegen zu können. Bin ich noch nie.

Von unten höre ich Stimmengewirr, vermutlich machen sich alle für einen Spaziergang fertig, aber mir kann der Ententeich heute gestohlen bleiben. Ich werde einfach hierbleiben und mich verkriechen und abwarten, bis sich die Wogen wieder geglättet haben, und vielleicht Sashas Geschenk aufmachen. Es tut mir wirklich leid, dass ich sie so unfreundlich empfangen habe! Zumal sie gar nichts dafür kann. Aber es war einfach ein ziemlich ungünstiger Zeitpunkt, zu dem sie heute in mein Leben trat. Ich ziehe an dem schwarzen Schleifchen und öffne den weißen Karton. Darin ist eine edle Duftkerze. *Coconut Comfort*, lese ich auf dem Etikett. Trost – den kann ich jetzt mehr als gut gebrauchen. Ich zünde sie an, und sie verströmt einen wunderbaren Duft in meinem nach Bügelstärke riechenden Zimmer. Irgendetwas in meiner Gesäßtasche stört mich. Ich greife hinein und taste nach dem Stück Papier. Ich will es direkt wegwerfen, aber dann sehe ich, was es ist.

Ein Max hat für
dich angerufen.
Küsschen, Mama.

Ich drehe und wende das gelbe Post-it zwischen den Fingern. Ich hatte beschlossen, es zu ignorieren, hatte es aber nicht wegwerfen können. Max hat angerufen. Für mich, hier bei uns! Nach dem Abend auf der Kirmes. Dem wunderschönen Abend, den ich unbedingt vergessen muss. Vergessen will. Woher kennt er überhaupt meine Nummer? Ich habe mich doch mit Tina Winter vorgestellt.

Ich schleiche aus meinem Zimmer und horche in den Flur hinunter. Es herrscht völlige Stille, alle scheinen ausgeflogen zu sein. Schnell laufe ich die Treppen hinunter und schnappe mir *Das Örtliche*. Es liegt brav auf den *Gelben Seiten* unter dem Telefontisch, Relikte der Kleinstadt ... Als ich wieder oben bin, schlage ich es auf. Tatsächlich gibt es unter Winter nur einen Eintrag – meine Mutter. In diesem Moment läutet mein Handy. Sicher ruft Filip zurück? Nein, es ist eine mir unbekannte Nummer. O Gott, vielleicht ist das Max?! Aber nein, unmöglich. Meinen echten Namen kennt er nicht – wie soll er da an meine Handynummer kommen?

»Bettina Baumann«, melde ich mich sachlich.

»Hey, Bettina, ich bin's, Pia!«

»Pia?«, frage ich ratlos.

»Na, du scheinst ja sehr gut abzuschalten in deinem Urlaub – Pia Ahrendt aus der Buchhaltung, erinnerst du dich an mich? Die Firma heißt *CarStar*, hier hast du früher gearbeitet.«

»Ach, Pia«, entfährt es mir. »Ja, entschuldige bitte, ich bin tatsächlich ziemlich weit weg ...«

»Du, ich will dich auch gar nicht stören – zumal am Sonntag. Aber wir haben den Auftrag bekommen! Freitagabend wurde es bekannt, bis Samstagmorgen haben wir alle im *Le Club* gefeiert, und gestern war Katertag ... Also dachte ich mir heute, es wäre doch nett, alle zu informieren, die gerade nicht da sind. Und du bist schließlich die Nächste in der Telefonkette! Falls es dir nichts ausmacht – könntest du versuchen, Jennifer Berg zu erreichen?«

»Alles klar«, sage ich matt. Aber dann freue ich mich doch. Schließlich hat sich unsere ganze Arbeit des letzten Jahres gelohnt. »Das ist ja toll! Super!«

»Ja, nicht wahr? Also, ich will dich nicht groß aufhalten – mach's gut, und vergiss nicht, Jenny anzurufen! Sie war Freitag auch nicht da.«

»Mache ich«, verspreche ich. Ausgerechnet Jenny, na super. So, wie sie sich mir gegenüber in der letzten Zeit verhalten hat, bin ich nicht scharf auf ein Gespräch mit ihr. Sicher ist wieder irgendwas mit Josefine. Seit ich hautnah an Corinnas Leben mit Trixie und Klara teilhaben darf, weiß ich, dass mit Kindern tatsächlich immer irgendwas ist. Ein Wunder, dass Mütter überhaupt noch Zeit zum Arbeiten finden. Ich wähle ihre Nummer, aber Jennys Handy ist abgeschaltet, worüber ich ziemlich froh bin. Ich schreibe ihr eine SMS mit der Neuigkeit und hoffe, damit meine Pflicht getan zu haben. Komisch, dass Filip mir nichts von dem Deal erzählt hat? Zumal Freitag unser letztes Gespräch war.

Kaum habe ich mich in meine Decke gekuschelt und den Fernseher eingeschaltet, klingelt es wieder. Hoffentlich ist das nicht Jenny …

»Bettina, du musst kommen, sofort!«, jault mir eine aufgeregte Corinna ins Ohr.

»Aber das ist jetzt schlecht«, entgegne ich. »Ich habe einen Riesenstreit mit meiner Familie, und mein Bruder und seine Zukünftige sind hier. Was ist denn? Oder soll ich dir helfen? Ist was mit Trixie und Klara?«

»Nein, mit denen ist alles okay. Aber trotzdem gibt es Probleme! Und die hast *du* uns eingebrockt!«

Ich habe keine Ahnung, was sie meinen könnte. Aber sie klingt stinksauer.

»Na schön, gib mir zehn Minuten«, willige ich ein und schalte den Fernseher aus.

Ich sause die Treppe hinunter, greife im Rennen meine Jacke – und pralle in der Tür auf meine Mutter.

»Wo willst du denn bitte schön hin?«, fragt sie kühl. Rosi und Erika stehen hinter ihr und sagen ausnahmsweise kein Wort. Auch sie sind immer noch sauer.

»Zu Corinna«, sage ich und sondiere das Feld. Ich muss die Sache mit den zwei Turteltauben in Ordnung bringen, wird mir bewusst. Besser früher als später.

»Falls du deinen Bruder suchst«, sagt meine Mutter, »der ist wieder gefahren.«

»Was?!« Panik steigt in mir hoch. »Etwa wegen mir?«

»Ja, wegen deines unmöglichen Verhaltens!«, schimpft sie. Doch Rosi gibt ihr einen Schubs.

»Bea! Mach es doch nicht schlimmer, als es ist. Sie sieht ja schon ganz fertig aus.« Mitleidig mustert mich Rosi.

»Na schön«, rudert meine Mutter zurück. »Sie hatten ohnehin geplant, nur kurz vorbeizukommen. Es gab einen Supersonder-Flugtarif, wenn man am Morgen mit der ersten Maschine hin- und mit der letzten wieder zurückfliegt. *Daypass-Dayspaß* nennt sich das.«

»Puh!« Ich atme aus. Aber das macht das Geradebiegen nicht leichter.

»Also dann, bis später!«, drücke ich mich an dem Trio vorbei und verschwinde mit schlechtem Gewissen.

»Um sieben gibt's Essen!«, ruft meine Mutter mir nach.

Als ich bei Corinna eintrudele, steht sie schon in der Tür. »Es ist oben!«, empfängt auch sie mich recht eisig.

Ich folge ihr hinauf ins Arbeitszimmer und tippe unterdessen eine SMS an Jan. Auf keinen Fall will ich die Sache so stehen lassen! Hoffentlich sitzt er noch nicht im Flugzeug.

Bin bloß neidisch. Will auch so was Nettes, in männlich. Bitte sag Sasha, wie leid es mir tut! She is amazing (and so are you)!
Die Giftspritze

Als wir oben ankommen und ich das Handy wegstecken will, summt es. Jan! Doch diesmal sehe ich ein Briefchen im Display mit dem Namen *Jenny*.

»Los jetzt, guck!« Corinna hat sich derweil an den eingeschalteten Rechner gesetzt und das Browserfenster vergrößert, doch ich kann den Blick nicht von Jennys SMS lösen.

Ich arbeite nicht mehr bei CarStar.
J.

»Bettina! Jetzt guck!«, mosert sie ungehalten erneut, und ich blicke auf.

»Ja doch, sorry! Was ist denn?!«

Ich erkenne eine E-Mail mit Anhang, aber die Schrift ist ganz furchtbar klein und formell.

»Mario Beyer hat geantwortet!«, klärt sie mich auf.

»Ach, echt?« Interessiert rücke ich näher zum Bildschirm. Die Sache ist total in den Hintergrund geraten. »Und, was schreibt er so?«

»Gar nichts«, bemerkt Corinna kühl. »Schreiben tut er gar nichts. Viel besser: Er verklagt dich. Leider nicht nur im Spaß. Du sollst Dienstag vors Amtsgericht.«

Supermieseste Lage meines Lebens.

13.

»Willst du die obere oder die untere Hälfte? Bettina?«

»Hm?« Ich schrecke aus meinen Gedanken hoch.

»Welche Brötchenhälfte du willst!«

»Unten«, sage ich gemäß dem Ritual, das meine Mutter und ich seit dreißig Jahren pflegen. Vielleicht auch schon seit zweiunddreißig, je nachdem seit wann ich sprechen und das Wort *unten* sagen konnte.

»Du bist überhaupt nicht bei der Sache!«, bemängelt sie.

»Mama, wir frühstücken doch nur. Wieso muss man da bei der Sache sein?«

Doch es stimmt. Seit mich Mario Beyer verklagt, hat nicht einmal mehr meine Arztserie in meinem Leben Platz. Heute ist Montag, und ständig denke ich an morgen, und obwohl mich die Sache in helle Panik versetzt, halte ich mich auch diesmal stur an meine Regel, meine Familie nur mit Eckdaten zu versorgen.

»Mir fiel nur gerade ein, dass ich Filip noch anrufen muss, bevor er fliegt.« Ich schiebe bestimmt meinen Stuhl zurück und nehme mein halbes Käsebrötchen mit nach oben. Ich spüre die missbilligenden Blicke meiner

Mutter in meinem Rücken. Sie hasst es, wenn man beim Essen aufsteht, noch dazu wegen Filip.

»Na, wenn das nicht das Pottputtel ist!«, meldet er sich. »Ich dachte schon, sie haben dir dein Handy weggenommen und du darfst nicht mehr telefonieren?«

»Und wenn das nicht der Spießer aus der Businessclass-Lounge ist!«, entgegne ich, wohl wissend, dass er heute im Anzug unterwegs ist und Anzüge hasst.

»Ach Süße, sei doch froh, dass du jetzt keinen Langstreckenflug vor dir hast! Nicht einmal einen Film kann ich ansehen – stattdessen muss ich mich durch drei Aktenordner kämpfen und ein paar Worte Hindi lernen.«

»Ich hab gestern versucht, dich zu erreichen«, wechsele ich das Thema.

»Und ich hab dir eine SMS geschrieben.«

»Ja, die hab ich erst abends gesehen. Bis dahin war ich beschäftigt«, enthalte ich auch ihm die Details meiner familiären Situation vor. Es wäre bloß Wasser auf seine Mühlen.

»Womit denn? Gartenzwerge polieren?«

Na bitte. Ich finde, es ist eine Sache, wenn ich über den Pott meckere. Wenn Filip das tut, fühle ich mich angegriffen, ist doch klar. Immerhin ist es mein Zuhause. Ich schweige genervt. Seit er hier war, ist unsere Kommunikation insgesamt ungut.

»Ach, komm schon, Baumann …«

Außerdem nennt er mich wieder *Baumann*. Als wären wir Saufkumpane.

»Hör mal, ich wünsche dir einen guten Flug!«, kürze ich die Sache ab, bevor es noch schlimmer wird, denn damit kann man wohl nichts falsch machen.

»Danke. Aber sag, wann kommst du denn jetzt wieder zu mir, in die Zivilisation?«

»Nächsten Sonntag. Am Abend.«

»Nicht eher?« Seine Stimme klingt enttäuscht, und das freut mich. »Ich dachte, wir verbringen das ganze Wochenende zusammen? Nachdem du so lange weg warst ...«

»Es war das günstigste Zugticket, weißt du? Und nachdem *ich* ja nun nicht Abteilungsleiterin bin und Geld verdiene ...« Ach, verdammt.

»Aha«, bemerkt er nur trocken.

»Entschuldige, das wollte ich nicht sagen.«

»Hast du aber. Und es ist schlimm genug, dass du so denkst!«

»Wie gesagt, entschuldige!«, lenke ich ein. »Vielleicht komme ich doch schon am Samstag?«

»Wie wäre es mit Freitag?«

»Da sind die Züge nun wirklich brechend voll, Filip ...«

»Schön, musst du wissen, wie lange du es im Feinstaub noch aushältst ... Mein Flug wird aufgerufen.«

»Okay. Du kannst ja von Indien aus mal eine SMS schreiben?«, schlage ich vor.

»Hm, mal sehen, ob ich da Empfang habe ...«

»Warum hast du mir nicht erzählt, dass *CarStar* den Auftrag gekriegt hat und ihr alle feiern wart am Freitag?«, will ich noch wissen.

»Weil du, wie gerade geschehen, neuerdings sehr empfindlich auf Arbeitsthemen reagierst und mir am Ende noch vorwirfst, ich würde dir meine Beförderung unter die Nase reiben.«

»Aber Filip, das ist doch Unsinn!«

»Ist es das?«

Zwischen uns entsteht eine Pause.

»Also, ich muss los … Die schließen hier gleich das Gate.«

»Gut, bis bald!«

»Ja.«

Klick, weg ist er. Was für ein furchtbares Gespräch! Aber es ist nicht das erste in der Art. Von den letzten war kein einziges besser. Ob es Beziehungen gibt, die nur an bestimmten Orten funktionieren? Im Büro? Oder im Urlaub? Ich bin gespannt, wie es zwischen uns ist, wenn ich wieder in München bin.

Übellaunig schleiche ich wieder nach unten, meine Mutter riecht sofort Lunte.

»Habt ihr Streit? Weißt du, eine Mutter *spürt* …«

»Ja, also …« – Eckdaten!!!!!

»Nein. Es war einfach nur gerade ungünstig. Er war mitten in der – Sicherheitskontrolle.«

»Aber dann kann er dich doch vom Gate aus noch mal anrufen?«

»Nein, weil sein Flug schon so knapp … Also gut, wir haben Streit!«, gebe ich mich geschlagen. »Wobei das so auch nicht stimmt. Es war einfach ein doofes Telefonat.«

»Ging es wieder um deine Nase?«

»Nein, Mama! Es ist einfach bloß komisch mit uns. Wegen – der räumlichen Distanz.«

»Na schön, Schätzchen, ich lasse dich ja schon in Ruhe! Aber denk dran: Kein Mann ist es wert, dass du hier Trübsal bläst!«

Meine Entscheidung ist richtig: Auf keinen Fall werde ich die Sache mit der Vorladung erwähnen. Das hier reicht mir schon wieder. Irgendwie muss ich damit alleine fertig werden. Sogar ganz alleine, wie's aussieht, denn Corinna ist nach wie vor ziemlich sauer auf mich und hat Angst, dass der gute Name der Fahrschule in Mitleidenschaft gezogen wird. Als ich gestern ging, musste ich ihr hoch und heilig versprechen, sie da rauszuhalten und gegebenenfalls unter Eid alles richtigzustellen. Was ich auch geschworen habe, auf eine *Wendy* mit *Haflinger Spezial* von 1987.

Ich will einen Schluck aus meiner Tasse nehmen, doch meine Mutter legt fürsorglich ihre Hand darauf.

»Warte, der Kaffee ist kalt – ich gebe dir neuen! Hier aus der Thermoskanne. Willst du von dem zweiten Brötchen auch wieder die untere Hälfte?« Am liebsten würde ich heulend an ihre Brust sinken. Selbst wenn die Welt untergeht, sind Mütter schrecklich normal.

Das Amtsgericht ist ein ziemlich klotziges, graues Gebäude. Na ja, man kann wohl auch kaum erwarten, dass hässliche Rechtsangelegenheiten in einer Art Schloss verhandelt werden. Vor dem Haupteingang erstreckt sich eine Reihe Sträucher, an deren Ästen langsam Knospen sprießen. Der Parkplatz neben dem Gebäude ist knallvoll, und ich bin wieder einmal sehr froh, Busfahrerin zu sein (auch wenn ich zweimal umsteigen und dazwischen eine Viertelstunde warten musste, aber was soll's). Ich umfasse den Griff meiner Handtasche fester. Für den heutigen Tag habe ich mir heimlich von meiner Mutter ihre alte lederne Schultasche geliehen, in der sich wichtige Unterlagen problemlos verstauen lassen. Irgendwie hatte ich das Gefühl, mich vorbereiten zu müssen, und habe unseren gesamten aus zwei Mails bestehenden Schriftverkehr dabei. Dazu ein altes Klassenfoto, auf dem Mario, der hinter mir steht, mir Hasenohren macht (zum Beweis seiner bereits im Kindesalter vorhandenen Fiesheit) und einen Schokoriegel für meinen Zuckerspiegel. Ich bin so nervös, wie ich es vor keiner Präsentation bei *CarStar* je war. In Gedanken habe ich noch mal versucht, mir den Tag damals so genau wie möglich in Erinnerung zu rufen: Es war die erste Schulwoche im August, es ging um unsere alten Sitzplätze ... Es war dieselbe Woche, in der Mario im Kunstunterricht mein fertiges Bild hinter der Tafel versteckt hat und ich ein neues malen musste. Einen ganzen Galapagosleguan mitsamt sämtlichen Schuppen! Das wird jeder Richter verstehen. Jemand, der so etwas macht, ist gestört. Gestört und gemein und für die Gesellschaft untragbar! Ich werde ein feuriges Plädoyer halten über Menschlichkeit und Nächstenliebe – habe ich mir vorgenommen. Und wenn sie mich dann trotzdem wegen der Mail verknacken, hab ich wenigstens alles versucht.

Ob er überhaupt persönlich hier erscheint?

Ich gehe zögerlich und mit schweren Beinen die hohen Steinstufen zu der gläsernen Doppeltür hoch und greife nach der Klinke. Offenbar ist abgeschlossen. Hat das Gericht denn noch zu? Ich sehe auf die Uhr, es ist bereits kurz vor zehn. Die Anhörung ist für zehn Uhr fünfzehn angesetzt.

»Klingeln«, knarzt eine Männerstimme hinter mir. Ich drehe mich um. Ein älterer Herr deutet auf einen kleinen goldenen Knopf zu meiner Rechten.

»Oh, ach so.«

Ich drücke drauf. Sogleich quäkt es durch die Gegensprechanlage. »Fallnummer und Name bitte.«

Hektisch fange ich an, in meiner Tasche nach der Vorladung zu kramen. Die hat aber auch viele Fächer!

»Maiwald, zehn Uhr fünf, neun drei neun, Strich zwei«, sagt der Herr wie aus der Pistole geschossen an mir vorbei in die Sprechmuschel, eine löchrige Rundung in der Wand. »Bitte schön!« Freundlich hält er mir die Tür auf, und ich schlüpfe verlegen hindurch.

»Das ist eigentlich gegen die Vorschrift, aber ich nehme mal an, Sie planen keine Geiselnahme?«

»Nein. Nicht direkt …«, stottere ich. »Also gar nicht, natürlich. Vielen Dank!«

Er zwirbelt wie zum Gruß seinen grauen Schnurrbart, dann steuert er schnurstracks auf eine große Wendeltreppe im Foyer zu. Noch immer peinlich berührt, sehe ich mich um. In der Halle herrscht reger Betrieb. Wie dumm von mir, anzunehmen, man könnte heutzutage einfach so in ein Gericht spazieren! Erst neulich habe ich wieder gelesen, dass ein Lottogewinner erst einen Staatsanwalt und dann seine Frau erschossen hat, weil die den Tippschein mit der Kochwäsche gewaschen hatte. Und solche Leute treiben sich ja schließlich hier rum. Verstohlen sehe ich mich um. Alles sieht ziemlich ruhig aus.

Ich gehe auf eine große, graue Tafel zu. Jede Menge weiße Buchstaben, Zahlen und Pfeile weisen den Weg zu den einzelnen Räumen. Da, da steht es! »Beyer gegen Baumann, zehn Uhr fünfzehn, Verhandlungsraum III.« Gut, jetzt muss ich nur noch den Raum finden … Gottlob ist das Gebäude logisch aufgebaut, und so befindet sich

Raum III auch im dritten Stock. Im zweiten Stock stelle ich japsend fest, dass es auch Aufzüge gibt, die rauf- und runterrumpeln, uralte Paternoster ohne Tür. Na ja, ich wollte sowieso wieder mehr Sport machen … Immerhin ist meine letzte Zumbastunde in München bald drei Monate her.

Eine einfache Glastür führt auf den Korridor, auf dem sich die Räume 3.1 bis 3.5 befinden. Ich denke an die lichtdurchflutete Halle bei *CarStar*, den Billardtisch hinterm Empfang und das allgemeine kreative Chaos. Unsere Räume sind nicht nummeriert, aber trotzdem weiß jeder, was mit *Konfi groß* und *Konfi klein* gemeint ist, und mit *Folterkammer* (Hoffmanns Büro). Wirklich, ein Arbeitsplatz in diesem Gebäude wäre nichts für mich! Eine Frau mit einer Schlüsselkarte um den Hals kommt mir entgegen. Sie trägt ein graues Kostüm und farblich dazu passende Aktenordner. Ich bin unschlüssig, ob ich sie grüßen soll, aber ich glaube, auch diesbezüglich geht es hier ziemlich formell zu, und bevor ich was falsch mache, mache ich lieber gar nichts.

Ich laufe an den ersten beiden Verhandlungsräumen vorbei und steuere auf eine schlichte Holzbank vor dem dritten zu. Ich war noch nie in einem Gericht und stelle fest, dass es nicht annähernd den Glamour amerikanischer Anwaltsserien hat. Es ist genau zehn Uhr elf. Die Tür des letzten Raums auf dem Gang springt auf, und ich sehe wieder den älteren Herrn vom Eingang. Er trägt jetzt eine Robe und schüttelt zwei Männern die Hand, die ebenfalls schwarze Umhänge tragen. Dahinter kommen ein Mann mit finsterer Miene und eine Frau mit strahlendem Lächeln aus dem Saal. Eine Scheidung, vermute ich.

»Ah, Sie sind der Zehn-Uhr-fünfzehn-Termin?« Der ältere Herr eilt auf mich zu.

»Ja, ich bin *Beyer gegen Baumann*, zehn Uhr fünfzehn, Fall dreiundneunzig, zwanzig, vierzehn«, sage ich gehorsam auf. Inzwischen kann ich es. O Gott, ich begreife, dass das wohl der Richter ist! Wie sagt Tante Rosi immer? *Es gibt keine zweite Chance für einen guten ersten Eindruck.*

Beschwingt schließt er den Raum auf.

»Ach, helfen Sie mir kurz ... Sind Sie das mit der Nase?«

Ich nicke. Das ist ja jetzt noch peinlicher als die Situation vorhin am Eingang. Er zwinkert mir zu. »Bis gleich, ich rufe Sie auf!« Fröhlich schließt er die Tür hinter sich. Ich weiß nicht, wie ich das finden soll. Ich meine, als Frau schmeichelt mir das zwar. Aber als, äh, Beklagte, beziehungsweise ja eigentlich *Opfer* vorgymnasialer Gewalt ist es vermutlich eher ungut, dass der Richter meinen offensichtlichen Schaden als *gar nicht so schlimm* einstuft. Da kann ich mir die halbe Million Schmerzensgeld wohl abschminken. Außerdem verblüfft mich seine penetrant gute Laune. Er wirkt wie ein Standesbeamter, dessen Gemüt über die Jahre durch stark verliebte Paare und nicht durch Kriminelle, Elend, Leid und Rachsucht geprägt worden ist. Wieder öffnet sich die Tür, und er steckt den Kopf raus. Fast wie mein alter Klassenlehrer, als er mich zur mündlichen Abiprüfung reinrief. Und die nahm kein gutes Ende.

»Ah, sehr gut ...« Er sieht über mich hinweg und fixiert jemanden am Ende des Korridors. »Ihr Anwalt ist also auch da.«

Mein was?

»Hallo, Herr Kollege!«, grüßt er in Richtung Glastür. »Und wo ist die Gegenpartei?« Eifrig klappt er das Hängeregister in seinen Händen auf, in dem zwei DIN-A4-Bögen liegen. Offenbar bin ich wirklich keine große Sache. Sein Gesichtsausdruck verändert sich, dann blickt er wieder auf. »Oh, ach so. Verstehe … Gut, dann sind wir vollzählig.« Ich verstehe nur Bahnhof, wage aber nicht, mich umzudrehen in Richtung der Schritte, die sich über den Steinboden nähern. Im Stillen hatte ich bis zuletzt gehofft, Mario Beyer nie im Leben wiedersehen zu müssen. Erst jetzt begrabe ich meine Hoffnung, alles wäre auch umgekehrt nur ein schlechter Scherz. Gleich werde ich in sein Gesicht blicken. Mario – der Schrecken des Pausenhofs, ach nein, der ganzen Schule – *in groß*.

Ich richte mich kerzengerade auf, strecke die Schultern durch und mache mich auf eine lediglich zwei Köpfe größere Version des speckigen Jungen im Skaterpulli, mit mordlüsternem Gesicht, gefasst.

Mit einem beherzten Ruck drehe ich mich um. *Ich werde das hier durchstehen. Ich werde meine Würde behalten und meine Nerven!*, bete ich mir vor. Ganz egal, wie es ausgeht: Mario Beyer soll wissen, dass Schuld niemals verjährt, Schmerz hat kein Verfallsdatum, Rache ist süß …

»Tina Winter?!«

»Sie sind der Anwalt von Mario Beyer?!«

Vor mir steht ein gut aussehender, schlanker Mann im grauen Anzug; die Schuhe poliert, frisch rasiert und ein Lächeln, das sogar eine chinesische Armee entwaffnen könnte. Allerdings gefriert es in genau diesem Moment.

Vor mir steht nämlich der Fremde vom Bahnsteig im

Schnee. Der Fremde, der mich aus dem Ententeich gerettet hat. Und nicht zuletzt der Fremde, dem ich meine kostenlosen vorläufigen Zähne verdanke, einen wunderbaren Abend im Lampionschein der Cranger Kirmes und – den ich vor wenigen Tagen geküsst habe. Und dessen Lippen sich weicher anfühlen als fluffiges Kaschmir.

»*Du* bist der Anwalt von Mario Beyer?«, wiederhole ich.

»*Du* bist Bettina Pferdepest-Baumann?!«

Wir stehen uns fassungslos gegenüber.

»Ich denke, du heißt Tina Winter?«

»Und du Max?«

»Ich *bin* Mario Beyer.«

»Ich denke, du bist Fußballer? Ich denke …« Mir fehlen endgültig die Worte. Max ist Mario Beyer? Das würde ja bedeuten, Mario Beyer ist der Mann vom Bahnsteig. Er ist der Mann vom Teich. *Und* er ist der Kirmes-Mann? O Gott!

Der gut gelaunte Zwirbelbartschnäuzer beobachtet interessiert unseren Dialog.

»Wollen wir dann jetzt?«

Benommen folge ich ihm in den Raum, Mario lässt mir den Vortritt. Ich weiß nicht, wo ich hinsehen soll, und starre erst auf meine Schuhe, dann drehe ich mich um und starre auf seine. Meine Angriffslust ist wie weggeblasen, mein Gehirn arbeitet auf Hochtouren. *Denk nach, denk nach!*, ermahne ich mich selbst. *Lass dich nicht verwirren! Vielleicht ist das alles Taktik? Irgendein ausgeklügeltes juristisches Dings …*

Ich bugsiere mich auf einen Stuhl im Plenum. Davor steht ein kleines Tischchen mit einem Mikro.

»Nein, nein!« Der Richter lacht.

Seine Fröhlichkeit nervt echt.

»Sie sind doch keine Zeugin in einer Strafsache, oder? Nehmen Sie bitte beide ganz entspannt bei mir hier vorne Platz.« Er deutet auf eine Bank nahe seinem Pult.

Richter Maiwald – so steht es auf einem Messingschild am vorderen Rand des Podests – schlägt wieder die Mappe auf und verliest laut unsere Namen.

»Sie …«, er nickt mir zu, »sind Bettina Mechthild Baumann, geboren dritter fünfter neunzehnhundertneunundsiebzig in Herne?«

Ich nicke.

»Bitte antworten Sie mit *Ja*«, korrigiert er mich.

»Ja.«

Langsam gewinne ich meine Fassung zurück. Das kenne ich aus Gerichtsshows, erst mal wird die Identität der Anwesenden festgestellt. Das verschafft mir Zeit, mich zu sammeln. Allerdings ärgert mich, dass bei solchen Gelegenheiten peinliche Zweitnamen zum Vorschein kommen, *Mechthild* in meinem Fall. Nach irgendeiner verrückten, an Parkinson verstorbenen Großcousine von Rosi.

Richter Maiwald verliest nun ein paar Details zu meinem Beschäftigungsverhältnis bei *CarStar* und meinem derzeitigen Wohnort. Ich kriege das nicht zusammen! Dieser tolle Typ neben mir, das soll Mario Beyer sein? Der Fiesmoppel von damals? Oder rächt der sich so an *mir*, und das hier ist jemand, den er bloß die ganze Zeit über engagiert hat? Aber das wäre schon ein starkes Stück, wenn nicht sogar rechtswidrig …

Der Richter ist nun bei der Gegenpartei angekommen. »Sie heißen Mario Maximilian Beyer, geboren am …«

Wie Schuppen fällt es mir von den Augen! *M. M. Beyer.* Das erklärt natürlich alles! Einfach alles. *Mario Maximilian Beyer.* Das darf doch wohl nicht wahr sein! In meinem Kopf herrscht endgültig Chaos. Ich versuche, mich auf die Worte des Richters zu konzentrieren, aber es gelingt mir nicht. Ich kriege gerade mal mit, dass er die Sachlage zusammenfasst: »... erhielt Herr Beyer eine E-Mail, in der Frau Baumann behauptet, er habe sie beim gemeinsamen Besuch der Grundschule von hinten gegen einen Heizkörper gestoßen, wodurch ihr angeblich eine Nasenfraktur entstand, für die die Beklagte weiterhin nun Schmerzensgeld verlangt ...«

Irgendwie hat sich alles schlagartig verändert. Mir wurde jeglicher Wind aus den Segeln genommen. Meine gewaltige über die Jahre angestaute Wut zerbröselt wie ein Butterkeks. Ich kann Max unmöglich hassen. Es geht nicht. Auch nicht, wenn er Mario ist. So viel weiß ich jetzt schon.

»... Zeugin ist die inzwischen verstorbene Klassenlehrerin Ulrike Martina Hinrichs, andere Zeugen sind nicht bekannt.«

Ach du meine Güte, *Zeugen*! Daran hätte ich denken sollen. Corinna! Sie hätte als meine Kronzeugin mitkommen können! Schließlich hat sie damals alles aus nächster Nähe gesehen! Und statt Mario hätte ich lieber Stefan Sauer ausfindig machen sollen ... Und unter Androhung körperlicher Gewalt zur Aussage zwingen. Der war schon immer der schwächere Gegner.

Der Richter hat aufgehört zu reden, offenbar wird es ernst. Oder habe ich etwas verpasst? Es herrscht auf einmal so eine ungute Stille.

»Äh, Verzeihung?« Hektisch blicke ich auf. Mario ist aufgestanden und steht neben dem Richter. Beide sehen mich an. »Könnten Sie – das noch mal wiederholen?«, frage ich nervös.

»Ob Sie bereit wären, die Verhandlung auszusetzen, und sich vorstellen könnten, eine außergerichtliche Einigung zu erzielen? Im Rahmen einer Schlichtung, schlägt Herr Beyer vor.«

Ich sehe zu Mario hinüber. In seinen Augen erkenne ich nichts weiter als anhaltendes Erstaunen. Und – Freundlichkeit. So absurd es klingen mag, er steht dort völlig friedfertig. Von dem Fiesling von einst ist rein gar nichts mehr übrig. Sein Lächeln ist zwar nur leicht, scheint aber aufrichtig, und seine Körperhaltung ist offen. (Habe ich alles in einem zweitägigen Seminar in Verhandlungsführung bei *CarStar* gelernt…) Wenn ich nicht wüsste, wer er ist, könnte ich mich glatt in ihn … Also abgesehen davon natürlich, dass ich mit Filip zusammen bin und nur zu genau weiß, wer er ist. *Jetzt* zumindest.

Beide Männer blicken erwartungsvoll zu mir runter. Man könnte eine Stecknadel fallen hören. Ach, was soll's. Mir ist das hier ohnehin nicht geheuer, und Vernunftentscheidungen waren noch nie mein Ding. Lieber höre ich auf mein Bauchgefühl.

»Ja. Ja, das kann ich mir vorstellen!«, sage ich mit fester Stimme.

Richter Maiwalds ohnehin sonnige Laune ist nicht mehr zu toppen. »Gut.« Er greift zu einem kleinen Hammer aus Holz. »Damit ist die Sitzung geschlossen! Die Angelegenheit wird bis auf Weiteres vertagt.«

Der Hammer saust auf sein Pult runter, und der Richter erhebt sich. »Sollten Sie tatsächlich eine Einigung erzielen, melden Sie dies bitte innerhalb der folgenden vierzehn Tage meinem Sekretariat. Die Akte wird dann geschlossen. Die Kosten des heutigen Tages tragen Sie beide je zur Hälfte. Die Rechnung geht Ihnen zu.«

Damit ist der offizielle Teil wohl beendet.

»Na, Sie kennen ja den Ablauf, Herr Kollege«, fügt er zu Max-Mario gewandt hinzu. Dann beugt er sich vertraulich zu mir vor: »Ganz unter uns, Fräulein … Sie hätten kaum eine Chance gehabt, zumal Sie nicht beweisen können, dass tatsächlich Herr Beyer es war, der Sie geschubst hat.«

Dann geht er mit lautem »Guten Tag!« hinaus und lässt uns stehen.

Es fühlt sich an, als hätte ich eine Sturmflut überlebt.

»Pferdepest-Baumann«, summt Max-Mario leise.

»Mario-Haribo«, kontere ich hilflos. Es ist das Einzige, das momentan zwischen uns Bestand zu haben scheint.

»Gehen wir einen Kaffee trinken«, schlägt er nach einigen Sekunden peinlichen Schweigens vor. »Immerhin haben wir eine außergerichtliche Einigung zu erzielen, oder?«

Langsam kommt sein Lächeln zurück. Dasselbe wie am Bahnsteig, dasselbe wie am See und dasselbe warme Lächeln wie beim Betrachten meines Scherenschnittbildes auf der Festwiese im Schein der Kirmeslichter.

»Kommst du?« Er hält mir die Tür auf.

Als ich hinter ihm die Stufen am Eingang runtertrotte, vor dem gerade eine andere junge Frau am Klingelknopf scheitert, kann ich es noch immer nicht fassen: Das Schreckgespenst meiner Kindheit existiert gar nicht mehr!

Ich muss über zwanzig Jahre meiner Lebensgeschichte neu schreiben! Und die erwachsene Version von Mario-Haribo ist sogar ziemlich lecker, äh, brauchbar. Während wir das Areal verlassen und an dem vollen Parkplatz vorbeilaufen, verknüpfen sich die Informationen in meinem Gehirn Stück für Stück wie bei einem Puzzle. Wenn das hier Mario Beyer ist, dann bedeutet das aber auch, dass er Polizist/Arzt/Fußballer ist und seine Frau hat sitzen lassen. Aber er ist doch Anwalt? Irgendwie passt das alles nicht zusammen. Oder der Mann hat neun Leben.

»Hast du eigentlich einen Bruder?«, frage ich.

»Nein«, antwortet er.

Na gut, es war ein Versuch.

»Wo gehen wir überhaupt hin?«, lautet meine nächste Frage, als wir den Marktplatz mit Kopfsteinpflaster erreichen.

»Hm, ins *Muckefuck* vielleicht?«, sagt er.

Der Vorschlag, mit ihm in die heilige Stätte meiner Teenagerzeit einzukehren, behagt mir nicht besonders. Andererseits ist das *Muckefuck* das einzige Café weit und breit, in dem man sich gut unterhalten und zugleich genießbaren Kaffee konsumieren kann. Außer dem Hertener Schlosscafé, aber das ist eher was für Sonntage und Senioren.

Die Kneipe ist gut besucht. Scheinbar haben außer uns noch jede Menge andere Menschen Zeit, vormittags was trinken zu gehen. Als wir durch die Holztür und einen staubigen roten Vorhang treten, begrüßen uns dasselbe klapprige Holzmobiliar und dieselben verblichenen Bilder an den Wänden wie vor rund fünfzehn Jahren. Nur die Aschenbecher sind verschwunden, und auf den Tischen stehen jetzt kleine Vasen mit Nelken. Die Bedienung kenne ich nicht. Wir suchen uns einen abgeschiedenen Ecktisch und bestellen zwei Milchkaffee.

»Ach, und einen Kurzen – du auch?«

Ich nicke.

»Auf den Schreck«, erklärt er halb mir, halb der Kellnerin, die tadelnd auf ihre Uhr blickt.

»Ich weiß nicht, wie es dir geht …«, beginne ich. »Aber vielleicht sollten wir erst mal Small Talk machen?«

»Warum?«

»Weil ich noch unter Schock stehe! Du nicht?«

»Doch, schon. Deswegen trinken wir ja …«, er schielt hinüber zur Bar, hinter der die junge Frau jetzt nach einer staubigen Flasche greift. »… Asbach Uralt.«

»Oje.«

»Tja, es ist eben nicht das Adlon«, grinst er.

Tatsächlich dauert es noch zwei Kurze und zwei Rotwein, bis die eigenartige Stimmung zwischen uns halbwegs überwunden ist und wir wieder in ganzen Sätzen miteinander reden können. Dann kommt er direkt zur Sache.

»Hör mal, Bettina – ich war's nicht.«

Irritiert sehe ich ihn an.

»Das Schubsen, damals. Ich war das gar nicht.«

»Ach komm, das ist doch jetzt das Letzte!«, murre ich. »Die Sache auch noch zu leugnen. Sei wenigstens ein Mann und steh dazu.« Entschlossen verschränke ich die Arme. »Vielleicht vergebe ich dir dann«, füge ich großmütig hinzu. Offenbar bin ich beschwipst und das schon um halb zwölf Uhr mittags. Anders ist meine Aussage nicht zu erklären. »Also, möglicherweise, eventuell, mal sehen.«

»Aber ich war's nicht, echt nicht!«, sagt er lauter und sieht auf einmal sehr ernst aus.

»Und wieso rückst du erst jetzt damit raus?«

»Weil ich es mir bis zur Verhandlung aufheben wollte, als Joker gewissermaßen.«

Wieder schweigen wir. Wieder sehe ich ihn prüfend an. Und wieder sieht er verdammt nett aus. Nett und ehrlich.

»Und das soll ich dir jetzt glauben? Ich meine, sogar ich erinnere mich nicht mehr ganz genau an alles.«

Er zieht die Augenbrauen hoch.

»Ach, nein?« Er rührt in seinem Kaffee. »Du hast deinen roten Pulli getragen, den mit dieser komischen Figur vorne drauf, Peter Pan, oder so.«

»Das war Che Guevara!«, protestiere ich. »Ich laufe doch in der vierten Klasse nicht mehr mit Disneyfiguren rum!«

»Ach so«, grinst er. »Na siehst du, dann haben wir das doch schon mal geklärt.«

Mir dämmert, dass er mich hochnimmt.

Er nimmt einen großen Schluck Rotwein. »Weiß ich doch, dass es Che Guevara war … Man kann dich sogar heute noch viel zu leicht ärgern!«

»Pffff.« Halb beschämt, halb beleidigt lehne ich mich zurück und nehme auch einen Schluck Kaffee. Gern würde ich mich ganz hinter der Tasse verstecken. Oder überhaupt woanders sein mit ihm. Unter anderen Umständen.

Damals hatten Corinna und ich eine Doku über Fidel Castro gesehen und zwei identische T-Shirts auf dem Flohmarkt erstanden; zweimal hatten wir sie getragen, dann aber doch entschieden, dass Pferde wichtiger sind als Politik. Außerdem haben wir nicht mal das System der deutschen Bundestagswahlen je geblickt.

»Tja, jedenfalls wart ihr, du und Corinna, ja ganz wild drauf, wieder eure alten Sitzlätze zu kriegen. Stefan und mir war das eigentlich piepegal. Wir wollten bloß nicht neben den Engler-Zwillingen sitzen.«

Bei dem Gedanken an das schulbekannte Streberduo in Blond verzieht er das Gesicht. »Euch hingegen ... mochten wir eigentlich ganz gerne – na ja, bis auf den Pferdedunst.«

Er macht eine Pause, und ich spitze die Ohren. Hat er gerade gesagt, er mochte uns – also auch mich?

»Aber so besessen, wie ihr euch beim Aufschließen des Klassenraums an der Tür aufgebaut hattet – also, dafür mussten wir euch einfach verscheuchen! Damit ihr etwas –«, er stockt, »lockerer werdet.«

Okay. Vielleicht waren Corinna und ich wirklich übermäßig scharf auf unsere alten Plätze. Corinna wollte sogar schon früh um sieben in der Schule sein und durch ein Fenster einsteigen, um die Sache klarzumachen. Dummerweise hatte der Hausmeister die unauffällig gekippte Scheibe über die Sommerferien geschlossen.

»Na ja, und den Rest kennst du ja. Schimpfen, raufen, kämpfen ...«

»Spucken, treten, beißen ...«, ergänze ich.

»Aber ich schwöre«, Mario formt mit zwei Fingern seiner rechten Hand ein V. »Ich habe dich nicht geschubst. Das war jemand anders.«

Mir fällt auf, dass er keinen Ring trägt, weder rechts noch links. Zumindest hat er also nicht wieder geheiratet.

»Und weißt du was?« Er beugt sich so dicht zu mir vor,

dass ich wieder seinen Geruch wahrnehme. Er duftet männlich, klar und gepflegt. Richtig unwiderstehlich. »In dem Moment, als es passierte, war ich viel zu sehr damit beschäftigt, Corinna meinen Kakao in den Ranzen zu kippen.«

»Echt?« Das hat sie mir nie erzählt.

»Und als ich fertig war, hast du schon geblutet, und die olle Hinrichs stand in der Tür. Und dann hast du mir einen Zettel an den Kopf geknallt.«

Er deutet dramatisch auf eine imaginäre Wunde an seiner Schläfe.

»Setz es auf die Anklageschrift«, kontere ich schlagfertig, und er lacht. Das wiederum hatte *ich* bereits vergessen. Zu der Zeit arbeitete meine Mutter sehr viel und saß nachmittags häufig in Konferenzen. So verbrachte ich meine Freizeit bei Tante Rosi, die einen enormen Einfluss auf mich hatte. Alles, was sie sagte, sog ich begierig auf. Von fernöstlichen Sprichwörtern bis hin zu deutschem Liedgut und Volksweisheiten. *Beurteile nie jemanden, bevor du nicht drei Kilometer in seinen Mokassins gelaufen bist* oder *Wer im Glashaus sitzt, sollte nicht mit Steinen werfen*. Wenn sie so etwas sagte, sah sie immer ungeheuer würdevoll aus. Jedenfalls gab ich ihre Sprüche nur zu gerne und bei jeder Gelegenheit wieder und kam mir dabei sehr reif vor. Vor allem, wenn ich, *Wer anderen eine Grube gräbt, fällt selbst hinein* zum Besten geben konnte. Und das war ziemlich häufig. Jedenfalls hatte ich irgendeinen Spruch, der mir in diesem Moment passend erschien, damals aufgeschrieben und nach ihm geworfen.

»Also, ich denke, da kommen wir jetzt zu keiner abschließenden Klärung«, nehme ich den Faden wieder auf.

»Wenn du mir nicht glaubst, dann nicht.«

Mario wirkt richtig gekränkt.

»Das liegt aber auch daran, dass wir erst mal deine Glaubwürdigkeit als solche klären müssen«, versuche ich, ihn kokett zu versöhnen. Er winkt der Kellnerin, die gelangweilt hinter dem Tresen steht, ein Glas poliert und aus dem Fenster schaut. Widerstrebend setzt sie sich in Bewegung. Es ist wirklich nicht anzunehmen, dass sie je im Adlon gearbeitet hat.

»Ja«, führe ich aus. »Ich meine, zunächst einmal …«

Ich weiß gar nicht, wo ich anfangen soll. Lauter heikle Punkte, seine Person betreffend. Exfrau, Fehlgeburt, Kuss. Der Mann ist das reinste Minenfeld.

»Wieso bist du nicht Polizist?«, beginne ich harmlos.

»Wieso sollte ich Polizist sein?«

»Na, weil du doch nach dem Abi auf der Polizeischule warst!«

»Oh, du scheinst ja wirklich Bescheid zu wissen?«

Treffer.

»Also gut, nach dem Abi dachte ich, Polizist zu sein, das wär's. Nur leider hatte die Realität im Fußballstadion nicht allzu viel mit meinen Sherlock-Holmes-Fantasien zu tun. Oder wusstest du gleich nach dem Abi, was du werden willst?«

Ich denke an die zahlreichen Gespräche mit meiner Mutter zurück, in denen ich ihr wahlweise meine Zukunft als Bildhauerin, Restauratorin und Installationskünstlerin schmackhaft machen wollte, bevor ich mich im Alleingang für das Designstudium entschied. .

»Hm, doch. Das wusste ich ziemlich bald«, flunkere ich eiskalt. »Außerdem hättest *du* dir ja prima beim Bund überlegen können, was du werden willst. Da wart ihr Jungs um ein Jahr im Vorteil. Oder warst du Zivi?«

»Nein, ich habe gedient«, antwortet er feierlich und nimmt Haltung an. »Aber du hast schon recht – nur war ich damals viel zu sehr mit Kartenspielen beschäftigt. Beim Schafkopf schlug mich keiner!«

»Und?«

Die Kellnerin ist bei uns angekommen.

»Können wir bitte noch einen Hauswein haben? Du auch?« Er sieht mich abwartend an.

»Ja, gerne. Aber nur ein kleines Glas bitte!«

Ohne ein Zeichen, dass sie unseren Wunsch verstanden hat, schlurft sie wieder Richtung Theke.

»Moment noch ...« Mario hält ihr meine leere Kaffeetasse entgegen. »Könnten Sie das bitte mitnehmen?«

Die Kellnerin stößt einen genervten Seufzer aus, dreht sich zu uns um und nimmt die Tasse. Dann zieht sie wieder ab. Ich frage mich, ob der Service hier schon immer so katastrophal war. Aber vermutlich legt man als Teenager auf Service gar keinen Wert.

»Okay. Und was war nach der Polizeischule?« Langsam werde ich warm in meiner Rolle als gewiefte Ermittlerin.

»Moment mal!«, hakt er ein. » Und was ist mit dir?«

»Ruhr-Uni Bochum, Diplom in Industriedesign, jetzt bei Automobilhersteller in München«, rattere ich meine Vita stichpunktartig herunter.

»Sehr gradlinig«, bemerkt er anerkennend. »Hast du dort Karrierechancen?«

»Ja – dachte ich bis vor Kurzem.«

»Was ist passiert?« In seinen Augen regt sich echtes Interesse.

»Mein – äh, Freund ist befördert worden, nicht ich.«

So, jetzt hätten wir auch direkt geklärt, dass ich vergeben bin. Ich beobachte forschend seine Miene. Leider hat er ein Pokerface. Ich vermute, das braucht man als Anwalt. Und beim Schafkopf.

»Hier!« Die Kellnerin stellt uns zwei randvolle Ballongläser tiefroten Wein hin. Hilfe, wie soll ich das denn alles trinken? Von den in der Gastronomie üblichen Mengen hat sie scheinbar auch noch nie gehört.

»Und dann, nach der Polizeischule?«, frage ich neugierig weiter.

»Dann habe ich mich für Jura beworben und das in Münster studiert.«

»Wie bitte?«

»Wie du weißt, kannte mich der Richter, und das bedeutet, ich habe nicht bloß ein Fernstudium gemacht!«, lächelt er nicht ohne Stolz. »Falls du mir nicht glaubst, kannst du es googeln. *Mario Maximilian Beyer*; *Prädikatsexamen*.«

»Und wieso nennst du dich dann *Büro Beyer* und nicht *Kanzlei Beyer*?« Ha!

»Ach das ... Das stammt noch aus meiner Studienzeit. Damals habe ich freiberuflich ein bisschen amtliche Korrespondenz für andere gemacht. Ich sollte es wirklich langsam mal ändern.«

Mist. Ich nehme einen großen Schluck aus dem Riesenglas und spüre, wie der Wein wohltuend meine Kehle entlangrinnt. Ich trinke ganz schön viel Alkohol hier im Pott. Langsam bin ich betrunken genug, um ihn direkt zu fragen: »Aber was ist mit deiner Karriere im Profifußball? Bei Schalke? Und mit deiner Frau und dem Kind? Also, ich verstehe, wenn du nicht darüber reden willst ... Bitte entschuldige, wenn ich da alte Wunden aufreiße. Das geht mich natürlich nichts an. Und es tut mir auch leid!«, setze ich mitfühlend hinzu, und irgendwie landet meine Hand auf seiner. Sofort ziehe ich sie wieder weg.

»Fußball? Frau? Kind?«, wiederholt er erstaunt. »Wovon redest du?«

»Na ...« Oje. Jetzt möchte ich eigentlich selbst nicht mehr darüber sprechen. Aber er sieht mich fragend an, also hole ich tief Luft, und dann sage ich ihm alles, was ich weiß. Vom halb fertig gebauten Haus, bis hin zu seiner Doppelkarriere als Mediziner. Als ich fertig bin, nimmt auch er einen tiefen Schluck.

»Du hast doch diese Tante Erika, oder?«

»Ja«, sage ich. Perplex, aber auch froh, dass er nicht in Tränen ausbricht und mir etwas vom schon fertig eingerichteten Kinderzimmer erzählt oder so.

»Erika, ja. Du kennst sie?«

»Nein. Aber meine Mutter hatte früher eine Zeit lang Reitstunden bei ihr ... Und so, wie ich sie kenne, übertreibt sie gerne mit ihrem Mutterstolz. Da wird aus dem Sohn, der am Wochenende in der Kreisliga spielt, gerne mal ein Profifußballer, der in Madrid lebt. Und aus dem ehrenamtlichen Rettungssanitäter – das war ich nämlich als Teenager – gerne mal der Chefarzt der Charité. Und das einzige Haus, das ich je gebaut habe, ist ein Baumhaus. Es ist eingestürzt, da war ich zwölf.«

»Oh.«

Ich hatte alles erwartet – das nicht.

»Das mit Frau und Kind allerdings kann ich mir jetzt nicht erklären ... Wobei, wir hatten mal eine Schäferhündin, ihr Name war Claudia. Und die hat einen ihrer Welpen verloren, in der siebten Woche. Das ging meiner Mutter recht nahe …«, sinniert er.

Ich versuche, die Schmach mit noch mehr Wein runterzuspülen. »Dann ist das alles also nur …«

»… Kleinstadtklatsch«, vollendet er meine peinliche Schlussfolgerung. Eine Pause entsteht.

»Diese Sache mit deinem Freund«, wechselt er dann das Thema.

»Hm?«

»Ist die fest?«

»Hmmmhm.«

Irgendwie kriege ich die Zähne nicht mehr auseinander. Meine Zunge folgt nicht den Worten, die ich sagen will, und meine Lippen kribbeln. Ich konzentriere mich auf das, was ich keinesfalls sagen möchte, und antworte dummerweise damit: »Also warst du nie verheiratet?«

»Ich war drei Jahre lang mit einer Kommilitonin zusammen. Einen Urlaub haben wir in Las Vegas verbracht und zum Spaß übers Heiraten gesprochen. Aber wir wussten beide, dass es im Grunde nicht passt. Nach dem Studium ging jeder seiner Wege.«

Wow. Irgendwie bin ich erleichtert.

»Ich glaube, ich gehe mal kurz aufs Klo.« Vorsichtshalber halte ich mich beim Aufstehen am Tisch fest, aber der wankt genauso wie ich.

»Zahlen?«, ruft die Bedienung begeistert.

»Nein«, lächle ich süffisant zurück, und sie gibt sich keine Mühe, ihre Enttäuschung zu verbergen. Dann gehe ich in Richtung der Damentoilette. Dort ist alles noch so wie früher: Der bröckelnde Putz an den Wänden, Postkarten aus Thailand und sonstigen Aussteigerzielen, deren Absender hier gerne was trinken, und sogar ein paar uralte, verblichene Edgar-Cards stehen in ihrem Ständer. Wie eh und je surrt der elektrische Zigarettenautomat vor sich hin.

Als ich zurückwanke, hat die Kellnerin immerhin abgeräumt. »Darf's noch etwas sein?«, fragt sie in einem Ton, der selbst hungrige Kojoten vertreiben würde.

»Nein, danke. Wir zahlen dann jetzt«, verkündet Mario gelassen. Dabei legt er seine Hand auf meine. »Oder hättest du noch gern ein Knuspercanapé im Ziegenkäsemantel, Liebes?«

Die Kellnerin guckt schockiert. Ich muss kichern. Dann entfernt sie sich. Mario wird wieder ernst.

»Mach dir nichts draus. Das ist eben Kleinstadt. Wenn es nichts zu sagen gibt, erfinden die Leute halt was. Du weißt doch, wie das ist.«

Ja, das weiß ich. Deswegen wollte ich ja auch weg. Aber dass ausgerechnet ich darauf hereinfallen musste! Wo doch meine Mutter genauso mit mir prahlt … Wir ziehen unsere Jacken an.

»Weißt du, ich hatte auch keine leichte Zeit nach der Sache mit deiner Nase damals«, sagt er plötzlich.

»Nicht?«

»Nein. Alle glaubten ja, dass ich's war. Corinnas Mutter hat ihrem Mann erzählt, ich wäre eine Art Serienkiller im Anfangsstadium. Und dass man mich aufhalten müsste. Und da er als Zahnarzt fast die ganze Stadt behandelt hat, inklusive Bürgermeister, machte das schnell die Runde. Als meine Mutter es im Wartezimmer hörte, musste ich auf ein Internat ins Sauerland.«

»Was?« Ich reiße die Augen auf. Davon habe ich gar nichts mitbekommen. Nach der vierten Klasse hatten wir alle die Schule gewechselt, und ich dachte, fürs Gymnasium hätte es – na ja – bei ihm nicht gereicht. Was ich jetzt lieber für mich behalte.

»Ja. Allerdings war es im Nachhinein gar nicht schlimm, es war das Beste, was mir passieren konnte.« Er knöpft seinen dunkelblauen Parka zu. »Sicher war es auch ganz gut, von so Leuten wie Stefan Sauer wegzukommen.«

»Wieso, was macht der denn jetzt?«

Ich bemühe mich, halbwegs deutlich zu sprechen, und zücke mein Portemonnaie. Die Kellnerin flitzt mit der Rechnung heran, glücklich darüber, uns endlich loszuwerden.

»Er sitzt im Gefängnis.«

»Was?!« Wieder halte ich erschrocken inne. Das muss ich alles Corinna erzählen.

»Tja, irgendwie ist er auf die schiefe Bahn geraten, wie man so sagt. Spielschulden und Einbrüche und so weiter.« Mario zuckt die Achseln. »Wir haben schon lange keinen Kontakt mehr.«

Ein Anwalt und sein bester Freund, ein Krimineller. Da kann ich mich mit Corinna ja richtig glücklich schätzen.

»Und *deine* bessere Hälfte?«, fragt er prompt.

»Alles tutti. Hat unseren Fahrlehrer geheiratet, Reihenhaus und zwei Kinder.«

»Nein?« Mario reißt die Augen in etwa so weit auf wie ich vorhin. Womit ja wohl bewiesen wäre, dass sich auch Männer für *gossip* interessieren …

»Doch!«, bestätige ich nachdrücklich.

»Vierundzwanzig Euro neunzig«, schnarrt die Kellnerin.

»Lass nur, ich zahle …« Mario drückt ihr dreißig Euro in die Hand. »Sechsundzwanzig, bitte.«

Ungläubig kramt sie das Wechselgeld heraus; vermutlich bekommt sie ansonsten gar kein Trinkgeld. »Du musst ja noch die Hälfte der Gerichtskosten tragen«, sagt er schmunzelnd.

»Wird das denn viel sein?«, bange ich.

»Unmengen«, lacht Mario. »Millionen.«

Ich lache mit, aber bei dem Gedanken wird mir ganz anders. Als Anwalt verdient er sicher viel besser als ich. Seit der gescheiterten OP ist mein Konto platt. Und an die zuzahlungspflichtige Prothese für meine Zähne darf ich gar nicht denken.

Zwei Minuten später stehen wir auf der Straße. Es dämmert inzwischen.

»Und?«, fragt er.

»Was, und?«

»Na, wie einigen wir uns denn jetzt? Ich kenne Richter Maiwald. Er wirkt nett, ist aber streng. Da wir den Fall jetzt aufgemacht haben, müssen wir ihn auch offiziell zu Ende bringen. Mit Schriftstück und so weiter.«

»Also, genau genommen hast du ihn ja aufgemacht!« Ich stütze mich unauffällig an einer Laterne ab. »Warum hast du mich überhaupt sofort verklagt, statt erst einmal zu antworten?«

»Berufsrisiko«, grinst er. »Oder – vielleicht wollte ich dich einfach mal wiedersehen.«

»Wohl kaum«, lalle ich. »Wir waren ja nicht gerade Freunde.«

»Vor allem waren wir neun und zehn Jahre alt. Da können Jungs noch nicht zwischen Liebe und Hass unterscheiden.«

Liebe? Knistert es da gerade zwischen uns? Über mir geht die Laterne an und wirft einen unschönen Spot auf mich. Prompt fühle ich mich unwohl wegen meiner Nase und gehe ein Stück zur Seite ins Dunkel.

»Also, Frau Bettina Mechthild Baumann …«

»Haha, Herr Mario Maximilian Beyer. Übrigens ein total bayerischer Name! Hast du da Verwandtschaft?«, lenke ich ab.

»Hatte ich«, erklärt er. »Mein Großvater kam aus Erding. Und als damals in den Sechzigern der Kohleboom herrschte, wurde er Kumpel im Pott. Aber zurück zum Thema, Angeklagte. Wollen wir uns in der Sache Beyer gegen Baumann noch mal treffen?«, lässt er nicht locker.

Auch er hat jetzt einen ziemlich glasigen Blick.

»Okay, kein Problem.«

»Vielleicht bei mir zu Hause im Büro? Da haben wir einen Computer, Drucker und sämtliche Gelehrtenbücher für Präzedenzfälle«, schlägt er vor.

»Da schneide ich aber schlecht ab. Du bist Anwalt, und ich habe keine Ahnung.«

»Du wirst mir wohl ganz einfach vertrauen müssen.«

Ein kalter Windstoß fegt über uns hinweg, und er steckt die Hände in die Taschen. »Wie wäre es Freitag?«

»Freitag ist super«, sage ich. Es ist ja nicht so, als hätte ich hier irgendetwas sonst zu tun. »Fünfzehn Uhr bei dir? Und danke für die Getränke!«

»Gern geschehen. Ich hab übrigens auch noch ein paar Fragen an dich.«

»Ach ja?«

Er nickt. »Wieso zum Beispiel nennst du dich Winter? Warst *du* schon mal verheiratet?«

»I wo«, lache ich bei der Vorstellung und sehe mich sofort mit einer Box von *Peng-Express* und Untermieter auf dem Sofa liegen. (Ganz ohne Filip.)

»Winter ist der Mädchenname meiner Mutter. Auf der Kirmes hatte ich ein Glühweinbonbon im Mund und keine Zähne. Und *Bettina Baumann* ging mir nur schwer über die Lippen. Ich wollte nicht spucken wie ein Lama.«

»Na schön. Das halte ich für glaubwürdig.« Ironisch grinst er auf mich herab und stellt sich so, dass der Wind mir nicht ins Gesicht bläst.

»Hör mal, das wollte ich dich eigentlich nicht fragen, denn – vielleicht ist es dir ja peinlich. Und du musst es auch nicht sagen! Aber hast du dir wirklich letzte Woche bei einem Sturz vom Fahrrad am Lenker die Zähne ausgeschlagen?«

Beschämt blicke ich zu Boden. Er hat recht – und wie peinlich mir das ist. Aber dieses ständige Lügen ist noch viel peinlicher.

»Nein.« Ich gebe mir einen Ruck. »Damals, als das mit der Nase passierte, habe ich auch meine Schneidezähne verloren.«

»Was?« Er sieht ernsthaft schockiert aus. »Ich wusste gar nicht, dass es so schlimm war?«

»Doch. Corinnas Vater hat die Zähne ziemlich gut geflickt, aber nur provisorisch. Das Problem ist, ich bin danach nie wieder hingegangen, und es hat bis vor Kurzem auch prima gehalten. Bis – ich mir die Nase korrigieren lassen wollte.«

Ich beobachte sorgfältig seine Reaktion, aber er sieht mich bloß aufmerksam an.

»Meine Eltern waren damals ziemlich mit ihrer Trennung beschäftigt, anstatt mit mir zum Arzt zu gehen. Daher blieb sie schief. Na ja, jedenfalls hätte ich auf dem OP-Formular angeben müssen, dass meine Zähne nicht fest sind. Aber Formulare sind nicht meine Stärke … Irgendwie sind sie dann wohl in den Rachen gefallen, und damit ich nicht daran ersticke, mussten sie abbrechen. Oder so ähnlich.«

Mario sieht nachdenklich aus.

»Oje. Das tut mir alles sehr leid!«, bekundet er leise. »Dann verfolgt die vierte Klasse dich ja bis heute?«

Ich nicke.

»Irgendwie schon.«

»Und deshalb kam deine Mail auch gar nicht aus heiterem Himmel, sondern jetzt? Kurz nach deiner OP?«

»Ja. Deshalb bin ich überhaupt im Pott. Zur familiären Nachsorge und Pflege quasi.«

Eine Weile stehen wir schweigend zusammen im Dunkeln. Obwohl er nichts sagt, reagiert er besser als Filip. Es war richtig, es ihm zu sagen. Ich fühle mich gut.

Dann nennt er mir seine Adresse, und ich tippe sie in mein Handy. Dazu muss ich leider den Laternenpfahl hinter mir loslassen und taumele unbeholfen nach links. Er fängt mich. Ich spüre seinen sicheren Griff um meine Taille, setze mich zur Wehr und stütze meine Hände gegen seine Brust, doch mein ganzer Körper ist weich und nachgiebig wie Wachs. Sein Mund landet zielsicher auf meinem, und ich gebe mir keine Mühe, die Sache diesmal zu verhindern, denn da ist es wieder: das Gefühl, das ich bei Mika nie hatte und bei Filip nie habe. Pures inneres Schweben.

Als er mich loslässt, fühle ich mich endgültig wie im Vollrausch. Ich weiß nicht, ob es an ihm liegt oder am Alkohol oder an beiden und frage mich, wie ich nach Hause finden soll. Das Einzige, was im Dunkel noch zu mir durchdringt, ist seine Stimme:

»Ich habe es dir ja schon auf der Kirmes gesagt, aber vielleicht muss ich deutlicher werden: Du solltest nichts an dir ändern! Deine Nase ist doch perfekt. Ich glaube – du bist perfekt. Für mich.«

14.

Als ich aufwache, bin ich sicher, dass mein Kopf explodiert. Stimmen dringen zu mir durch, ein schrilles Geschnatter schwirrt durchs Zimmer.

»Und das lässt du ihr durchgehen, Bea?«

»Sie ist dreiunddreißig.«

»Ach, Erika, nun hör aber auf! Endlich erlebt das Kind mal was!«

»Rosi, wenn das Kind vom Laster überfahren wird, sagst du dann immer noch, *wenigstens hat sie was erlebt*? Riech doch mal bitte an ihr! Die stinkt wie eine ganze Horde Seemänner!«

»Quatsch, die riechen ganz anders.«

»Na, du musst es ja wissen!«

»Weiß ich auch. Als ich damals diesen Matrosen vor Madagaskar geheiratet habe …«

»Ruhe jetzt, sie kommt zu sich! Schätzelein, geht es dir gut? Hast du Fieber?«

Ich öffne die Augen und sehe über mir meine Mutter. Sie hat die Hand auf meine Stirn gelegt, und Erika reicht ihr einen kalten Waschlappen. Rosi läuft im Zimmer auf und ab zeigt beiden den Vogel.

»Sie hat gesoffen, keine Malaria!«

»Stimmt das, Tinchen? Hast du Alkohol getrunken?«, fragt meine Mutter.

Ich stöhne. »Ja, also, ich denke – ja«, formuliere ich vage.

»Mit wem?«, grinst Tante Rosi.

»Wie viel?«, will Erika wissen.

»Warum denn?«, fragt meine Mutter.

Ich weiß jetzt schon, dass hier wohl Schluss ist mit *dem Prinzip Eckdaten*, denn eine Geschichte zu erfinden, die alles erklärt, bin ich leider momentan nicht imstande.

»Ich weiß es! Ich weiß es! Ich weiß es!«, ereifert sich Rosi. »Bestimmt war sie mit diesem alten Schulfreund aus – mit dem aus der Stadt, diesem Max!«

»Nein, sie hat mir gestern gesagt, sie ist den ganzen Tag mit Corinna shoppen und abends im Kino.«

»Und das glaubst du ihr, Bea?« Rosi verzieht spöttisch den Mund.

»Na ja, wenigstens wäre dann dieser Filip erledigt …«, sieht Erika die Sache pragmatisch. »Ja, ich weiß, ich kenne ihn nicht, aber er hat eindeutig einen schlechten Einfluss.«

»Darf ich jetzt auch mal was sagen?!« Ich setze mich vorsichtig im Bett auf. Die Wahrheit zu sagen ist in jedem Fall besser als ein weiterer Redeschwall ihrerseits, schon weil meine Kopfschmerzen sich zu einer saftigen Migräne auszuwachsen drohen. »Also, ich habe getrunken. Was, kann ich euch nicht mehr sagen. Asbach Uralt war dabei. Und ja, es war mit dem Max. Mama, es tut mir echt leid, dass ich dich belogen habe. Ich war nicht bei Corinna. Aber ich wollte dir Ärger ersparen! Die Sache ist nämlich die …«

Sofort spüren alle drei, dass etwas Größeres kommt, und lassen sich der Reihe nach auf meine Bettkante sinken.

»Ich habe Mario Beyer eine E-Mail geschrieben, in der stand, dass ich ihn – verklage.«

»Spinnst du?« Erika ist empört.

»Großartig!« Rosi kneift mir in die Wange, meine Mutter verdreht die Augen.

»Aber das war nur ein Scherz! Doch dann hat er mich verklagt, in echt und so richtig, und gestern – musste ich vor Gericht.«

»Hhhh!«

»Nein!«

»Musst du jetzt ins Gefängnis?!«

Das Trio fällt fast von der Bettkante.

»Nein! Denn dann stellte sich heraus, dass Max in Wahrheit Mario Maximilian Beyer ist!«, verkünde ich froh, doch niemand außer mir lächelt. »Alles war nur ein – Missverständnis, und am Ende haben wir uns geküsst. So, und jetzt gehe ich Zähne putzen. Kann mir mal jemand ein Aspirin bringen?«

Eine Weile herrscht Stille, und ich komme immerhin bis ins Bad, sogar fast bis zum Waschbecken. Dann schneidet mir meine Mutter den Weg ab, Erika blockiert die Tür, und Rosi lässt sich auf dem Klodeckel nieder. Ich weiß, dass ich hier unter einer Stunde nicht rauskomme.

»Und das hast du mir nicht erzählt?!«, schnappt meine Mutter nach Luft. »Mein Kind in den Klauen der Justiz, und ich weiß von nichts!«

»Brauchst du einen Anwalt? Udo hat sehr gute Kontakte!«, bietet Erika an.

»Wann lernen wir Max … ähem, Mario kennen? Also, die heutige Version. Und trägt er kurze Trikots?«, reagiert Rosi.

»Er ist Anwalt«, sage ich.

»Was, ich denke, er ist Fußballer?«

»Polizist?«

»Pflegt seine Eltern?«

Ratlose Gesichter um mich herum.

»Was macht ihr beiden so früh überhaupt hier?«, frage ich mich laut und genieße es, die Spannung aufrechtzuerhalten. Wenn schon, denn schon.

»Deine Mutter hat uns angerufen, weil du kaum aufzuwecken warst. Es ist ja schon kurz nach elf!«, antwortet Erika. »Normalerweise willst du um acht deinen Kakao!« Ich schaue auf den Wecker – tatsächlich, es ist fast Mittag.

»Jedenfalls«, wird mein Ton schärfer, »das mit eurer Geschichte über Mario Beyer ist alles Käse! Und ich wäre euch wirklich sehr dankbar, wenn ihr mich ab sofort mit eurem Klatsch verschont!« Ich gebe etwas Zahnpasta auf die Bürste und schrubbe mir wütend die Zähne.

»Aber das habe ich doch aus erster Hand«, verteidigt sich Erika. »Direkt von …«

»… seiner Mutter«, ergänze ich. »Ich weiß. Aber die scheint, wie meine Mutter ja auch« – strenger Seitenblick zu meiner Mutter – »gern zu übertreiben. Wisst ihr, wer Claudia ist?«

»Staatsanwältin?«

»Die Exfrau?«

»Eine Prostituierte?«

»Nein! Ein Hund!«

»Er treibt es mit einem Hund?« Rosi schlägt entsetzt die Hände vors Gesicht.

»Himmelherrgott, nein!«, sage ich. »Es war der Familienschäferhund, der einen Welpen verloren hat! Weder war Mario je verheiratet, noch hatte seine Frau eine Fehlgeburt. Er ist Anwalt und spielt nebenbei Fußball. Und … und … und …« Im Spiegel kann ich beobachten, wie ich krebsrot anlaufe. Außerdem wird mir nun schlecht. »… er ist total nett, und ich glaube, ich habe mich in ihn verliebt, und jetzt weiß ich nicht, was mit Filip ist, und zwischen uns läuft es wirklich nicht gut. Ich glaube, er hasst den Pott und dass ich von hier komme!«

Dann schubse ich Rosi vom Klo, übergebe mich und fange an zu heulen. Ob vor Glück oder Elend, ist nicht ganz klar.

»Der Erpel muss mehr nach rechts, zur Kommode!«

Ich rücke das Oberhaupt der Keramikentenfamilie knirschend über die Terrakottafliesen. Nach einer halben Stunde Heulen heute Vormittag, in der meine Sippschaft darauf bestand, alles chronologisch und im Detail zu erfahren, ging es mir besser. Der Alkohol war aus mir raus, ebenso die volle Wahrheit, und entsprechend fühle ich mich jetzt: leer. Zum ersten Mal nämlich erlebte ich alle drei sprachlos, und als Erika und Rosi nach dem Mittagessen gingen, blieb mir nur Rosis Spruch: *Folge deinem Herzen!* Und das ist gar nicht so leicht … Fazit bis hierhin ist jedoch: Dass es zwischen Filip und mir neuerdings nicht läuft, ist spätestens seit gestern eindeutig. Wenn man so will, habe ich nun den direkten emotionalen Vergleich. Aber es gibt auch ein paar ganz rationale Dinge, die mich stutzig machen, wenn ich so drüber nachdenke … Sagt *er* wirklich immer die Wahrheit? Da sind doch gleich mehrere Sachen nicht ganz okay, abgesehen davon, dass er mir das mit dem Deal angeblich nicht sagen wollte, um mein angeknackstes Karriere-Ego zu schonen. Wieso hat Filip damals behauptet, ich wäre nach ihm die Nächste in der Telefonkette? Und sie wäre in Namensgruppen eingeteilt, von wegen *Hamann – Baumann – Neumann*? Wo doch jetzt Pia Arendt anderes behauptet? Okay, Weihnachten hat er vielleicht nur einen Grund gesucht, um mit mir sprechen zu können. Aber warum hat er mir am Bahnhof, am Morgen vor dem *CarStar*-Sondermeeting, erzählt, er käme aus dem *Le Club* – obwohl der doch geschlossen war?

»Noch ein ganz kleines Stück mit dem Schnabel nach rechts, ja!«

Meine Mutter begutachtet ihr neues Einrichtungskonzept aus der Distanz. In den letzten Tagen hat sie beschlossen, dass das Haus Veränderung braucht. Also hantiere ich gehorsam mit dem vorhandenen Mobiliar herum und rücke Tische, Stühle und Sofakissen von links nach rechts und von vorn nach hinten. Jannemann hat mir nicht auf meine Neidgeständnis-SMS geantwortet, wobei Rosi und Erika mir gut zugeredet haben, das werde sich schon wieder geben, und auf die von Jenny habe ich noch nicht geantwortet, obwohl ich vor Neugier platze, warum sie nicht mehr bei *CarStar* ist. Ein weiterer Eklat mit Hoffmann? Aber meine eigene Lage ist nervenaufreibend genug. Das Nasendesaster, die Zahngeschichte, die Wahrheit über Mario-Haribo und eine eventuelle Verliebtheit …

Wenn jetzt noch irgendwas dazukommt, egal wie klitzeklein es ist, drehe ich durch.

Meine Mutter betrachtet zufrieden mein Werk. Ich seufze erleichtert und lasse mich in einen Sessel fallen.

»Kann ich dann jetzt bitte gehen?«

»Kind, wohin willst du denn schon wieder? Zu Corinna?«

Ich nicke. Sie hat heute schon zwei Mal angerufen und wollte wissen, wie es gestern war, aber ich brauchte erst mal eine Pause, bevor ich alles noch einmal erzähle, und habe ihr versprochen, am frühen Nachmittag vorbeizukommen.

»Gut«, sagt meine Mutter resolut. »Dann bringst du bitte wenigstens noch zwei Stück Himbeerschnitte zu Winklers rüber, bevor du gehst!«

Ich stöhne. »Muss das wirklich sein? Sie fragen mich bloß wieder, wie stark die Schmerzen waren, als mir der Puck ins Gesicht flog, und warum ich keinen Helm mit Gitter aufhatte.«

»Weil es ein freies Training war, sagst du dann. Und weil du Profi bist.«

»Das ist jetzt nicht dein Ernst?! Du hast doch heute gesehen, wohin der ganze Tratsch führt! Wie wäre es mit der Wahrheit?«

»Das rät Frau Doktor Jung mir auch«, sagt sie zerknirscht. »Die alten Muster loswerden.«

»Wer ist denn Frau Doktor Jung?«

»Corinnas Psychologin. Und –«, sie senkt den Kopf und betrachtet intensiv den Schnabel des Erpels. »Und meine.«

»Was?!«

Da kommst du derzeit nur noch rein, wenn du sie vom Ge-

länder einer Brücke aus anrufst, schießt es mir durch den Kopf.

»Gehst du denn da hin?«

»Ja. Regelmäßig. Seit drei Monaten.«

»Sind das deine ominösen Termine?!« Mir fällt ein, dass Filip sagte, sie ginge zu einer Sitzung. Da hätte ich auch mal draufkommen können!

»Ja. Jedenfalls ...«, beginnt sie sich zu rechtfertigen. »Sie hat gesagt, unsere Familie zerbrach genau zu dem Zeitpunkt, als deine Nase brach – und deshalb bist du so besessen davon, sie richten zu lassen. Und deshalb habe ich – ein schlechtes Gewissen. Ein sehr schlechtes. Und weil wir damals mit dir nicht zum Arzt sind! Ich habe dich nicht ernst genommen! Eine Mutter muss sehen, wenn ihr Kind eine gebrochene Nase hat!«

Sie schluchzt auf und lässt sich auf die Couch fallen. Dann greift sie nach einem Kleenex. Kurz freue ich mich, dass doch nicht ich diejenige bin, die in Therapie soll. Dann aber bin ich gerührt, weil meine Mutter zum ersten Mal zugibt, dass sie Schuldgefühle hat wegen der Sache. Zum allerersten Mal! Kurz fühle ich mich befreit, dann aber habe ich Mitleid. Die These der Psychologin allerdings haut mich vom Hocker.

»Das hat sie gesagt?«, vergewissere ich mich.

»Ja, hat sie. Aber in der Therapie geht es gar nicht um dich ...«

»Ach, nein?«

»Nein. Es geht um *mich*.«

Ich setze mich neben sie und nehme ihre Hand. Deshalb wollte sie den Kontakt von Corinna. »Aber das hättest du mir doch erzählen können«, sage ich leise.

»So, wie du mir die Marioklagesache erzählt hast?«

Touché.

»Außerdem«, schnieft sie, »wollte ich erst mal sehen, wie's läuft. Ich halte ja eigentlich nichts von solchen Leuten.«

»Therapeuten?«

»Ja. Ich dachte, ich vergesse das alles und die Scheidung einfach mit der Zeit. Aber ich komme nicht darüber hinweg! Immer wenn ich diese Apothekertante mit ihrem Kind in der Stadt sehe –, wird mir furchtbar schlecht. Und dann habe ich nachts Albträume. Und fast jeden Tag –«, sie stockt, »überlege ich mir, was ich hätte besser machen können, damit er geblieben wäre.«

»Aber Mama! Da ist ja wohl Quatsch! Du hast doch nichts falsch gemacht! Er war einfach – untreu. Das Problem lag bei ihm. Er war chronisch unzufrieden.«

Ihre Miene hellt sich ein wenig auf, sie sieht mich an und lächelt.

»Ja, das weiß ich jetzt auch. Und es geht mir immer besser! Aber danke, dass du das sagst.«

»Na, siehst du!« Ich löse meine Hand aus ihrer.

»Gut, dass du das jetzt weißt! Diese Geheimniskrämerei im eigenen Haus hat mich sehr belastet«, gibt sie zu.

Ich nicke verständnisvoll. »Na, frag mich mal ... Jedenfalls finde ich es nicht schlimm, ich finde es sogar gut!«, versuche ich sie zu bestärken. Wie sehr meine Mutter gelitten haben muss, dass sie so einen Schritt geht. Und dass ich nicht für sie da war ... Dass ich es nicht einmal *mitbekommen* habe! Und ihr immer bloß die Schuld gab.

Also doch kein Fernsehpfarrer. Nur eine Psychologin, von der sie ihre Weisheit bezieht. Umso besser.

»Wissen es Rosi und Erika?«

Sie schüttelt den Kopf. »Nein. Ein paar kleine Geheimnisse brauchen sogar Schwestern. Den beiden gebe ich nur die Eckdaten, weißt du …« Sie grinst. »Ich möchte nicht immer alles mit ihnen diskutieren – das ist schön, aber auch anstrengend.«

»Verstehe.« Fast muss ich lachen.

»Also geh schon zu Corinna. Ich mache das mit dem Kuchen.« Sie lächelt und wirkt viel entspannter als in den ganzen Tagen, seit ich hier bin. Dann flitze ich los.

»Corinna, ich muss dich was fragen!«

»Nur zu!«

Corinna steht hinter der Theke und backt Plätzchen, obwohl die Adventszeit längst rum ist. Aber ihre Familie hat sich so sehr an Kekse gewöhnt, dass sie auch jetzt noch für Nachschub sorgen muss. Irgendwie wirkt sie heute nervös.

»Ist alles in Ordnung? Du sollst die Plätzchen nur ausstechen, nicht umbringen!«, erlaube ich mir Kritik.

»Hm, ja. Ich glaube, ich hatte heute schon viel zu viel Kaffee …«

Ich sitze auf einem Barhocker und rühre – nachdem ich mich noch mal entschuldigt habe, weil ich ihre Mailadresse missbraucht habe, um Mario zu piesacken, was sie heute völlig vergessen zu haben schien – in meiner täglichen Dosis Latte macchiato. Dann erzähle ich ihr, während Trixie und Klara sich um ein Notenheft streiten, in allen Einzelheiten den Tag im Gericht und im *Muckefuck* – von meiner Hilflosigkeit am Eingang bis hin zum Kuss an der Laterne.

»Lutz fährt sie gleich zur Klavierstunde, vielmehr, seine Fahrschülerin fährt«, stellt sie mit Blick auf das streitende Duo in Aussicht.

»Also, meine Frage …«, beginne ich.

»Falls du Entscheidungshilfe willst, fragst du besser nicht mich. Dann leih dir lieber aus dem Regal dort die große *Sex-and-the-City*-DVD-Box. Ich sage nur: Aidan oder Mr. Big! Du bist nicht die erste Frau, die zwischen zwei Männern steht! Auch wenn ich es unglaublich finde, dass einer davon der Schrecken unserer Kindheit ist …«

Mein Blick schweift hinüber zu ihrer ansehnlichen Filmsammlung neben dem Fernseher. »Damals, an dem Tag mit der Nase …«, fahre ich fort.

»Ja?« Corinna starrt mich plötzlich an, als ginge es um eine Erdbebenwarnung. Ihre Pupillen sind geweitet, und sie hält offensichtlich die Luft an, eins der noch ungebackenen Plätzchen fällt runter, aber sie merkt es gar nicht.

»Ist wirklich alles okay?«, frage ich sie noch mal besorgt.

»Ja, klar, dieses Vanillin hier reizt bloß – meine Schleimhäute. Mach weiter!« Sie reibt sich hektisch die Augen.

»Okay. Damals, an dem Tag, an dem die Nasensache passierte … Hattest du da Kakao in deinem Ranzen?«

»Was?«, Corinna guckt irritiert.

»Kakao. War dein Ranzen mit Kakao getränkt?«

Sie atmet mit lautem Stoß aus. Offenbar hatte sie eine ganz andere Frage erwartet.

»Öh … Äh, ja. Ja, doch. Ziemlich eklig. Wieso?«

»Ach, nur so.«

»Du möchtest *nur so* wissen, ob ich in den Achtzigern mal Kakao in meinem Tornister hatte?«

»Nicht bloß in den Achtzigern, sondern in dem Moment, als das mit dem Schubsen passierte. Ich rekonstruiere nämlich gerade – den Fall.«

»Den Fall?«

»Ja. Weil … Also, wenn Stefan Sauer es war – oder sonst wer, müsste ich Mario nicht mehr böse sein. Die Sache steht zwischen uns, weißt du?«

»Und dann? Willst du den wahren Täter dann auch im Spaß verklagen?! Oder in echt?« Sie wendet sich brüsk von mir ab und stopft wütend ein Spielzeug in den Kühlschrank. Offenbar ist sie in Gedanken woanders. Vielleicht hat sie Ärger mit Lutz?

»Corinna, du hast doch was!«

Besorgt gehe ich auf sie zu.

»Nein, alles in Ordnung!«, faucht sie mich an, und ich weiche erschrocken zurück. »Es ist nur so, dass es noch andere Themen gibt auf der Welt. *Mein* Leben, zum Beispiel! Mann, zwei Kinder, Wellensittich … Da kann ich mich nicht jeden Tag mit deinen Problemchen befassen!«

»Ähem, okay …«, lenke ich ein. »Aber gerade hat es dich doch noch interessiert?«

»Ja, aus reiner Höflichkeit! Seit du hier bist, geht es um nichts anderes mehr! *Deine* Nase, *dein* Leben, *deine* Komplexe!«

»Ich habe keine Komplexe!«, belle ich zurück. »Ich will bloß, dass …«

»Jaja«, fällt sie mir ins Wort. »Dass alles wieder genauso ist wie früher. Heile Nase, heile Familie. Wird es aber nicht! Habe ich im Gegensatz zu dir längst kapiert.« Ich finde es ganz schön fies, dass sie die These der Psychologin, die ich ihr vor ein paar Minuten erst anvertraut habe, jetzt gegen mich verwendet.

»Bettina, wach auf! Das hier ist nicht dein doofes Schickimicki-München, wo es nur um Äußerlichkeiten geht! Das Ruhrgebiet ist eine Zone – hart arbeitender Bergarbeiter in der dritten Generation! Hier herrscht eine andere Mentalität! Auch wenn die Zechen – dicht sind«, fügt sie schnell hinzu. Sie ist wirklich voll in Fahrt.

»Was hat das denn jetzt mit München zu tun?! Mir geht's doch um Gerechtigkeit. Um Schulmobbing! Darum, dass man andere Kinder nicht ungestraft hänseln und schubsen kann, sodass sie sich was brechen!«, verteidige ich mich trotzig. »Das ist einfach gemein! Ein Akt frühkindlicher Gewalt und – überregional!«

»Ja, das begründest du so! Aber in Wahrheit ...« Mit vorgerecktem Kinn sieht sie mich herausfordernd an. »In Wahrheit geht es dir doch nur um dein Aussehen und wer es dir zahlt!«

»Das stimmt nicht, und das weißt du!«, entrüste ich mich. »Aber selbst wenn ... Bei dir geht es doch auch bloß um Banalitäten. Hypotheken und euren Kombi und – Pastinakenbrei!«

Lutz steckt den Kopf zur Tür rein. »Sind die kleinen Bälger schon fertig?«

»Ja!«, raunzt Corinna genervt und ruft Trixie und Klara, die sich vor unserem Streit unbemerkt irgendwo in Sicherheit gebracht haben.

»Schlechte Stimmung?«, fragt Lutz.

»Ja!«, fahren wir beide ihn an, sodass er sich schnell wieder verkrümelt.

»Bettina, ich denke einfach, du solltest endlich loslassen und dich auf die Gegenwart konzentrieren«, sagt Corinna wieder ruhiger.

Das müssen die Hormone sein. Ob sie erneut schwanger ist? Aber danach frage ich sie lieber nicht auch noch. »Okay, meine Gegenwart hier ist echt gerade ziemlich öde. Wenn ich in meinem richtigen Leben drin wäre, gäbe es vielleicht andere Dinge, über die ich reden könnte, aber so …«

»Richtiges Leben? Wieso, du lebst doch?« Sie sieht mich verständnislos an.

»Ich meine, in München, bei der Arbeit, mit Untermieter und Filip … Oder von mir aus auch ohne.«

»Hm, das finde ich jetzt aber nicht gut«, sagt Corinna. »Du bist doch hier bei uns – zählt das denn für dich gar nicht? Ist ein Hase besser als ich?«

»Nein, natürlich nicht – du weißt schon, wie ich das meine«, versuche ich zu deeskalieren.

»Ehrlich gesagt nein.«

Herrje, unser Karma scheint aber heute wirklich gar nicht zu passen.

»Dann fahr doch einfach wieder!«, schlägt sie vor. »In acht Stunden bist du da, kannst dich um dein Äußeres und deine Arbeit kümmern, und wir bleiben hier, im *falschen* Leben!«

Jetzt reicht es mir aber endgültig. »Schön! Vielleicht mache ich das auch! Immerhin habe ich dort – Aufgaben! Andere als …«, ich sehe mich um, »… mich um den Haushalt zu kümmern und diesen«, mein Blick fällt auf den Körner pickenden Vogel, »scheißgrünen Durchschnittswellensittich!«

»Lass Burli aus dem Spiel!«

»Weißt du was? Ich lasse sogar *dich* aus dem Spiel, wenn du nicht wieder runterkommst von diesem Trip!

Ich bin *keine* Schickimickitante, war ich nie, und das weißt du!«

»Und ich keine Vorstadtmutti, die nie rausgekommen ist!«

»Das habe ich auch nie gesagt!«

»Aber dieses Gefühl gibst du mir ständig! Durch dein Schickimicki-Schönheitschirurgie-Getue!«

Gleich dreht sie durch. Typisch. Sie ist unzufrieden und neidisch. Wie damals. Ich hätte wissen sollen, dass die Sache sich nicht geändert hat. Es ist *genau* wie nach dem Abi. Nur dass sie heute nicht subtil stichelt, sondern mich offensiv angreift.

»Das ist *dein* Empfinden, nicht *meins*! *Du* bist die mit den Komplexen!«, herrsche ich sie an, rausche in den Flur und nehme meine Jacke. Zumindest will ich sie nehmen – offenbar haben Klara und Trixie sie wieder irgendwo hingeschleppt, um damit Polarexpedition zu spielen. Ich finde sie unter der Treppe. Unterdessen wettert Corinna hinter mir weiter. Keinesfalls bin ich bereit, den Frust über die Versäumnisse in ihrem Leben auf mich zu nehmen. Grimmig folgt sie mir.

»Ja, geh nur!«

»Mache ich auch!«, sage ich und steuere auf die Tür zu. Sie wirft sie hinter mir zu. Draußen lasse ich meinen Tränen freien Lauf. Zum zweiten Mal an diesem Tag heute. Das ist einfach kein guter Mittwoch.

Schlimmer kann es nicht werden. Entschlossen ziehe ich mein Handy aus der Tasche, Zeit für einen Frühjahrsputz! Filip hat geschrieben, offenbar hat er in Bangalore doch Netz.

Hallo, Süße! Flug war lang und eng. Hier jetzt heiß und viel zu tun. Freue mich sehr auf dich! Bitte komm eher nach München. Wir könnten mal wieder feiern? Ach ja, im Anhang die Nummer vom Zahnarzt, Bleaching hab ich für dich klargemacht. :) Musst nur noch einen Termin vereinbaren!
Kuss, Fil

Schon wieder dieses dämliche Thema. Als ob *ich* ständig anderleuts Aussehen verbessern wollte! Ich bin mit meinem eigenen schon überfordert. Mir reicht's! Heute ist der Tag der Wahrheit!

Wieso belügst du mich? Du kamst damals nicht aus dem Le Club! *Und vor mir in der Telefonkette ist Pia Ahrendt. Und nach mir Jennifer Berg!*

Und an Jenny schreibe ich:

Wieso bist du nicht mehr bei CarStar*? Hat Hoffmann deine Launen nicht mehr ertragen? Oder den Tratsch? Oder die vielen Formulare für die doofe Parkplatzpetition?!*

Ich habe nichts mehr zu verlieren!

Bevor ich in die Hauptstraße einbiege, mache ich halt und warte. Von beiden kommt keine Antwort. Vermutlich hat ihnen meine Wut die Sprache verschlagen. Aber ich will endlich Klartext reden, vor allem mit Filip. Und weiter nett zu Jenny zu sein, die zu mir unmöglich war, damit hat sich's jetzt auch, jawohl! Ich setze meinen Weg fort, als mein Handy doch piept. Im Laufen ziehe ich meine dicke Winterjacke aus. Inzwischen neigt sich die zweite Märzwoche dem Ende zu, und es ist richtig mild, während in Bayern immer noch Eis von den Autos gekratzt wird. Doch es ist bloß Hasenpost von Nina, die mich regelmäßig und sehr süß über das Befinden von Untermieter unterrichtet:

Liebes Frauchen! Mir geht es prima. Heute war ich an der Hasenleine im Englischen Garten! Hier und da gibt es schon grüne Flecken auf der Wiese! Nina kümmert sich gut um mich und hat sogar meinen Salzleckstein erneuert. Schnupperküsschen, Untermieter

Na, wenigstens eine gute Nachricht. Als ich nach einem strammen wütenden Fußmarsch zu Hause ankomme, steht Corinna vor der Tür.

»Wie hast du das denn gemacht?«, frage ich verblüfft.

»Auto«, sagt sie lammfromm.

»Und was willst du jetzt hier?«

»Dich um Entschuldigung bitten.«

»Corinna, ich weiß nicht … Vielleicht … Vielleicht hat alles seine Zeit und unsere Freundschaft – hatte ihre Zeit damals«, sage ich düster.

»So denkst du?« Corinna sieht mich erschüttert an.

»Na ja, der Gedanke liegt nahe. Du bist einfach ein anderer Typ als ich. Du hast doch damals auch schon betont, wie froh du bist, dass du nicht umziehen und dir keinen neuen Freundeskreis aufbauen und keinen neuen Frauenarzt suchen musst und …«

»Oje.« Corinna sieht betroffen zu Boden. »Ich wusste, dass das mal zur Sprache kommt.«

»Ach ja?« Ich bin überrascht. Ich dachte nicht, dass sie sich überhaupt an ihre Worte erinnert.

»Bettina, ich war einfach nur total neidisch!«

Ich staune. Nicht dass ich es nicht wüsste, aber dass sie es zugibt? Von sich aus?

»Und wie! Du warst immer so mutig und voller Pläne ... Und ich – hatte bloß tausend Ängste! Weißt du, woran mein Au-pair-Jahr gescheitert ist? Ich konnte vor lauter Heimweh schon nicht in den Flieger steigen. Ich hatte regelrecht Panik, in einer fremden Familie zu leben! Ich bin bis heute nicht gegen Röteln geimpft, und bei uns gibt es immer nur Rührei statt Spiegelei, weil Salmonellen drin sein könnten. Ich hatte einfach nie den Mumm, das Kaff hier zu verlassen! Das bedeutet aber nicht, dass ich es nicht genauso öde finde wie du.«

»So habe ich das noch nie gesehen«, gestehe ich.

»Natürlich nicht, wie konntest du auch? Ich hab dich ja immer nur angefeindet damals. Wie vorhin.«

»Allerdings.«

Sie wirkt noch zerbrechlicher als sonst. Ihre Augen sind genauso verheult wie meine.

»Ehrlich gesagt, ich finde es gar nicht so schlecht, dass deine OP schieflief und du jetzt hier bist ... Ich hatte lange nicht mehr so viel Spaß wie in den letzten drei Wochen«, sagt sie leise, und ich fühle genauso. »Du bringst eben Glamour hier rein.«

»In meiner ollen Jeans und bei meiner Laune? Wohl kaum.«

Wir grinsen uns vorsichtig an.

»Vertragen wir uns jetzt wieder?« Bittend sieht sie mich an.

»Na schön. Aber von jetzt an darfst du mir nie wieder vorwerfen, ich wäre schickimicki. Das bin ich nämlich echt nicht. Oder etwa doch? Habe ich mich verändert?«, frage ich ängstlich.

»Nein, hast du nicht! Echt nicht. Nur, dass jetzt Mario Beyer auf dich steht. Wobei, ich glaube, das tat er schon damals …«

Auf ihrem Gesicht erscheint wieder ihr rosiges, freundliches Lächeln. Nein, ich möchte sie auch nicht mehr missen, das spüre ich deutlich.

»Kommst du mit rein? Ich wette, es gibt wieder Kuchen.«

»Ich würde gern. Aber die Mädchen kommen gleich von der Klavierstunde.«

»Ach ja, klar.«

»Sehen wir uns dann am Freitag?«

»Da habe ich den Termin mit Mario.«

»Stimmt.«

»Aber ich komme auf jeden Fall noch mal vorbei, bevor ich am Wochenende fahre!«, verspreche ich ihr.

»Wehe, wenn nicht! Und erzähl mir von eurer *Einigung* …« Sie setzt das Wort mit den Fingern in Gänsefüßchen und macht ein verruchtes Gesicht.

Ich nicke und grinse auch. »Eisprinzessinnen-Ehrenwort.«

»Na, Tinchen? Der ist toll, was? Aus Florida!«, klärt mich Herr Winkler quer durch den Garten auf. Frau Winkler stellt sich neben ihn. »Ach, das kennt sie doch gar nicht – ist doch immer bloß auf Schlittschuhen im Norden unterwegs, nicht?« Ich winke ihnen unverbindlich mit meinen gelben Gummihandschuhen zu. Die Vorstellung, dass ausgerechnet ich, die bereits in der Eisdisko hauptsächlich an der Bande gelehnt hat, Eishockeyprofi sein soll, ist schon irgendwie lustig.

Frau Winkler, heute im lila geblümten Putzkittel, kommt näher zum Zaun. »Hör mal, Tinchen!«, flüstert sie und winkt mich dramatisch zu sich. Ich lasse von den Tulpenzwiebeln ab und gehe an das grüne Maschendrahtgitter, das die Grundstücke in Hüfthöhe trennt.

»Wir wissen, dass das mit dem Eishockey nicht stimmt – und wir finden es toll, wie lieb du deiner Mutter hilfst, jetzt, wo sie dement ist!«

Einen Moment lang muss ich mich, nach Luft ringend, am Rhododendron festhalten.

»Nicht wahr, Heinz?!« Sie knufft ihren Mann in die Seite. Heinz nickt gehorsam, Zigarette und Kaffeetasse fest in der linken Hand, die Tageszeitung in der rechten.

»Genau, Mädchen!«, fügt er ebenso leise hinzu. »Das kann uns schließlich auch passieren! Man weiß nie, was nächstes Jahr ist …«

»Danke«, murmele ich, und Frau Winkler drückt mich kurzerhand an ihren ausladenden Busen. Dann ziehen sie zufrieden ab und prüfen, ob die farblich zum Flamingo passende Markise den Winter unbeschadet überstanden hat. Ich widme mich wieder den Beeten, die heute Morgen herrlich nach Frühling und Sonne duften.

»Tinchen, komm rein, es gibt Frühstück!«

Noch beim zweiten Brötchen lachen wir uns über Winklers Theorie schlapp, und meine Mutter verspricht mir endlich hoch und heilig, keinen Kleinstadtklatsch mehr zu glauben und/oder zu verbreiten.

»Das muss ich gleich Erika und Rosi erzählen«, ist ihre nächste Reaktion. Immer noch prustend geht sie zum Telefon in den Flur. Ich bleibe zurück und checke missmutig mein Handy. Mario kann mir nicht schreiben, denn er hat meine Handynummer immer noch nicht, Jenny könnte, aber hat dazu anscheinend keine Lust, und bei Filip weiß ich nicht mal, ob er meine Wut-SMS schon gelesen hat oder noch immer im Flieger zurück sitzt. Meines Wissens sollte er heute ganz früh um vier wieder gelandet sein, aber mit der Zeitverschiebung kenne ich mich nicht aus. Auch von Jannemann habe ich leider noch immer nichts gehört, und das tut ziemlich weh. Ob er auf eine große Geste wartet? Dass ich nach Dublin fliege zum Beispiel? Leider reicht mein Urlaub dafür nicht mehr. Montag muss ich wieder zu *CarStar*, heute ist Donnerstag, bis dahin sind es nur noch vier Tage. Und noch ein ganzer und ein halber Tag, bis ich Mario wiedersehe … Schon bei dem Gedanken daran habe ich Schmetterlinge im Bauch, allerdings hab ich auch einen dicken Kloß im Hals – wegen Filip.

Es klingelt an der Tür.

»Ich gehe schon«, ruft meine Mutter aus dem Flur. »Ist bestimmt die Post – dann kannst du wieder rausgehen und weitergärtnern! Zum Mittag gibt's Pastasciutta, die magst du doch so gerne! Und Gurkensalat mit Dill?«

»Ja, super, danke!«

Ich schlendere zum Rasen zurück und mache mich daran, noch mehr Päckchen mit Obst- und Gemüsesamen zu öffnen. Am meisten freue ich mich auf den Rhabarber. Vielleicht kann ich wiederkommen, wenn er reif ist, und Kompott daraus kochen.

»Bettina?«

Ich drehe mich um. Die Stimme gehört nicht hierher. Vor mir steht – Jenny. Jennifer Berg leibhaftig. Sekunden später steht ein völlig abgehetzter und nass geschwitzter Filip neben ihr. Es ist absolut surreal. Noch dazu kommt hinter Jennys Rücken eine dritte, sehr kleine Person hervor und sieht zu ihm hoch – Josefine.

»Papa, gehen wir jetzt wieder?«

Ich lasse meine Harke fallen. Die Einzige, die nicht erstarrt, ist meine Mutter. Kurzerhand nimmt sie Josefine bei der Hand.

»Komm, Mäusken – wir gehen jetzt ma gucken, watte von Bettinas alten Spielsachen gebrauchen kanns! Machse Teddys gut leiden?«

Okay, sie ist doch nervös – wenn sie Pott spricht, *muss* sie nervös sein.

»Nein, Hasen!«, versteht Josefine sie trotzdem.

»Hm, ich glaube, da ham wa noch so'n ollet Möhrchen mit Schlappohren … Kommse mit, nache Bettina ihr Kinderzimmer?«

Josefine folgt ihr neugierig ins Haus. Ich bin unfähig, etwas zu sagen. Dann entbrennt ein heftiges Wortgefecht zwischen Jenny und Filip. Ich verstehe bei dem Geschrei nicht allzu viel, aber Herr Winkler lässt neugierig die Boulevardpresse sinken, und Frau Winkler überprüft unauffällig, ob der Zaun auch kein Loch zu viel hat.

»Wenn du *das* machst, Jennifer …«

»Ich mache ab jetzt, was ich will! Und außerdem, was ist dann?«, keift sie ihn an.

»Dann sind wir fertig!«

»Ach, Filip …« Ein müdes Lächeln huscht über ihr Gesicht. »Wir sind doch längst miteinander fertig. Längst. Außerdem … Genau darum geht es mir ja!«

Sie stapft voller Zorn auf und ab, sodass die Steinplatten unter ihren Füßen leicht beben. Es würde mich nicht wundern, wenn als Nächstes ein paar Maulwürfe das Weite suchten.

»Und weißt du, Filip, was ich gleich morgen als Erstes mache? Ich lasse mich scheiden! Da!« Sie holt einen goldenen Ring aus ihrer Jackentasche und wirft ihn ihm vor die Füße. Er landet in einem meiner frisch ausgehobenen Saatlöcher für den Rhabarber, und etwas Erde rieselt darüber. Ich bin sprachlos. Ich habe selten gesehen, dass ein Mensch sich so aufregt. Sie ist knallrot im Gesicht und beugt sich zu ihm vor, während sie schreit; es sieht aus, als wollte sie ihn beißen. Und bei ihm ist es nicht besser. Auf seiner Stirn pulsiert eine Ader, und sein Kiefer zittert. Es folgt ein Inferno aus gegenseitigen Anschuldigungen und Wut. Ich glaube, da könnte nicht mal Frau Kallwass was ausrichten.

»Bettina, ich liebe dich!«, wendet Filip sich schließlich abrupt mir zu. »Ich liebe dich wirklich! Es ist nur alles ein wenig – kompliziert.«

»Pah, dass ich nicht lache!«, schnauft Jenny. »Bettina, es ist so …« Sie kommt auf mich zu.

»Bloß weil *dein* Leben ruiniert ist, musst du mir meines nicht auch noch versauen!«, schreit Filip jetzt.

»Wer spricht denn von versauen? Ich versuche, es in Einklang zu bringen! Mit mir und deiner Tochter!«

»Heißt das«, schalte ich mich nun mit dünner Stimme ein, »ihr seid verheiratet und Josefine ist euer Kind?«

»Ja«, bekennt Filip nüchtern.

»Leider«, sagt Jenny und seufzt.

Ich lasse mich auf den Hosenboden fallen und lande auf einem großen, beheizbaren Stein, der im Dunkeln leuchtet, aus der Teleshoppingrubrik *Mein zweiter Frühling*.

»Filip«, formuliert Jenny nun sanft, »denk dran, was Frau Doktor Tewes gesagt hat – du musst dir endlich eingestehen, dass du *Altlasten* hast! Du bist nicht mehr der Single, der du gerne wärst.«

Offenbar gehen heutzutage alle zur Therapie.

Statt einer Antwort steuert Filip stumm auf einen mit einer Plane bedeckten Liegestuhl zu.

»Bettina ...« Sie baut sich vor mir auf. »Hat Filip dir gegenüber je erwähnt, dass es uns gibt?«

Ich schüttele langsam den Kopf. »Und hat er je angedeutet, wir würden alle zusammen demnächst Ferien machen – auf Juist, wie er es mir kürzlich vorgeschlagen hat?«

»Äh, nein«, antworte ich wahrheitsgemäß. Wie kommt sie denn darauf? Vielmehr er? Ich sehe hinüber zu Filip, doch der starrt nur wie ein geprügelter Hund ins Gras. »Und hat er dich *jemals* gefragt, ob du dir vorstellen kannst, Josefines Ersatzmutter zu sein, ab und zu?« Jenny ist ganz schön professionell in ihrer Inquisition.

»Nein, hat er alles nicht! Jenny, was soll das?« Die passive Rolle, die ich in diesem Spiel habe, passt mir gar nicht.

»Aha!« Sie beginnt erneut, auf und ab zu laufen. »Dann ist es also *nicht* wahr! War mir ja klar.« Sie schießt einen Blick hinüber zu Filip. Dann bemerkt sie mein Gesicht, das aus einem einzigen Fragezeichen besteht. »Also, es ist so: Er hat mir gegenüber behauptet, dass er dir alles erzählt hat und eine Patchworkfamilie will!«

Was? Moment – wieso Patchwork?

»Glaub ihr bitte kein Wort!«, kommt es trotzig aus Filips Ecke. »Sie ist eifersüchtig, das ist alles! Sie will uns – auseinanderbringen!«

»Ach, Filip, nun hör aber auf!«, klinkt Jenny sich ein. »Das Einzige, was ich will, ist, dass du aufhörst zu lügen! Jahrelang hast du uns bei der Stange gehalten, weil du keine Alimente zahlen willst, doch damit ist Schluss!«

»Aber ich unterstütze euch doch!«, protestiert er. »Ja klar …«, Jenny lacht auf. »Mit dem, was du gerade so übrig hast – wenn du es nicht für Wellnesstrips in den Schnee brauchst« Au weia. Unser romantisches Wochenende! Handyfotos, Kaminfeuer, Pferdeschlitten und Whirlpool – stimmt, da hat er mich eingeladen. Ich sehe Josefine mit einem Mal vor mir, wie sie am Fenster auf ihren Papa wartet und guckt, wo der große Zeiger ist, während wir uns in der Berghütte vergnügen. Beschämt sehe ich zu Boden.

»Weißt du eigentlich, dass *du* Abteilungsleiterin werden solltest?« Jenny blickt nun fragend mich an.

»Ähm, nein.« Also doch!

»Und ob! Aber weil ich neuerdings mit der Scheidung drohe, um endlich klare finanzielle Verhältnisse zu haben, hat Filip Panik bekommen und sich an Hoffmann gehängt wie eine Klette. Neukundenakquise, was trinken gehen nach der Arbeit, Männergespräche über Single Malt und Körbchengrößen … Der arme Mann konnte gar nicht mehr anders, als ihn zu befördern.«

Ich weiß nicht, was ich sagen soll. Mein Mund ist ganz trocken. »Ist das wahr?«, sage ich heiser.

»Als ob sich Hoffmann von mir so beeinflussen ließe …«, spielt Filip die Sache herunter. »Wir verstehen uns einfach gut!« Mir ist übel.

»Kommt ihr klar? Möchte jemand Kuchen?«

Meine Mutter steckt den Kopf zur Terrassentür raus. Ich werfe ihr einen Blick zu. Prompt zieht sie den Kopf ein. »Josefinchen spielt oben mit Tinchens alten Barbies, wollte ich nur sagen.«

Jenny nickt ihr freundlich zu. Ich blicke immer noch nicht ganz durch. *Das* ist also der Grund für Jennys Benehmen mir gegenüber in den letzten Wochen? Eifersucht?

»Aber seid ihr denn noch –« Ich wage kaum, es auszusprechen. »Ein Paar? Also, ich meine, habt ihr noch was miteinander?«

»Uah«, raunt Filip angewidert.

»Gott bewahre«, kommt es von Jenny. »Wir haben uns ein Jahr nach Josefines Geburt getrennt.«

»Und – wissen das alle in der Firma?« Filip arbeitet seit sechs Jahren bei *CarStar*, Jenny seit sieben. Vermutlich weiß jeder Depp von der Sache, nur ich nicht.

»Nein. Da bin ich professionell«, erklärt Jenny. Ich halte Berufs- und Privatleben gerne getrennt.« Typisch Frau, genauso wie ich – was sind wir blöd. »Und von Filip weiß es natürlich auch keiner. Könnte ja seiner Karriere schaden.«

»Schön.« Er sieht aus wie ein römischer Patrizier beim Gelage, dort auf der Liege. »Darf ich jetzt auch mal was sagen?«

»Nur zu!« Jenny wandert ungeduldig zwischen den Stiefmütterchen auf und ab. Ich bin noch immer perplex.

Offenbar hat Filip ein Doppelleben. So wie – dieser eine Wettermoderator. Oder Dr. Jekyll und Mister Hyde.

»Hast du dir mal überlegt, warum dein Zugticket zum Sondermeeting so schweineteuer war und du so oft umsteigen musstest?«, fragt er mich. »Sie«, Filip deutet auf Jenny, »sabotiert dich!«

Na toll. Wie konnte ich auch ahnen, dass ich ausgerechnet meine Erzfeindin bitte, mir eine andere Ticket-Option rauszusuchen?

»Also schön«, klinkt Jenny sich ein. »Ich war sauer. Daher auch das Aktenknallen und der entkoffeinierte Kaffee.« Aha, das war also auch sie. »Weil du mir erzählt hast, Untermieter wäre bei einer Nachbarin abgestiegen. Stattdessen entdecke ich ihn bei Filip! Da war mir klar, dass da was läuft zwischen euch.«

Vermutlich würde es nichts ändern, wenn ich ihr sagen würde, dass da noch nichts zwischen uns war.

»Es wäre eh besser gewesen, du wärst nicht vorbeigekommen, schon gar nicht wegen des blöden Fieberthermometers! Wegen euch hatte ich das Virus dann auch! Erst die Flöhe und dann das!«, schaltet Filip sich ein.

Ich erinnere mich sofort an die große Flohepidemie bei *CarStar* letzten Sommer – Filip hatte den Verdacht geschickt auf den Beagle von Lilly aus dem Marketing gelenkt, der seither nicht mehr mit zur Arbeit mitkommen darf. Langsam dämmert es mir – deshalb war er so krank.

»Also kamst du nicht aus dem *Le Club* an dem Morgen am Bahnhof?«, frage ich Filip. Zwar ist diese Frage inzwischen fast überflüssig, und vielleicht sollte ich sie besser Jenny stellen, aber ich will es von ihm hören.

»Nein«, sagt er. »Ich hatte deine Zugverbindung bei

Jenny im Drucker liegen sehen am Vorabend. Josefine wollte unbedingt, dass ich vorbeikomme an dem Tag und nach ihr sehe.«

Ich wünschte, ich könnte die Zeit zurückdrehen und ihn rausschmeißen!

»Weißt du, wie er Josefine nennt?«, wettert Jenny. »*Anderweitige Verpflichtungen.*«

Ich denke an den Mailverkehr zwischen Biene, Filip und mir zurück – das schwedische Model ist eine kleine, fünfjährige Blondine im Schlumpfschlanfanzug.

»Hast du dir denn niemals überlegt, warum Filip so scharf darauf war, Untermieter zu pflegen? Und jetzt ein eigenes Kaninchen hat?«, wirft Jenny mir vor. Ich vermute, dass die Frage rhetorisch gemeint ist, und tatsächlich gibt sie gleich darauf selbst die Antwort: »Um sich bei ihr einzuschleimen, für das gemeinsame Sorgerecht demnächst!«

Mein Gott, war ich wirklich so blöd? Wie konnte ich Filip abnehmen, dass ausgerechnet er sich aus reiner Freude ein Nagetier in seine Wohnung stellt? Ein erwachsener, durchgestylter Mann, der mehrfach am Tag eine Nagelfeile benutzt?

»Hast du etwa wegen uns gekündigt?«, frage ich Jenny besorgt. »Wenn ich gewusst hätte, dass du und Filip ein Kind habt …«

Sie lacht bitter und macht eine Pause. »Ich bitte dich. Das fehlte ja noch! Hoffmann will keine Teilzeitkräfte mehr, nicht einmal am Empfang. Mit ihm gab es schon immer Diskussionen. Aber mit Kind kannst du eben nicht zwölf Stunden täglich in der Firma hocken.«

Sie lässt sich erschöpft auf einen Gartenstuhl fallen, ihr Zorn scheint langsam zu verrauchen.

»Schade. Fast hätte ich gehofft, Filip sagt diesmal die Wahrheit. Ich mag dich! Ich meine, du bist ja nicht die erste Freundin von ihm in der Firma. Da gab es schon Schlimmere.«

»Leonie Maier?«, frage ich geistesgegenwärtig.

»Ach, nein, die war irre!«, winkt Jenny ab. Wenigstens das also stimmt. Aber wer dann? Ich klappere in Gedanken die Frauen in unserer Abteilung ab. Biene? Pia? Katrin??? Die Wievielte bin ich?! Jenny schweigt und betrachtet die Tulpenzwiebeln. Filip guckt wie ein kleiner Junge, der, obwohl alle um ihn herum lachen, darauf beharrt, dass aus braunen Kühen Kakao kommt. Jenny klopft sich den Terrassendreck vom Hosenboden.

»Wir müssen dann mal wieder.« Sie geht Richtung Terrassentür und tritt sich die Schuhe an der Fußmatte ab. »Ich vermute, du bleibst noch und besuchst deine Mutter?«, sagt sie zu Filip.

»Hä?«, rutscht es mir raus.

»Na, Filip kommt doch von hier – aus Gelsenkirchen.«

Ich starre sie an.

»Herrje, weißt du überhaupt *irgendwas* über den Mann?!«, lacht sie.

Offenbar nicht. Als sie den Rückweg durchs Wohnzimmer antritt, folge ich ihr, Filip bleibt draußen sitzen. Drinnen ruft Jenny nach Josefine, die an der Hand meiner Mutter herbeieilt, bepackt mit Puppen und Kleidern.

»Ich stecke es euch in eine Tüte!«, bietet meine Mutter an und eilt in die Küche.

»Das alles kannst du tragen, Spätzchen?« Auf der Stelle verwandelt sich Jenny wieder in eine fröhliche, unbeschwerte Mama. Geduldig zieht sie ihrer Tochter die Schuhe an.

»Jenny …«, hauche ich hilflos.

»Schon gut«, sagt sie, ohne von Josefines Klettverschlüssen aufzublicken. »Dich trifft keine Schuld. Aber als ich deine SMS las, war mir klar, dass wir reden müssen. Persönlich. Ich wollte ein für alle Mal reinen Tisch machen.«

Obwohl ich vermutlich traurig, stinksauer, gekränkt oder verstört sein sollte, beherrscht mich nur ein Gefühl: Ich schäme mich zutiefst. Ich fühle mich, als hätte ich einem kleinen Mädchen den Vater weggenommen. Genau wie die Apothekenhelferin meines Vaters mir damals meinen.

Meine Mutter kommt mit der Tüte und überreicht sie Jenny und ihrer Tochter. Beide bedanken sich höflich, und Josefine greift mit der freien Hand nach der ihrer Mutter.

»Fahren?«, freut sie sich.

»Ja, wieder mit der großen Lok!«, spielt Jenny mächtige Begeisterung vor. Dann dreht sie sich noch mal zu mir.

»Also dann …«

»Danke, Jenny, ich weiß das wirklich zu schätzen«, sage ich hilflos, und aus Angst, gleich loszuheulen, rette ich mich in Small Talk: »Ist das nicht wahnsinnig teuer, von München mit dem Zug hierher und wieder zurück?«

»Na ja«, druckst sie verlegen. »Um ehrlich zu sein … Alle *CarStar*-Mitarbeiter fahren umsonst. Weil wir doch auch im Transportwesen sind. Es gibt da so ein Abkommen … Das wusstest du wohl nicht? Ich hab ein paar Tickets gebunkert, bevor ich weg bin.«

»Nein, das wusste ich nicht.«

Benommen stapfe ich zurück in den Garten. Meine Mutter hat sich taktvoll in die Küche zurückgezogen und räumt herum. Sicher platzt sie vor Neugier. Ich werde ihr später alles in Ruhe erzählen. Filip steht neben dem Geräteschuppen und raucht, als ich am Zaun entlang auf ihn zugehe. Herr und Frau Winkler stehen in knapp einem halben Meter Entfernung. Mucksmäuschenstill haben sie das gesamte Geschehen verfolgt. Frau Winkler, inzwischen in eine Küchenschürze gehüllt, mit Laubrechen und Gießkanne bewaffnet, deutet mir, zu ihr zu kommen. Auch das noch.

»Hör mal, Kind …«, raunt sie mir ins Ohr. »Lass die Finger von dem Burschen, das ist ein Windei!«

»Ist gut, danke«, murmele ich knapp und setze meinen Weg fort.

»Bettina …« Filip bläst Rauch aus. Ich habe ihn noch nie rauchen sehen. Wieder etwas, das ich nicht wusste. Er will mich zu sich heranziehen, doch ich weiche entschieden zurück. »Mein Leben ist ein bisschen kompliziert, aber ich wollte dich nicht mit alldem belasten. Deshalb war ich nicht ehrlich«, beginnt er.

»Ach, Filip …«, seufze ich und klinge dabei genauso wie Jenny. »Also, ich weiß nicht …« Tatsächlich weiß ich nämlich gar nichts mehr, nur dass er mir vollkommen fremd vorkommt.

»Jenny ist eben emotional. Sie kam nie gut über unsere Trennung hinweg.«

»Filip, ich werde nie beurteilen können, was wirklich bei euch läuft …«, sage ich. »Nur das, was zwischen *uns* ist. Und da stimmt auch so einiges nicht – oder nicht mehr.«

Wir wandern zurück zum Beet vor der Terrasse. Dort liegt noch immer Jennys Ehering auf dem Boden. Er scheint ihn gar nicht zu bemerken. Ich beschließe, ihn später an mich zu nehmen und ihr zu schicken. Filip drückt seine Kippe auf einer der Fliesen aus. Ich sehe, dass meine Mutter es ebenfalls durchs Küchenfenster beobachtet. Kurz treffen sich unsere Blicke, und ich weiß, wir sind einer Meinung.

»Ich habe keine Ahnung, was du eigentlich willst«, schaltet er nun in den Trotzmodus. »Ich habe dich sogar in der Sache mit der Schönheits-OP unterstützt und gesagt, es ist toll, dass du dir die Nase machen lässt! Wollen Frauen das nicht?«

»Nein. Oder zumindest *ich* will das nicht.« Meine Stimme ist jetzt ruhig und fest. Auf einmal weiß ich ganz genau, was ich will. Verwirrt sieht er mich an. »Wenn du mich wirklich lieben würdest, würdest du mir davon abraten, mich unters Messer zu legen! Denn du würdest dir Sorgen machen um mich! Und mir sagen, dass ich …« Ich schlucke. »Dass ich schön, nein, *perfekt*, bin, so wie ich bin. Zumindest für dich!« Wenn schon, denn schon. »Und im Übrigen, Filip …«, ich stemme nun wütend die Hände in die Hüften, »… will ich mir nicht die Zähne bleichen lassen! *Du* willst das! *Du* willst eine Freundin mit weißeren Zähnen, *Du* willst eine Freundin mit der perfekten Stupsnase! Und eine, die nicht aus dem Pott kommt! Auch ich finde es nicht immer toll hier – es ist öde und piefig, niemand hier trägt It-Bags und XXL-Scarfs und … sonstige Must-haves, und meine Mutter hat seit dreißig Jahren dieselben Möbel, aber ich sag dir eines: Hier brauchen die Leute keine Récamiere, hier haben die

Leute … Hier haben sie … Herz!«, schreie ich ihn an, in einer Lautstärke wie zuletzt in der vierten Klasse beim Brennball. Es ist toll.

Dann drehe ich mich um und lasse ihn stehen. Mit jedem Schritt, den ich in Richtung Terrassentür gehe, drohen meine Knie zu versagen. Aber ich bereue kein Wort. Schweigend folgt mir Filip, nickt kurz in Richtung Küche zum Abschied und geht über den Rasen zum Gartentor. Draußen startet er den Wagen und ist weg. Ich sinke auf den Boden. Meine Mutter eilt sofort herbei.

»Soll ich die Tanten anrufen?«

»Ja«, sage ich und heule los. Während sie zum Hörer greift, surrt mein Handy. Ich frage mich, was es dem noch hinzuzufügen gibt, und betrachte unter einem Tränenschleier die eintreffende SMS.

Tintenfisch kommt doch von Tina und nicht von Gift. ☺
Jan

15.

Am nächsten Morgen fühle ich mich immer noch schrecklich. Obwohl Erika und Rosi ganze Arbeit geleistet haben. Nach vier Stunden Soforthilfe gestern kamen sie heute früh gleich wieder zum Frühstück, um zu verhindern, dass *das Kind in Depressionen verfällt.* Auch Corinna war noch gestern Abend zur Stelle. Nachdem ich sie telefonisch über das gesamte Desaster in Kenntnis gesetzt hatte, hat sie sofort einen Babysitter engagiert und ist gekommen. Sie und meine Mutter haben bis Mitternacht an meinem Bett gesessen, meine Hand gehalten und mir mehrfach bestätigt, wie gut ich ohne Mann dran bin. Wobei Corinna da sehr feinfühlig vorging, während meine Mutter eher rational war:

»Ich weiß gar nicht, warum du weinst, Kind! Du hast doch nichts verloren!«

Rosi hat mir eine Handvoll Post-its mit guten Ratschlägen geschrieben und sie überall im Haus verteilt. *Andere Mütter haben auch schöne Söhne* prangt am Nachttisch. Ich fühle mich wie ein Unfallopfer, so schwindlig.

»Ist sie wach?«, höre ich Erika von unten.

»Hatte sie Albträume, hat sie im Schlaf geschrien, geweint, um sich getreten?«

»Das weiß ich nicht – ich habe geschlafen.«

»Bea, du hast *nicht* bei ihr geschlafen?!«

»Sie ist dreiunddreißig.«

»Was ist, wenn sie vor Schreck schlafwandelt? Womöglich ist sie schon an der holländischen Grenze und niemand weckt sie?«

»Schon gut, ich bin hier!«, sage ich und tapse im Schlafanzug die Treppe runter.

Rosi greift sich an die Brust. »Gottlob! Wir dachten schon, du wärst in Venlo! Wie geht es dir heute?«

»Es geht so.«

»Spürst du einen Druck auf der Brust oder ein Ziehen im linken Arm?«, forscht Rosi weiter.

»Sie ist dreiunddreißig«, wiederholt meine Mutter. »Sie wird keinen Herzinfarkt kriegen!«

»Woher willst du das wissen?«, giftet Rosi zurück. »Sieh sie dir doch mal an – sie ist ganz blass!«

Ich kneife mir in die Wangen, um etwas Röte zu erzeugen.

»Kind, wenn du von diesem Filip schwanger bist, dann sag's uns. Heutzutage gibt es für alles eine Lösung! Ich finde, jede Frau sollte selbst über ihren Bauch bestimmen dürfen …«

»Ich bin aber nicht schwanger! Und mein Herz ist okay. Also, rein physisch zumindest.«

Fast guckt Rosi ein wenig enttäuscht.

»Mach dich fertig und komm zum Frühstück!«, kommandiert meine Mutter, und alle drei pilgern in die Küche. »Das Leben geht weiter!«

Ich gehe ins Bad und nehme drei von Rosis Klebezetteln vom Spiegel, um mich darin sehen zu können.

Auf Regen folgt Sonnenschein!

Wer weiß, wozu es gut ist!

Jeder Mensch ist die große Liebe im Leben eines anderen.

Wie jeden Morgen komme ich in den unfreiwilligen Genuss, mich von allen Seiten betrachten zu können. Hinten sind meine braunen Strähnen verstrubbelt, an der rechten Schläfe entdecke ich zwei graue Haare und links am Kinn ein winziges Muttermal, das mir noch nie aufgefallen ist. Einzig meine Nase kommt mir heute gar nicht so groß vor wie sonst. Ob der Spiegel irgendwelche Effekte benutzt? So wie das Spiegelkabinett auf der Cranger Kirmes? Heute ist Freitag, und ich frage mich schon jetzt, wie ich Filip am Montag auf der Arbeit gegenübertreten soll. Alles ist anders. Keine Zettel, keine Kaffeekapseln und kein Lächeln mehr durch die Scheibe. O Gott, die Scheibe! Vielleicht kann ich einen Vorhang aufhängen oder so was? Nicht einmal Jenny wird mehr an ihrem Platz sein.

»Kind, kommst du endlich runter? Die Brötchen werden kalt und der Kaffee auch«, ruft Erika.

»Ja, *die Zeit heilt alle Wunden!*«, ruft Rosi gleich hinterher.

»Ich komme!«, brülle ich. Inzwischen habe ich es aufgegeben, in normalem Tonfall zu reden, damit wird man in dieser Familie nicht mal am Kaffeetisch aus unmittelbarer Entfernung gehört.

Ich wage einen Blick auf mein Handy. Nichts. Außer der versöhnlichen Nachricht von Jan, über die ich sehr froh bin. Eigentlich gar nicht so schlecht. Mika hat mich damals noch monatelang mit vorwurfsvollen SMS und E-Mails bombardiert. Die Frage, ob ich einen Knoten in seine Zielfisch-Samurai-Forellen-Schnüre gemacht hätte, war dabei noch die netteste. Ruhe war erst, als Biene mir vorschlug ihm das Buch zu schicken: *Es heißt Schluss machen, weil dann Schluss ist!* Nein, das war wirklich nicht schön. Also ist es mir lieber, Filip schreibt nichts.

»Da bist du ja. Setz dich!« Erika reicht mir den Korb mit den Brötchen. »Komm schon, du musst was essen!«

»Ich hatte erst was um Mitternacht«, stöhne ich.

»So, was denn?«

»Gulaschkanone!«, antwortet meine Mutter, die noch zu später Stunde den Herd anschmiss, um Corinna und mich zu versorgen.

Ich greife nach einem Mohnbrötchen und entferne ein Post-it von meinem Frühstücksteller. *Lieber ein Ende mit Schrecken als ein Schrecken ohne Ende.*

Alle drei sehen mich aufmunternd an.

»Sei bloß froh, dass du den los bist!«, sagt meine Mutter.

»Wir hatten dir gleich gesagt, dass uns der Junge nicht gefällt!«, betont Rosi zum vierten Mal seit gestern.

»Jaja ...«, murmele ich und pelle ein Stück Scheibenkäse aus seiner Folie.

»So, und jetzt mal Butter bei die Fische! Wie stehen die Dinge mit diesem Mario?«, wechselt Rosi das Thema.

»Rosi, die Laken sind ja noch nicht einmal kalt! Und du willst das Kind gleich wieder verkuppeln!«, schimpft Erika.

»Ach, Erika, sei nicht so prüde! Die haben sich doch neulich sogar schon geküsst!«

»Ja, aber das war nicht richtig!«, schlage ich mich auf Erikas Seite. »Filip hat mich ja nicht betrogen.«

»Nein, nur in allem belogen«, bemerkt meine Mutter trocken. »Dass er verheiratet ist, wo er herkommt, dass er eine Tochter hat …«

»Und er will, dass man Tinchens Nase mit Hammer und Meißel zu Leibe rückt!«, ergänzt Erika. »Wogegen *ich* ja von Anfang an war.«

Gut, dass sie das mit der Beförderung nicht wissen. Sonst würde Rosi glatt Hoffmann anrufen und ihn zur Schnecke machen. Ich würde am Ende meinen Job verlieren und müsste bei Erika als Stallbursche anfangen.

»Ich gehe heute Nachmittag zu ihm.«

»Großartig!« Rosi klatscht in die Hände.

»Wieso denn das?«, fragt Erika überrascht.

»Bist du zum Abendessen wieder zu Hause?«, fragt meine Mutter.

»Es geht bloß darum, dass wir die außergerichtliche Einigung schriftlich fixieren.«

»Ach so.«

»Gottlob.«

»Also Abendessen um sieben?«

Büro Beyer steht auf dem Klingelschild. Es ist Punkt fünfzehn Uhr, als ich klingle. Im Gegensatz zum Amtsgericht gibt es hier keine Gegensprechanlage, obwohl die Gegend sehr fein ist. Ich stehe auf dem Porscheberg, vor einem großen weißen Haus. Hier wohnt er also, immer noch bei seinen Eltern. Na ja, bei häuslicher Pflege ist das wohl unabdingbar.

Der Türöffner surrt, und ein riesiger schwarzer Schäferhund kommt durch den Flur auf mich zu. Hilfe! »Keine Sorge – das ist Justizia, meine Hündin!« Mario erscheint gleich hinter ihr. »Du hast einen Hund?«, staune ich. Ich hätte Mario nicht als großen Tierliebhaber eingeschätzt, nicht seit der Sache damals mit dem Marienkäfer in der Pause …

»Ich hatte dir doch von Claudia erzählt? Das hier ist einer der Welpen. Mein Wachhund.«

»Funktioniert gut«, hauche ich und behalte das Tier im Auge. »Ich vergaß – der Pott ist ein gefährliches Pflaster, nicht so sicher wie München!« Er grinst.

Justizia stupst mich keck mit der Nase an, und ich springe zurück. Für die wäre Untermieter ein Snack. Galant hilft Mario mir aus dem Mantel. Als er mich berührt, spüre ich wieder die Schmetterlinge in meinem Bauch, ach was, überall! Ich könnte ihn gleich wieder küssen, aber schon allein wegen des Hundes halte ich Abstand. »So, hier wohnst du also?«, sage ich betont sachlich.

»Genau. Hier wohne und arbeite ich, wenn ich nicht bei Gericht bin. Ich versuche, mir eine eigene Kanzlei aufzubauen.«

»Klingt vernünftig.« Mir macht Selbstständigkeit von jeher Angst. Eher würde ich bei *CarStar* hauptberuflich Kaffee kochen, als eine eigene Existenz gründen, aber ich bewundere ihn. Das Haus ist wirklich gemütlich. Viel Weiß, lichtdurchflutet – wie diese Häuser in den Hamptons. Ich folge ihm und Justizia in die Küche. »Was möchtest du trinken?«, fragt er.

»Hast du einen O-Saft?«

»Klar. Willst du auch Kaffee? Cappuccino?«

»Sehr gerne.«

Er holt eine schicke schwarze Tasse aus dem Schrank und stellt sie unter eine alte italienische Espressomaschine.

»Brauchst du Zucker?«

»Nein, danke. Ist nicht gut für die Zähne.«

»Ja, richtig. Du hast ja nicht mehr so viele davon.« Er lächelt verschmitzt, und ich nehme es ihm nicht krumm, im Gegenteil. Denn im Gegensatz zu Filips Kommentaren ist es einwandfrei liebevoll gemeint, das merkt man.

»Apropos: Ich soll dir von Veit sagen, du kannst jederzeit bei ihm vorbeischauen – wegen deiner Prothese.«

»Ist gut, danke«, sage ich schnell. Prothese, wie das schon klingt! Eklig. Das ist wirklich nicht gerade das, was ich mit einem hübschen Kerl besprechen will. Schnell wechsle ich das Thema.

»Pflegst du hier deine Eltern?«

»Wie bitte?« Entgeistert sieht er mich an und zieht die Stirn kraus.

»Ach, nichts.«

War ja klar, dass auch das wieder nur Klatsch ist …

Mario macht sich selbst eine Schorle und stellt alles auf ein Tablett. »Wenn Sie mir bitte folgen würden, Madame!«

Ich schließe mich ihm an und traue mich sogar, Justizia ganz kurz zu tätscheln. Sie gibt ein wohliges Knurren von sich, und ich ziehe meine Hand schnell zurück. Wir durchqueren einen schmalen Flur und landen in einer Art Salon mit Schreibtisch, Ohrensessel und Kamin.

»Gemütlich hast du es hier!«

»Ja, danke. Mir gefällt's auch. Meine Eltern haben das Haus in den Sechzigern gebaut. Ich habe viel verändert in den letzten zwei Jahren. Größere Fenster, neue Böden. Hätte nicht gedacht, dass das solchen Spaß macht.«

Ich wünschte, ich bekäme eines Tages etwas Ähnliches vererbt. Aber vermutlich werde ich mit Erikas Hof dasitzen – sieben Pferde und zwei Schweine mit Diabetes. Das hier ist wirklich alles andere als die Klitsche mit osteuropäischem Personalstamm, die Corinna und ich uns vorgestellt haben. Am Fenster steht ein großer, dunkler Schreibtisch aus Holz, mit einer schwarzen Lampe darauf. Englisches Design, wie ich erkenne. Darauf stapeln sich jede Menge Fachbücher. Justizia legt sich in ein Körbchen.

»Meine Eltern wohnen nebenan«, erklärt er. »Aber sie sind gerade auf Kreuzfahrt. Sie feiern dreißigsten Hochzeitstag.« Er nimmt einen Schluck Schorle, sieht mich kurz an und stutzt. »Was hast du da?«

»Wo?«

»Na da!«

Er zieht einen gelben Klebezettel von meiner linken Schulter.

Drum prüfe, wer sich ewig bindet.

Hektisch greife ich danach, zerknülle das Papier und pfeffere es in den Müll neben dem Schreibtisch.

»Guter Wurf!«, staunt Mario und sieht der Papierkugel nach.

»Das war nur eine Notiz – meiner Tante.«

Ich bringe Rosi um. Gleich als Erstes, wenn ich zurück bin. »Das muss toll sein, so eine intakte Familie …«, lenke ich das Gespräch umgehend wieder auf anderes.

»Na ja …« Sein Gesicht verdüstert sich. »Intakt sind leider nur die beiden.«

»Wie meinst du das?«

Er hält inne und scheint zu überlegen, was und wie viel er mir erzählen soll. Mir fällt auf, dass ich mit Filip niemals über sein Elternhaus gesprochen habe. Oder meins.

»Also gut, ich sage dir, wie es ist«, entscheidet Mario schließlich. »Ich war ein *Unfall*, dieses Wort benutzen sie gerne. Eigentlich wollten sie gar keine Kinder. Und das bekam ich auch oft zu spüren. Ich war ein Schlüsselkind.«

»Ein Schlüsselkind?« Der Ausdruck ist mir neu.

»Ja, so eins mit dem Haustürschlüssel um den Hals, weil mittags keiner da war. Meine Eltern sind regulär ihren Jobs nachgegangen, und ab meinem sechsten Lebensjahr war ich alleine. Für mich hat nie jemand gekocht. Oder die Hausaufgaben kontrolliert. Ich bin jahrelang zur Pommesbude gegangen.«

O mein Gott! *Pommesbacke*. Ich könnte im Boden versinken. Schockiert denke ich an die vollwertigen Mahlzeiten mit Salat und Dessert, die meine Mutter bis heute jeden Tag für mich auffährt.

»Na ja, an meine Figur von damals dürftest du dich wohl noch erinnern«, lächelt er verlegen. »Aber setz dich doch!« Er deutet auf zwei Chesterfield-Klubsessel in der Mitte des Raumes, zwischen denen ein kleiner Tisch steht, und setzt sich dazu. Er ist mir so nah, dass ich ihn berühren könnte. Viel lieber als lahme Details der Einigung zu besprechen, würde ich mich mit ihm über den Teppich wälzen und … »Kommen wir also zum offiziellen Teil …«, räuspert er sich und nimmt eine Mappe zur Hand. Soll ich es ihm sagen? Dass es Filip, den Freund, nicht mehr gibt? Wobei, das muss ich selbst erst realisieren.

»Ach, bevor wir anfangen«, Marios Gesicht nimmt einen eigentümlichen Ausdruck an, »muss ich dir noch was zeigen, das ich vor ein paar Tagen gefunden habe. In einer alten Kinderjeans von mir, die meine Mutter der Caritas geben wollte …« Er holt ein Stück Papier aus seinem Portemonnaie hervor und legt es neben sein Glas. Es ist mit feinen grauen Linien überzogen, kariertes Schreibblockpapier, wie wir es früher in Mathe benutzten. Ich erkenne eine krakelige Schrift. Der Satz ist schon fast verblichen. Neugierig betrachte ich den Zettel, den jemand unachtsam irgendwo rausgerissen hat. Er scheint wirklich alt zu sein, fast kann man hindurchsehen.

»Was ist das?«, frage ich ohne einen blassen Schimmer.

»Das wollte ich eigentlich dich fragen!« Vergnügt sieht er mich an. »Schon vor sehr langer Zeit.«

Noch einmal lasse ich meinen Blick über die großen schwarzen Buchstaben gleiten, beziehungsweise über das, was davon übrig ist. Es sieht aus wie ein Erpresserschreiben. *Morgen um zehn, keine Polizei.* Oder: *Verfolgen Sie mich nicht, das wäre zwecklos!* Aber der eigentliche Text lautet anders: *Man sieht sich immer zweimal im Leben!* Der Titel eines James-Bond-Films? Fast stoßen unsere Köpfe zusammen. Auch er weicht nur minimal zurück. Wieder riecht er so wahnsinnig gut, nicht nach Parfum, sondern nach … Ich weiß nicht, frisch gemähter Wiese und Seife? Ach, du meine Güte! Schlagartig trifft mich die Erkenntnis. Diese Worte – habe *ich* geschrieben! Damals, mit Corinnas Edding! Während ich spüre, wie mir die Röte ins Gesicht steigt, bin ich gleichzeitig tief berührt. Diesen Fetzen hat er damals nicht in den Müll geworfen. Ich fühle mich schlagartig zurückversetzt in die vierte Klasse. Ich rieche die Kreide, den muffigen Schwamm, unser schlecht gelüftetes Klassenzimmer, sein *Keine-Tränen*-Kindershampoo … Erinnere mich an die fiesen Kommentare, die er immer gemacht hat, und die Bauchschmerzen vor der Schule … Plötzlich spüre ich es wieder – haargenau so wie damals: den Schmerz, der mich durchzuckte, als meine Nase brach.

»Bettina, alles okay?« Mario berührt mich sanft an der Schulter.

»Jaja«, murmele ich und merke: Ich kann das nicht, ich muss hier weg! Auf einmal wird es mir wieder bewusst. *Er* ist Mario Beyer, der Schrecken meiner Kindheit. Der Junge, der mich brutal geschubst hat, vor einen Heizkörper aus Metall, und dem ich eine schiefe Nase und Jahre voller Selbstzweifel verdanke. Impulsiv rücke ich von ihm ab.

»Ist alles in Ordnung? Du siehst auf einmal so – wütend aus?«

»Hör mal, ich muss jetzt gehen«, sage ich bestimmt und sehe die Enttäuschung in seinem Gesicht.

»Aber wir müssen uns doch noch einigen?«, versucht er mich aufzuhalten.

»Mario, vergiss es!«, fahre ich ihn an. »Schreib Richter Maiwald irgendwas, das du für richtig hältst. Ich verzichte auf alles. Du lässt die Klage fallen, was weiß ich ... Und die Rechnung für das Verfahren kriege ich ja per Post.«

»Ja, okay«, sagt er kleinlaut und steht auch auf. »Soll ich dich nach Hause bringen?«

»Nicht nötig. Ich – meld mich.« Hastig eile ich in den Flur zurück und greife mir im Gehen meinen Mantel. Sehr zur Freude von Justizia, die mich, in Erwartung eines Spaziergangs, verfolgt. Ohne mich weiter zu verabschieden, stürme ich hinaus. Milde Luft strömt in meine Lungen, ich beginne zu laufen. Ich weiß, ich verhalte mich gerade unmöglich! Er hat nicht das Geringste falsch gemacht – heute. Heute ist er perfekt! Aber damals ... Ich kann einfach nicht anders. Er ist nicht Mister Right, *er* ist Mario Beyer, auch wenn er jetzt Kaffee statt Kakao trinkt und wir erwachsen sind und er Max statt Mario heißt. Aber er ist es. Ich kann die Gefühle von damals nicht so einfach vergessen. Er hat mich ins Klo gesperrt, er hat mir mein Etui geklaut, er hat – jede Menge doofe Dinge getan, die ich ihm heute verzeihen könnte. Aber das brutale, hinterhältige Schubsen nicht!

Unterwegs beglückwünsche ich mich zu meiner Geistesgegenwart. Fast hätte ich mich in ihn verliebt. So wie in Filip. Was der wohl gerade macht? Ob er es mit Jenny treibt? Oder mit Josefine Schlitten fährt? Ob er geschäftlich auf dem Weg nach Shanghai ist und Asiatinnen angräbt ...? Eine hübsche chinesische Stewardess, mit der er dann im Hotelzimmer verschwindet? Ich hätte bei so vielen Gelegenheiten Lunte riechen können! Zum Beispiel, als Jenny ihm die komplette Dose Zucker in die Tasse gekippt hat im Meeting. Sie wusste, wie er ihn trinkt.

Oder bei der Sache mit der Telefonkette. Er wollte bloß nicht, dass Jenny und ich uns unterhalten! Prompt kommen mir die Tränen, und ich beginne zu laufen. Filip ist der wahre Fiesling! Viel fieser, als Mario Beyer es je war. Auf einem ganz anderen Level! Ich muss aufhören, an beide zu denken. Denn mit beiden bin ich jetzt durch! Es gibt nichts mehr zu bereden! Ich bin ganz allein auf der Welt, ich habe nur einen Hasen und drei ältliche Damen in meinem Leben. Ich werde nie einen Mann haben und – das ist auch gut so, jawohl! *Die machen nur Ärger und Dreck!*, wie Rosi mal sagte. Vielleicht meinte sie aber auch Erikas Pferde, das weiß ich jetzt nicht mehr so genau …

Als ich am *Muckefuck* vorbeikomme, sind meine Tränen versiegt. Dass ich wider besseres Wissen überhaupt auf Filip reingefallen bin, ärgert mich einfach nur maßlos! Ich weiß wirklich nicht, wie das werden soll, wenn ich wieder arbeite. Ihn fortan nicht nur als Kollegen, sondern auch als Chef ertragen zu müssen, packe ich nicht. Vielleicht mache ich ein Sabbatjahr? Ich könnte in einem SOS-Kinderdorf in Malawi helfen, oder durch Indien reisen? Einfach so? Dazu brauche *ich* keine blöde Dienstreise, jawohl!

Gedankenversunken umschiffe ich eine Baustelle kurz vor unserem Haus. Ein Arbeiter müht sich mit einem Presslufthammer ab. Vor dem Hauseingang, auf der untersten Stufe, hockt jemand. Im Näherkommen sehe ich, dass es Corinna ist. Bestimmt will sie nach mir schauen.

»Hey«, begrüße ich sie erfreut. »Du glaubst nicht, was ich gerade über Mario erfahren habe …«, setze ich an.

»Bettina, ich muss dir was sagen!«

»Ja, aber willst du denn nicht wissen, was ich …«

»Nein!« Sie steht auf, baut sich vor mir auf und stemmt entschieden die Hände in die Hüften. Dann blickt sie zu Boden. So habe ich sie noch nie gesehen. Sie sieht blass aus, wie ein Schluck Wasser in der Kurve, würde meine Mutter sagen.

»Ich muss dir seit einiger Zeit etwas sagen, und wenn ich es nicht auf der Stelle tue, finde ich den Mut womöglich nie wieder.«

Ich lasse verdattert den Haustürschlüssel sinken.

»Ich war es!«

»Was?«

»Ich habe dich geschubst. Ich habe dir die Nase gebrochen damals. *Ich!*«

Plötzlich herrscht Totenstille. Dann setzt der Presslufthammer wieder ein. Ich bekomme Kopfschmerzen und weiß nicht, ob vom Lärm oder von Corinnas Worten.

»Kannst du das wiederholen?«

»Ich habe dich geschubst in der Grundschule damals, ich bin an allem schuld!«, sagt sie noch einmal. »Deshalb wollte ich nicht, dass du ihm die Mail schreibst! Deshalb war ich so aggressiv nach deinem Gerichtstermin. Ich dachte, du kommst mir auf die Schliche.«

Es ist, als hätte sie mir wieder einen Schubs versetzt, einen Riesenschubs. Nur dass diesmal nicht meine Nase schmerzt, sondern mein Herz.

»Mit voller Absicht«, fügt sie leise hinzu, als der Presslufthammer erneut eine Pause macht.

Ich hole tief Luft.

»Ich war neidisch.«

»Neidisch? Schon wieder? Worauf? Meine Eltern haben sich zu der Zeit *scheiden lassen*«, ist das Erste, was ich hervorbringe.

»Na und? Besser geschieden, als den ganzen Tag zu streiten. Bei uns war es unerträglich! Meine Eltern waren zwar zusammen, aber wie Katz und Maus. Mein Vater ein Workaholic, meine Mutter eine frustrierte Hausfrau. Ich habe mir immer *gewünscht*, meine Eltern ließen sich scheiden! Und das schon mit neun!«

Ich dränge mich an ihr vorbei zur Tür. Ich will das alles nicht hören. Gestern Filip, heute Mario und jetzt sie. Ich bin wirklich allein auf der Welt. Ganz allein. Doch Corinna ist nicht zu bremsen.

»Du hattest deine Tanten, deinen Bruder! Du hattest einen Hof voller Pferde, auf denen du den ganzen Tag reiten konntest und die dir Trost gespendet haben! Bettina, du hattest *trotzdem* eine intakte Familie! Hast du immer noch«, fügt sie hinzu.

»Ich würde jetzt gerne reingehen«, presse ich tonlos hervor. Tatsächlich gibt sie den Weg frei.

»Bettina, ich meinte das ernst, als ich neulich sagte, ich möchte unsere Freundschaft von damals zurück! Und ich weiß, das kann nur gelingen, wenn ich dir endlich die Wahrheit sage und du mir eines Tages verzeihst … Vielleicht?« Ihr Blick ist flehend. Aber ich starre stur über sie hinweg. Ich kann nicht fassen, was sie mir gerade erzählt.

»Und gestern wurde mir klar, dass ich es dir sagen muss, bevor du nach München zurückfährst – um unserer Freundschaft willen!«

Ich lasse sie mitten im Satz stehen, schließe auf und

verschwinde. Drinnen angekommen lehne ich mich gegen die Tür.

Oben in meinem Zimmer schalte ich die Stereoanlage ein, wie früher. Guns'n'Roses, *Don't cry*.

Supermiesester Moment
meines Lebens.

16.

Ich wuchte den Keramikerpel vom Wohnzimmer auf die Terrasse. Meine Mutter hat es sich wieder anders überlegt mit der Deko, und weil ich morgen endgültig fahre, ist die Gelegenheit günstig, mich noch einmal mit dem Umstellen zu beauftragen. Ich habe mir eine extra späte Verbindung rausgesucht, weil ich nicht scharf darauf bin, lange alleine in meiner Wohnung zu sein und womöglich ins Grübeln zu verfallen, was hier nahezu unmöglich ist.

Meine Mutter kommt mit der Post raus auf die Terrasse.

»Für dich!« Sie drückt mir einen Brief in die Hand, der sehr offiziell aussieht.

Kanzlei Beyer lautet der Absender. Mario muss ihn gestern noch verfasst haben, sofort fängt mein ganzer Körper an, unangenehm zu kribbeln. Auch meine Mutter und Tante Rosi, die natürlich wieder zum Frühstück da ist und uns Kaffee nach draußen gebracht hat, beugen sich neugierig über den Umschlag. Ich hatte gestern nicht mehr die Kraft, meiner Mutter die ganze Wahrheit zu sagen, und habe mich mit der Halbwahrheit aus der Affäre gezogen. Von einem Treffen mit Mario, bei dem es nicht mehr geknistert hat, und einem kurzen Treffen mit Corinna, bei dem wir uns ganz normal verabschiedet haben, war die Rede.

Ich reibe mir die Finger an der Gärtnerlatzhose ab und nehme einen Schluck Kaffee aus dem Käfer-Haferl, das Tante Rosi mir hinhält.

»Weißt du noch?«, sagt sie mit Blick auf die Tasse. »Das hast du uns geschickt, als du frisch nach München gezogen warst. Zusammen mit einer Dose Weißwürste und Kaffee vom Dallmayr! Wir dachten, wir sehen dich nie wieder, und wenn, dann nur noch in Tracht.«

Ich nicke. Ja, das weiß ich genau. Es war vor rund drei Jahren, ich war gerade mal eine Woche bei *CarStar* und bereit für mein neues, glamouröses Leben in der Metropole! Nie mehr, so hatte ich mir selbst bei einer Flasche Sekt im *Le Club* geschworen, die ich mit Jenny, Biene und Pia teilte, würde ich je zurückgehen in den grauen Ruhrpott mit seinem prolligen Dialekt, der vielen Industrie und hohen Arbeitslosigkeit. Und schon gar nicht den Pommesbuden, die ich heute allerdings vermisse.

Zufrieden sehe ich mich um: Der Garten ist bereit für den Frühling, er wird so grün werden wie noch nie! Schade, dass ich es nicht miterleben kann. Dafür haben meine Mutter und die Tanten es schön. Ich schnappe mir einen feinen Kräuterspatel und trenne den grauen Briefumschlag auf. Tante Rosi betrachtet anerkennend mein sorgfältig abgestecktes Rhabarberfeld.

»Ich glaube, Gärtnern ist echt dein Ding! Ist das Rettich?«

»Rüben«, antworte ich abwesend.

Der Inhalt ist ein dreiseitiges Schreiben. Auf der dritten Seite befinden sich ein neonpinkes Post-it mit der Aufschrift *Hier!*, ein orangener Pfeil und die mit gelbem Textmarker zusätzlich markierte Stelle mit dem schwarzen Kreuz, an der ich unterschreiben soll.

Hiermit erkläre ich, Bettina Mechthild Baumann, mich in allen o. g. Punkten bzgl. der Einigung in der Sache Beyer gegen Baumann einverstanden und bestätige, keine weiteren Ansprüche zu erheben oder juristischen Schritte zu unternehmen. Ferner sehe ich von jeglichen Schadenersatzansprüchen ab. Im Gegenzug wird der Kläger die Anklage wegen Verleumdung fallen lassen.
Ich beantrage hiermit die Schließung der Akte 32/20/14.

Mit freundlichen Grüßen
X ______ ←

Und so weiter. Darunter ein Firmenstempel, das ist alles. Kein Zettel mit handgeschriebenen Zeilen, auf dem steht: *»Liebe Bettina, es tut mir leid, wie wir auseinandergegangen sind. Sieh mal, ob das so für dich passt? LG, Mario«*. Oder: *»Es tut mir leid, dass du dich unwohl gefühlt hast. Wann sehen wir uns wieder?«* Aber was erwarte ich auch nach meinem Abgang?

»Zeig mal her!« Rosi reißt mir das Schreiben aus der Hand. »Ach so …« Sie erkennt die unpersönlichen Worte auf umweltfreundlichem Papier, und ihr Interesse lässt schlagartig nach.

»Na ja«, gebe ich mich tapfer. »Dann ist die Sache jetzt auch erledigt. Super, dass das noch gekommen ist, bevor ich fahre!«

Meine Mutter und Rosi gucken skeptisch.

»Ach Kind«, seufzt Rosi und legt tröstend den Arm um mich. »*Liebeskummer lohnt sich nicht* – sang schon Siw Malmkvist!«

»Ich dachte immer, das sei von Wencke Myhre?«, gebe ich mich fröhlich.

»Nee, das war die mit dem Gummiboot.«

»Gummiboot? Gibt's was Neues? Machen wir einen Ausflug?« Erika steht in Reitstiefeln in der Tür und betrachtet mich von oben bis unten. »Hör mal, diese Gartenobsession ist hoffentlich nicht deine Art und Weise, mit Liebeskummer umzugehen? Da gibt es nämlich viel effektivere Wege – einen hübschen Ausritt zum Beispiel!«

»Nein, nein«, beruhige ich sie. »Aber in München habe ich nicht mal einen Balkon und bin immer bloß im Büro. Da ist es einfach schön, mal draußen zu sein.«

»Gut«, gibt sie sich zufrieden. »Weißt du, andere Mütter haben nämlich auch schöne ...«

»Hatten wir alles schon, hatten wir alles schon!«, rufen meine Mutter und Rosi ihr im Chor entgegen.

»Was hast du denn da, Kind?« Erikas Blick fällt auf das Schreiben. »Sieht aus wie ein blauer Brief. Weißt du noch? In Mathe standest du immer fünf.«

Fast klingt sie ein bisschen stolz.

»Könnt ihr hier weitermachen?«, höre ich mich plötzlich sagen. Ich drücke Rosi die Schaufel in die Hand, woraufhin sie guckt, als hätte ich ihr einen Beutel Hundekot überreicht. »Einfach nur den Streifen da vorne von links nach rechts umgraben und ein wenig gießen und dann die Gurkensamen rein!«

»Na gut!« Rosi umfasst den Griff der Schippe wie einen Hammer, und ich befürchte das Schlimmste für Samen und Setzlinge.

»Ich bin mal kurz weg! Das hier«, ich wedele mit dem Brief, »unterschreiben und zur Post bringen. Ist wohl besser, ich mache das jetzt gleich und – als Einschreiben.«

»Sehr vernünftig!«, findet meine Mutter und zwinkert mir zu.

»Was du heute kannst besorgen, das verschiebe nicht auf morgen!«, sagt Rosi und zwinkert mir ebenfalls zu.

Dann beugen sich alle drei emsig über die Furche in der Erde, wozu sie *Schuld war nur der Bossa Nova* anstimmen. Ein Refrain, zu dem sich auch Winklers auf der anderen Seite des Zauns spontan hinreißen lassen. Frau Winkler schwingt sogar im Takt den Rechen, mit dem sie das letzte Herbstlaub vertreibt.

Oben in meinem Zimmer schlüpfe ich in meine Jeans und ein Shirt, wasche mir die Erde von den Händen und schrubbe mir den Dreck unter den Nägeln weg. Damit bin ich pottmäßig ausgehfein, würde ich sagen.

Meine Kliniktasche, mit der ich herkam, steht schon fertig gepackt in der Ecke meines Zimmers. Ich freue mich sehr auf Untermieter, aber abgesehen davon fühle ich mich gar nicht, als würde ich nach Hause fahren, sondern ich fühle mich, als würde ich wegfahren. Die lustigen Frühstücksgespräche, Abende und Kaffeerunden mit meiner Mutter und meinen Tanten werden mir fehlen. Ganz abgesehen von den regelmäßigen Mahlzeiten. Und bis gestern hatte ich sogar Angst vor der Trennung von Corinna … Ich versuche, den Gedanken schnell abzuschütteln.

Als ich die Treppe runtergehe, steht unten zu meiner Verblüffung Rosi mit dem Autoschlüssel in der Hand.

»Soll ich dich fahren?«

»Wieso? Die Post ist doch gleich um die Ecke?«

»Die Post schon. Aber der Porscheberg – das sind ein paar Kilometer.«

Ich weiß nicht, was ich sagen soll. Es stimmt, ich will nicht zur Post.

»Komm, dann bist du schneller da!«

»Du hast bloß keine Lust, dir an meinem Gurkenbeet die Hände schmutzig zu machen«, antworte ich.

»Du sagst es, Kind.«

Zehn Minuten später stehe ich vor dem großen weißen Haus und traue mich nicht zu klingeln. Erst bepöbele ich ihn per Mail wegen damals, dann stellt sich heraus, dass er es gar nicht war, zwischendurch küsse ich ihn, zweimal wohlgemerkt, obwohl ich einen Freund habe, und schlussendlich serviere ich ihn ab, obwohl er, seit ich hier bin, immer nur toll zu mir war und ich ohne ihn nicht einmal neue Zähne hätte und nicht sprechen oder von einem Brötchen abbeißen könnte.

Ich wende mich gerade zum Gehen, als Justizia anschlägt. Vor Schreck renne ich los – er darf mich auf keinen Fall sehen! Das wäre ja nur noch peinlicher. Als ich Sekunden später vom Grundstück runter bin, spaziere ich ziellos durch die Gegend. Leider ist Rosi – auf mein energisches Drängen hin – wieder gefahren. Ich lande an der

Sportanlage unserer alten Grundschule und verlangsame mein Tempo. Hier hat alles begonnen! Ich sehe mich um. Alles ist noch da: der Pausenhof, das Reiterdenkmal, die Fahrradständer, der Sportplatz – auf dem ich jedes Jahr aufs Neue dem Horror der Bundesjugendspiele ausgesetzt war. Ich erklimme die Tribüne, lasse mich auf eine der Zuschauerbänke fallen und halte mein Gesicht in die Frühlingssonne. Zu Hause ist, außer ein paar Krokussen, ohnehin nichts mehr zu tun, und so kann ich in Ruhe Abschied nehmen vom Pott. Vier Wochen war ich jetzt hier – eine ganz schön lange Zeit! Ich betrachte eine Gruppe Jungen in Fußballtrikots auf dem Rasen. Es scheint ein Freundschaftsspiel zu sein, kurz vor dem Ende. Der Schiri pfeift gerade Elfmeter. Die müssen ungefähr in der vierten Klasse sein – wie wir damals, als Corinna, Mario und ich das letzte Jahr hier gemeinsam zur Schule gingen. Der Trainer steht am Spielfeldrand und feuert aus Leibeskräften einen kleinen dicken Jungen an, der sich total anstrengt, einen Superschuss hinzulegen. Der Ball rollt nicht mal ansatzweise in Richtung Tor.

»Sehr gut, Ferdinand! Das war bloß Pech!«

Der dicke Junge freut sich und wird von seiner Mannschaft abgeklatscht. Der Trainer hebt eine Hand, dann beide. Ist das das Ende des Spiels? Er bewegt sie in meine Richtung. Unsicher sehe ich hinter mich, doch da ist nichts als leere Bänke. Meint der etwa mich? Sein Winken wird hektischer. Ich kneife die Augen zusammen und betrachte ihn im Gegenlicht genauer. Er ist groß, dunkelhaarig und sportlich und trägt dasselbe schwarze Trikot wie die Kleinen, nur in groß. O Gott, es ist Mario!

So schnell ich kann, flüchte ich von der Tribüne. Über die Schulter sehe ich, dass er mir ein paar Schritte nachläuft, aber seine Schützlinge nicht allein lassen kann. Das Ganze war eine totale Schnapsidee von mir! Zum zweiten Mal heute lege ich einen Spurt hin, der mir eine Ehrenurkunde eingebracht hätte.

Vor der Post steht eine lange Schlange. Kein Wunder, es ist kurz vor zwölf am Samstag. Ich reihe mich ein und vertreibe mir die Zeit, indem ich bunte Prospekte für Anleger lese. Schönheits-OPs stehen nicht auf der Liste der empfohlenen Kapitalanlagen. Dafür Oldtimer, Gold und Immobilien. Ich staune, wie erschwinglich Wohnraum hier ist. Für den Wert einer Zweizimmerwohnung in München, bekommt man hier ein frei stehendes Haus mit Schwimmbad und Doppelgarage. Nach zwanzig Minuten bin ich endlich dran. Die Dame am Schalter kommt mir bekannt vor – ich erkenne einen der Engler-Zwillinge, von denen wir alle dachten, sie würden mindestens in Harvard studieren. Nathalie oder Nadja – so genau wusste ich das nie – erkennt mich ebenfalls. Lächelnd begrüßen wir uns und plaudern ein paar Worte, denn ich bin die Letzte in der Schlange. Dann will ich das Schreiben aus meiner Gesäßtasche ziehen – ich muss dran denken, es noch zu unterschreiben … Zu meiner Verwunderung greife ich ins Leere. Meine linke Jackentasche ist auch leer, ebenso meine rechte. Verdammt – ich muss es verloren haben! Beim Spurt vom Sportplatz weg? Oder – noch schlimmer – beim Verlassen von Marios Grundstück?! Verdammter Mist, bestimmt liegt es da! Was jetzt? Zurückgehen, es suchen und mich doppelt vor ihm blamieren?

Was mache ich denn jetzt? Am besten gehe ich wieder nach Hause. Vielleicht weiß Rosi ja Rat.

Vor der Haustür steht Corinna und scheint sich, wie vorhin ich, nicht sicher zu sein, ob sie klingeln soll.

Wütend stapfe ich auf sie zu. »Was willst du denn hier?«, entfährt es mir barsch. Erschrocken blickt sie mich an. Sie sieht mitgenommen aus. Wie lange sie hier wohl schon wartet?

»Ich wollte dir bloß das hier geben.« Sie hält mir eine Flasche hin.

»Was ist das?«

»Der beste Whiskey, den man im schottischen Hochmoor kriegt. Single Malt, 1923.«

»Und, was soll ich damit?« Ich bin immer noch tief verletzt und für Geschenke nicht in der Stimmung. Schon gar nicht für solche, an denen ich mich nicht wirklich erfreuen kann, auch wenn das Zeug nicht schlecht geschmeckt hat an jenem Morgen bei ihr an der Theke.

»Ich dachte, du könntest ihn auf eBay verkaufen, oder ich mache das für dich, und damit …«

Ich verstehe kein Wort.

»Und dann?«

»Ich habe nachgesehen. Auf dem WWI. Das ist der *World Whiskey Index*. Die Flasche ist richtig was wert! Mit dem Geld könntest du …« Sie zögert. »Eine neue OP bezahlen.«

Ich starre sie feindselig an.

»Oder auch was anderes. Das, was immer du willst und was – dir wichtig ist. Klamotten oder reisen oder dir Lampenschirme kaufen. Das hattest du mal erwähnt.«

Corinnas Hand, mit der sie mir die große eckige Flasche entgegenhält, zittert, und ihr Ehering klappert leise gegen das Glas. Sie schluckt so laut, dass ich es hören kann. »Schadenersatz«, fügt sie hinzu. »Du hast mal gesagt, dass dir niemand die letzten dreiundzwanzig Jahre mit schiefer Nase zurückgeben kann, aber …« Sie stockt und Tränen schimmern in ihren Augen. »Aber du hast ja auch noch jede Menge Jahre vor dir. Schöne, hoffe ich!«

Wie sie so dasteht, berührt mich. Ihre Worte gehen mir nahe. Wortlos nehme ich die Flasche und weiß nicht, was ich machen soll. Ich muss meine Gefühle erst ordnen. Ich brauche Abstand.

»Schon gut, du musst nichts sagen. Ich geh dann mal«, sagt sie betreten. »Aber sei vorsichtig damit … Sie ist knapp dreitausend Euro wert. Ich würde sie mit Festpreisoption einstellen, auf keinen Fall darunter!«

Wie ein begossener Pudel stakst sie zur Straße zurück, an ihrem Po klebt ein pappiges Stück von Trixies Keksen und ein Tesa vom Basteln. Ich will ihr etwas antworten, aber ich kann nicht.

Als ich mir die Schuhe abgestreift habe und in den Garten zurückwill, klingelt es an der Tür.

»Mama?«, rufe ich meine Mutter. »Kannst du bitte hingehen – das ist Corinna. Sie soll mir nicht böse sein, aber ich kann sie im Moment noch nicht sehen. Es bringt nichts.«

»Wieso? Habt ihr euch etwa gestritten?«

»Ja«, sage ich knapp. Sie scheint zu spüren, dass ich nicht darüber reden will, und respektiert es seltsamerweise. Ich laufe an ihr vorbei und sehe nach Rosi, Erika und den Gurken. Sie haben das Beet in einer Schlangenlinie angelegt, und das bringt mich zum Lachen.

»Na, endlich lächelst du wieder!«, sagt Erika.

»Und? Wie war es?!«, will Rosi wissen.

»Wie war was? Die Post?«, fragt Erika misstrauisch.

»Es ist nicht Corinna.«

Meine Mutter ist mir auf die Terrasse gefolgt, im Schlepptau eine Person. Rosi knufft Erika aufgeregt in die Seite.

»Du kannst nicht vor einem Sportler wegrennen!«

Mario steht in der Terrassentür, immer noch im Trikot, über das er Trainingshose und -jacke gezogen hat. Das Outfit damals vom Bahnhof … Von den Spikes seiner Schuhe bröckelt Rasen auf die glänzenden Terrakottafliesen. Ich höre meine Mutter scharf einatmen, aber sie sagt nichts. Stattdessen bedeutet sie Erika und Rosi ziemlich auffällig, reinzukommen, aber die beiden denken gar nicht daran.

»Du hast das hier vergessen!« Mario hält die Einigungserklärung hoch, die ziemlich dreckig und nass ist, was darauf hindeutet, dass ich sie doch auf dem Sportplatz verloren habe, und macht dabei sein Pokerface. »Vielleicht sollten wir es neu ausdrucken? Richter Maiwald hat gerne saubere Papiere …«

Ich spüre die bohrenden Blicke meiner Verwandtschaft in meinen Rücken, meine Mutter hat sich wie immer in die Küche verkrümelt, aber ich höre keine Geräusche von dort.

»Tja, äh … Ich dachte heute früh, ich bringe es dir persönlich vorbei, damit – es keine Verzögerung gibt«, rede ich mich raus.

»Ohne Unterschrift?«

Mario zieht die Brauen hoch.

»Ja, die wollte ich gerade druntersetzen, aber dann habe ich meinen alten Mathelehrer gesehen und bin erschrocken und …«

Ich merke, wie bescheuert ich klinge, und stoppe.

»Also schön …«, versuche ich es mit der Wahrheit.

»Ich weiß inzwischen, dass du es nicht warst, der mich geschubst hat. Es war – Corinna.«

Ich höre, wie Erika und Rosi ein paar unschöne Laute entfahren, in der Küche fällt ein Teller zu Boden.

»Corinna Hintsche, jetzt Fau? Deine allerbeste Freundin?«, staunt er.

»Tja, offenbar mochte sie mich doch nicht so sehr. Sie hat mir alles gestanden. Und mit Filip, meinem Freund, ist Schluss.« Mir ist nicht ganz klar, warum ich das jetzt gesagt habe, aber egal.

Mario sieht mich an, und prompt sind sie wieder da, die Schmetterlinge. Keine Frage, zwischen uns knistert es so laut, als hätten wir bereits Osterfeuer. Meinerseits zumindest. Vielleicht sollte ich einfach mal was riskieren? Was habe ich zu verlieren? In München ist alles verloren, und dieses Nest hier, so heimelig es ist, verlasse ich morgen – also warum nicht? Ich atme tief durch.

»Und ich glaube, dass ich dich –«

Ein spitzer Schrei ertönt hinter mir. Erschrocken sehe ich mich um, meine Mutter eilt aus der Küche herbei. Tante Rosi hat sich, in dem Bemühen, ganz unauffällig weiter Gartenarbeit zu verrichten, beim Zuhören mit der Gartenschere in die Hand geschnitten. Blut tropft in die Erde. Sofort ist Mario da, rät ihr, die Hand hochzuhalten, und fragt nach einem Kleenex. Aufgeregt huscht die kreidebleiche Erika ins Haus, um welches zu holen. Er drückt es auf die Wunde. Dann verschwinden er und Rosi zusammen nach oben ins Bad.

»Im Schrank über dem Waschbecken ist Verbandszeug!«, ruft meine Mutter.

Minuten später kommen die Verwundete und ihr Retter strahlend zurück, Rosi hat einen Verband am Finger.

»Erste Hilfe im Fußball«, lächelt Mario in die Runde.

»Entschuldigung, ich habe mich noch gar nicht vorgestellt. Maximilian Beyer.« Er gibt allen dreien die Hand – Rosi ihm ihre Linke – und sieht jeder freundlich und warm in die Augen.

»Ah, Max – der alte Schulfreund von früher …«, bemerkt meine Mutter ironisch, und ich sehe, dass ihre Mundwinkel zucken. Sie mag ihn.

»Kann ich Ihnen etwas zu trinken anbieten?«

»Orangensaft, Schorle, Kaffee, Espresso, Donauwelle?«, flötet Rosi verzückt. »Wir haben alles da.«

»Danke, ein Wasser reicht«, erwidert Mario und deutet aufs Spülbecken. »Kraneberger.«

»Bleiben Sie doch zum Mittag!«, schlägt Erika vor, obwohl sie die Letzte ist, die hier den Kochlöffel schwingt.

»Sehr gern«, lächelt er, und man merkt, dass auch ihm alle sympathisch sind.

»Das war Mario Beyer?« Erika schüttelt wieder und wieder den Kopf.

»Den kanntest du wohl noch nicht?«, frohlockt Rosi, die sich ihrer älteren Schwester endlich einmal überlegen fühlt, denn immerhin hat sie ihn bereits bei unserer ersten Begegnung vor drei Monaten am Bahnhof gesehen.

»Ich kenne ihn, seit er klein ist! Ich habe Tinchen schließlich hundertmal von der Schule abgeholt. Nur, wiedererkannt hätte ich ihn nicht, so erwachsen.«

»Ja, die Verwandlung ist wirklich erstaunlich!«, sagt meine Mutter. »Bestimmt hat er den ganzen Speck auf der Polizeischule verloren!«

»Aber warum nennt er sich jetzt Maximilian?«, wundert sich Erika.

»Das ist sein zweiter Vorname«, erkläre ich.

»Ja, aber warum nennt er sich so? Oder nennst du dich neuerdings Mechthild?«

Belustigt sieht sie mich an. *Mein* zweiter Vorname hatte bereits vor meiner Geburt für Ärger gesorgt, aber Rosi hatte darauf bestanden, und meine Mutter lag in den Wehen. Ich glaube, ihr war in dem Moment alles egal.

Ich zucke die Achseln. »Vielleicht findet er ihn einfach schöner?«

»Und wie seid ihr verblieben, als du ihn zur Tür gebracht hast?« Tante Rosi stützt ihr Kinn auf die gesunde Hand und wartet gespannt auf Details. »Ich denke, ein eigener Freund täte ihr mal wieder ganz gut.«

»Wir mailen«, gebe ich knapp Auskunft.

»So, und jetzt zu Corinna …«, sagt meine Mutter beim Mittagessen am nächsten Tag, meiner Henkersmahlzeit im Pott.

Ich stöhne. Ich wusste, dass das noch kommt.

»Sie ist so ein liebes Mädchen – das hat sie bestimmt nicht mit Absicht gemacht!«

Ich möchte meiner Mutter nicht das positive Bild nehmen, das sie von ihr hat.

»Neulich hat sie den ganzen Abend bei dir gesessen und dich wegen Filip getröstet! Vertragt euch doch einfach wieder!«

Ich nicke, weiß aber leider, dass das nicht so einfach ist. Ihr Trost heute wiegt nicht den Schaden auf, den sie mir damals zugefügt hat.

»Mal sehen …«, winde ich mich heraus und schaue erneut auf die Uhr. »Ich denke, wir müssen los. Ich hole mal meine Tasche von oben.«

Ein letztes Mal sehe ich mich in diesem Zimmer um. Ich bin zuversichtlich, dass bald die New-Kids-on-the-Block-Poster verschwinden werden und meine Mutter es endlich für sich nutzt. Die Flasche Whiskey lasse ich stehen. Sie wird sie irgendwo ganz hinten in einen Küchenschrank räumen. Da ist sie sicher.

Rosi hält mit quietschenden Reifen vorm Bahnhof.

»Hier ist nur für Kurzzeitparker …«, erinnert meine Mutter sie streng.

»Ach, papperlappap! Es dauert, so lange es dauert!«, entgegnet Rosi unbekümmert, und Erika schält sich in ihrem eleganten irischen Reiteroutfit missbilligend aus dem Wagen voller Krümel und Krimskrams.

»Ist das ein BH von dir?«, fragt sie und hält einen formschönen Büstenhalter in Schwarz hoch, den sie aus einer Polsterritze gezogen hat.

»Ach, danke!«, sagt Rosi, kein bisschen peinlich berührt. »Den suche ich schon so lange!« Sie stopft ihn in ihre Jackentasche. Ich hole mein Gepäck aus dem Kofferraum. Meine Mutter drückt mich an sich und schnieft in meinen Nacken.

»Ach Bea!«, kritisiert Rosi. »Nun mach doch nicht schon hier eine Szene! Wir bringen sie zum Bahnsteig!«

Gemeinsam suchen wir das Gleis und stapfen die Treppen hoch.

»Hallo!«

Ich fasse es nicht. Oben steht Mario! Heute ganz normal gekleidet in Jeans und Pullover, darüber eine coole Lederjacke. Ich dagegen komme mir allmählich wirklich schäbig vor. Seit vier Wochen trage ich dieselben Klamotten, auch wenn meine Mutter sie natürlich alle paar Tage gewaschen hat. Jeans und Pulli, in denen ich in die Klinik gereist bin, und das wenige Brauchbare, das mein Kleiderschrank im Kinderzimmer hergab. Also nicht viel.

»Mann, Sie sehen echt gut aus!«, sagt Rosi frei heraus.

»Danke«, freut er sich offen.

»Ach, hallo!« – »Schön, dass Sie auch da sind!«, begrüßen ihn Erika und meine Mutter gesittet.

»Sind Sie da, um Tinchen zu verabschieden?«, erkundigt sich Rosi nach dem Grund seiner Anwesenheit. Ich möchte im Boden versinken.

»Äh, nun ja …«, druckst er verlegen herum. »Offen gestanden, ja.«

»Na dann.« Rosi nickt ihm aufmunternd zu und zerrt meine Mutter und Erika mit sich. »Guckt doch mal, da! Ein Kiosk! Da kriegen wir – Sachen!«

Mario und ich grinsen uns an.

»Woher weißt du, dass ich jetzt fahre?«

»Deine Tante hat gestern so was gesagt – die blonde. Rosi, oder?«

Na, das ist wieder typisch. Aber ich bin froh, dass er da ist. Die schnelle Verabschiedung gestern an der Tür samt meinem Vorschlag, ihm eine E-Mail zu schicken – wenn auch diesmal eine nette –, war wenig befriedigend.

Mein Zug fährt in sieben Minuten.

»Du hattest gestern einen Satz angefangen, im Garten. *Ich glaube, dass ich dich …*, ging es los«, kommt er unumwunden zur Sache. »Und ich dachte, du möchtest ihn vielleicht noch zu Ende sagen?«

Unsicher sieht er mich an. In sein Gesicht könnte ich stundenlang schauen. Blaue Augen, dunkle Haare, ein schöner Mund mit gepflegten Lippen. Sogar die Wollmütze, die er trägt, sieht entwaffnend gut an ihm aus. Seine gesamte Ausstrahlung ist so positiv, dass man gar nicht anders kann, als in seiner Gegenwart zu lächeln und glücklich zu sein.

»Ich glaube …«, beginne ich und nehme all meinen Mut zusammen. »Ich glaube, dass ich dich ziemlich blöd behandelt habe neulich und dass es mir leidtut. Also, ich *weiß*, dass es mir leidtut«, schiebe ich schnell hinterher. »Ich war wohl durcheinander wegen der Trennung von Filip – so hieß er.«

»Und ich habe *dich* ziemlich blöd behandelt«, gibt er zurück, »und zwar vor dreiundzwanzig Jahren und über eine ganz schön lange Zeit. Wir sind also quitt?«

Ich nicke. Er kommt ein Stück auf mich zu, wir stehen nur noch Zentimeter voneinander entfernt. O mein Gott, ich werde ohnmächtig. Ihm bei Tag so nahe zu sein ist noch mal was ganz anderes als von einer Zahnarztspritze betäubt oder betrunken vorm *Muckefuck*, fast im Dunkeln.

Noch vier Minuten. »Ich bin aber nicht nur hier, um dir Tschüss zu sagen, sondern auch, weil ich noch deine Unterschrift brauche.«

Er hält mir einen frischen Ausdruck der Einigung unter die Nase.

»Ach so«, erkenne ich ernüchtert und krame nach einem Stift.

»Warte, ich hab einen!«

Er gibt mir einen edlen Messingkuli mit Holzgriff. Schnell setze ich meinen Wilhelm unter das Schriftstück.

Kanzlei Beyer – Bei uns sind Sie in den besten Händen –

»Und hier dann bitte auch noch mal …«

Er holt ein Stück kariertes Schulpapier aus seiner Jacke, auf dem ein einzelner Satz steht. Ich erkenne die Worte »willst du« und »gehen« und drei Kästchen.

Ich nehme es ihm aus der Hand. Mein Strahlen ist nicht zu verbergen.

»Ach, weißt du, das muss ich erst in Ruhe prüfen«, flüstere ich.

Mein Zug fährt ein, und ich stecke es schnell in die Tasche, mein Herz macht einen Salto mortale vor Freude oder Verliebtheit oder Euphorie, was auch immer. Aus dem Augenwinkel sehe ich meine Mutter und meine Tanten herbeieilen, beladen mit Kaffee, drei Kurzen und Zeitungen. Jetzt muss ich schnell sein.

»Was ich außerdem sagen wollte, war, dass ich glaube, dass du – auch perfekt für mich bist.«

»Alte Liebe rostet nicht …«, höre ich Rosi verzückt von ganz Nahem glucksen.

Dann küssen wir uns.

17.

»Noch mal tausend Dank!«

»Jederzeit.«

Nina beugt sich zu Untermieter hinunter.

»Auf bald, kleiner Knuffel! Es war mir eine Ehre.«

»Wie läuft es mit dem Lernen?«, frage ich sie.

»Ach …« Ihr Blick ist ausweichend. »Ich glaube, man denkt immer, dass man durchfällt, aber dann bestehen die meisten doch.«

»Ich bin sicher, dass du das packst!«, sage ich zuversichtlich. »Und du wirst eine tolle Ärztin! Wann hast du Examen? Anfang April?«

Nina nickt etwas geknickt. Ich glaube, sie wird tatsächlich diejenige sein, in deren Hände ich mich für eine dauerhafte Lösung für meine Schneidezähne begeben werde. Auch wenn sie gerade erst mit dem Studium fertig wird – irgendwie bin ich überzeugt, dass sie wirklich was draufhat.

Als ich vorhin geklingelt habe, um Untermieter abzuholen, hat sie mich reingebeten, und ich habe mich direkt wohl bei ihr gefühlt. Ihr kleines Appartement besteht zu neunzig Prozent aus Büchern und Modellen von Zähnen.

Mir fällt erst jetzt auf, was für ein handwerklicher Beruf das ist. Auf ihrem Schreibtisch liegen jede Menge feiner Instrumente herum und Gipsabdrücke von Gebissen, dazu ein paar Kronen. Dann haben wir den Käfig raufgetragen und trotz der späten Stunde noch schnell einen Tee zusammen getrunken, wobei ich Corinna vermisst habe. Nina ist wahnsinnig nett, aber ein ganz anderer Typ, und mir wurde schmerzlich bewusst, dass sich alte Freundschaften eben doch nicht so einfach durch neue ersetzen lassen.

»So, ich husche dann mal wieder nach unten«, sagt Nina und verabschiedet sich.

»Vielleicht hast du Lust, in einer Lernpause mal zum Kochen vorbeizukommen?«, biete ich ihr an.

»Ja, allerdings muss ich immer früh raus, wegen der Uni …«, sagt sie.

»Und ich bin leider immer erst spätabends daheim von der Arbeit«, stelle ich fest.

»Na ja, irgendwann wird das schon klappen! Vielleicht gehen wir einfach mal frühstücken am Wochenende?«, schlägt sie vor.

»Ja, das wäre toll!« Ich bringe sie zur Tür. »Ich muss mich doch revanchieren für die Altenpflege!«

»Ach, brauchst du nicht! Ich war wirklich froh über ein bisschen Gesellschaft beim Lernen! Und wenn ich mal ein paar Karotten über habe, klingle ich einfach oder stecke sie dir in den Briefkasten!«

Sie schlurft in ihren Pantoffeln hinaus, und ich schließe die Tür hinter ihr. Sieht nicht so aus, als hätte sie einen Freund. Aber vermutlich ist das auch einer der Studiengänge, die nicht viel anderes zulassen im Leben als Lernen.

Als sie weg ist, kommt mir meine Wohnung karger vor als je zuvor. Ich fühle mich ihr überhaupt nicht mehr verbunden, so sehr habe ich mich in den letzten Wochen daran gewöhnt, wieder in meinem Kinderzimmer in derselben Bettwäsche zu schlafen, in der ich schon mit elf lag. Ich öffne den Kühlschrank – gähnende Leere. Na ja, fast. Ein halb volles Glas Oliven, eine Zitrone und ein Rest Butter begrüßen mich. Und Milch, die, der aufgeblähten Packung nach zu urteilen, inzwischen Quark ist. Bestimmt sitzen meine Mutter, Rosi und Erika jetzt gemeinsam vorm Fernseher, mit Pfefferminztee, Schnittchen und Kartoffelsalat, und diskutieren den Tatort. Eine Tradition zwischen ihnen. Ob ich sie noch anrufen soll, dass ich gut angekommen bin? Wobei sie es längst wissen, denn kaum dass ich im Zug saß, haben sie mich vom Handy meiner Mutter aus gemeinsam mit SMS bombardiert, die bis München-Pasing nicht abrissen. Immerhin bin ich dazu gekommen, wie geplant sämtliche Fotos und Nachrichten von Filip und mir zu löschen. Und es tat nicht mal weh. Rosi und Erika sind leider noch nicht sehr fit im Tippen und Verschicken von Kurznachrichten, und so war es relativ schwer, ihre Botschaften zu entschlüsseln.

,? dEN juNGen MUSSt du DiR warMHalten/&%$!!!*

Tichen, seid Ihr jetzt zusammen? Sag bitte rechtzeitig Bescheid, wenn ihr auch heiraten wollt! Das Schlosscafe ist immer Monate im Voraus ausgebucht!

ein Stopp sehr Stopp netter Stopp junger Stopp mann! Hat stopp uns stopp noch stopp ins stopp cafe stopp eingeladen

tinchen, lASsst EuCH Zeit im BeTt. ICH saGE immER: JedeR KöRper IST =()&/%V anDers. MaN muuSS sich Ja auch ZwiscHEN SchaltWagen unD AutoMatiK umgEwöhnen! (7%&$§!

Ein Lächeln macht sich auf meinem Gesicht breit, als ich sie mir noch mal ansehe. Mario Beyer und ich! Ich kann es selbst kaum glauben. Noch immer spüre ich seine Umarmung zum Abschied. Es fühlte sich an, als wolle er mich nie mehr loslassen. Und mir ging es genauso. Am Ende blieb kaum Zeit, um mich von meiner Mutter, Erika und Rosi zu verabschieden, und so stürzte ich hektisch in den Zug, und sie warfen mir mein Gepäck hinterher. Irgendwie habe ich neben meiner Reisetasche recht viel angesammelt zu Hause – alleine der Proviant, den Erika für mich zusammengestellt hatte, wog gut drei Kilo. Und in diverse Jutebeutel hatte meine Mutter mir alles gestopft, was sie schon immer loswerden wollte seit meinem Auszug. Beides reichten sie mir durchs Fenster, sehr zum Ärger verschiedener Fahrgäste, die es sich dort bereits seit Hamburg-Dammtor gemütlich gemacht hatten.

Ich ziehe ein paar alte Kinderkassetten aus einer Tüte hervor, dabei habe ich nicht einmal einen Kassettenrekorder. *Holle Honig*, *Fünf Freunde*, *Benjamin Blümchen*, *Bibi Blocksberg* und *Flitze Feuerzahn* bekommen einen Platz auf meinem Sekretär. Er ist wirklich mein einziges

Schmuckstück. Jetzt, da ich ein voll eingerichtetes Haus erlebt habe, muss ich zugeben, dass es hier drin aussieht, als wollte ich nächste Woche ausziehen. Tatsächlich stehen im Flur auch noch zwei Umzugskisten, die ich nie ausgepackt habe. Und die nackte Glühbirne im Flur verbreitet die Atmosphäre eines Vernehmungsraums beim FBI. Hier muss sich schleunigst was ändern! Nur die Fußbodenheizung vermittelt ein wohliges Gefühl. Als ich ins Bad gehe, ist der schlichte frontale Anblick meines Gesichts richtig ungewohnt. Ich mache mir einen Pferdeschwanz, putze mir die Zähne und betrachte mich mithilfe eines kleinen Schminkspiegels im Profil. Von den Spuren der angefangenen OP ist rein gar nichts mehr zu sehen. Kein blasser lila Schimmer um die Augen deutet mehr darauf hin, dass ich vor vier Wochen aufgebrochen bin, um wieder auszusehen wie früher. Und dann versucht habe, meinem Widersacher von einst das Handwerk zu legen. Wahnsinn, wie anders alles jetzt ist. Zum ersten Mal seit dreiundzwanzig Jahren kommt es mir nicht vor, als hätte ich einen Fremdkörper im Gesicht. Ich habe lediglich eine markante Nase. Vielleicht habe ich mich in den letzten Wochen einfach an den Anblick gewöhnt, den ich sonst immer vermieden habe? Vielleicht passt diese Nase sogar viel besser zu meiner heutigen Persönlichkeit als eine niedliche Stupsnase? Ich glaube, dafür wäre ich gar nicht mehr der Typ. Ich fühle mich wohl.

Im Bett lasse ich wieder und wieder unseren Abschied Revue passieren. Mein Geständnis an ihn, sein Gesicht, das sich dabei zu einem glücklichen Lächeln verzog, die Selbstverständlichkeit, mit der wir uns küssten … Ich greife zum Handy. Ich muss ihm einfach noch schreiben – zu meiner Überraschung ist er mir schon zuvorgekommen. Zweimal hat er angerufen. Vermutlich als ich im Bad war. Ich drücke auf Rückruf und presse den Hörer gespannt an mein Ohr.

»Hey, ich dachte, du schläfst schon?«, meldet er sich.

»Ja, tue ich auch – fast.«

»Bist du gut nach München gekommen?«

»Ja. Und du gut nach Hause?«

»O ja – ich war sogar noch Kaffee trinken mit deiner Mutter und deinen Tanten. Fast bin ich nicht weggekommen, so groß war ihr Redebedarf. Ich glaube, zusammen mit dem Coffee to go am Bahnhof hatten sie am Ende eine leichte Überdosis Koffein ...« Er lacht.

Wie peinlich! Kann meine Familie sich nicht einmal irgendwo raushalten?

»O nein, das tut mir echt leid!«

»Ach, was. Das war schon in Ordnung. Es war sogar sehr lustig – deine Tante Rosi hat mir von ihren Jahren in Thailand erzählt. Wusstest du, dass sie die Vorlage für den Film *Das wilde Leben der Uschi Obermaier* war?«

»Äh, nein – das wusste ich nicht.«

O Gott, ich sehe Tante Rosi vor mir, wie sie ihn mit Männergeschichten zutextet, Tante Erika, die seine Tischmanieren beäugt, und meine Mutter, die ihn nach seinem Kontostand fragt.

»Du hast eine wirklich nette Familie! Ich habe das Mittagessen bei euch gestern total genossen, bei meinen Eltern herrschte immer Totenstille am Tisch. Ich kenne so was gar nicht, so lustig und lebendig. Ich war wirklich gerne zu Gast! Aber sag, wie war deine Zugfahrt? Geht es deinem Kaninchen gut?«

»Dem geht es prima, ich habe es vorhin bei meiner Nachbarin abgeholt. Die Zugfahrt war lang, und …« Ich zögere. Dann fasse ich mir ein Herz und sage es einfach: »Ich musste an dich denken. Ab Recklinghausen bis München Hauptbahnhof, um genau zu sein.«

Ich halte die Luft an und fürchte mich davor, dass er jetzt Filip-mäßig einen Witz machen und mich auflaufen lassen könnte. Er könnte etwas sagen wie: *Dann solltest du dir das nächste Mal eine Zeitschrift kaufen*. Mika hätte so was gesagt. Der mochte ungefragte Gefühlsbekundungen gar nicht, es sei denn, in Zusammenhang mit einem sehr schönen Kunstköder für Aale.

»Und du hast mir schon gefehlt, als du in den Zug gestiegen bist.« Auch er macht eine kleine Pause. »Sogar Justizia hat meine Stimmung bemerkt, als ich nach Hause kam, und weicht mir seither nicht mehr von der Seite. Ich habe ihr erklärt, dass du bald wiederkommst. Und ich hoffe, das stimmt …?«

»Ja. Das stimmt«, sage ich.

»Wann?«

»Bald?«

»Wie bald?«

»Sehr bald.«

»Ganz bald?«

»Ganz bald!«, lache ich und bin glücklich.

Der nächste Morgen bei *CarStar* ist von außen betrachtet wie immer. Das moderne, riesenhafte Gebäude und die Atmosphäre, als ich es betrete, die vielen Telefone, die klingeln. Hier und da werde ich freundlich begrüßt, und Biene macht gleich als Erstes einen Hoffmann-Scherz und sagt, dass man mich als vermisst gemeldet hätte, und wie sich das Leben so anfühlt als Aussteigerin. Ganz unrecht hat sie damit nicht. Doch in meinem Innern ist nichts mehr, wie es mal war.

Ich habe das Gebäude hocherhobenen Hauptes betreten, aber bereits auf dem Parkplatz draußen verstohlen um mich geblickt, ob ich einen silbernen 3er-Kombi sehe. Als ich mir einen Kaffee holen will, hoffe ich, dass Filip verschlafen hat, und als ich vorsichtig auf mein Büro zusteuere, halte ich den Blick gesenkt und bete, dass eine räumliche Umstrukturierung vorgenommen wurde, weil Filip ja jetzt Chef ist. Doch leider sehe ich bereits von Weitem seinen dunklen Haarschopf durch das Glas. Blitzschnell schlüpfe ich von ihm ungesehen in meinen Glaskasten und überlege, wie ich so umräumen könnte, dass wir uns nicht mehr ansehen. Aber jetzt mit Möbeln herumzurücken wäre ziemlich auffällig und peinlich. Immerhin kennt er mich gut genug, um zu wissen, dass ich mit Feng-Shui nichts am Hut habe. Ich fahre den Rechner hoch und bemerke zu meiner großen Erleichterung, dass Filip und Hoffmann nicht nur in einem der Konferenzräume verschwinden, sondern dass Filip zudem einen Koffer und einen Kleidersack im Büro hat. Vielleicht fliegt er noch heute auf eine dreiwöchige Geschäftsreise? Ja, das wäre ein Segen!

»Frau Baumann?«

O nein, auch das noch! Hoffmann winkt mich in den Konferenzraum. »Wir machen ein kurzes Update zu den neuen Lieferkonditionen von *Stahlus*. Kommen Sie auch? Und bringen Sie bitte Frau Wolff und Herrn Stoll mit!«

Ich seufze und hole die beiden Kollegen aus der Buchhaltung nebenan. Als ich den Konferenzraum betrete, steht Filip am Kopfende des Tisches und reißt ein Flipchart ab. Er trägt Anzug und Krawatte, und falls er nicht heute auf Geschäftsreise geht, hat er mindestens noch ein sehr wichtiges Meeting. Sogar seine Schuhe glänzen wie in einem Fred-Astaire-Film. Er würdigt mich keines Blickes, und es macht mir nichts aus. Im Gegenteil, ich bin dankbar.

»Schön, dass Sie wieder da sind! Ich hoffe, Sie haben sich gut erholt und sind wieder voll einsatzfähig? Bereit zum Durchstarten?«, sagt Hoffmann und macht dazu eine ziemlich dämliche Geste, als gelte es ein Pferdrennen zu gewinnen. Ich vermute, er selbst ist ein Mensch, den Urlaub bloß langweilt und für den es eine Strafe ist, nicht in der Firma sein zu können.

»Ja, vielen Dank, bin ich«, sage ich artig und überlege, dass ich mich kein bisschen erholt habe. Ich hatte eine missglückte OP, wurde in den Pott verschleppt, musste täglich mehr essen, als in mich reinpasst, etliche Aufgaben im Haushalt erledigen, jeden Piep mit meiner Familie besprechen, war vor Gericht, meine ehemals beste – dann wieder, dann nicht mehr, dann doch wieder und jetzt nicht mehr – Freundin und ich haben uns gestritten, und ganz nebenbei wurde das große Geheimnis meiner Kindheit enthüllt, und ich habe erfahren, dass mein Freund verheiratet ist. Aber am Ende habe ich etwas viel Besseres gefunden als Erholung … Hoffentlich fällt keinem mein debiles Grinsen auf. Ich bin so unfassbar verliebt! Und ich möchte nicht im Traum mit Filip tauschen und jetzt da vorn stehen.

Das Meeting kommt mir vor, als hätte ich bereits hundertmal dringesessen. Es ist eine Aneinanderreihung von Phrasen und Begriffen wie *Soft Skills*, *Out-of-the-box-Thinking*, *Lean Management*, *Target Group* und *interkulturelle Marktkompetenz*. Nicht zu vergessen Hofmanns Lieblingsbegriff: *Global Player*. Torten- und Flussdiagramme auf Power Point-Folien wechseln sich mit Tabellen und Zeichnungen ab. Plötzlich habe ich das Gefühl, als hätte ich den langweiligsten Job der Welt. Filip spricht mich zwei Mal mit *Frau Baumann* an, was zum ohnehin formalen Ton bei *CarStar* passt, und fragt mich nach der Toxizität zweier Lacke beziehungsweise nach den Gefahren für die Mitarbeiter in der Fertigung, ansonsten spiele ich keine Rolle. Frau Wolff und Herr Stoll dürfen wenigstens auch ein paar Metaplan-Kärtchen an die Wand pinnen, aber ich bin bezüglich der letzten Entwicklungen völlig außen vor und soll nur dabei sein. Ich kann gar nichts dagegen tun, dass meine Gedanken abschweifen, nach Hause, wo meine Mutter gerade die wöchentliche Einkaufsliste anfängt, Burli ein Liedchen von ABBA singt und der Filialleiter der Sparkasse noch einmal auf die Uhr sieht, bevor er die ersten Kunden hereinlässt. Außerdem ist heute Markt, und am holländischen Lakritzstand gibt es die besten Salztaler diesseits von Venlo. Noch vor der Mittagspause fasse ich einen Entschluss. Einen, der längst überfällig war.

Am Abend gehe ich, was ich früher nie getan habe, um Punkt sechs Uhr nach Hause und finde, dass der Rest der Arbeit auch bis morgen warten kann. Oder bis übermorgen von mir aus. Endlich ist es um diese Zeit noch hell, und ich steige in der Innenstadt aus der U-Bahn und schlendere durch die Straßen. Plakate, die für Musicals, Theatervorführungen und Konzerte werben, lachen mich an, oder für Kurse von Salsa bis Tango. Es gibt so vieles, das man machen kann in dieser Stadt! Und doch habe ich nie etwas davon genutzt. Nicht einmal die Berge und Seen, außer an dem einen Wochenendausflug mit Filip.

Im Hofgarten setze ich mich auf eine Bank und warte, bis es dunkel wird. Um kurz vor acht husche ich durch den Supermarkt und kaufe jede Menge Biozeug ein. Ich habe Lust, heute zu kochen! Vielleicht hat Nina ja Zeit?

Als wir zwei Stunden später zwischen Karotten und Lauchzwiebeln in meiner Küche sitzen, klingelt mein Handy. Ich stürze hin und hoffe, dass es nicht Mario ist, den ich auf später vertrösten müsste. Doch die lange Nummer kenne ich nicht.

»Hallo?«, melde ich mich neutral.

»Tintenfisch?«

»Jan!«, schreie ich vor Freude.

»Ganz ruhig, Schwesterherz. Krieg dich bloß wieder ein, ich bin immer noch sauer. Aber Sasha hat gesagt, ich soll dich jetzt anrufen, sonst redet sie nicht mehr mit mir.«

»Oh. Ja, das – äh, ist doch ein Grund.«

»Ich habe von den Tanten gehört, du bist nicht mehr mit dem geleckten Typen aus Bayern zusammen, sondern mit dem Jungen, der dich als Kind geschubst hat, wobei das in Wahrheit Corinna war?«

»Äh, ja, das kann man so sagen.«

»Aha. Dann bin ich im Bilde. Ich werde jetzt wieder auflegen und warten, bis ich nicht mehr sauer bin. Aber wenigstens redet Sasha weiter mit mir. Was wichtig ist, denn wir müssen uns noch mal über die Größe der Hochzeit unterhalten ...«

Ich grinse, versuche aber, ihn das nicht merken zu lassen. »Dank für deinen Anruf, Panne ... – Jan.«

»Jaja ... Bis bald.«

»Und, alles gut?«, fragt Nina, die gerade eine Lauchzwiebel derart massakriert, dass ich überlege, ob ich ihr wirklich meine kostbaren Zähne anvertrauen soll.

»Ja, alles gut!«, sage ich und strahle. Dann stecke ich Untermieter einen von ihr liebevoll gebastelten Gurken-Möhren-Burger zu. Er sieht mich mit großen Augen, an und ich glaube, er weiß so genau, was in mir vorgeht, wie Justizia es bei Mario weiß. Ja, alles ist gut.

18.

Bist du bis jetzt pünktlich???

Ich packe seufzend mein Handy weg und nehme meinen Koffer. Fast hat der Zug das Gleis erreicht. Wanne-Eickel Hauptbahnhof, ich kann es kaum erwarten, meine Familie wiederzusehen – und Mario. Es ist jetzt zwei Monate her, dass wir uns zuletzt am Flughafen in München verabschiedet haben, und inzwischen hat sich viel verändert. Seit unserem Kuss im März sind wir eine Weile gependelt, aber dann habe ich endlich mein Büro bei *CarStar* geräumt, Filip dabei ignoriert, wie er mich ignoriert hat, und Untermieter bei Nina untergebracht, bis er nächste Woche mit mir im Umzugslaster fahren kann (den ich natürlich nicht selbst fahre).

Mit Jenny habe ich mich zum Kaffee getroffen, ich habe ihr für Josefine meine alten Kassetten gegeben, und wir haben lange geredet. Sie hat einen neuen Freund – Enno, ein sehr netter Kerl, sagt sie –, den sie in einem Gesprächskreis für Alleinerziehende kennengelernt hat. Und ich glaube, er tut ihr richtig gut. Sie hat einen neuen Job am Empfang einer Werbeagentur mit eigener Kita, und endlich die Scheidung eingereicht. Ich glaube, es geht ihr und Josefine wieder so richtig gut. Dass ich Filip in derselben Woche sehr vertraut mit Biene auf dem Parkplatz gesehen habe, ließ ich lieber unerwähnt …

Ich für meinen Teil habe in den letzten drei Monaten tonnenweise Stellenanzeigen gewälzt, und nächste Woche fangen die Vorstellungsgespräche an! Meine Favoriten: eine Stelle als künstlerische Mitarbeiterin an der Ruhr-Uni Bochum bei meinem alten Design-Prof und eine Firma in Essen, die sich hauptsächlich mit Landschaftsdesign befasst. Nach einem kurzen Vorgespräch am Telefon mit der sehr netten Chefin war klar, dass ich – nach ein paar Fortbildungen, die sie mir spendieren würde – grundsätzlich geeignet wäre, das Team bei der Begrünung von stillgelegten Kohlehalden und im Bereich Zechenrestauration und -nutzung zu unterstützen. Ich glaube, das wäre wirklich mein Ding.

Quietschend kommt der Zug zum Stehen, an den Türen bilden sich Menschentrauben. Es ist der vierundzwanzigste Dezember, die Bahn ist brechend voll und mein Ticket das wohl teuerste, das ich je gekauft habe für eine Fahrt quer durch Deutschland. Noch teurer als das von Jenny damals. Aber da ich im Ruhrgebiet ab sofort viel weniger Miete zahlen werde, kann ich mir den Luxus gönnen. Außerdem komme ich fürs Erste in meinem alten Kinderzimmer unter, auch wenn Rosi angeboten hat, ich könne in Fees altem Zimmer wohnen; Erika, bei den Stallburschen sei noch was frei; und Mario, ich könne doch gleich bei ihm einziehen. Aber so verlockend vor allem Marios Angebot klingt – ich denke, vorerst suche ich mir eine eigene Wohnung mit Balkon oder Garten für Untermieter. Und ich werde sie hübsch einrichten, mit

Bildern und einer Leseecke, einem kuscheligen Bettvorleger und einem Bücherregal.

Heute leiste ich mir ein Taxi. Dann können Rosi, Erika und meine Mutter tun, was sie noch zu tun haben – Geschenke einpacken, kochen, backen … Jannemann und Sasha sind gestern schon angekommen – nicht ohne sich per SMS über die horrenden Flugpreise *an Weihnachten* zu beschweren. Aber das ist es uns wert: Zum ersten Mal seit Langem feiern wir tatsächlich an Heiligabend! Und die Bescherung findet nach deutscher Tradition nach dem Abendessen statt. Es gibt Würstchen mit Kartoffelsalat!

Vollständig versöhnt haben Jan und ich uns auch, irgendwo zwischen Anfang April und Ende Mai, als ich bei *CarStar* sehr zum Leidwesen von Hoffmann einfach unbezahlten Urlaub genommen und ihn in Dublin besucht habe. Familie geht vor! Leider lief mein Arbeitsvertrag nämlich noch ewig, was aus finanziellen Gründen aber ganz gut war. Als Nächstes fand dann im Juni die Trauung der beiden statt, die wunderschön war! Mario hat mich begleitet, er sah hammermäßig aus in seinem Anzug, und ich habe mehr als ein Tränchen verdrückt, als mein Bruderherz *Ja* gesagt hat. Danach waren wir alle im Ratskeller essen, und Rosi und Erika haben sich mit gegenseitigen Reden über Ehe, Liebe und Partnerschaft überboten. Udo war auch dabei. Er ist wirklich toll.

Als ich durch die Haustür trete, herrscht drinnen reges Treiben: Fünf Menschen machen sich in aller Eile für die Kirche fertig. Als sie mich wahrnehmen, gibt es Jubelschreie, Küsse und Umarmungen.

»Endlich ist sie wieder da!«, dröhnt Udo, den wir nur noch den Erikaflüsterer nennen, weil Erika neuerdings stets und ständig gut gelaunt und für ihre Verhältnisse über alle Maßen locker ist.

»Ja, das verlorene Kind kehrt heim!«, überbieten sich Erika und Rosi.

»Gepriesen sei mein Tintenfisch!«, frotzelt Jan und drückt mir einen dicken Kuss auf. »Hallo, Schwesterchen! Richtig gut siehst du aus!«

»*Hey, Sasha, how are you?*«, begrüße ich meinerseits seine Frau, die wie immer ganz reizend aussieht. Sie trägt eine gelbe Bluse mit einer langen Perlenkette darüber und einen Rock mit lustigen Fransen, der an die Zwanziger erinnert. Nur meine Mutter sehe ich nirgends.

»Ist Mama noch im Bad beim Schminken?«

Eigentlich eine rhetorische Frage, immerhin steht das alljährliche Wiedersehen mit meinem Vater an.

»I wo, wo denkst du hin, Kind?« Erika guckt erstaunt.

»Hier bin ich, Schätzelein, hier!«, flötet es von oben. »Kommst du rauf? Ich kann nicht runter – beim Teleshopping ist es gerade so spannend! Die senden eine Vorschau auf die Angebote im neuen Jahr …«

Ich folge der Stimme und betrete Jannemanns altes Zimmer. Zwischen zwei Körben Mangelwäsche und einem Heimtrainer sitzt meine Mutter auf der Kante seines alten Bettes, die Fernbedienung in der Hand, und verfolgt fasziniert das Geschehen.

»Hallo Mama, musst du dich nicht fertig machen?«

Sie nimmt mich in den Arm, allerdings ohne die Augen vom Bildschirm zu nehmen.

»Jetzt schon? Das dauert doch bloß fünf Minuten. Die anderen brauchen noch ewig! Da dachte ich, ich warte gemütlich hier …«

»Aber …«, druckse ich hilflos. Normalerweise rennt sie so kurz vor dem Kirchgang zwischen dem Ganzkörperspiegel im Flur und dem Vergrößerungsspiegel am Waschbecken auf und ab. »Willst du denn *so* gehen?«, frage ich, was sonst von ihr kommt.

»Ja, wieso denn nicht?« Erstaunt zieht sie eine Augenbraue hoch. »Angezogen bin ich, meine Pumps unten sind geputzt, und ich muss nur noch Schal und Jacke überwerfen. Oder meinst du, in der Kirche ist es kalt? Dann setze ich eine Mütze auf …«

»Eine Mütze?«, frage ich entsetzt. Mit Kopfbedeckung habe ich meine Mutter zuletzt in den Achtzigern gesehen, im Hagel. An Weihnachten würde sie nie im Leben eine Mütze tragen, um ihre sorgsam ondulierte Frisur nicht zu ruinieren, die meinen Vater doch noch zur Rückkehr bewegen soll. Mir fällt auf, dass sie nicht mal geschminkt ist.

»Und was ist mit Make-up?«

»Bin ich dir zu blass?« Sie betrachtet gebannt ein Schmuckset mit täuschend echten Rubinen und passender Uhr. »Also, wenn du unbedingt willst, trage ich etwas Rouge auf … Aber eigentlich mag ich das Zeug nicht im Gesicht … Und das ganze Abgeschminke später!«

»Nein, Quatsch. Für mich siehst du völlig okay aus! Also – gut, sogar sehr gut!« Ich nehme sie noch mal fest in den Arm und lasse sie noch einen Moment mit einem elektrischen Zwiebelhacker allein.

Hat sie etwa vergessen, was uns bevorsteht? Sogar ich bin in Anbetracht des Ganzen nicht so gelassen wie sonst. Vorsichtig luge ich im Vorbeigehen noch schnell in den Badezimmerspiegel, man will ja – und gerade auf Leute, die einen total unbeeindruckt lassen – einen guten Eindruck machen. Ich habe mir die Haare hochgesteckt und trage Ohrringe und ein winterliches Blümchenkleid aus Strick, dazu Wildlederstiefel mit Keilabsatz. Zufrieden betrachte ich mein Profil. Letzte Woche habe ich eine Reportage über Steffi Graf gesehen, ihren sensationellen Werdegang und ihr Leben mit Andre Agassi und den Kindern in Las Vegas. Und ich habe mir gedacht, das Bewundernswerteste an ihr ist doch, dass sie sich trotz ihrer ganzen Millionen und der Aufmerksamkeit, die auf ihr als Promi ruht, nie die Nase hat machen lassen. Glücklich wurde sie trotzdem.

»Sind jetzt endlich alle fertig?«, plärrt es von unten. Jannemann und Udo stehen ungeduldig an der Tür. Die Damenwelt braucht wesentlich länger, Sasha wechselt noch schnell von schwarz gestrickten Fäustlingen auf modische weiße Fingerlinge.

»Komme!«, ruft meine Mutter, und ich höre, wie sie den Fernseher ausstellt. Prompt erscheint sie ohne Zwischenstopp auf den Stufen. Ich werfe einen letzten Blick auf mein von drei Seiten gespiegeltes Ich. Perfekt. Perfekt? Perfekt!

»Hältst du es noch ein paar Minuten ohne Mario aus?«, fragt Jan spöttisch und hilft mir in den Mantel. Wahrscheinlich grinse ich wieder vor mich hin wie eine arme Irre – das mache ich neuerdings ständig. Mario wird nachher zum Essen zu uns stoßen, nachdem er einen wichtigen Fall bearbeitet hat, der noch dieses Jahr abgeschlossen werden muss.

Ab heute sind wir endlich zusammen! Ich meine, an einem Ort. Keine Fernbeziehung mehr, keine Telefonate, keine teuren Flüge und Fahrten, nur wir!

»Abmarsch!«, schreit Erika durch den Flur, als wäre sie beim Reitunterricht. In einer Art Baumann-Karawane laufen wir geschlossen zur Garage, vor der Udos und Erikas Wagen parken.

»Hier, Bettina – du fährst!« Tante Rosi drückt mir resolut den Autoschlüssel in die Hand. Mir bricht der Schweiß aus.

»Aber ich …«

»Keine Widerrede!«, schaltet sich Jan ein.

»Genau!«, pflichten Erika und Udo bei. »Es wird Zeit, dass du deine Ängste überwindest.«

»*Yes!*«, beteiligt sich auch Sasha enthusiastisch.

»Das mag ja richtig sein …«, wehre ich mich verzweifelt. »Aber dabei müsst ihr ja nicht alle umkommen. Was, wenn ich in den Graben fahre?«

»Wirst du nicht.«

Sasha hüpft wie ein Cheerleader ermunternd vor mir auf und ab. »Oh, Betty, du können das! Ich weiß! Nur mutig!«

Na, die hat gut reden. In Südafrika hat sie einen Chauffeur.

»Tintenfisch, es sind doch nur drei Kilometer! Und wir fahren mit zwei Autos, dann löschst du nicht gleich die *ganze* Familie aus.«

Murrend klemme ich mich hinters Steuer von Rosis kleiner roter Rostlaube, die trotz der immensen Kilometerzahl, die sie auf dem Buckel hat, brav anspringt. Zuletzt saß ich hier drin auf der Rückfahrt aus der Schweiz. Schwach motiviert lege ich den Gurt an und stelle den Rückspiegel ein, dann gebe ich vorsichtig Gas. Im Schneckentempo rollen wir rückwärts.

»Na also!« Jannemann lehnt sich zufrieden auf dem Beifahrersitz zurück. »Und jetzt einfach geradeaus. Oder soll ich Lutz anrufen, damit er dir eine Telefonfahrstunde gibt?«

»Haha!«, witzele ich, aber bei dem Gedanken an Lutz und Corinna wird mir ganz flau im Magen. Dass wir auch jetzt noch, fast ein Jahr später, zerstritten sind, weiß niemand. Seit sie mit dem Whiskey vor mir stand, habe ich nichts mehr von ihr gehört. Und nichts mehr von mir hören lassen. Zwischen uns herrscht Eiszeit.

Zehn Minuten später steigen alle gesund und munter aus. Nur ich bin ziemlich kippelig auf den Beinen und habe Kreislaufprobleme. Aber ich bin auch stolz – ja, das könnte ich wieder öfter machen, sogar ins Parkhaus bin ich gefahren! Aber in Wanne ist das Fahren auch nicht so schlimm wie in München, hier gibt es keine sechsspurigen Straßen, und das Parkhaus hat nur zwei Decks. Voilà, mein erster guter Vorsatz fürs neue Jahr!

»Dir ist klar, dass du für diese Aktion mit mir *Drei Haselnüsse für Aschenbrödel* und die *Sissi*-Trilogie gucken musst?«, sage ich in gespielter Empörung zu Jan, während ich auf den letzten Metern vor der Kirche die Autoschlüssel lässig in meinem Täschchen verschwinden lasse.

»*Oh yes, I wanna watch that!*«, stimmt Sasha euphorisch mit ein. »*Jan, you promised me!*«

»Erwähn das doch nicht!«, stöhnt Jan. »Sie ist schon ganz wild auf dieses Stück Fernsehkultur. Irgendwo muss sie eine Vorschau erwischt haben …«

Sasha und ich klatschen uns ab. Kurz bevor unser Tross den Kirchplatz erreicht, raunt Erika mir zum zweiten Mal seit Jans Hochzeit zu: »Und? Sag, wie findest du ihn jetzt?!«

Ich beobachte den breitschultrigen Udo, der wenige Schritte vor uns hergeht. Er ist eine Seele von Mensch und sieht auch noch gut aus. Allerdings hat er ein paar Kilo mehr auf den Rippen als Robert Redford. Aber es steht ihm.

»Erika, ich finde ihn fantastisch!«, beteuere ich. »Immer noch. Und ich freue mich für dich!« Sie herzt mich und strahlt wie ein Honigkuchenpferd.

In der Kirche ist es muckelig warm, und nach drei Minuten reißt meine Mutter sich ihre Lapplandmütze vom Kopf. Ihre Haare sind ein Chaos, aber sie sieht süß aus – verwuschelt und verwegen. Der Pfarrer hält eine schöne, kurze Rede, und ein paar Kinder führen ein Krippenspiel auf. Dann geht es um Nächstenliebe und Vergebung. Wehmütig denke ich an Corinna. Was sie wohl gerade macht? Ob sie vielleicht sogar hier ist? Suchend sehe ich mich um, aber sichte nur die üblichen Verdächtigen: Die Winklers – heute feudal im Pelz –, die alte Frau Finke und Frau Lüders, Mamas ehemalige Direktorin, die auch schon auf die neunzig zugehen dürfte. Mein Vater ist nicht in Sicht, aber das heißt nichts. Wir waren ausnahmsweise pünktlich dran und haben Sitzplätze ergattert. Der Großteil der später eingetroffenen Gemeinde steht ganz hinten, unter der Orgel. Der Pfarrer hebt nun zum *Halleluja* an, und alle stimmen ein. Es ist die rührselige Version aus *Shrek* (oder die von Leonhard Cohen, ich weiß nicht, wer zuerst da war). Plötzlich kann ich nicht mehr an mich halten. Das ganze Gerede über Frieden, die Fürbitten der Kinder, die Hand eines alten Mannes in meiner beim *Friede sei mit dir …* Ich muss sofort los.

»Bettina, wo willst du hin?«, zischt meine Mutter drohend, als ich mich unter Entschuldigungslauten in alle Richtungen hektisch durch die Bank in Bewegung setze.

»Corinna«, zische ich zurück.

Sogleich räuspern sich empört die umliegenden Reihen (dabei plärrt das Baby in der letzten Reihe seit Anfang der Messe so laut, dass man mich eigentlich gar nicht hören dürfte). Ich haste Richtung Mittelgang, kämpfe mich zwischen schweren Mänteln und noch schwereren Parfums hindurch und eile unter missbilligenden Blicken zu der schweren Holztür zurück. Auch der mir vorwurfsvoll aus einer Reihe entgegengestreckte Klingelbeutel kann mich nicht aufhalten.

Draußen angekommen fühlt es sich gar nicht mehr an wie Weihnachten. Es sind über null Grad, der Platz vor der Kirche ist leer, und der Hundertdreiundzwanziger-Bus setzt an der Haltestelle gegenüber gerade den Blinker. Mein Kleingeld investiere ich in die Fahrkarte. Perfekt! Er fährt genau bis zu Corinna! Hat jemand da oben doch ein Auge auf mich? Vor ihrer Haustür springe ich aus dem Bus, das Herz klopft mir bis zum Hals. Ob sie da ist? Ob sie mir überhaupt aufmacht? Oder ob sie mit ihrer Familie vielleicht doch auch in der Messe ist? Wie sauer ist sie noch auf mich? Können wir einander endlich ein für alle Mal verzeihen? Sofort nachdem ich geläutet habe, höre ich Schritte und Schreie.

»Der Weihnachtsmann, der Weihnachtsmann!«

Trixie und Klara liefern sich ein Wettrennen. Die Tür fliegt auf, und ich sehe in zwei gespannte Mädchengesichter.

»Hallo, ihr Süßen! Ich bin es nur!«

»Mamaaaaaa!«, kreischt Trixie ohne ein weiteres Wort der Begrüßung, und die beiden ziehen enttäuscht ab. Eine über und über mit Mehl bestäubte Corinna guckt um die Ecke. Lutz steckt seinen Kopf aus dem Wohnzimmer zu uns raus, in der Hand goldenes Lametta.

»Kommt, Kinder, wir gucken mal am Fenster, ob es schon schneit«, startet er einen so lahmen wie rührenden Ablenkungsversuch. Allerdings interessiert Trixie und Klara wesentlich mehr das Geschehen im Flur.

»Tür zu, sonst kommt die Erkältung rein!«, plärrt Trixie. Zögernd schließe ich die Tür hinter mir.

»Corinna, es tut mir leid«, sage ich zaghaft.

Regungslos steht sie vor mir. Dann stürzt sie auf mich zu. »Mir auch«, schluchzt sie, »mir doch auch!« Wir fallen uns in die Arme, Mehl staubt umher, ich fühle mich wie in einer Schneekugel nach dem Schütteln.

»Bist du denn jetzt keine Pissnelke mehr?«, merkt Trixie prüfend an.

Corinna hält ihr erschrocken die Hand vor den Mund. »Pifffelke!«, röhrt sie weiter.

»Das …, öh äh, hatte ich nur mal so gesagt, weil ich da grad sauer auf dich war. Und auf mich natürlich! Ich war so blöd. Heute freue ich mich über alles, was du erreicht hast! Klar, ich wäre auch manchmal gern eine hippe Designerin in einer Großstadt – coole Bars und Events, aber dann«, sie sieht zu Lutz, Trixie und Klara, die am Türrahmen zum Wohnzimmer lehnen und gebannt lauschen, »sehe ich in die Augen meiner Familie und bin einfach nur dankbar! Ehrlich, bitte glaub mir das, bitte, bitte!«

Sie sieht verzweifelt aus.

»Das tue ich!«, sage ich und meine es. »Ich finde nämlich, dass du auch sehr viel erreicht hast! Im Leben zählt ja nicht nur Karriere – das habe ich jetzt erkannt. Und vielleicht hattest du recht? Ich war sehr auf meine Nase fixiert – ich war privat frustriert und unglücklich und wollte nur zu gern glauben, dass es an der Nase lag, auf diese Weise musste ich ja nichts ändern an meinem Leben«, sage ich.

»Warst du bei Frau Doktor Jung?«, fragt Corinna skeptisch.

»Nein, bin ich selber draufgekommen!«, erwidere ich mit gespielter Empörung.

Wir lachen. Dann schweigen wir eine Weile so andächtig, als sähen wir das Christkind leibhaftig.

»Endlich! Danke, Gott!« Lutz poltert in unsere Mitte. »Wenn Corinna und ich Streit haben, das ist schon schlimm. Aber wenn ihr Streit habt … Das ist ja nicht auszuhalten! Bettina, sie hat wegen dir geheult!«

»Psscht jetzt«, faucht Corinna und sieht ihre drei Familienmitglieder strafend an. »Ihr blamiert mich ja bloß alle!«

Lutz legt seine Arme um uns beide, und Trixie und Klara umarmen mich in Hüfthöhe.

»Wir haben dich vermisst!«, bekundet Klara.

»Ja, wir haben dis vermiss!«, wiederholt Trixie. Sie

kichert und zeigt mir ihre neue rabenschwarze Zahnlücke im Oberkiefer. Da, wo vorher die Frontzähne waren.

»Sie sind auf natürlichem Wege ausgefallen«, erklärt Corinna. »Aber ich musste ihr deine Geschichte erzählen; die Zahnfee fand sie langweilig an dem Abend. – Guck, Schatz! Die Tante Bettina hat jetzt wunderschöne neue Zähne! Solche wachsen dir auch wieder!«

Strahlend zeige ich meine Schneidezähne. »Das hat ein toller Onkel Doktor in München gemacht, super, was?«

Okay, dass das noch immer die zweite Übergangslösung aus Kunststoff ist, verschweige ich jetzt lieber. Man muss schließlich Vorbild sein.

Trixie und Klara flitzen davon.

»Willst du bleiben?«, fragt Lutz.

»Ich würde gern, aber ich kann nicht! Meine gesamte Familie steht in der Kirche.«

»Wir wollten auch gehen, aber ich werde da einfach immer zu sentimental – wegen meiner Mutter. Das ganze Gerede von Liebe und Frieden, die Fürbitten und das Krippenspiel ...«, sagt Corinna.

Ich verstehe sie nur zu gut. Verlegen streicht sie sich das Mehl von ihrem Rentierpullover. »Lutz geht morgen Vormittag mit den Kindern. Willst du vielleicht zum Mittagessen herkommen? Es gibt traditionell Gans und Klöße.«

Ich nicke überschwänglich. »Gern! Ich muss mich ja schließlich noch bei Burli für den Durchschnittswellensittich entschuldigen. Reichen da zwei Stangen Kolbenhirse – was meinst du?«

»Ich denke, du bringst besser vier mit. Er ist wahnsinnig empfindlich ...«

Wie zur Bekräftigung stimmt der Betroffene im Hintergrund ein Liedchen an. *Gimme! Gimme! Gimme!*, eindeutig.

»Morgen dann also um eins? Klassische Gerichte können wir Vorstadtmuttis nämlich sehr gut …«

»Das hast du aber jetzt gesagt!«

»Schickimickizicke!«

»Bastelmutti!«

»Pottprinzessin!«

»Allerdings – ich wohne jetzt wieder hier!«

»Was, wie, wo? Machst du Witze?!«

Corinna greift fassungslos nach meinem Arm.

»Doch!«

»Und München? Dein Job – oder ist es wegen …«

Ich sehe förmlich, wie ihr Gehirn arbeitet.

»Wegen *Mario-Haribo?!* Ihr seid noch zusammen? So ernst?« Ihr steht der Mund offen.

»Ja, eisprinzessinnenernst!«

»Oje, dann muss ich mich wohl bei ihm entschuldigen, dass sein böses Image damals in Wahrheit an mir lag?«

»Ja. Aber das erzähle ich dir alles morgen …«, sage ich geheimnisvoll. »Bei einem schönen Latte macchiato!«

Wir grinsen uns an.

»Das kann ich jetzt aber schwer erwarten.«

»Sieh es als meine Bescherung für dich!«

»Gutes Stichwort – hier warte!«

Auf dem Weg zur Tür greift Corinna nach einem großen grünen Umschlag auf der Kommode. »Hier, dein Weihnachtsgeschenk!«

Überrascht nehme ich es an mich. »Aber du wusstest doch gar nicht, dass wir uns vertragen?«

»Das hatte ich nach unserem ersten Wiedersehen gebastelt und dann vergessen.«

»Soll ich es jetzt öffnen? Nicht erst unterm Tannenbaum?« Mit der Hand am Kuvert warte ich ihre Antwort ab.

»Nur zu!«

Ich reiße das Papier auf und ziehe eine Karte mit einer Comiczeichnung heraus. Es ist ein rotes Auto mit einem Fahrer, dem der Schweiß auf der Stirn steht. Daneben hält ein Männlein eine schwarz-weiß karierte Flagge hoch wie bei der Formel 1.

»Was ist das?«

»Dreh's mal um!« Corinna ist ganz aufgeregt.

Damit du keine Angst mehr beim Fahren haben musst! Einladung für zehn Fahrstunden, ohne Prüfung, versteht sich!
Deine Corinna mit Lutz, Trixie und Klara

»Oh, Corinna, ist das süß!«, falle ich ihr um den Hals. »Danke auch dir, Lutz!«, brülle ich in Richtung Wohnzimmer. »Und euch Mäusen!«

»Gern gesssehen!«, piepst Trixie.

Ich bin wirklich gerührt. »Aber jetzt habe ich doch nichts für dich!«, wende ich mich wieder Corinna zu.

Sie winkt ab. »Doch, hast du – du bist hier.« Treuherzig sieht sie mich an. »Du bist hier und verzeihst mir. Ich kann mir kein schöneres Geschenk vorstellen. Ich habe schon nicht mehr daran geglaubt.« Ihre Augen werden feucht. Noch einmal schließen wir uns fest in die Arme.

»Und? Lässt du dir noch mal die Nase machen? Also wenn, ich bin für dich da! Von der OP-Vorbereitung bis zur Gipsabnahme! Ich begleite dich in die Schweiz, nach Düsseldorf – oder wo immer du hin willst, okay?«

»Danke. Aber ich glaube, wenn wir schon zusammen verreisen, dann sollte der Anlass ein anderer sein. Und irgendwie – ist mir das mit der Nase jetzt nicht mehr wichtig. Vielleicht sollte das alles so kommen?«

»Du meinst, *Schicksal*?«

»Ja, warum nicht? Hättest du mich damals nicht geschubst, wäre ich jetzt mit irgendeinem Windei in München liiert, würde mich zu Tode arbeiten, du und ich hätten uns komplett aus den Augen verloren, und Mario und ich …« Statt den Satz zu vollenden, grinse ich dümmlich vor mich hin.

»Verstehe. Ich finde sowieso nicht, dass du irgendetwas ändern lassen solltest. Für mich bist du perfekt. Die perfekte Freundin! Heute wie damals.«

Als ich gehe, winken mir die vier vom Fenster aus zu, und es passiert: Die ersten Schneeflocken fallen.

Als ich wieder bei der Kirche ankomme, ist die Messe längst aus. Aber alle stehen noch in Grüppchen auf dem Platz, die Glocken läuten laut, und das fröhliche Geplauder dringt zu mir herüber, noch bevor ich um die letzte Ecke biege. Quengelnde Kinder zerren in Erwartung der Bescherung an ihren Eltern. Und dann sehe ich ihn.

Mein Vater hat ziemlich viele graue Haare, und er sieht sehr müde aus. Seine Frau hat viele Kilo zugenommen, und meine Halbschwester kreischt vor Wut, um alle zum Gehen zu animieren. Meine Mutter aber ist wunderschön.

Entspannt steht sie im Schnee und lächelt vor sich hin, während mein Vater unter den wütenden Blicken seiner Frau unbehaglich von einem Bein aufs andere tritt. Ich steuere auf die Gruppe zu.

»Hallo Papa!«

»Bettina!«, stößt er aus, und es klingt furchtbar verkrampft. Man kann förmlich sehen, wie ihm das schlechte Gewissen aus jeder Pore quillt. Endlich hat sich das Verhältnis gedreht – nicht wir fühlen uns schlecht, wenn wir ihn treffen, sondern er sich. Das ist kaum zu übersehen. »Groß bist du geworden«, fügt er hinzu. Und zu Jannemann gewandt: »Genau wie du!«

Jan ignoriert den idiotischen Kommentar, schließlich sind wir seit Jahren ausgewachsen, und stellt ihm seine Frau vor. Mein Vater ist sichtlich erschüttert über die Neuigkeit und darüber, dass sein Sohn ihn nicht zu diesem zentralen Ereignis in seinem Leben eingeladen hat. Auch ich habe keinerlei Bedarf, ihn davon in Kenntnis zu setzen, dass ich zurück bin.

»Freut mich.« Er schüttelt Sasha die Hand. Dann geht uns allen merklich der Gesprächsstoff aus.

»Ja, also …« Verlegen kratzt sich mein Vater am Kopf.

»Gernot, kommst du endlich?!«, nörgelt seine Frau. »Ich kriege kalte Füße und muss aufs Klo!«

»Papaaaaa!«, kreischt Greta-Penelope zur Bekräftigung unerträglich.

Ich frage mich, ob sie überhaupt weiß, dass sie eine große Schwester hat. Seine Frau Jasmin hält es jedenfalls nicht für nötig, uns wenigstens *frohe Weihnachten* zu wünschen. Corinna hatte recht: Unsere Familie *ist* intakt. *Weil* er nicht mehr dazugehört.

Freundlich stehen wir da – Jannemann und Sasha, Mama und ich, Rosi, Erika und Udo. Zugegeben, Rosi sieht aus, als müsste sie gleich platzen, aber sie hält an sich und sagt nichts.

»Frohe Weihnachten!«, sagt mein Vater so leise, als dürfte ihn niemand außer uns hören, und wendet sich zum Gehen.

»Euch auch!«, sagt meine Mutter.

Langsam setzen wir uns in Bewegung und schlendern Richtung Parkdeck.

»Dann hätten wir den Geist der Weihnacht ja jetzt auch gesehen«, bricht es endlich aus Rosi hervor.

»Ja«, bestätigt Erika. Und nach einem kurzen Moment der Stille bricht das Inferno dann doch los:

»Hast du gesehen, wie viel sie zugenommen hat? Du liebes bisschen!«, stöhnt Rosi.

»Und die Haare – Kraut und Rüben! Und die Kleine war viel zu dünn angezogen bei dem Wetter!«

»Beatrix, fandest du nicht?«, animiert Rosi ihre Schwester zum Mitlästern. »Hm, was?«, sagt meine Mutter abwesend. »Was wollt ihr nachher trinken vorm Essen? Kürbisbowle?« Alle starren sie an, dann brechen wir in Gelächter aus. Ich bin mächtig stolz auf sie!

Superschönster Moment
meines Lebens.

Ich bewundere den Glanz der LEDs, die wir um den schiefsten Tannenbaum gewickelt haben, den wir je hatten. Meine Mutter hat ihn tragischerweise heimlich alleine besorgt. Vermutlich bei *Bäume-in-not.de*.

»Schön, nicht?« Verzückt gesellt sie sich zu uns auf die Couch. »Die Lichtgirlande habe ich von HSE24! Die gab es auch als Außenbeleuchtung, im Doppelpack. Ich glaube, der Herr Glööckler hat die auch zu Hause. Er und der Herr Schroth – gemütlich, nicht?«

»Hm, ja, doch, schon.« Ich nicke und betrachte anerkennend die Kugeln. Sie sind abwechselnd mit Leoprint und glänzend schwarz, mit einem goldenen Krönchen. Was ziemlich gut zum neuen Look meines alten Kinderzimmers passt, das sie aufwendig renoviert hat. In Beige und Apricot gehalten, erinnert es stilistisch jetzt zwar sehr an die Inneneinrichtung einer Villa in Florida, aber was soll's. Immerhin hat sich was getan.

Auch Mario lauscht amüsiert dem Shoppingbericht meiner Mutter. Zärtlich legt er dabei den Arm um mich und rückt näher heran. Mit einem vielsagenden Lächeln lässt uns meine Mutter wieder allein. »Ich mach mich dann jetzt mal ans Essen …«

Ich sehe Mario an. »Hol mir doch bitte mal einen Stift!« Inzwischen ist er bei uns fast zu Hause. Während er sich erhebt und in den Flur zu einer Schale voll Krimskrams geht, betrachte ich meine Familie.

Jannemann und Sasha streiten um die Fernbedienung, was zwecklos ist, da anscheinend auf allen Programmen *Drei Haselnüsse für Aschenbrödel* läuft oder *Sissi*. Tante Erika und Udo tanzen Wiener Walzer, meine Mutter schichtet ungeschminkt Molly-Malone-Muscheln in tiefe Teller, und Tante Rosi blättert durch einen Prospekt für ein Flugangstseminar. Neben ihr auf der Couch liegt ein gigantischer Katalog für Australienreisen. Nächstes Jahr will sie Fee und ihre Enkelin endlich besuchen. *Ja, datt is Heimat!*, geht es mir durch den Kopf, und ich merke überrascht, dass ich zum ersten Mal Pott denke, seit ich hier weg bin mit achtzehn.

Als Mario zurückkommt, nehme ich den Stift und aus meiner Hosentasche einen karierten Papierschnipsel und ziehe zwei dicke schwarze Linien durch ein Kästchen.

»Hier, dein Formular vom Bahnhof. Ich habe es endlich geprüft!«

Lächelnd nimmt er es entgegen und betrachtet mein »Ja«. Dann steckt er es in sein Portemonnaie, gleich neben den Scherenschnitt von mir von der Kirmes.

»Jetzt darfst du uns aber nie wieder verlassen, meine Hübsche«, sagt er dann streng.

»Uns?«, frage ich.

»Ja! Mich und den Pott.«

»Wieso?«

»Ich finde, du gehörst hierher!«, sagt er bestimmt. »Manchmal frage ich mich – warum du überhaupt weggegangen bist?«

Ich überlege eine Weile.

»Ich schätze, ich dachte, woanders wäre es besser.«

»Und, ist es?«, fragt er besorgt.

»Nein. Bloß teurer.« Ich verziehe das Gesicht, als hätte ich in einen sauren Apfel gebissen.

»Aber im Ernst…« Sanft lege ich meine Hand auf seine Schulter. »Ich verlasse *euch* bestimmt nicht mehr. Weil, guck mal…« Kokett spitze ich die Lippen und beuge mich zu ihm rüber. »*Bussi*, *Bussi* kann man auch hier machen – so, siehst du…«

Ich gebe ihm einen langen und innigen Kuss.

»Und kann ich dich was fragen?«, sage ich dann.

»Nur zu!«

»Warum nennst du dich eigentlich Max?«

Er blickt nachdenklich aus dem Fenster, vor dem der Winter bereits ganze Arbeit geleistet hat. Es liegen schon gut zehn Zentimeter Neuschnee! Morgen können wir alle im Schlosspark Schlitten fahren und danach ins Café zu den Torten.

»Kurz nach der Grundschule kamen die ersten Gameboys auf…«, beginnt er. »Ruckzuck nannten mich alle *Super Mario* und fragten mich ständig, wo meine Kumpels Yoshi und Luigi seien… Also benannte ich mich um. Seit dem Internat kennen mich alle nur als Maximilian.«

»Aber ich kann dich weiter Mario nennen?«

»Ja, aber nur du! Ganz exklusiv. Na ja, und deine Mischpoke…«, grinst er, wohl wissend, dass es uns nur noch zusammen gibt.

»Ich habe es euch immer gesagt…«, höre ich Tante Rosi jetzt aus der Küche. »Das Kind braucht keine neue Nase, die braucht nur den richtigen Mann!«

»Quatsch, sie brauchte ein neues Selbstbewusstsein«, hält Erika dagegen.

»Ist doch jetzt egal, nun hat sie beides«, höre ich meine Mutter, diplomatisch wie immer.

»*Eine neue Nase ist wie ein neues Leben, schalalalalala* …«, stimmen alle drei lauthals an. Offenbar war es doch keine so gute Idee, die Bowle zum ersten Mal *ganz* ohne Rezept zu machen.

»Nicht so viel Rum reinkippen!«, rufe ich ermahnend.

»Das ist kein Rum, Kind …«, ruft Erika zurück. »Ja«, lallt Udo. »Das isss ne Flasche eingestaubeer Whisssey, der hier rumstand!«

»O Gott! O nein. O nein! Das ist der teure Sammlerwhiskey von Corinna! Davon wollte ich doch mit Corinna eine Retro-Reise nach Italien machen, in die Toskana, zum Reiten!

Mario kriegt einen Lachkrampf. »Ach, lass sie!«, beschwichtigt er mich atemlos und unter Tränen. »Was soll man denn besseres mit dem Zeug machen, als es trinken? Noch dazu in guter Gesellschaft?«

Ich zähle innerlich von zehn an rückwärts und versuche, eine Hyperventilation zu vermeiden, beruhige mich dann aber schnell. Er hat recht. Geld ist nichts gegen Momente wie diese. Wir lehnen uns an den wärmenden Kachelofen, den meine Mutter hat einbauen lassen, und Mario nimmt meine Hand in seine. Wie immer verströmt er diesen Duft, den ich so anziehend finde. Ich frage mich, ob er nicht doch noch *Keine-Tränen*-Kindershampoo benutzt.

Ich sehe hinüber zu Untermieter, der von Heu und Stroh umgeben in unserer Krippe sitzt. Dieses Frühjahr hat er einen Garten! Versonnen streichele ich mit meinem Daumen über Marios Handrücken. Tatsächlich habe ich alles, was man sich nur wünschen kann – an Weihnachten und auch sonst. Er beugt sich zu mir herunter und küsst meinen Nasenrücken.

»So nachdenklich, Süße?«

»Ein bisschen.«

»Keine Sorge – ab jetzt geht mit uns nichts mehr schief!«

Danksagung

Ich danke meinem Schatz, einem hervorragenden Lügner, für den Kommentar: »Deine Entwürfe sind wie *Pretty Woman* – kann man immer wieder angucken.« (Okay, ab jetzt brauchst du nur noch jede vierte Fassung zu lesen ...) Außerdem fürs Wärmflaschenmachen, Gassigehen mit Puma, Putzen und Kochen! Ohne dich wäre ich am Schreibtisch verhungert. Ich liebe dich!

Meiner Lektorin Anke Göbel, die das pinke Puschelkrönchen verteidigt hat und damit sicher den richtigen Riecher hatte.

Besonderer Dank gilt Frau Rehlein, die mir bei den entscheidenden letzten Korrekturen die Hand hielt und mit Rat und Tat zur Seite stand, auch übers Wochenende!

Meinem Agenten Holger Kuntze für seine fachliche, sachliche und moralische Unterstützung.

Meinen Eltern, Verwandten und Freunden, die dafür sorgen, dass auch entlegene Buchhandlungen im Raum Castrop-Rauxel immer genug meiner Romane vorrätig haben.

Der *Zahnheilkunde im Birkenhof*, die kurzerhand *Saftschubse – Neue Turbulenzen* zur Fortbildung für Helferinnen erklärte.

Meinen Lieblingsproduzentinnen Isabel Haug und Anna Süßmuth für Zuspruch und den Glauben an mich. Vor allem aber für die Aussicht auf einen SingStar-Abend mit ihnen. Ich hätte dann jetzt endlich mal Zeit!

Meinem Drehbuchkollegen Thomas Kren für das tapfere, auch öffentliche Lesen frecher Frauenbücher (natürlich nur zu Recherchezwecken, versteht sich!).

Moritz Binder und Zarah Schrade, deren komplexes Vogelpflege-Schichtsystem es mir ermöglicht hat, auch außerhalb zu schreiben. (Okay, Florida war tatsächlich weit außerhalb, und ich mache es auch nie wieder – viel zu heiß …!)

Allen Freunden, die mein monatelanges Vertrösten ertragen und dennoch an ein Wiedersehen geglaubt haben. Christina Naumann, Meike & Dirk Kornmüller, Melanie & Benedikt Hesse, Melanie & Tobias Rauh, Dagmar Schäffler, Franziska Angerer, Sarah Schmidt, Katharina Ludwig, Stefanie Dietsche, Paula Poprawa, Frauke & Enno Reese, Karin Wolfe, Christine v. Münchhausen, Jeanette Ischinger, Satu Siegmund, Lucia Scharbatke, Geraldine Laprell u. v. m. Ich melde mich ganz bestimmt!

Außerdem bedanken möchte ich mich bei der Casa Animale e.V., die großartige Arbeit im Tierschutz leisten! Ohne sie hätten wir unserem Schatz Uma aus der Tötungsstation in Ungarn nicht das Leben retten können. (Der Muckelmaus geht es sehr gut!)

www.casa-animale.eu